“中央高校基本科研业务经费”资助出版

文澜外国语言文学研究文库

虚之智慧

——吉奥诺作品之幸福诗学研究

杨柳 著

WUHAN UNIVERSITY PRESS
武汉大学出版社

图书在版编目(CIP)数据

虚之智慧:吉奥诺作品之幸福诗学研究/杨柳著.—武汉：武汉大学出版社,2018.11

文澜外国语言文学研究文库

ISBN 978-7-307-20051-7

Ⅰ.虚… Ⅱ.杨… Ⅲ.让·吉奥诺(JeanGiono,1895－1970)—文学研究 Ⅳ.I565.064

中国版本图书馆CIP数据核字(2018)第034494号

责任编辑:谢群英　　责任校对:汪欣怡　　版式设计:马　佳

出版发行：**武汉大学出版社**　(430072　武昌　珞珈山)

(电子邮件：cbs22@ whu. edu. cn　网址：www. wdp. com. cn)

印刷：北京虎彩文化传播有限公司

开本:720×1000　1/16　印张:16.5　字数:336千字　插页:1

版次:2018年11月第1版　　2018年11月第1次印刷

ISBN 978-7-307-20051-7　　定价:46.00元

前　言

吉奥诺的作品以描绘乡村自然美景见长，体现了作者热爱大自然、追寻幸福的主题。法国的大学每年都有各种层次的毕业论文以他的作品为主题做专项研究。这些研究运用社会学、主题学、文本发生学、符号语义学等批评方法多角度阐释作品的内容和主题，年复一年，经久不衰。学者们辛勤努力的研究推动了吉奥诺研究水平的全面提高。

作家早期的作品《奥德赛诞生记》中出现了东方的主题。作家将真实的审美体验以一种巧妙的比喻方式引出不同的两个东方世界：一个是充满了野性的“狄奥尼索斯”体验的东方；另外一个则是“阿波罗”精神的东方。第一个东方世界展现了世界的虚妄无度，狂野而又血腥，其间夹杂着人与自然的冲突。而后一个东方则恰恰相反，它和一种古老而又神秘的“虚无”体验融为一体。这点和中国传统思想道家所主张的“虚空”有异曲同工之妙。例如，原始第一推动力通过“道”最终回归本源。然而，体现“阿波罗”精神的东方和道家思想的“虚空”之间这个重要思想交汇点所受的关注还不够。作为中国学生，由于先天的文化条件，自然而然对这个问题抱有浓厚的研究兴趣。

本书运用比较文学的研究方法，试图通过道家思想的“虚无观”，关照吉奥诺作品的创作历程，跳出既有的理论框架和概念冲突，着力探讨作家一生的创作轨迹——追寻失落的世界重生——从事物本源和人类本体出发，不懈地追求自由的价值和人性的解放。吉奥诺的文学探索不仅停留在个体话语之上，而是以个体话语为工具，以文学样式小说为载体来展开追求。追求不再具有简单的古典传奇风格，它持续不断地演变，体现了浓郁的个人原创风格。它通过作家对生活的思考和感悟，打通一条直抵幽僻人性的通道；它包含着许许多多的追问：个体如何对抗孤独，个体如何获得持久的幸福。它试图和作家生活的那个时代，和先前的文学传统对话，体现了吉奥诺作品文学现代性特点。总之，作家对生命本体不懈的追求不但表现出追求个性解放的自由价值取向，同时也直指亘古不变的人性底色。因此，这种追寻也就成了普世的人性真理。在中国传统智慧道家思想中蕴含了大量追求个人自由的思想观点，如“虚无”观念。这种观点在老子的《道德经》里有充分的论述。“虚无”这种世界观主张“道”作为一种终极、根本、原始的客观存在表现出既具体又抽象，自然产生不受意识制约的特点。“道”不是教条刻板的而是灵活可变的：它忽隐又忽现，存在于世间万物之中。吉奥诺的追求最终指向的是作家本人对“道”的认识。它与道家思想对人性底色的认知方向是一致的：吉奥诺内心追求个性自由解放之路的创作过程关照道家思想中的“虚无”观念。由此，本书主要试图回答下面这些问题：（吉奥诺的创作和道家“虚无观”）它们的思想交汇在哪里？它们的思想关照又是什么？创作能达到“虚空”的境界吗？为什么吉奥诺认为创作即生活？

全书分成两大部分：第一部分集中论述吉奥诺不同创作阶段“虚无观”的三重体验。第二部分则将重点放在作家如何通过集中、冥想、接受等步骤一步步接近最高阶段的精神和谐，并由此出发论述东西方思想中的对立观以及作为最高层次的虚静在佛家思想、道家思想中的体现以及吉奥诺同它的关系。作家的创作从形式上也体现了“虚空”观的特色。

本书第一部分从吉奥诺的创作起点出发，分析作者在不同的创作阶段感知“虚空”观念的过程。第一个阶段，作家早期的作品主要以自然景色作为主要内容，体现的是人与自然互动的关系。着重表现的是人类肆无忌惮地毁坏大自然会给人类自身带来灾难性的后果。创作的内容停留在传说、神话、民间故事等通俗题材。而这些文学作品就是人类和大自然直接接触的经验产生出的精神果实，具有原始野性，狂放不羁的“狄奥尼索斯”风格。吉奥诺敏锐地抓住了这些特点，用艺术的手法创作出一系列脍炙人口的小说，成名作《山冈》就是其中杰出的代表。这是作家最初阶段对世界的认识，对“虚空”的体验停留在现实的接触阶段。随着时间的发展，作家的创作随着生活经验的丰富而对“虚空”的认识有了进一步的提高。第二个阶段，作家经历了两次世界大战，他发现人类自相残杀的根源在于人类的内心世界。因此，作家由撰写自传性的回忆录小说开始，一步步由个体推广至整个社会，进而推广至整个人类的内心世界。作家创作视角的转换带来思想内容的巨大变化，创作手法的革新。吉奥诺带着问题意识，从危机的现象入手，一步步探索内在的根源和发生的机制。这些思想变化都体现在作家创作过程之中，所以这部分侧重分析人物的内心世界。全书运用意象批评，主题学批评的方法揭示了作家在这个阶段的创作与人类心理的关系，深入地阐释了作家对世界认识的“虚空观”内涵。第三个阶段，当作家跳出战争的阴霾，走向生命终点的时候，他对世界的认识更加深入，对“虚空观”的理解上升到更高的层次，也就是超脱的体验，达到“从心所欲不逾矩”的自在阶段。在这个阶段中，全书主要分析吉奥诺如何在晚期作品中体现出对最高层次“虚空观”的体验，寻觅永恒和谐的主题——阿波罗精神。

第二部分是从第一部分的结论出发，着重比较东西方哲学思想中“虚无”概念，探讨和谐主题，进而指出吉奥诺和“虚无”的关系。简要地说，本部分从东西方哲学有关对立和重复的概念比较出发，层层分析，由作家采取的集中、冥思、接纳三种方式入手，逐步过渡到佛家、道家思想中有关“虚无”思想的论述，进而指出吉奥诺和“虚无观”的关系。本书不仅停留在思想内容的层面，还从语言形式的层面入手分析作家语言的特点，探讨语言和沉默的关系，揭示出作家以写作为游戏而达到“虚空”最高境界——和谐的创作观。

结论强调了吉奥诺独特的创作历程，读者在他的小说中能够读到生动鲜活的故事情节，感受到强烈的感情脉动。吉奥诺通过对世界不断深入的感知，展现了世界和人心的丰富广度和深度，探讨了和谐思想的价值，并指出在平庸的现实世界之上还有一个美妙的文学世界，一个安静祥和的和谐世界。他认为创作之最高境界是“从心所欲不逾矩”。这个世界是不完美的，在文学的世界中寻找完美的世界却又是可行的，吉奥诺终生致力于文学创作的价值在于——这是生活的斗争——同这个被现代性折磨不堪的庸俗世界而斗争，热情、真诚、不懈地追寻失落的世界重生，内心达到和谐获得幸福。在这个意义上，写作即斗争，创作即生活。

编者

2018 年 8 月

Résumé

Il semble que les ouvres de Jean Giono aient fait cohabiter deux Orients distincts mais complémentaires: Giono oppose l' « expérience dionysiaque » à cet esprit apollinien: l'un est l'Orient sauvage, dionysiaque qui fait preuve de la démesure du monde, d'une étrangeté brutale, violente, sanglante, d'un conflit farouche entre la nature et l'être humain ; l'autre Orient, qui est lié à une sensibilité primitive et antique (« Apollo éclaire toutes choses. Il donne toutes les choses à la vie, et ainsi il a tout donné à la vie et à l'homme des rêves. [...] Apollo rend la réalité de l'imperfection terrestre et un contraste parfait avec le monde intérieur de l'homme. D'une part, il encourage le rêve et le désir humains ; d'autre part, il neutralise l'imperfection terrestre avec illumination »①), montre en revanche une quiétude, une sérénité qui ressemble beaucoup, à certains points de vue, au Taoïsme. Et l'on s'y intéresse énormément en tant que chercheur avec le contexte culturel chinois. En se dégageant des catégories et des contraintes, Giono s'efforce de s'ouvrir immensément pour franchir le monde désenchanté et partir à la découverte du réenchantement du monde, de l'essentiel des choses et de nous-mêmes, la liberté et l'individualité gioniennes. Sa quête ontologique ne se traduit pas par des mots sur l'être, mais bien par les mots de l'être. Elle n'est pas un simple romantisme classique, en revanche, elle évolue continuellement et fait état d'originalité et de nouveauté étonnantes, ce qui creuse un accès à la profondeur de l'être humain lui-même au travers d'une infinité d'expériences et d'appréhensions. En se constituant en Voie de Connaissance intérieure, la quête ontologique de Giono dégage non seulement une identité propre - et véritablement individuelle et libérale-mais débouche également sur ce qu'on dit une « essence de l'homme », l'humanité. En cela elle devient vérité humaine et elle vaut pour nous tous.

Voulant chercher une autre réalité, un autre monde au-delà de la quotidienneté, Giono dégage de tous ses attributs, de toutes ses apparences et manifestations la pure liberté, la véritable individualité. Selon le regard du Taoïsme, c'est le Vide. Cette notion est la plus importante après celle du Tao dans le *Tao Te King*. C'est une vision du monde que celui-ci

---

① Luo Guoxiang. *L'esthétique du roman occidental du* XXe *siècle*. Wuhan: Wuhan University Press, 1991:375.

propose: le Tao comme réalité ultime, essentielle, primordiale, est autant naturel et spontané que concret et confidentiel. Il n'est point canonique ni codifié. Dans l'existence, il se métaphorise et se cache partout. Plutôt qu'une expérience intime, qu'une philosophie stricte, il ne prend jamais une forme constante ou celle d'un système ; il est non seulement une entité métaphysique mais aussi une présence mystique. Quant au Vide, c'est une pensée unifiée: concentration, absence de désir, pureté de foi, simplicité, qui forme un état d'esprit, une disposition intérieure qui visent à l'expérience de cette présence mystique, le Tao.

L'aboutissement même de la quête rapproche la Voie d'auto-connaissance de Giono des différentes Voies orientales de Connaissance de l'être profond. Pour éclairer cette relation, on se pose une question: Comment ne pas rapprocher également dans leur mode et la manière dont ils s'expriment et se déroulent, le cheminement intérieur de Giono et les diverses Voies orientales et extrême-orientales pour en dégager les étapes communes (en les suivant ainsi parallèlement), les points de rencontre, et mettre ainsi à jour leur parenté ? Cette problématique comporte des intérêts intarissables, aussi bien dans la littérature comparée que dans la culture comparée. Et pour élucider cette parenté, il nous faut faire des préparatifs nécessaires en distinguant les modes de pensée entre l'Occident et l'Orient.

En passant par des Voies de Connaissance, cette Voie Orientale se présente comme l'un des nouveaux chemins qui guide et conduit les occidentaux à sortir des difficultés contemporaines, à retrouver notre être profond, reconquérir la dimension intérieure méconnue, la réinvestir, et par-là, à renouer enfin avec la transcendance. Le but véritable de l'existence humaine et sa finalité profonde ne sont-ils pas de saisir cet Être Transcendant à l'intérieur de soi-même ? Du fait que la plupart des Voies de Connaissance orientales se démontrent sous la forme générale d'une emprise progressive de l'être individuel sur l'universelle Réalité du Vide, une appréhension du Vide semble comme centrale dans l'œuvre de Giono: au sein de cette saisie d'une seule et même Réalité Ultime dont l'être essaie de saisir pleinement le bonheur. La Première Guerre dans l'infanterie, puis l'insoumission en 1940, ensuite une attitude d'abstention comme retrait pendant l'Occupation, de telles épreuves que Giono a subies ne font jamais l'objet d'un jugement ou d'une amertume. En revanche, elles sont l'occasion de manifester une harmonie tranquille, le Vide. Cette harmonie, ce sens de l'unité avec le monde naturel, la société ainsi que le soi-même, n'apparaissent jamais aussi nettement qu'aux heures sombres. On peut le lire clairement dans ses correspondances allant de 1917 à 1945. En écrivant sur Melville l'un de ses plus beaux livres de critique, Giono avait livré son propre secret: Il y a au milieu même de la paix (et par conséquent au milieu même de la guerre) de formidables combats dans lesquels on est seul engagé et dont le tumulte est silence pour le reste du monde. Ce que Giono a cherché toute sa vie, c'est la paix comme un silence spirituel dans les tumultes.

Giono développe son style particulier dans sa quête incessante d'une esthétique romantique de plus en plus réfléchie, une quête dans laquelle il tient compte de son domaine personnel. Généralement, on peut distinguer un parcours de trois phases en proportion avec les trois moments principaux de l'œuvre. Se fondant sur ce but, la création procède en grande partie de la démarche suivante: l'enjeu de la quête est le réenchantement du monde. La quête ontologique de Giono procède au fur et à mesure de sa création. Ainsi à chaque période, Giono ressent différents degrés des perceptions du Vide. Dans la deuxième partie de la thèse, une tentative sera faite pour essayer d'établir une continuité, celle-là même qui existe en retrait de l'œuvre, de façon à approcher la vérité de l'homme par-delà les diverses vérités de sa création littéraire.

Vers l'harmonie n'est pas une phase stable, mais un état dynamique qui connaît en permanence de nouveaux mouvements. Comment maintenir l'harmonie est le cœur du problème à traiter dans la deuxième partie de la thèse. Je vais orienter ma recherche surtout dans les essais journalistiques et les entretiens de Giono avec ses amis. En résumant les solutions proposées, on peut diriger les regards sur deux versants: l'Être lui-même et la sagesse orientale (Taoïsme en grande partie, bouddhisme en partie). Et certes, la stylistique de Giono est graduellement teintée par les influences philosophiques orientales, par exemple l'invention du zéro, la lacune, l'ellipse. On va les découvrir ultérieurement, à la fin de la thèse. En outre, il est bien évident que pour Giono, écrivain-artisan, sa quête ontologique se multiplie en correspondant aux quêtes du style à chaque phase.

L'écriture témoigne d'une identité propre et elle porte la particularité objective de cette identité. Avec elle, Giono parvient à échapper au gouffre de l'oubli et du silence et il maintient une soif acharnée de la grandeur morale et spirituelle. Selon lui, faire une œuvre ressemble à faire une vie. Le thème général de ma thèse se situera plus au niveau de l'acte de création qu'à celui de la création elle-même. L'acte de création est à la fois affirmation de la Réalité du Vide et triomphe sur le Chaos. A un niveau supérieur, l'acte de création pouvant procéder d'une non-intervention, d'un non-agir, cela trace le parallèle avec le Taoïsme. Il met en disponibilité totale, l'abandon aux propres mouvements de création et de destruction de l'univers mystique, et redécouvre le processus de la création originelle. Giono a œuvré toute sa vie le plus souvent dans la création de l'œuvre. Pour lui, c'est un combat dans la vie et une lutte contre le monde mesquin gâché par la modernité. Faire œuvre équivaut à faire la vie.

Les hommes sont les êtres les plus faibles du monde parce qu'ils sont intelligents. L'intelligence est exactement l'art de perdre de vue.

— Jean Giono *Pour saluer Melville*

Laisse-là ta sagesse et ton intelligence. Le peuple en tirera cent fois plus de profit.

— *Lao-Tseu*, *Tao Te King*, XIX

Avertissement

Références, sigles et abréviations

Les références faites aux textes cités dans ce travail sont placées directement, entre parenthèses, à la suite de la citation. Elles renvoient aux œuvres respectivement aux sigles et abréviations ci-dessous, suivis du numéro de la page. Par exemple: (HT, 20) signifie: le *Hussard sur le toit*, page 20. d'autres références sont faites selon le contexte.

Œuvres de Giono:

TV	*Triomphe de la vie*
N	*Noé*
C	*Colline*
B	*Un de Baumugnes*
JB	*Jean le bleu*
VR	*Les Vraies Richesses*
RP	*Recherche de la pureté*
RO	*Refus d'obéissance*
I, II, III, IV, V	*Œuvres romanesques complètes*, tomes: I, II, III, IV, V
GT	*Le Grand Troupeau*
P	*Précisions*
HT	*Le Hussard sur le toit*
PM	*Promenade de la mort*
BF	*Le Bonheur fou*
R	*Un roi sans divertissement*
PC	*Le Poids du ciel*
Q	*Que ma joie demeure*
LP	*Lettres aux paysans*
V	*Virgile*
DP	*Le Désastre de Pavie*
NO	*Naissance de l'Odyssée*

Table des matières

Première partie Les trois réceptions du Vide

Deuxième Partie Vers l'harmonie

Introduction

Chaque année, des étudiants consacrent beaucoup de travaux universitaires à l'œuvre de Jean Giono①, ce qui permet de modifier sans cesse le portrait en mouvement de l'écrivain allant avec l'époque. Et pour ceux qui cherchent à pénétrer l'œuvre de Giono en recourant à diverses techniques littéraires, allant de la critique sociale à la critique thématique ou génétique, l'ensemble des ouvrages de Giono demeure une riche mine à exploiter, ou bien un trésor dans la grotte secrète d'Ali Baba. Les efforts des chercheurs, en permettant de découvrir les nouveaux sens, les structures métaphoriques en mutation, ont fait progresser le niveau de l'étude gionienne.

Etat présent d'étude

Comme autrefois, on constate de temps en temps le thème de l'Orient (dans *Naissance de l'Odyssée*, par exemple, il met en scène l'essence esthétique du réel avec un jeu d'allusion qui réduit parfois le monde à une draperie, la « science apollinienne » dont Giono parle dans son *Journal* du 8 janvier 1936) dans lequel il semble que son œuvre ait fait cohabiter deux Orients distincts mais complémentaires: Giono oppose l' « expérience dionysiaque » à cette « science apollinienne »: l'un est l'Orient sauvage, dionysiaque qui fait preuve de la démesure du monde, d'une étrangeté brutale, violente, sanglante, d'un conflit farouche entre la nature et l'être humain; l'autre Orient, qui est lié à une sensibilité primitive et antique, montre en revanche une quiétude, une sérénité qui ressemble beaucoup, à certains points de vue, au Taoïsme. Par exemple, le retour à l'origine, le Tao comme activité cosmique et merveilleuse, et l'Un premier. Malheureusement, ce versant de recherche porte peu d'attention dans le domaine critique gionien. Et je m'y intéresse énormément en tant que chercheur avec le contexte culturel chinois.

En se dégageant des catégories et des contraintes, Giono s'efforce de s'ouvrir immensément pour franchir le monde désenchanté et partir à la découverte du réenchantement du monde, de l'essentiel des choses et de nous-mêmes, la liberté et l'individualité gioniennes. Giono puise

---

① Chaque année, les ouvrages académiques consacrés à Giono se placent au troisième rang après ceux autour de Proust, et Gide.

dans son talent d'imagination et poursuit sa quête du bonheur dans la création romanesque. Sa quête ontologique ne se traduit pas par des mots sur l'être, mais bien par les mots de l'être. Elle n'est pas un simple romantisme classique, en revanche, elle évolue continuellement et fait état d'originalité et de nouveauté étonnantes, ce qui creuse un accès à la profondeur de l'être humain lui-même au travers d'une infinité d'expériences et d'appréhensions. L'œuvre de Giono comprend bien des interrogations qui dialoguent avec son temps et avec les temps antérieurs, ce qui a fait sa modernité. Cette modernité qui se différencie de celle qu'on utilise souvent puise des ressources dans la tradition culturelle, le classicisme et le romantisme surtout. Elle traverse son temps et prédit sous la forme des romans le changement de la littérature du vingtième siècle. En tant qu'écrivain, son mode de pensée n'est pas comme celui des philosophes qui ont recours à des concepts et à un système, mais elle est sous la forme fabulative et métaphorique dans le génie littéraire.

En se constituant en Voie de Connaissance intérieure, la quête ontologique de Giono dégage non seulement une identité propre – et véritablement individuelle et libérale – mais débouche également sur ce qu'on dit une « essence de l'homme », l'humanité. En cela elle devient vérité humaine et elle vaut pour nous tous.

Voulant chercher une autre réalité, un autre monde au-delà de la quotidienneté, Giono dégage de tous ses attributs, de toutes ses apparences et manifestations la pure liberté, la véritable individualité. Selon le regard du Taoïsme, c'est le Vide. Cette notion est la plus importante après celle du Tao dans le *Tao Te King*. C'est une vision du monde que celui-ci propose: le Tao comme réalité ultime, essentielle, primordiale, est autant naturel et spontané que concret et confidentiel. Il n'est point canonique ni codifié. Dans l'existence, il se métaphorise et se cache partout. Plutôt qu'une expérience intime, qu'une philosophie stricte, il ne prend jamais une forme constante ou celle d'un système; il est non seulement une entité métaphysique mais aussi une présence mystique. Quant au Vide, c'est une pensée unifiée: concentration, absence de désir, pureté de foi, simplicité, qui forme un état d'esprit, une disposition intérieure qui visent à l'expérience de cette présence mystique, le Tao.

Problématique

L'aboutissement même de la quête rapproche la Voie d'auto-connaissance de Giono des différentes Voies orientales de Connaissance de l'être profond. Pour éclairer cette relation, on se pose une question: Comment ne pas rapprocher également dans leur mode et la manière dont ils s'expriment et se déroulent, le cheminement intérieur de Giono et les diverses Voies orientales et extrême-orientales pour en dégager les étapes communes (en les suivant ainsi parallèlement), les points de rencontre, et mettre ainsi à jour leur parenté? Cette problématique comporte des intérêts intarissables, aussi bien dans la littérature comparée que dans la culture comparée. Et pour élucider cette parenté, il nous faut faire des préparatifs nécessaires en distinguant les modes de pensée entre l'Occident et l'Orient:

> *Vis-à-vis du monde du chaos, de nombreux êtres humains sont tombés dans la déception. Donc, des romanciers et esthéticiens réfléchissent sur la vie à travers la découverte de la souffrance humaine. Ils découvrent que la catastrophe était unanimiste et tous les hommes sont liés entre eux par des forces mystérieuses. Alors que l'esprit de cohérence a été créé. [...] les romanciers unanimistes pensent que les humains (ou un groupe humain) ont la même vie et d'émotion. Cette ligne de vie et émotion depasse au-delà de l'individu lui-même. Ils tiennent les opinions unanimistes que le monde a été un chaos intégral. Tout en visant à la vie et la cohérence de l'émotion, la perspective de l'humanité sera progressivement plus claire. Mais cette opinion estime que ce qui est inconscient et mystérieux, c'est la survie de l'homme*①.

Au sujet des modes de pensées, il faut signaler qu'il n'existe pas de hiérarchie ou de supériorité selon Giono. Toutes sont égales (est-ce une affinité avec le Bouddhisme). Et chacune offre sa sagesse pour observer, découvrir le monde. En Occident, on penche à penser avec des outils acquis depuis l'ancienne Grèce, et depuis l'époque classique, on commence à réfléchir sur l'assise de la Raison et ses catégories. Façon de penser qui semble s'éloigner de plus en plus de l'homme et de son être véritable, comme le montre Giono critiquant dans ses essais le « rouage » et la « machinerie ». Elle creuse à l'intérieur de chacun d'entre nous une distance devenue tragique avec la nature, entre le « Moi poétique » et « Moi social », c'est-à-dire entre l'être tourné vers la dimension extérieure et l'être tourné vers sa propre dimension intérieure. On entend une voix qui part de son œuvre pour avertir que seul l'être véritable mérite l'attention.

En passant par des Voies de Connaissance, cette Voie Orientale se présente comme l'un des nouveaux chemins qui guide et conduit les occidentaux à sortir des difficultés contemporaines, à retrouver notre être profond, reconquérir la dimension intérieure méconnue, la réinvestir, et par-là, à renouer enfin avec la transcendance.

Le but véritable de l'existence humaine et sa finalité profonde ne sont-ils pas de saisir cet Être Transcendant à l'intérieur de soi-même? Du fait que la plupart des Voies de Connaissance orientales se démontrent sous la forme générale d'une emprise progressive de l'être individuel sur

---

① Luo Guoxiang, *L'esthétique du roman occidental du* XXe *siècle*, *op. cit.*, pp.375-376.

l'universelle Réalité du Vide, une appréhension du Vide semble comme centrale dans l'œuvre de Giono: au sein de cette saisie d'une seule et même Réalité Ultime dont l'être essaie de saisir pleinement le bonheur. La Première Guerre dans l'infanterie, puis l'insoumission en 1940, ensuite une attitude d'abstention comme retrait pendant l'Occupation, de telles épreuves que Giono a subies ne font jamais l'objet d'un jugement ou d'une amertume. En revanche, elles sont l'occasion de manifester une harmonie tranquille, le Vide. Cette harmonie, ce sens de l'unité avec le monde naturel, la société ainsi que le soi-même, n'apparaissent jamais aussi nettement qu'aux heures sombres. On peut le lire clairement dans ses correspondances allant de 1917 à 1945. En écrivant sur Melville l'un de ses plus beaux livres de critique, Giono avait livré son propre secret: Il y a au milieu même de la paix (et par conséquent au milieu même de la guerre) de formidables combats dans lesquels on est seul engagé et dont le tumulte est silence pour le reste du monde. Ce que Giono a cherché toute sa vie, c'est la paix comme un silence spirituel dans les tumultes et à travers eux, la paix sans démesure ni joie du *Bonheur fou*, la paix qui prévient les gestes désespérés de Langlois, héros suicidé d'*Un roi sans divertissement*, qui en restera le symbole. Ce sont l'occasion de manifester une harmonie tranquille, le Vide. Cette harmonie, ce sens de l'unité avec le monde naturel, la société ainsi que le soi-même.

Corpus à traiter

Giono développe son style particulier dans sa quête incessante d'une esthétique romantique de plus en plus réfléchie, une quête dans laquelle il tient compte de son domaine personnel. Généralement, on peut distinguer un parcours de trois phases en proportion avec les trois moments principaux de l'œuvre. Se fondant sur ce but, la création procède en grande partie de la démarche suivante: l'enjeu de la quête est le réenchantement du monde. Après avoir été désenchanté par la modernité, Giono cherche à pouvoir réenchanter la réalité par les mythes dans la *Trilogie de Pan*. Il devient un inventeur du monde littéraire, comme Dieu celui du monde réel. Dans cet univers de mythes, le mythe est réalité, ou la réalité réenchantée redevient la source originale de l'être humain comme le paradis. Cette objectivité du mythe déploie les mille reflets d'un monde baroque, dans le jeu des apparences, de nouvelles images. Mais ces images restent instables et n'existent que dans l'univers d'Albin. L'œuvre de Giono dans cette phase est partagée entre la tentation du Mythe et une conscience ironique du monde comme jeu, comme impermanence et inconsistance. Mais une menace approche en créant un mouvement de perte, de destruction. Ce monde inventé idyllique s'effondra tout de suite dans la seconde phase de la quête de Giono comme *Pour saluer Melville* abordera la dissolution du monde idyllique.

Cette première quête de l'objectivité du Mythe qui préconise de l'intérieur le retour à l'origine cède sa place à la quête de la subjectivité. Au lieu d'inventer un univers où l'écrivain essaie de restaurer des mythes et l'objectivité du Mythe avec des allusions, le romancier intériorise sa création qui a perdu son objectivité mystique pour entrer dans sa subjectivité créatrice. L'écrivain sait bien qu'il est le créateur de son monde tout intime. Sa subjectivité est réenchantée face à une « réalité » demeurant sur le papier. La seconde phase du Vide consiste en l'imagination créatrice, « l'invention de l'âme » qui est depuis longtemps le vif dans la fiction de l'œuvre dans la tradition littéraire européenne. Dans cette évolution du Monde mythique des origines disparues au Moi créateur de métaphores, Giono renouvelle sa perception du Vide: En suivant l'œuvre de Giono, le retour critique autoréflexif et ironique caractéristique s'établit, ainsi qu'il ne cherche pas à réenchanter le monde homérique, mais bien à nous montrer les trucs littéraires, des règles du jeu littéraire derrière les apparences du Mythe. Naturellement, pour la dernière phase de la perception du Vide, Giono se sent menacé par la modernité du temps moderne, tournant à la tragédie du monde, violence et ennui. La violence qui finit par apparaître comme l'un des fondements essentiels de la Machine du monde menace l'essence même de l'individuation romantique. Les œuvres précédentes de Giono ne cessent de réfléchir sur la conquête de la dimension esthétique comme catharsis de la violence. La violence au temps moderne n'est rien d'autre que de l'indifférenciation des individus de laquelle provient de l'ennui. Comme Jean Pierre Richard que le romantisme littéraire est pour l'essentiel une recherche de la profondeur① et Yves Bonnefoy②, Giono parle du « miroir aux alouettes » qui renvoie au néant du monde, à l'ennui répétitif des formes. Le tragique moderne dans l'œuvre de Giono est une absence d'une autre scène où se trouve le réenchantement, la transcendance, pourrait-on dire. Cette autre-scène existe, c'est le lieu où on acquiert le bonheur, la découverte salvatrice de « l'espace intermédiaire » dans *Noé*. Mais la perte de la profondeur et des arrière-pays se confond avec celle de l'Être, de l'intensité de l'Être. La violence moderne continue à peser sur le monde, alors qu'il est impossible de sortir de ce monde pour trouver du nouveau. Il n'y a pas de chemin de fuite, donc il faut changer d'espace, changer de plan: « Mais je trouve parfois dans une bouteille un message provenant d'un autre monde ». Cet autre monde immatériel de l'imaginaire est l'ultime réponse à l'ennui. Ce monde n'est-ce pas ce que Giono cherche à créer dans des œuvres qui sont toujours inachevées, sans cesse recommencées et qui distraient et trompent l'ennui, dissolvent enfin la violence dans le jeu. Les apparences paisibles du monde tel que Giono le décrit, « les fleurs et les petits jardins », camouflent une réalité tragique: tragique de la violence et de l'ennui. En général, tragique de la Machine du monde, dont tous les rouages sont connus et répertoriés, y compris les rouages « subjectifs ». Au fur et à

---

① Cf. Jean Pierre Richard, *Poésie et profondeur*, Paris: éd. Seuil, 1976.

② Cf. Yves Bonnefoy, *L'Arrière-pays*, Genève, Skira, 1972, rééd. Gallimard, coll. « Poésie », 1992.

mesure de la profondeur de la connaissance de la Machine, de ses ressorts secrets, le savoir romanesque progresse et la sagesse atteint un état particulier où la transcendance s'accomplit. Conquérir « La bonne distance » n'est-ce pas ramener à la transcendance? Dans les *Chroniques*, le romancier explore le versant anti-romantique du monde: au lieu de la liberté, tout ce qui est Tao, ou bien Loi qui se maintient immuable et implacable du littéral. L'ironie esthétique est sans doute le moyen d'acquérir la « bonne distance » et l'accès immanquable à la Transcendance. N'oublions pas que comme un jeu littéraire et une forme esthétique, l'ironie perce l'apparence du littéral, révèle le secret des rouages du monde, échappe à la Machine pour aider à découvrir une autre dimension du réel, la Transcendance. L'œuvre de Giono évolue avec le temps qui ne cesse de mettre en scène l'émergence de la dimension esthétique, puisqu'elle s'enracine dans le sol de la culture européenne qui a bel et bien une tradition splendide qui a engendré des sommets intellectuels de l'être humain tel que le père de la tragédie, Homère, celui du théâtre, Shakespeare, ainsi que Cervantès, Pascal, Melville, etc. Son enracinement dialogique est d'une telle ampleur que lire, interpréter, étudier, c'est plonger dans un « univers herméneutique ». La critique littéraire combat contre l'oubli, afin de faire ajouter à l'œuvre des nouveautés du temps.

Plan de la thèse

L'identité (l'être par rapport à autrui et par rapport au monde)

Dans un premier temps, saisir l'être, c'est commencer par le situer par rapport aux autres et par rapport au monde extérieur. A la lisière même du cheminement intérieur, il y a la nécessité d'accéder à sa propre identité. Ce premier temps du parcours se concentre sur l'accession à une identité qui prend l'apparence d'un vaste abandon – entière disponibilité intérieure – à soi-même et au monde à travers soi, ce qui amène l'être tour à tour de la présence à l'absence et le ramène de l'absence à la présence. Être absent au monde, c'est être présent ailleurs, et en premier lieu être présent à soi, entièrement à soi, comme on lit dans *Jean le Bleu*. Au cours de ce balancement d'équilibre ou bien harmonie en mouvement, Giono poursuivit sa quête inlassable de la sagesse et du bonheur. Entre la présence au monde (concentration, identité) et l'absence (perte d'identité, désertion), on constate d'innombrables mouvements et hésitations de l'être qui rythment le cheminement de la pensée de Giono. Pour témoigner de cette mouvance de l'être, de ses équilibres instables, il faut retourner à l'origine et saisir ces mouvements à leur source, à l'instant même de leur jaillissement, dans l'élan, revenant à saisir l'être à sa racine, dans son intégralité et dans son unité.

L'Éveil (L'être par rapport À lui-même)

Dans le second temps du parcours intérieur de Giono, l'être se saisit par lui-même, se dégage de toute attache avec la réalité extérieure, s'engage en soi. Cette saisie de l'être par lui-même n'a plus partie liée avec la quête d'identité, elle est avant tout une quête d'unité, et elle prend place au sein de la dimension intérieure. Il s'agit de la subjectivité de l'artiste qui est réenchanté face à une réalité mentale. La seconde phase de la quête consiste en l'invention de l'âme, en la souveraineté de l'imagination créatrice. L'être s'éveille totalement à lui-même. Point charnière, frontière qui sépare l'état d'ignorance de celui de la Connaissance véritable. Se révélant à lui-même et atteignant à la pure transparence, l'être accède à la Connaissance et retrouve un Savoir qu'il a toujours possédé quelque part en lui-même dans un fonds intérieur mystérieux. De ce fait, cet éveil de l'être à lui-même est éveil à la Connaissance véritable. Le mythe du Moi créateur prend la place de celui du Monde mythique des origines. Ulysse n'assume pas le rôle de la quête d'un autre auteur? Cet éveil de l'être à lui-même, qui est éveil à la Connaissance véritable, se rapporte à la notion d'Éveil dans les philosophies orientales, surtout dans le bouddhisme, « *c'est en effet par la Connaissance que, se dégageant des illusions du monde des phénomènes, l'homme se réveille.* »① Parallèlement, cet éveil repose sur une délivrance, une libération, et du moment où l'être est ainsi en voie d'éveil, il se dépasse, se transcende et finalement accède à un état d'existence, infiniment riche et étendue.

Naissance (l'être par rapport à la transcendance)

Le troisième temps du parcours intérieur de Giono ressemble beaucoup à une seconde naissance, réenchantement du monde: naissance à la transcendance de l'être. L'individu est amené consciemment à se dépasser, aboutissant à l'être. Naissance qui est à l'origine d'un état supérieur de conscience et qui débouche finalement sur la Connaissance Supérieure.

C'est alors que l'œuvre de Giono tourne à la tragédie des temps modernes et fait appel à des pensées teintées de couleur orientale, dans ses essais journalistiques. Évitant les défauts de la modernité, cela témoigne de l'ensemble du parcours intérieur de Giono, qui s'étant détaché de la réalité mystique, ayant passé par la réalité mentale, est parvenu à une autre réalité qui les transcende toutes deux, la réalité métaphysique. La quête ontologique chez Giono constitue cette étude: Comme le sage chinois l'a dit, l'homme doit la redouter par-dessus tout en ce qu'elle est sans fin. Quête douloureuse a dû écrire celui qui l'a poursuivie, envers et contre tout; quête

---

① Mircea Eliade, *Patanjali et le Yoga*, Paris: éd. Seuil, 2004, p.20.

solidaire et obstinée qui appelle toujours l'harmonie. C'est-à-dire poursuivre une quête d'un équilibre serein entre l'être présent au monde, présent à soi-même, et présent à la Transcendance. Accéder à l'harmonie est l'œuvre d'une existence, d'une vie entière, d'une longue et patiente recherche quotidienne qui est une recherche ouverte, à toutes les influences bénéfiques. La perception d'un bonheur qui n'est pas de ce monde-ci mais qui appartient à cette « autre réalité », laquelle ne s'atteint qu'à l'épuisement de l'être. En fait, la quête ontologique de Giono se déploie sur l'arrière-fond d'une réalité qui est celle du Vide. Elle entend se révéler dans toute sa profondeur et tout son étendue à la conscience. A chaque moment de la quête, cette Réalité transparaît à des degrés divers, correspond aux degrés auxquels est parvenu l'être dans sa mutation.

Que l'enseignement du Vide ait en fait accompli des prodiges dans la vue spirituelle des peuples d'Extrême-Orient est la preuve irrévocable de sa pénétration profonde dans l'abîme de la conscience humaine.①

Comme d'habitude, il faut fuir le vide, s'échapper à son attraction. Physiquement par les actes, mentalement par la pensée, et au niveau de la parole, la création. Néanmoins, avec la pénétration au fur et à mesure de l'être à l'intérieur de lui-même, le vide est perçu. Ne plus fuir le vide, mais le faire sien. S'en approchant, on ne cherche plus à échapper à son attraction. Telle est la démarche selon laquelle je me propose d'analyser le Vide chez Giono.

L'Ecriture

La quête ontologique de Giono procède au fur et à mesure de sa création. Ainsi à chaque période, Giono ressent différents degrés des perceptions du Vide. Dans la deuxième partie de la thèse, une tentative sera faite pour essayer d'établir une continuité, celle-là même qui existe en retrait de l'œuvre, de façon à approcher la vérité de l'homme par-delà les diverses vérités de sa création littéraire.

Vers l'harmonie n'est pas une phase stable, mais un état dynamique qui connaît en permanence de nouveaux mouvements. Comment maintenir l'harmonie est le cœur du problème à traiter dans la deuxième partie de la thèse. Je vais orienter ma recherche surtout dans les essais journalistiques et les entretiens de Giono avec ses amis. En résumant les solutions proposées, on peut diriger les regards sur deux versants: l'Être lui-même et la sagesse orientale (Taoïsme en grande partie, bouddhisme en partie). Et certes, la stylistique de Giono est graduellement teintée par les influences philosophiques orientales, par exemple l'invention du

① D. T. Suzuki, *Essais sur le bouddhisme Zen*, Paris: éd. Albin Michel, 2003, coll. « Spiritualités Vivantes », p.257.

zéro, la lacune, l'ellipse. On va les découvrir ultérieurement, à la fin de la thèse. En outre, il est bien évident que pour Giono, écrivain-artisan, sa quête ontologique se multiplie en correspondant aux quêtes du style à chaque phase.

L'écriture témoigne d'une identité propre et elle porte la particularité objective de cette identité. Avec elle, Giono parvient à échapper au gouffre de l'oubli et du silence et il maintient une soif acharnée de la grandeur morale et spirituelle. Selon lui, faire une œuvre ressemble à faire une vie. Comme Jacques CHABOT l'a dit: « *Comme Shakespeare ou Victor Hugo, Giono conjugue, en toute liberté, le sublime et le cosmique, dans sa grande âme ironique* »①. Le thème général de ma thèse se situera plus au niveau de l'acte de création qu'à celui de la création elle-même. L'acte de création est à la fois affirmation de la Réalité du Vide et triomphe sur le Chaos. A un niveau supérieur, l'acte de création pouvant procéder d'une non-intervention, d'un non-agir, cela trace le parallèle avec le Taoïsme, lequel exprime un tel mode de création en ces termes:

Atteins la Suprême Vacuité
Et maintiens-toi en Quiétude
Face à l'agitation grouillante des choses
Je contemplerai leur Retour
Car toute chose après avoir fleuri
*Retourne à sa racine.*②

Il met en disponibilité totale, l'abandon aux propres mouvements de création et de destruction de l'univers mystique, et redécouvre le processus de la création originelle. Giono a œuvré toute sa vie le plus souvent dans la création de l'œuvre. Pour lui, c'est un combat dans la vie et une lutte contre le monde mesquin gâché par la modernité. Faire œuvre équivaut à faire la vie.

Définitions de quelques notions clés

Pour terminer cette introduction, il semble nécessaire d'éclairer quelques notions importantes dans lesquelles réside le sens qui nous accompagnera dans la pénétration de

---

① Jacques Chabot, préface de *Les métamorphoses de l'artiste*, *l'esthétique de Jean Giono De naissance de l'Odyssée a l'Iris de Suse*. p.11.

② Lao-Tseu, *Tao Te King*, Paris: éd. Seuil, 1979, nouvelle édition remaniée, traduit par François Houang et Pierre Leyris, p.51. "致虚极,守静笃,万物并作,吾以观复。夫物芸芸,各复归其根。"

l'univers de Giono. Signalons que ces termes seront la plupart du temps associés à des qualificatifs précis qui permettront de mieux les cerner par rapport au contexte dans lequel ils s'emploient.

La difficulté se révèle dans la transformation des concepts et des notes d'Orient en Occident. Cela tient à ce que les systèmes de philosophie diffèrent énormément et on ne peut pas toujours trouver les concepts équivalents ou correspondants entre deux systèmes de pensée. Je serai censé employer les mêmes termes bien que leur acception fasse appel, en Orient, à des critères qui n'ont pas d'équivalent exact en Occident, et qu'il faille les traduire malgré leur imprécision et approximation.

Pour un autre motif, avec la méthode analytique de confrontation, je procèderai à l'étude de chacun d'entre eux en les plaçant un par un face à la réalité même de l'être. En somme, je vais comparer trois grands couples de notions qui apparaissent le plus souvent dans la thèse: celle de la « Réalité », celle du « Vide » et celle de la « Connaissance ». On va utiliser les théories des analyses littéraires de Bachelard, George Poulet, Blanchot, ainsi que les interprétations du livre *Tao Te King*.

Méthode de travail

Aussi, pour étudier chacun deux, on va employer la méthode analytique de confrontation, c'est-à-dire que l'on place des notions une à une face à la réalité même de l'être. En fait, ce sont trois grands concepts qui vont distinguer l'ensemble de la thèse, celle de « Réalité », celle de « Vide » et celle de « Connaissance ».

a) Être et Réalité

Le concept de « Réalité » est sans doute l'un des plus vastes qui soient, il doit être ramené à une structure par laquelle il se verra nettement découpé en différents plans. On distinguera donc, en rapport avec les modalités de l'être, trois niveaux principaux:

– Le niveau de la réalité extérieure, objective (ou « objectale »), auquel correspond le mode de présence de l'être au monde.

Dans la plupart des courants de pensée orientaux, ce niveau de réalité (correspondant à la matière) est l'univers réalisé, en perpétuelle voie de réalisation, issu d'un chaos originel, d'une matrice universelle.

C'est le royaume de la forme, de l'apparence, de l'illusion, qui est pourtant seul domaine considéré comme réel, seul « réalité tangible » en Occident.

– Le niveau de la réalité intérieure « subjective » est un terme large pour être employé ici, d'autant qu'il ne répond pas exactement à ce qu'il faut entendre, auquel correspondent les modes de présence de l'être à lui-même.

On peut distinguer deux plans à ce niveau de réalité :

1. Le plan de la réalité mentale qui correspond au domaine de la conscience « ordinaire » qui est groupée autour des notions de dualité telles que les illustrent des couples d'antonymes comme bonheur-malheur, savoir-ignorance, passé-futur, mort-néant, etc. Il s'étend plus globalement à tous les mécanismes de pensée qui sont reliés directement à la réalité extérieure. Il s'agit encore du plan de l'ego qui, en Orient, constitue également une réalité illusoire puisque assujettie au premier niveau de la réalité. « Constituants matériels » de l'être, les tendances de l'ego rattachent ce dernier à la matière.

2. Le plan de la réalité spirituelle qui correspond au domaine de la conscience dite « supérieure », c'est-à-dire qui s'éveille à la Transcendance. Il s'agit du premier niveau où s'opèrent une réduction du multiple (la matière y étant considérée sous l'angle du principe unique) et un dépassement de la dualité (la pensée surmontant en effet les couples d'opposés et s'unifiant autour du seul principe de Connaissance).

3. Le niveau de la Réalité Ultime (Transcendance, absolu, Vacuité, etc.) auquel correspond le mode de présence de l'être à la Transcendance. Cette Réalité Ultime (première dans l'ordre de la création) représente le substrat de tous les niveaux et plans de réalité que l'on va prendre en considération.

b) Être et Vide

Vu que la Réalité Ultime constitue le substrat de toute réalité, elle en est comme leur « négatif » et s'y trouve donc accolée en permanence; aussi, dans son parcours, l'être est-il inévitablement conduit à rencontrer une image de la Vacuité, quelque niveau de réalité qu'il traverse.

Cependant, son mode d'appréhension variera pour l'être selon son propre degré de réalisation. C'est ainsi que, se dirigeant vers cette Vacuité (qui est donc la vision de la Réalité Ultime à laquelle on s'attachera notamment), l'être la rencontre d'une part sous la détermination du Néant – en relation avec la réalité extérieure et la réalité intérieure du plan mental – d'autre part sous la détermination du Vide ou du Non-être – en relation avec la réalité spirituelle – enfin sous celle de la Vacuité, au stade ultime.

Envers et revers de l'être à chaque instant, négation de lui-même à chacun de ses modes de présence, inaccomplissement accompagnant tout accomplissement. La manière dont l'être opère sa rencontre avec le Vide est l'image sans doute la plus parlante de son degré de réalisation, car, ainsi qu'il apparaîtra, cette rencontre peut être vécue soit sur le mode de l'angoisse et de la souffrance, soit sur celui de la plénitude et de la félicité, soit encore sur celui de l'extase (qui est plénitude paradoxale mais non sereine).

c) Être et Connaissance

Les différentes modalités rattachées à la Connaissance sont les suivantes :

1. En premier lieu est le simple savoir, c'est-à-dire la connaissance objective et morcelée, parcellaire, qui place l'être au centre d'un puzzle d'ombres et de lumières et qui ne lui procure que troubles, vains désirs et insatisfactions.

2. En second lieu est ce que l'on peut appeler la « connaissance intérieure », par laquelle l'être est placé face à lui-même, à ses images, à ses mouvements, à ses désirs, etc. Cette connaissance correspond, sommairement et dans une terminologie occidentale, à une connaissance plus ou moins profonde de l'inconscient (individuel et collectif). Cette Connaissance éveille en l'être la soif d'une autre connaissance à la fois plus englobante et plus « une » (car la connaissance intérieure se déploie toujours dans l'éprouvante sphère de la dualité et elle n'apporte donc, elle non plus, qu'insatisfactions.)

3. En troisième lieu est la « Connaissance véritable » par laquelle l'être accède au niveau spirituel. Cette Connaissance Transcendantale (qui correspond peut-être à celle de l'inconscient des profondeurs) est de l'ordre de la Révélation, de la méditation. Elle dépasse infiniment les cadres étroits de la Raison, voire de la Pensée en général.

4. Enfin, on parvient à la Connaissance Pure qui correspond à l'Illumination, à l'Éveil par lequel l'être entre en extase et atteint l'Omniscience. Cette Connaissance est Connaissance Supérieure, qui englobe toutes les formes de savoir et de connaissance antérieures. Elle est avant tout de l'ordre de la Contemplation, et elle échappe aux déterminations du langage. Elle ne peut être dite, par le simple fait qu'elle dépasse l'entendement.

Première partie Les trois réceptions du Vide

Chapitre I Vide ou réalité physique

Avant d'entrer dans cette vie nouvelle, on ne peut imaginer ni se faire quelque idée, même approximative, du vide mystique, car on voit seulement des reflets de surface, jeux de lumières et d'ombres sur un écran qui n'offre qu'une illusion de profondeur; mais dès que l'on aborde la vie réelle, l'écran s'évanouit, une troisième dimension se présente soudain, tout se creuse, s'approfondit, l'espace s'ouvre à l'infini, devient ce domaine immense dans lequel vacuité et plénitude prennent un sens qu'elles touchent à l'être substantiel.

Lilian SILBURN

Le Vide, le Rien, l'Abîme

Comme bien très tôt, Giono s'est exprimé ce qu'il ressentait depuis toujours à partir de ses premières œuvres romanesques intitulées *Trilogies de Pan* qui comprend *Colline*, *Un de Baumugnes* et *Regain*. En choisissant ce titre avec la foi qui signifie « tout », Giono avait l'intention de renouer avec la tradition pastorale et la tradition antique. Ce choix était dû à la lecture de grands poètes dont les œuvres traduites du latin en français l'avaient inspiré. Dans l'antiquité, les poètes et les philosophes ont fait de « Pan » l'incarnation de *l'Univers*, du *Grand Tout*, le dieu de l'Unité du monde d'où vient le panthéisme qui désigne la présence divine elle-même. En s'opposant au courant de la littérature contemporaine qui met l'accent sur l'analyse psychologique, le réalisme et le surréalisme, Giono se place à contre-courant de la modernité, rejoint des thèmes et une problématique a-temporels, aspirant à renouer avec la forme du mythe.

Avec la *Présentation de Pan*, Giono situe l'intrigue de ses œuvres dans le cadre de Lure tant géographique que mythique:

Quand on regarde sur la carte routière le pays que la Durance, on voit, vers le haut de l'image, une grande place morte. Une résille d'artères et de veines charrie le sang dans la partie basse; la terre verte s'abreuve au torrent; tout s'anémie et s'amenuise; la route qu'on suivait du doigt se perd, le sentier même s'efface, une dartre livide s'élargit qui va de Sisteron à Sault: tout est mort, tout est blanc de la pâleur des terres inconnues: C'est Lure.

(*Présentation de Pan*, I , 755)

Celui-ci est en effet la perception authentique du Vide. Le romancier s'efforce d'associer d'emblée à la réalité de la géographie qui lui était inaccessible dans sa jeunesse, quand il rêvait de « voir ce pays d'au-delà » (p.757). Bien évidemment pour Giono, le lieu de Lure demeure un lieu mythique, car c'est un lieu en dehors du monde, un endroit reculé, une terra incognita, un blanc sur la carte qui symboliserait les terres intangibles au cœur du continent africain, le monde du mythe, « la montagne libre et neuve qui vient à peine d'émerger du déluge » (p.755), le lieu qui combine l'inspiration classique et régionale de Giono. C'est vraiment, au milieu de la modernité quotidienne, un asile pour les dieux. Cette volonté d'échapper à la réalité transparaît dès le premier niveau d'appréhension du Vide: au travers de la réalité physique.

I . *Matière*

Selon les recherches contemporaines occidentales, on a réellement un très grand changement à tous azimuts, de l'antiquité jusqu'aux nos jours, dans les conceptions de la matière qui est en perpétuelle évolution. Ce que l'on voit et perçoit par nos sens limités ne correspond pas à la réalité vraie, puisque la réalité n'est pas retenue dans les cadres du logos depuis l'époque d'Héraclite: Elle se brouille et s'estompe par rapport aux courants tant en Orient qu'en Occident. Il y a vraiment un monde subjectif qui se transforme de l'altération du réel qui est représenté par ses formes multiples. Ainsi la représentation occidentale du réel a connu une évolution d'altération en parallèle avec celle du monde oriental. Néanmoins, le réel apparaîtra comme une existence concrète ou une idée insaisissable, impensable que Lao-Tseu nomme au début de *Tao Te King* « La voie qui peut s'énoncer, n'est pas la Voie pour toujours »①. Dans la société moderne où la quotidienneté est partout bourrée des tentations sensuelles et une sorte de leurre permanent, l'homme n'a pour « vérité » que la relativité du pouvoir d'appréhension. Ainsi, l'art n'est plus la simple réception du monde extérieur comme Platon le définit comme *mimésis* (Imitation). En face de la multiplicité et de la complexité du monde extérieur, l'art ne se contente plus de reproduire le monde extérieur avec fidélité. L'art a toujours pour mission de l'invention d'un langage esthétique qui aurait la potentialité de reproduire son propre monde. Bachelard en parle comme d'une esthétique de l'imaginaire: « le vocable fondamental qui correspond à l'imagination n'est pas l'image, C'est imaginaire », et « la littérature n'est donc le succédané d'aucune autre activité. Elle achève un désir humain. Elle représente une émergence

---

① Lao-Tseu, *Tao Te King*, Paris: éd. Seuil, 1979, nouvelle édition remaniée, traduit par François Houang et Pierre Leyris, p.21. "道可道,非常道。"

de l'imagination.»① Et donc, « C'est l'activité poétique (Das Dichten); elle crée en quelque sorte elle-même sa matière.»② et par la suite, la vraie réalité sera alors la réalité poétique. « Lorsque je parle, je reconnais bien qu'il n'y a parole que parce que ce qui « est » a disparu en ce qui le nomme, frappé de mort, pour devenir la réalité du nom »③

On doit tenir compte de cette idée exprimée par des théoriciens littéraires comme le point central dans la mesure où l'auteur en a tiré toute sa verve, toute sa lucidité et sa simplicité, et dans la mesure où il s'en est nourri à chaque instant au cours de la création littéraire, par exemple, en l'occurrence celle de Giono. Il est évident que ce qui découle d'une telle affirmation traduit d'une part l'incertitude absolue où se trouve l'esprit, donc « elle n'a pas de nom: Ciel-et-Terre en procède »④ d'autre part l'impossibilité de préciser fermement ou considérer comme une pierre angulaire sur laquelle asseoir et reposer fermement sa pensée. « le nom qui peut la nommer n'est pas le Nom pour toujours.»⑤

Quant au rapport avec la matière, l'idée ainsi exprimée remet radicalement en cause la réalité, puisqu'elle en fait apparaître toute la relativité et toute l'incertitude. Et en ce cas, une hallucination peut devenir plus réelle que la réalité elle-même.

En revanche, bien au contraire de nos perceptions, la matière est en fait foncièrement instable, bien qu'elle soit sous l'apparence de stabilité et de permanence. D'autre part, si on la touche tout d'abord, elle paraît favorable à la vie, en vérité elle semble lui être hostile et la blesser sans cesse, car « A Ciel-Terre point d'affection, tout lui est chien-de-paille⑥ ». La matière est placée sous le signe évident de la destruction pure et simple. Et on est tous « atteints Suprême Vacuité et maintiens-toi en Quiétude, face à l'agitation fourmillante des choses ⑦».

Et bien par cette raison, Giono est rebuté par la réalité matérielle qu'il ressent comme infiniment dangereuse pour lui-même, par exemple, la violence qu'il porte à l'encontre du monde dans *Refus d'obéissance* qui traduit ses profondes convictions pacifistes. Dans ce roman de sa première manière, il constate d'une part l'inutilité de la guerre à cause de ses horreurs et de la valeur de la vie. Avec prudence (voire méfiance), il n'aura sans cesse décidé de se préserver de l'idéologie pacifiste. Dû à l'expérience de la guerre dont Giono conserve le souvenir des horreurs, la ténacité de la mémoire donc persiste. La menace de la Deuxième Guerre Mondiale

---

① Gaston Bachelard, *L'Air et les songes*, Paris: Librairie José Corti, 1943, pp.283-284.

② Walter Benjamin, *Le concept de critique esthétique dans le romantisme allemande*, Paris: Flammarion, coll. « Champs », 24 Septembre 2008, p.104.

③ Maurice Blanchot, *L'entretien infini*, éd. Gallimard, 1969, p.50.

④ Lao-Tseu, *Tao Te King*, *op. cit.*, p.21. "无名，天地之始。"

⑤ *Ibid.* "名可名,非常名。

⑥ Lao-Tseu, *op. cit.*, p.29. "天地不仁，以万物为刍狗。"

⑦ Lao-Tseu, *op. cit.*, p.51. "致虚极，守静笃，万物并作，吾以观复。"

fait rappeler chez ce pacifiste naïf des visions terrifiantes qu'il s'est efforcé d'oublier et a fait de nouveau son choix politique comme le pacifisme anarchiste. Enfin, son idée se trouve dans l'impasse dans laquelle il se désillusionne, donc ce qui va être traduit par la victoire de la conception romanesque, de l'imaginaire: une forme d'idéologie personnelle, où la cruauté et la violence seront exploitées à des fins esthétiques. A cette fin, une nouvelle manière qui se distingue bien nettement de la précédente se fait jour. Les deux attitudes qu'il adoptera face au monde seront ainsi les suivantes: faire front et ne pas être dupe; être sage, d'une sagesse lucide.

A l'égard de la première attitude, elle s'inscrit dans une perspective nettement occidentale (il faut vaincre la résistance du monde et en prévenir les menaces), alors que la seconde attitude correspond plutôt à une perspective orientale. En combinant ainsi ces deux attitudes, le regard porté par Giono sur le monde sera un regard à la fois lucide et ferme. Son œuvre réunit en effet les deux éléments constituant le «type idéal» de l'idéologie: ce sont l'égocentrisme et la dégradation du sens dialectique①. C'est-à-dire que son idéologie a un caractère de l'anhistoricisme. De ce fait, Giono cherche à utiliser une passion de la création à travers des valeurs créées ou adoptées pour se réaliser dans une action imaginée. En conséquence, Giono commence à porter un regard de celui qui sait l'existence d'un revers, qui sait aussi que ce monde auquel il se trouve confronté est «une utopie» ou bien un rêve conscient, esthétiquement réalisable ou le monde auquel il est impossible de se fier jamais. Le vide accablant est ressenti partout. Prenant l'exemple dans le Taoïsme, le sage donne ses idées tellement semblables:

> *La Voie est au monde des choses. Illusion évanescente, mais en qui se trouvent des formes. Illusion évanescente mais en qui se trouvent des choses. Un mirage crépusculaire mais habité par des essences et par de solides promesses.* [...] *Dans la contemplation du Principe des choses, combien puis-je savoir qu'il en était ainsi au Principe des choses? Comme ça!* ②

On va aborder la première perception ressentie par Giono dans ses expériences vis-à-vis de la nature réelle.

I.1 Le monde «Sud imaginaire»

(*Auquel correspond le Vide de la nature primaire*)

---

① *Encyclopaedia universalis*, article «Idéologie», Encyclopædia Universalis France S.A.

② Lao-Tseu, *op. cit.*, p.61. "道之为物,惟恍惟惚。惚兮恍兮,其中有象。恍兮惚兮,其中有物。窈兮冥兮,其中有精;其精甚真,其中有信。自古及今,其名不去,以阅众甫。吾何以知众甫之状哉?以此。"

Pour Giono, mentir est consubstantiel à la création fictionnelle, la condition de sa genèse, la source de ses qualités particulières. Le monde décrit dans l'œuvre de Giono n'est pas réellement celui que l'on voit et sent, mais celui traité avec l'art d'esthétique – le mensonge. Cette option de création traverse toute l'œuvre et la vie de Giono pour reformuler, transformer, réenchanter le monde réel. Chaque prise de la parole se donne à une représentation renouvelée, à une renaissance du monde réenchanté. Puisque le monde est lié étroitement à la création littéraire, la notion « réalité » se révèle problématique. Au-delà de l'ensemble des « réalités » consensuelles qui compose notre « monde », on pourrait recourir à l'apport des psychologues pour nous expliquer la vérité de chacun. Il y a une hostilité ou confrontation dans la *Trilogie de Pan*.

Hostilité, telle est donc la première perception que Giono a perçu à travers du monde, et qu'il ressent très vivement, très intensément, très douloureusement; au point même que Giono l'impose, en attendant, sur le mode fantastique, à travers les pouvoirs que distille par exemple le personnage démiurge de *Prélude de Pan*. Pour avoir vu des villageois meurtrir une colombe, pour lui avoir brisé l'aile et surtout l'avoir « *comme retranchée du monde* », il livre ainsi toute la communauté au vertige d'une véritable bacchanale. L'identité des êtres se perd alors en une immense fusion, où cèdent tous les interdits devant le flux du désir effréné:

> *Maintenant, tout le village était dans la transe. Il n'y avait plus de table, plus de tréteaux, plus de bouteilles.* [...] *On dansait parfois dans de la coke a berlingots, et C'était dur a lever les pieds, alors. On dansait dans du vin, dans de la bière, dans de la pisse qu'on laissait aller, tout droit, dans le pantalon ou dans la jupe.* (I , 455)

Toutes les barrières s'abattent très vite et se succèdent en un rythme inimaginable: les transgressions de tous ordres sont dans ce « magma panique » comme la voie d'accès à l'accomplissement d'une mystique panthéiste où le dieu Pan, comme presque toujours présent chez Giono, confond ses traits avec ceux de Dionysos.

Chez Giono, le vertige de l'anéantissement s'exprime dans la perte d'identité, puis dans la fusion de l'intérieur et de l'extérieur: le même mouvement s'inscrit en toute chose, tantôt perçu comme attraction, tantôt comme menace. Après le massacre du lézard et le moment d'angoisse, Gondran est conduit à suspecter l'hostilité des forces de la nature, s'interroge comme suivant:

> *Cette terre!* [...] *Si C'était une créature vivante, un corps: une grande masse qui pourrait rouler sur moi comme un lézard?* (I , 148)

Cependant, cette force hostile et hasardeuse, celle que les anciens Grecs, dans la tragédie, nomment *ananke*, et que l'on appelle plutôt le destin qui souligne l'inscription dans les méandres de la nature humaine, dans cette part d'ombre de la *psyché* inentamée va céder à la tentation de l'analyse.

C'est une vision d'un monde froid, fermé, rigide, d'un monde mécanique qui heurte, s'oppose, brise tout élan... Le monde hermétique qui ne se laisse pas saisir et dans lequel règnent en permanence la dualité et la contradiction. Il nous est donné à tous de connaître cette expérience quotidienne de l'affrontement. Tout en paraissant « se livrer », le monde se refuse à nous et ne nous laisse avoir aucune prise sur lui.

Comme une porte fermée, façade aveugle, il n'y a pas de possibilité pour une pénétration possible. Il y a un fossé qui sépare l'être et le monde, et ce sont deux réalités qui se font face, qui parfois se répondent, mais qui, jamais, ne s'interpénètrent.

Quiconque veut s'emparer du monde et s'en servir
Court à l'échec
Le monde est un vase sacré
Qui ne supporte pas qu'on s'en empare et qu'on s'en serve
Qui s'en sert le détruit
Qui s'en empare le perd.
Les uns ouvrent la marche les autres suivent
Les uns ont le souffle léger les autres fort
Les uns sont vigoureux les autres sont débiles
Les uns restent debout les autres tombent
Le sage évite
Tout excès tout extrême et toute extravagance. ①

Au courant du premier temps, bien au contraire de s'abandonner à ce monde impénétrable ainsi que le ferait un Oriental, Giono entre en lutte et fait front en recourant à sa plume en virtuose. Par exemple, la *Trilogie de Pan* (*Colline*, *Regain* et *Un de Baumugne*) représente le conflit existentiel entre l'homme ambitieux et la nature sauvage.

Comme la lutte est d'autant plus acharnée qu'elle est sans illusion et qu'elle se sait vouée à l'échec vis-à-vis de la nature, ainsi que le monde se révèle hostile. C'est en ennemi qu'il nous faut le considérer et en entrant en guerre contre lui. En un mot, on doit surtout demeurer

① Lao-Tseu, *op. cit.*, pp.76-77. "将欲取天下而为之,吾见其不得已。天下神器,不可为也。为者败之,执者失之。故物或行或随,或嘘或吹;或强或羸,或挫或隳。是以圣人去甚,去奢,去泰。"

vigilants.

En face du monde inhumain qui le condamne et veut sa perte, Giono mène donc le combat avec la rage du désespoir. Dans le début de « Vie de Mlle Amandine » (texte du recueil *L'Eau Vive*, publié en fragments entre 1934 et 1935), on peut retrouver encore l'écho de cette « crise ». Le narrateur qui, par certains côtés, ressemble à Giono, parle d'un séjour en Suisse « à la fin de l'été 1933 » (Ⅲ, p.132) et fait allusion à une épreuve qu'il vient de traverser et aux efforts déployés pour en sortir:

> « *Je menais moi-même à cette époque un combat avec le monde réel. Il me fallait le rejoindre à tout prix. La bataille qu'on mène d'ordinaire avec lui me paraissait suave et enfantine à côté de celle qui, à ce moment-là, me faisait à chaque instant engager désespérément toutes mes forces. J'avais beau multiplier la diversité de toutes mes possibilités d'étreintes, tout m'échappait, tout glissait hors de mes sens; j'habitais les convulsions et les effondrements d'un naufrage qui n'en finissait plus de lenteurs.* » (Ⅲ, 133)

Non seulement il ne faut pas un instant cesser la lutte, il faut de toutes ses forces s'opposer, et prendre garde à ne pas se laisser traîtreusement digérer par le monde: pour Giono cela devient un avertissement inquiétant. C'est dans le but que son hostilité présente également cet aspect, à la fois tragique et pernicieux, qui est celui de son propre anéantissement ou le désenchantement du réel que Giono dédaigne. Le monde résiste et ne se laisse pas saisir, mais paradoxalement, il menace aussi sans cesse de se dérober et d'entraîner avec lui dans sa dégradation de l'être lui-même. Selon l'expression de René Bettelé, le monde est « avant tout et surtout celui du peu de réalité, du peu de consistance, du vide et du manque. »①

Ce n'est en effet que par un effort soutenu et permanent de l'attention que le monde se maintient en stabilité, sans quoi il s'effondre dans la non-existence... Et dès lors, comment pourrait-il être encore question de lutter ou de faire face? Traîtrise d'un monde qui peut s'écrouler sous les pas abruptement... Le roman *Colline* donne donc dès le début la réponse: les noirceur et cruauté étaient dans cette œuvre souvent traitées comme pleines de bons sentiments. Il suit l'attente et montre l'irruption de la catastrophe dans le déroulement quotidien des jours. Jaume qui est initié domine la micro-société, en tant que le seul à vivre une expérience proche de la mort quand l'incendie se produit:

> « *De bonne foi il s'est cru mort... Tous les sacs de chair où se fait la vie dansaient sur les flots éperdus de son sang.* » (Ⅰ, p.159)

---

① René Bertele, *Henri Michaux*, éd. Seghers, 1980, coll. « Poètes d'aujourd'hui », p.43.

Lorsque à nouveau le monde se reconstruit, qu'il reprend place et consistance, qu'il semble se rétablir, il n'y a pas à se leurrer: l'insécurité demeure, car la stabilité est précaire, menacée à tout instant d'effritement. Dans *Colline*, Jaume est enfin libéré de la terreur et pénètre le mystère panique du monde naturel. Enfin, il ne s'oppose plus au savoir de Janet, au contraire il se l'est approprié. Janet livre à Jaume le chemin qui peut aider l'être humain à redécouvrir Pan, à revivre en harmonie avec la terre:

« *Toi et moi, nous sommes à lui, aussi; seulement, depuis le temps, nous avons oublié le chemin qui monte à ses genoux: ce chemin, il faudrait pouvoir le retrouver* » (117).

A ce niveau donc, toute perception du monde se double, chez Giono, d'une « pré-perception » de néant, d'un néant qui n'attend que le moment de se révéler pleinement en tant que réalité, à la faveur d'un accident qui peut être tout aussi bien: moment de défaillance dans la lutte, instant de faiblesse, faux pas, ou plus simplement manque d'attention, distraction, inadvertance. Gagou (son nom signifie «le baveux») représente l'instinct de la terre et s'oppose à Janet par son mutisme et son agilité. Mais il est lui aussi marginalisé et possède la même science que le vieillard, non formulée, instinctive. Son portrait l'apparente à un animal. Tout ce qui effraie les gens des Bastides Blanches ne l'atteint pas: la nuit, le chat, le feu. Il meurt, consumé par le feu, élargi aux dimensions de l'univers, dans une apothéose:

« *Il s'approche, tend la main et, malgré l'étau de feu qui broie ses pieds, il entre dans le pays des mille candélabres d'or* » (p.155)

Ce niveau de perception est donc bien celui du *Tous ou Rien* ou bien le monde est fermement établi, installé dans son hostile « état solide », ou bien il s'anéantit subitement pour faire place à un vide abyssal et ténébreux. Mais la nature personnifiée « C'est entre les collines, là où la chair de la terre se plie en bourrelets gras » (p.9) suit ses lois propres, auxquelles les êtres humains doivent se soumettre, le mal étant éveillé dans leurs cœurs par sa vengeance.

Cependant, Giono aura été amené à une autre perception du monde. La perception à la fois plus vaste et plus mesurée, plus riche aussi et plus féconde. Au travers de cette nouvelle perception, le vide n'apparaît plus comme un néant, mais il tendrait plutôt à être chaos, C'est-à-dire monde non encore réalisé, transparaissant dernière ce monde-ci.

Le vide est ressenti sous un mode moins désespéré, mais plus subtil et plus profond, puisque la perception dont Giono fait l'objet s'accepte mieux. D'ailleurs, le vide qui n'est pas sans rappeler le Vide Taoïste dans lequel toutes choses sont appelées à prendre naissance, et auquel toutes choses retournent et s'y dissolvent.

*La voie qui peut s'énoncer n'est pas la Voie pour toujours. Le nom qui peut la nommer n'est pas le Nom pour toujours. Elle n'a pas de nom : Ciel-et-Terre en procède. Elle a un nom : Mère-de-toutes-choses. En ce toujours-n'étant considérons le Germe, en ce toujours-étant considérons le Terme.*①

Giono a perçu les effets qui ont fortifié ce dernier Vide Taoïste dans une telle perspective d'un monde en pleine mutation. Il porte alors sur un monde en mouvement, un monde qui ne laisse pas place à l'abîme mais qui, sans perdre sa permanence ni sa consistance, est perpétuellement mouvant, fluctuant : Dans *Regain*, comme son titre l'indique, le temps est celui du renouveau. Chaque partie commence en automne et s'achève aux printemps, comme pour symboliser le cycle perpétuel qui fait passer de la mort à la vie. Le roman se termine sur une promesse d'avenir, la fécondation d'Arsule qui s'unit aux rythmes cosmiques en harmonie avec la nature.

En outre, c'est une sorte du magma originel dont les sens ne nous feraient percevoir que « la croûte », le monde n'est cependant pas, sous cet aspect non plus, des plus rassurants ! Il est un monde qui se défait et se refait sans interruption sous le regard... aiguisé de l'être entré en « clairvoyance ». Par exemple, Panturle connaît une traversée symbolique de la mort lorsqu'il s'évanouit, après sa chute dans le ruisseau Gaudissart : « Depuis un moment, il a recommencé à vivre.» (p. 93) L'initiation et la mort symbolique débouchent sur une renaissance et une transfiguration du personnage initié. Panturle parvient à renouer avec ses origines chthoniennes. Cependant, au début du roman, comme un homme rustre et solitaire qui vit de prédation, Panturle devient agriculteur et sédentaire. Il connaît la même transformation que la terre d'Aubignane. Le roman s'achève sur sa victoire et sa réintégration dans le sein de la nature : « il est solidement enfoncé dans le sol comme une colonne » (p. 185), cette transfiguration rappelant la colonne végétale qu'il était au départ : « C'est un arbre » (p.17). Arsule et Panturle s'unissent, poussés par la force folle du printemps.

A ce niveau, le vide apparaît comme le moteur même du mouvement – le printemps qui se métamorphose comme le vide de la nature déclenche le début de la renaissance, comme ce par quoi la transformation s'avère possible, et ce par quoi elle a lieu. Quant au monde, il prend l'aspect d'une création continue et continuée ; rien en lui n'est achevé, tout s'y parachève (ou s'y défait) sans fin, tout subit la loi de la mobilité. Balancement continu, le monde n'est pas

① Lao-Tseu, *op. cit.*, p.21 "道可道,非常道。名可名,非常名。无名天地之始。有名万物之母。故常无欲以观其妙。常有欲以观其徼。"

réalisé, il se réalise incessamment sur un « parcours » qui le mène de la non-existence à la non-existence, en passant par divers degrés d'existence.

Retour le mouvement de la Vie,
Faiblesse sa coutume,
Toutes choses sous le ciel naissent de ce qui est,
*Ce qui est ce qui n'est pas.*①

Selon la vision taoïste, le monde se déploie à partir du Vide et y retourne. C'est une vision sereine en ce sens qu'elle présente le monde sous l'aspect d'un continuum, sans cassures ni ruptures. Cependant, on est loin d'atteindre à une telle vision sereine dans le monde mouvant de Giono. En effet, si le monde suit perpétuellement les lois de sa réalisation, il ne réalise jamais qu'un seul possible... Et Giono essaie de transfigurer, comme les philosophes et les poètes, le joyeux compagnon du cortège de Dionysos en incarnation du Grand Tout et de la nature, en dieu mystique de la philosophie orphique des mystères de la terre. Mais il hante la trilogie dans *Colline*, à travers la montagne de Lure qui est la montagne de l'enfance de Giono, à travers le vent et le printemps dans *Regain*, que dans l'étrange musique d'Albin dans *Un de Baumugnes*. Cependant, les trois œuvres ont en commun leur teinte régionale, leur thématique chtonienne, leur philosophie de la terre et leur langue paysanne que Giono appelait la « poésie panique », « poésie vraiment sortie de la terre ». On conçoit sans difficulté son inquiétude et son angoisse à sentir le « poids » de tous ces mondes non réalisés qui encerclent le monde existant du néant de leur absence.

Ainsi sommes-nous dans un monde fragile à en être insupportablement oppressant. Et on abordera là à l'ultime perception du monde qui est celle de son insondable mystère. Chaque roman met en scène une petite communauté isolée dans l'espace sauvage, dans un site précaire qui la rend fragile et menacée, car le monde naturel agresse sans cesse l'espace humain tout en le protégeant contre la civilisation urbaine, la ville étant placée sous un signe négatif, les rapports humains y étant corrompus par l'argent, l'être humain y perdant le contact avec ses origines terriennes. Les trois communautés vivent à l'écart du monde civilisé, les chemins qui y mènent sont rudes et escarpés. Elles vivent en équilibre fragile entre le contact avec la nature ambivalente et la civilisation pernicieuse. Leur fragilité, leurs luttes, leurs épreuves symbolisent la difficile intégration de l'être humain dans le règne panique. Le retour à la terre, chez Giono, se situe aux antipodes d'une vision bucolique, idyllique ou écologique. La nature est cruelle, dévoratrice, toujours prête à engloutir l'homme, si on ne la respecte pas.

① Lao-Tseu, *op. cit.*, p.99. "反者道之动,弱者道之用。天下万物生于有,有生于无。"

Comment accepter de ne pouvoir pénétrer « au plus obscur de cette obscurité » qui est « porte de tous les mystères »? Peut-on se résoudre à ne jamais parvenir à comprendre comment est possible cet ahurissant et miraculeux équilibre du monde? Equilibre entre l'apparent et l'inapparent, entre la mouvance réelle et la « porte de toute merveille. ①» qui n'est qu'une illusion? Comment s'y retrouver, sur quoi s'appuyer, à quoi adhérer? Et l'on comprend que soit poussée la tragique plainte, exprimant aussi bien doute qu'angoisse profonde, de l'être plongé dans une si totale incertitude.②

La seule issue à cette tragique situation réside peut-être dans « l'action ». Puisqu'il est impossible de percer le mystère du monde, au moins nous reste-t-il le recours d'agir sur lui, de le marquer de notre empreinte. A l'inverse du mode taoïste de « non-agir », selon lequel « Quiconque veut s'emparer du monde et s'en servir court à l'échec③ », Giono se place, lui, sur le mode de l'intervention: Une certaine connexité peut cependant être détectée dans la trilogie par la révélation progressive qui s'y fait des relations entre l'être humain et la terre: la terre sauvage dans *Colline*, la terre natale d'Albin dans *Un de Baumugnes*, la terre cultivée, domestiquée, sans cesse renaissante dans *Regain*. *Colline* met en scène la prise de conscience de la terreur panique: le roman est traversé par la peur des paysans découvrant la force et le mystère de la colline. *Un de Baumugnes*, à travers le personnage d'Albin, illustre l'autre visage du dieu Pan, celui du chanteur du cortège de Bacchus, du musicien qui ensorcelle les êtres humains et envoûte la nature avec sa musique, la « monica » étant une transposition de la syrinx. Enfin, dans *Regain*, Pan apparaît comme le dieu de la force vitale et régénératrice qui éclate au printemps. Il hante l'espace sauvage, la terre inhabitée, où l'être humain éprouve le frisson panique face à la nature vouée à elle-même.

On reviendra ultérieurement sur la perception du monde ou bien sa première perception du Vide lorsque parvenir au niveau de la réalité spirituelle, on verra comment Giono avoisinera la « perception mystique », et combien proche il sera de cette vision dans laquelle le monde est perçu en tant que « les uns ouvrent la marche, les autres suivent. Les uns ont le souffle léger, les autres fort. Les uns sont vigoureux, les autres sont débiles. Les uns restent debout, les autres tombent.»④ C'est que le paradoxe s'avérera le suivant: pour découvrir le mystère du monde, il est nécessaire, dans un premier temps, de lui « tourner le dos », de s'en écarter, pour se diriger exclusivement vers le domaine intérieur. Ce n'est qu'au terme de ce voyage

---

① Lao-Tseu, *op. cit.*, p.21. "玄之又玄,众妙之门。"

② Jean Herbert, *l'Enseignement de Râmakrishna*, éd. Albin Michel, 1939, coll. « Spiritualites Vivantes Poche », p.522.

③ Lao-Tseu, *op. cit.*, p.76-77. "将欲取天下而为之,吾见其不得已。"

④ Lao-Tseu, *op. cit.*, p.76-77. "故物或行或随,或歔或吹,或强或羸,或载或隳。"

intérieur, au bout du cheminement dans « l'espace du dedans » que, re-débouchant sur le monde, l'être sera en mesure d'en avoir une vision absolument claire et neuve, lavée, sans plus aucune ombre, et comme « de l'intérieur »... Telles sont les démarches orientales de Connaissance, et telle sera également celle que, peu à peu, Giono se déterminera à suivre.

Cependant, pour l'instant, poursuivons l'analyse de la réalité matérielle en abordant le problème du vide au travers de la perception des objets. Il y a bien des objets qui ont un sens prosaïque comme des mythes. En effet, il est surtout remarquable de constater comment Giono parvient à exprimer, à travers la recomposition de ce « Sud imaginaire » qu'il entreprend, l'attrait du néant, ce que Robert Ricatte nomme ailleurs la « tentation de la perte »①, inscrit dans l'essence même de la nature. A ce titre, l'un des textes les plus aboutis de *L' Eau vive*, Vie de Mademoiselle Amandine, dans sa dernière partie intitulée *La Mort de Pan*, paraît tout à fait révélateur. Le dieu Pan, représenté sous la forme d'un chamois, est tué en montagne par des chasseurs; le narrateur décrit par le menu le dépèce. Il n'y a aucun intérêt pour la divination dans sa dimension ponctuelle et contingente; mais à travers les entrailles, la contemplation qui relient l'ordre du monde, ses combinaisons infinies et de son mouvement, se traduit par une métaphore d'ordre cosmologique:

> « *Je voyais tout ça à travers l'aponévrose. Sous le lacis des veinules épanouies dans le nacré, comme le feuillage d'une armoise. La cargaison du monde: le ventre avec ses prairies, ses mousses, ses lichens, ses feuilles mâchées; les boyaux où déjà, quand la balle de Zani a frappé au cœur de l'aisselle, se préparait la liqueur du futur: les vigoureuses saillies, les poursuites, les brames dans la solitude sonore des montagnes* [...].» (Ⅲ, 184).

Et, le narrateur va plus loin d'évoquer « l'odeur terrible » du ventre ouvert qui livre à l'air libre la matière en pleine transformation, ce qui révèle l'effacement de l'individu face à l'ordre naturel. La nature est cruelle et sans pitié. Par contre, l'homme se confronte à une panique incertaine. La nature et son mouvement à propos de *Colline* et de *Que ma joie demeure*, la hantise du cataclysme, s'estompent sous l'effet de la pression historique②; mais en même temps, à travers cette représentation du « Sud imaginaire » et de son matériau humain qu'il entend désormais décrire, Giono insiste sur le mal à l'œuvre, et l'homme survivant à côté. Ce mal n'est-il pas une métamorphose du vide? Pendant cette période, Giono annonce son autoportrait par l'intermédiaire de ce portrait d'écrivain américain Herman Melville à qui il rend

① Robert Ricatte, « Giono et la tentation de la perte », *in Giono Aujourd'hui*; Aix en-Provence; Edisud; 1982, p.217.

② Pierre Citron, *Giono*, 1895-1970, éd. Seuil, 1990, p.333, p.665.

hommage.

> « *L'homme a toujours le désir de quelque monstrueux objet. Et sa vie n'a de valeur que s'il la soumet entièrement à sa poursuite.* » (*Pour saluer Melville*, Ⅲ, 4)

Et, puis, Giono essaie d'expliquer la passion mortelle du capitaine Achab de *Moby Dick* par les échecs en série:

> « *Je parlais de l'arrogance des Dieux* [...], *je parlais des Mires de la faiblesse et de l'amertume de l'impuissance. De la solitude humaine, C'est de ça que je parlais.* » (*Idem*, 32)

En outre, les actes inimaginables consistent à passer du monde réel à un monde irréel et légendaire qui est inventé par l'écriture. Dans ce texte, Giono révèle explicitement ses pensés pour la seule fois. Il joue à montrer son jeu d'invention comme il fera son tricheur dans *Les Grands Chemins*. La meilleure façon de tricher est de ne pas laisser voir son jeu.

I .2 Espace et Lieu

(*Auxquels correspond le Vide des choses extérieures*)

Et tout ce qui entrait dans sa bouche devenant du vide. Elle nous montrait ainsi que tout est néant. Et elle semblait dire: « Viens à moi, confusion! viens à moi, illusion! Viens! »①

Puisque les objets qui constituent l'espace, participent totalement de la réalité matérielle et font partie intégrante du monde, ils amènent à des niveaux de perceptions analogues à ceux qui viennent d'être dégagés à propos du monde, le lieu. Devant l'hostilité de cette matière dont ils sont constitués, Giono écrit le lieu en forme de l'espace. C'est ainsi également qu'il traite de leur caractère double, ambigu, « apparence-inapparence ». Par rapport à la perception du mystère qui réside en eux, qu'il nous parle de cette vacuité dans l'espace, on accède à d'autres formes de perception en pénétrant dans le lieu où réside l'univers des « choses inanimées ».

En premier lieu, la perception des objets comme pour le monde de la nature primaire n'est plus perception globale et unitaire. Le lieu n'est-il pas une forme de l'espace? Giono tend à une perception qui est perception diversifiée du multiple. Il est contraint de passer du général au particulier, parce que la perception est appelée à se renouveler à chaque instant, dans une sorte

① Jean Herbert, *l'Enseignement de Râmakrishna*, éd. Albin Michel, 1939, coll. « Spiritualites Vivantes Poche », p.33.

de tourbillon incessant qui n'est pas loin de mener au vertige. En fait, dans ce qui est devenu un faisceau de perceptions parallèles, l'être va se sentir partagé, divisé, condamné à l'éparpillement et à la dispersion. Une nouvelle appréhension du vide se dessine. Et c'est le vide par morcellement.

Cette perception reste en pointillé qui est constituée d'une suite indéfinie de vides et de pleins. L'être va se retrouver lui-même divisé en petites unités parcellaires détachées les unes des autres. La disjonction du vide se révèle ainsi dans les premières œuvres de Giono. Ainsi, les lieux dans leur infinie diversité sollicitent l'attention. Ils ne permettent pas à l'être de « se positionner »; ils le déroutent et le mènent sur un chemin sinueux qui ressemblerait à quelque entrelacement d'ombres et de lumière.

En second lieu, la relation de l'être au lieu est une relation plus étroite et intime que la relation de l'être à l'espace. La simple perception du lieu vient s'associer à la perception simultanée de l'espace de la « perception intérieure ». L'intériorisation est ici l'un des phénomènes premiers qui dirigent la relation être-objet. En suivant cette logique, on va découvrir la relation objet-image.

Alors, dans ce rapport étroit objet-image, d'une part l'objet devient le lieu d'une perception valorisante; d'autre part, l'image subsiste indépendamment de l'objet lui-même, elle tend à devenir un objet. C'est une sorte de « présence dans l'absence », au point que l'être se perd et finisse dans une totale confusion entre « ce vide du plein » constitué par l'image, et ce « plein générateur de vide » constitué par l'objet.

C'est à ce niveau que l'on commence à pénétrer véritablement dans le domaine de l'être au point-charnière où interfèrent « espace du dedans » et « espace du dehors »; car la perception de l'objet est loin d'être une perception passive: elle fait appel à une importante participation de l'être. En effet, l'objet est placé dans le vide qui fait d'inertie, de silence et de neutralité. L'être est amené non seulement à charger de valeurs subjectives (la perception même qu'il a de l'objet) mais encore à attribuer à l'objet un statut de présence effective. Cela ne va certes pas sans danger, car de la présence à la vie, il n'y a qu'un pas.

Neutre en elle-même, la présence des objets devient vite insupportable à l'être, dans la mesure où elle le renvoie incessamment à sa solitude (solitude angoissante puisque l'être y apparaît comme « suspendu » dans son vide existentiel). C'est pourquoi avec la révélation de sa profonde faiblesse et de son renoncement à lui-même, l'être aura toujours tendance à accorder la vie aux choses qui l'entourent comme pour se soulager de la sienne propre, et afin de trouver à son côté les correspondance et réponses susceptibles de l'ôter à son mal-être, au malaise que crée en lui le refus même du vide.

Il s'agit cependant là d'une tendance, car il suffit alors du simple dérangement causé par les effets, par exemple pour précipiter ce processus « d'animation de l'inanimé ». Et l'espace vide qui « dérobe » l'objet et l'auréole s'emplit peu à peu...

Ainsi, pour ne pas avoir accepté sa douloureuse béance que les effets ont avivée, l'être est pris au piège de sa propre fuite, et l'aventure peut tourner au drame si le processus s'emballe: l'être se retrouve vite débordé, encerclé de toutes parts par autant de présences devenues « effectives », et qui se mettent à le menacer et à l'assaillir:

Dans cette perspective de projection (processus apparemment inverse de l'intériorisation, mais qui, en effet, y ramène), l'être voulant échapper à lui-même ne cesse de revenir à son « néant intérieur » ainsi extériorisé. C'est alors qu'au bout de cette direction, la projection va se muer en « intégration » en traçant le paradoxe de l'extrémité. En effet, l'être en projection se dilate en donnant toujours plus d'ampleur au vide qui l'habite. Il en arrive à se dilater démesurément et à absorber-toujours dans sa tentative de combler le vide-l'espace extérieur de la projection.

Voici donc que l'espace vide duquel l'être prétendait s'échapper, qu'il aspirait à fuir, demeurer; et, dans la dilatation extrêmement provoquée. Il transparaît même dans son incommensurable étendue. La démarche n'aura donc constitué qu'un parcours en forme de cercle dont la circonférence n'aura jamais fait que circonscrire et prendre une dérisoire mesure de ce vide au-delà de toute mesure, sans pour autant parvenir, bien évidemment, à l'annihiler ni même à le réduire. Vaine est la projection qui se transforme en une tout aussi vaine intégration.

En fin de compte, les objets auront été un passage accidenté... et la désespérance persiste, identique:

Dans le cadre de la réalité physique, à part ce plan des objets, il reste à envisager la manière dont Giono a perçu le lieu même de l'appréhension du Vide qui constitue précisément la charnière d'intériorisation.

Celle-ci est conscience des limites et par contrecoup du vide au-delà de ces limites. C'est un aspect de l'homme Giono et de son œuvre, et, par conséquent tout un secteur de son système de valeurs. Le lieu est dans l'espace, une « forme » ou bien un mode de l'espace. Le lieu considéré dans un autre sens comme détermination de l'espace qui est sa négation: « Omnis determinatio negatio » (Chaque détermination est une négation.) est la « localité » comme le contraire de la spatialité nue, la localisation est comme le contraire de l' « exposition » dans un espace de perte et d'errance, l'instant est comme le contraire du temps ainsi que l'instantanéité comme le contraire de la durée.

Comme une forme de l'espace, le lieu constitue une part de l'esthétique gionienne. Si l'on analyse précisément l'espace, on trouve que l'espace égale « dehors » et lieu égale « dedans », on constate que le « dedans » est tenu pour une forme ou un mode du « dehors ». Il semblerait que Giono est l'homme du dedans mais que le dedans ne cesse de désirer le dehors, il recourt à la domestique. La valorisation du lieu est liée constamment à l'expression du malheur de la conscience bornée à la condition spatiale dans l'œuvre de Giono.

Giono transpose et recrée l'espace provençal au lieu de reproduire l'espace réel. Les lieux inventés et réels s'entremêlent en transformant les distances et les proportions. Par exemple, il place les Bastides Blanches dans un environnement à la fois montagneux (Lure) et urbain (Manosque), au service de la signification romanesque. Le site des Bastides « comme des colombes posées sur l'épaule de la colline » (Ⅰ, 130), symbolise le drame d'un village écartelé entre la nature sauvage inhumaine et « ce qui vient de la ville est mauvais » ou la civilisation moderne.

La nature « là où la chair de la terre se plie en bourrelets gras » suit ses lois propres, auxquelles les êtres humains doivent se soumettre, le mal étant éveillé dans leurs cœurs par sa vengeance. « En faisant *Colline*, j'ai voulu faire un roman, et je n'ai pas fait un roman: j'ai fait un poème! »①

Les descriptions panoramiques inscrivent l'histoire dans l'infini de l'espace cosmique, « Une grande étoile monte au-dessus des collines ». Manosque et ses environs en Provence en général constituent le cadre où presque toutes les histoires se produisent. Mais ce ne sont qu'apparences: Giono embrouille souvent le « réel » et « l'invention ». Par exemple, dans *Manosque-des-Plateaux* (1930, Ⅶ, 15-64), l'auteur nous prédit au début que la description de la ville ne peut jamais correspondre au « réel », parce que « je ne pourrai jamais retrouver le vrai visage de ma terre.»

L'intériorisation de l'espace dans l'œuvre est caractéristique des espaces gioniens, surtout des espaces qui servent de cadre aux récits de sa vie. Ainsi, la colline à côté de Manosque est perçue comme « Ce beau sein rond est une colline ».

La deuxième partie de cette œuvre porte sur la description de la ville Manosque. Elle est divisée en deux parties séparées par la « Grand-Rue ». Cette division est à la fois topographique et humaine. Dans le quartier d' « Aubette » à l'est et à l'ouest, habitent respectivement les gens qui ont la sympathie du narrateur et les bourgeois qui sont détestables②. Cette description de la ville reflète une vision subjective de l'espace. C'est un espace qui s'organise en fonction des sentiments du narrateur à l'égard des habitants mais aussi en fonction des récits racontés ainsi que des valeurs dont les habitants sont porteurs. Ainsi, on retrouvera dans *Jean le Bleu* la même division: il y a les « nôtres » et les « autres »③.

En outre, le cadre spatial entraîne toujours vers un au-delà de la réalité. A cet égard,

---

① Jean Giono, Jean Amrouche, Taos Amrouche, Henri Godard, *Entretiens avec Jean Amrouche et Taos Amrouche*, ed. Gallimard, 1990, p.142.

② Pour plus de détails, voir la « Notice » de H. Godard sur Manosque-des-Plateaux, Ⅶ, 905-906.

③ Voir R. Ricatte, « Notice » sur *Jean le Bleu*, *op. cit.*, Ⅶ, 1219 et suiv.

Henri Godard a souligné dans sa « Notice » sur Manosque-des-Plateaux que la description de la ville « se termine sur une vision du monde sous-terrain »①. C'est un monde plus mystérieux porteur de légendes. Dans ce côté imaginaire, « légendaire » qui donne au texte une dimension plus large que la simple description d'un cadre de récit de vie. Le cadre spatial n'est pas simplement un décor où se place le récit de la vie, il devient un élément interne à la création des œuvres chez Giono. En installant un système de significations et de symboles, Giono a créé un style propre aux récits dits autobiographiques, mais aussi valables pour tout autre récit de fiction.

En outre, le cadre spatial semble jouer ici une fonction toute différente de celle qu'on trouve habituellement dans les autobiographies. En effet, il n'a pas pour fonction de transposer le récit de vie dans le réel, mais au contraire de faire de ce récit une fiction. La ville Manosque décrite par Giono conserve très peu de rapports avec la ville réelle. Parce que l'auteur a voulu lui assigner dans son texte, que cet espace a d'autres fonctions symboliques et poétiques. Un autre exemple montre de façon très significative le glissement du réel au fictif qui a lieu dans la représentation du cadre spatial, c'est celui de *Présentation de Pan* ② (texte de 1930). Ce texte est présenté par Giono comme « explication » à sa « *Trilogie de Pan* », cycle qui comprend *Colline*, *Un de Baumugnes* et *Regain*.③

Cette manière du style consiste à ne jamais représenter « les choses pures », mais à « allonger » et à « amplifier » semble être en fait celui même de Giono. Le début de ce texte présente bien le cadre de l'action:

> « *Quand on regarde sur la carte routière le pays que ceinture la Durance, on voit, vers le haut de l'image, une grande place morte. Une résille d'artères et de veines charrie le sang dans la partie basse; la terre verte s'abreuve au torrent; de grasses villes s'arrondissent, les voies sont larges, la poussière du blé roule comme une nuée; mais, d'un coup, tout s'anémie et s'amenuise, la route qu'on suivait du doigt se perd, le sentier même s'efface, une dartre livide s'élargit qui va de Sisteron à Sault: tout est mort, tout est blanc de pâleur des terres inconnues: C'est Lure. Plus de chemins. Les traces humaines font peureusement le tour de la montagne. Quelques villages heureux marquent les étapes du voyageur à pied.* » (I , 755)

Le cadre qui est présenté n'a pas de références à un espace géographique « réel », mais à travers une ressemblance du réel. Le référent devient une image. On sait à quel point les cartes

---

① Henri Godard, « Notice » sur Manosque-des-Plateaux, *op. cit.*, p.909.

② « Appendice » I, *Œuvres romanesques complètes* I , éd. Gallimard, 1971, pp.753-777.

③ Robert Ricatte, « Notice » sur *Présentation de Pan*, *op. cit.*, pp.1314-1315.

jouent un rôle important chez Giono dans la création de ses œuvres: « je lis les cartes comme je lis les livres »①. A partir d'une carte, on a bien pensé de son espace et la carte elle-même devient un élément de la fiction. Elle produit l'image d'un corps avec « une résille d'artères et de veines qui charrie le sang », C'est une réalité « vivante ». Dans cette carte, on peut voir « vers le haut de l'image une grande place » et également « la poussière du blé [qui] roule comme une nuée ». Après quelques pages, il s'agit d'une carte que le narrateur trouve dans la maison de Gondran et qui représente à peu près les mêmes caractéristiques que celle-ci:

> « *J'ai cherché dans la petite bibliothèque de Gondran. Il y a l'almanach de Mathieu de la Drôme, l'agenda agricole et une carte du pays. J'ai choisi la carte. Elle est étalée sur mes genoux, ma terre est là comme écorchée. On voit la grande artère maîtresse de la Durance, puis les petits vaisseaux qui charrient l'eau vivante et tout le réseau nerveux des routes. Les couleurs dansent mais, comme d'un coup sur les yeux je m'éveille en plein: voilà la tumeur, là-haut, le mal blanc, l'apostume rocheux qui s'est gonflé, déchirant la chair, Lure.* » (I, 774)

En plus, l'animation de l'espace et l'anthropomorphisme constituent des aspects importants de la création de Giono pendant cette période « panique »; mais il y a encore un autre aspect qui caractérisera plus tard sa création: c'est la manière qui consiste à la superposition de deux espaces.

L'auteur va installer son récit dans un espace tout particulier. Il s'agit des souvenirs d'enfance d'abord, mais il s'agit surtout de tout ce qui s'associe avec la montagne imposante: Lure. « Cette terrible montagne » (I, 759) qui joue un rôle important dans *Colline* puisqu'elle y incarne la force du Dieu Pan. L'évocation de cette montagne se rapporte avec le souvenir d'enfance:

> « *J'avais sept ans quand, pour la première fois, j'entendis parler de cette montagne* » (I, 756).

C'est donc la carte qui fait commencer le passage de l'espace géographique réel avec un espace autre « ce pays d'au-delà » (I, 757) ou bien « le pays de derrière l'air ». Elle fait resurgir un monde à la fois vivant et magique. En suivant la route, on est emportés dans un univers magique, fantastique, d'après le « déluge »:

---

① Jean Giono, Jean Amrouche, Taos Amrouche, Henri Godard, *Entretiens avec Jean Amrouche et Taos Amrouche*, éd. Gallimard, 1990, p.87.

« *La route se glisse dans l'entrebâillement d'une porte de roches ; elle tourne ; elle danse contre le flanc sauvage et poilu du mont ; elle s'esquive dans un val ; elle se cache sous les collines ; elle fuit enfin vers Laragne, laissant derrière elle, après son prudent détour, la terrible échine. Ce qu'elle encercle ainsi, C'est la montagne libre et neuve qui vient à peine d'émerger du déluge. Là, le vent est comme un ruisseau et coule à travers votre tête ; tout fuit de ce qui constituait le monde habituel, tout coule comme un sable ; plus rien de ce qui a été inventé ne compte ; vous voilà clarifié et lavé* » (I , 755)

Ce pays sauvage nous fait penser aux descriptions au début du *Jean le Bleu*. Mais où va-t-on en suivant cette route? On va à la rencontre de Pan ou le Tao. Ce Dieu démontre ses aspects terribles mais amicaux avec ceux comme « le petit Giono » (I , 759) qui ont le cœur « tendre » et les « gestes aimables » (I , 759). Si on va à la rencontre de Pan, il n' y a qu'à poursuivre l'itinéraire tracé sur la carte :

« *Alors, si on a le courage de tout abandonner de gaîté de coeur, si l'on n'a plus d'orgueil que pour le poil de sa poitrine, on avance, porté par les ailes d'une musique intérieure et, un pas après, on trouve sous le chêne un homme aux bons yeux qui paît ses trois brebis en flûtant sur un sifflet de roseau.* »(I , 755)

Au début, on analysera comment la description du cadre spatial s'écarte progressivement du réel représenté. Et cette représentation n'est-elle pas la première perception du Vide de Giono? Comme ce cadre acquiert une dimension à peu près mythique et ce n'est pas la vraisemblance qui est recherchée, c'est en fait comme une « explication » de sa « *Trilogie de Pan* » conçue par l'auteur. Dans ce chapitre suivant, on va voir les rapports de la correspondance au vide de la créature.

I .3 Extrême et limite ou la vie et la mort

Pour s'accorder avec le monde extérieur tel que Giono le perçoit le plus souvent, il faudrait que le corps ait cette malléabilité, cette fluidité, cette même inconsistance que la réalité matérielle dans laquelle il se trouve placé : le corps est la frontière entre deux dimensions, le point de rencontre entre la dimension extérieure et la dimension intérieure. Il peut en être tout à la fois leur point de fusion ou leur point de rupture, selon que celui qui l' « habite » se trouve en harmonie avec le monde. De plus, il est étriqué. L'être s'y sent compressé. Enfin, il est pesant, pesant, fait de trop de matière... C'est insupportable pesanteur à laquelle Giono ne cesse de revenir comme à un véritable supplice, comme à ce qui rend la condition humaine si misérable, si peu enviable, mais, aussi étrange et paradoxal que cela puisse paraître, l'homme qui est invité à assister à ce spectacle, poussé à la fois par la curiosité de savoir toujours plus et attiré par cet abîme n'hésite pas à pousser cette expérience jusqu'à ses extrêmes limites:

> « *Serions-nous même sûrs de mourir, que cette faculté d'invitation nous pousserait au premier rang de ceux à qui il serait donné d'assister à ce spectacle. Nous voudrions goûter aux vapeurs sulfureuses et voir les ruisseaux de sang et ne pas manquer le déracinement des montagnes et l'arrachement des océans.*»(Ⅲ, 1073)

A l'expression de cette pesanteur, on retrouvera ce leitmotiv dans presque toutes les œuvres du romancier. Il est toujours lié à celle de la souffrance, car la pesanteur rend si douloureux le voyage de l'être à l'intérieur du corps. La pesanteur représente également un danger, car il faut mener à l'inertie et obliger sans cesse à des efforts pour échapper.

Ainsi donc, il faut créer et s'épuiser à la porter. C'est comme un boulet qui rattache l'être au monde. Le corps ne peut échapper à la sphère matérielle. Il y est assujetti. Ainsi le corps, la réalité corporelle contraignent-ils l'être à demeurer présent face à l'hostile réalité extérieure qui blesse et s'oppose brutalement:

> «[...] *Non, les hommes ne laisseront jamais un spectacle sans spectateurs, et, si le spectacle est terrifiant, ils s'approcheront le plus près possible, car la terreur les pousse toujours jusque dans la gueule du loup.*» (Ⅲ, 1074)

Le romancier s'exclame douloureusement la terreur. Par cette exclamation désespérée, Giono traduit l'intense malaise qu'il ressent à l'intérieur de son corps et toute la distance qu'il est amené à creuser entre lui et cette réalité corporelle qu'il se refuse à faire sienne. Comment Giono pourrait-il l'accepter dans la mesure où elle ne peut fondamentalement pas le satisfaire?

Pour Giono, à ce niveau de l'incarnation il n'y a ni bien-être, ni sécurité possible. Le corps est avant tout pour lui une fascination suscitée par le spectacle de la mort et assez curieuse. « Point de vue d'artiste, remarque Jacques Chabot. Giono n'a-t-il pas projeté d'écrire *Les Fêtes de la mort*? » ① Cette expérience aux limites de la tolérance humaine que on retrouve également dans d'autres œuvres de Giono. C'est une sorte de coque vide lourde et matérielle. Par exemple, il renie au point d'écrire dans « Monologue » (une nouvelle de *Faust au village*) pour se distraire.

Si le corps ne saurait échapper à l'attraction de la réalité matérielle, C'est la possibilité

---

① Jacques Chabot, « *Eugène et Satellite ou les avatars d'un cholérique* », Bulletin n°27, 1987, p.51.

d'échapper en partie à la réalité corporelle. Comme une véritable évasion et libération, Giono ne cessera de rechercher et de provoquer cet affranchissement. Une partie de son œuvre retentit comme un appel à ce détachement radical d'avec la réalité corporelle, car:

Qui se dresse sur la pointe des pieds est chancelant
Qui marche à pas glorieux couvre peu de distance
Qui fait parade de soi-même est sans écalt
Qui se donne raison n'est pas mis au pinacle
Qui vante ses talents passe pour sans mérite
Qui se targue de ses succès prépare sa chute
Ce sont là pour la Voie
Des rebuts de mangeaille ou des enflures vaines
Tout un chacun en a dégout.
*Et l'homme de la Voie s'en détourne.*①

Ainsi le corps est un lieu que Giono « déserte » dès qu'il s'en donne l'occasion ou qu'il s'en fournit les moyens. Dans son ensemble, le corps est le lieu même de sa désertion par rapport à la réalité physique et matérielle.

Tirer profit de la maladie ou de l'épuisement physique; tirer profit aussi de la rêverie; tirer enfin profit de l'imagination, en bref, tirer profit de tout état qui se démarque de l'ordinaire. La réalité corporelle devient donc pour Giono son premier « choc », et ainsi mène-t-il son corps jusqu'au point extrême de rupture, au-delà duquel, tel Meidosem du vide; point extrême au-delà duquel également l'être subitement allégé de sa gaine charnelle retrouve son milieu véritable.

En effet, l'expérience intérieure à laquelle travaille Giono dans cette longue partie de sa vie n'est valable que pour l'ici-bas.

« À cœur distant, tout lieu est retraite », pourrait-il dire avec le poète chinois, au contraire de la nonne qui, « veuve jeune », s'est cloîtrée rapidement pour les « gros travaux » de la confrérie, renonçant au monde sans le connaître. Or, quand le sage renonce à la « vita practica » dont parle Nietzsche, « c'est parce qu'il connaît, parce qu'il se connaît. C'est sa façon de sauter à l'eau, d'atteindre sa sérénité propre »②.

① Lao-Tseu, *op. cit.*, p.67. "企者不立;跨者不行;自见者不明;自是者不彰;自伐者无功;自矜者不长。其在道也,曰:余食赘行。物或恶之,故有道者不处。"

② Friedrich Nietzsche, « *Aurore*, *Réflexions sur les préjugés moraux* », *Œuvres complètes de Frédéric Nietzsche*, *vol. 7v*, traduit par Henri Albert, éd. Mercure de France, Paris: 1901, p.237.

Chez Giono, à la base même du rejet catégorique de la réalité corporelle est ce septième ou huitième sens, « celui du manque », par lequel la présence permanente du vide est très physiquement ressentie. C'est une tragique impression de se percevoir comme Vide. Cependant, l'utilisation de son corps pour briser les limites en poussant jusqu'aux limites, est amené malgré tout à le reconnaître pleinement. En effet, faire œuvrer le corps à sa propre destruction et sa négation, c'est l'accepter à l'intérieur même de ses limites et lui accorder valeur et primauté. C'est pour en dévoiler clairement les limites que le père se démarque du texte biblique, en pensant que « l'Apocalypse ne détruit pas la vie » (Ⅲ, 1075). La mort est alors préférable pour l'homme, « car la mort est le remède des Apocalypses » (Ⅲ, 1071). Et selon le père, c'est pour cela aussi que « l'Apocalypse est l'ensemble des événements qui font désirer la mort.» (Ⅲ, 1087). Certes, on comprend le conseil à son fils:

> « *Il faudra surtout te méfier de ceux qui voudraient supprimer la mort, surtout si jamais ils y arrivent.*»(Ⅲ, 1087)

De plus, dans les faits eux-mêmes, la négation absolue et définitive qu'elle se targue d'être, ne saurait jamais s'avérer provisoire. Le retour au corps demeure inévitable...

Ainsi y a-t-il, au moment même du refus, acceptation tacite de cette réalité corporelle que l'on s'efforce de quitter, avec laquelle on va « jouer », et à laquelle on sait, par avance, que l'on reviendra. La réintégration de la réalité corporelle est implicitement reconnue comme « point d'arrivée » à l'orée du « départ ». Ni leurre ni mauvaise foi, il s'agit ici du simple jeu dialectique du refus et du consentement, de la négation et de l'acceptation. A cet égard, Giono ne se fait aucune illusion qui note d'ailleurs dans le vide.

En fait, Giono n'est pas dupe de l'issue du détachement par dysfonctionnement du corps social qu'il déteste dans la réalité. Il entre plutôt dans la phase soi-disant « la réalité, cette apparente stabilité, ce miraculeux équilibre.» Malgré les hommes modernes n'ont certainement bénéficié d'un apprentissage de la libération ou de la liberté, la spontanéité de la révolution et la charge explosive d'une révolte sont désamorcées et amorties par la facilité vive, elle-même caractérisée par la recherche d'une impossible satisfaction. C'est là une des caractéristiques de la société moderne: c'est le corps social avide. Si l'homme y devient insatiable, c'est qu'elle se l'est appropriée pour en faire un organisme à son image; cela montre la réussite du système contre l'individu. L'avidité crée des soins et les besoins nécessitant une dépendance. Malgré l'abondance propre à la société de consommation, selon Giono, le problème de l'individu en matière de sa liberté et de son bonheur n'est pas résolu, et encore moins celui de sa sécurité.

Car le corps en tant qu'état privilégié est infiniment précaire et peut s'interrompre à tout instant. Du corps social au corps humain, l'excès fait son effet. Ce noyau du corps social n'en est pas épargné, d'autant plus que l'usure par l'excès et par la démesure semble être l'une des causes de cette tragique aventure à laquelle se livre l'homme moderne. A cet égard, le choléra du *Hussard* est plus que symbolique « comme un symptôme prodromique ». Ce symptôme est assurément celui d'une décadence à la fois morale et physique dont souffre l'homme et sa société. La phase aiguë en serait cette ultime synthèse de contradictions ou bien l'anéantissement.

Cependant, voici que ce corps avec lequel il semblait que l'on peut jouer indéfiniment, que l'on peut déserter puis réintégrer sans mal, voici donc que ce corps a subi et suivi ses propres lois irréversibles sur l'inexorable parcours de son évolution, c'est-à-dire la transition de la deuxième manière.

Au détour du quotidien, avec la faiblesse générale d'un corps usé et vieilli, l'appréhension d'un vide, d'un néant absolu ira se fondre irrémédiablement. Les questions se posent avec angoisse et acuité:

– Se laissant absorber par le néant, la réalité corporelle ne risque-t-elle pas d'entraîner l'être dans cette dissolution?

– Dans cette chute sans retour, l'être échappera-t-il ou sera-t-il englouti par le vide ultime?

Questions d'autant plus angoissantes que si l'être n'a pu aller jusqu'au bout de sa quête ontologique, s'il n'a pas eu le temps de faire aboutir celle-ci, il demeurera à jamais « irréalisé ». Les souvenirs de la Guerre sont aussi, dans cette appréhension anticipée du terme où le corps s'évanouira, Giono y revient comme à un refuge qu'il est bon, infiniment bon.

Pour ce qui concerne la matière, cette pré-perception d'un Vide ultime apparaît comme néant, laisse ainsi entrevoir, avec le temps pour mesure, la réalité matérielle tout entière glisse. Mais l'être? Survivra-t-il à l'anéantissement de toute réalité matérielle? Face au vide redoutable et menaçant de la réalité extérieure, il y a une urgence extrême à parcourir la dimension de l'être, la dimension intérieure, afin de saisir ce vide. C'est donc vers cette réalité de l'être et en premier lieu son niveau psychique qu'en compagnie de Giono nous aura à nous tourner.

Auparavant, approche les implications de cette saisie du vide au travers de la réalité matérielle, et voyons de quelle manière l'être rebuté par la dimension extérieure, se tourne vers sa dimension propre, se donnant alors les moyens de la parcourir en toute lucidité.

Avant de commencer totalement dans ses voyages intérieurs, Giono a d'abord « transporté sa réalité corporelle » par les vastes étendues du monde, comme pour s'assurer que la quête intérieure est bien la seule qui compte. C'est la fin de l'idéologie commune où l'on domine l'esprit de « la première manière » dans son œuvre. Dans *Que ma joie demeure*, la mort de Bobi marque une étape dans la voie du renoncement idéologique, et la Deuxième Guerre mondiale dissipe toutes les illusions que Giono se fait sur la possibilité d'une paix universelle. En effet, c'est à la fois la fin de l'idéologie conceptuelle et la continuation de l'imaginaire qui aboutit à la naissance d'un art, au lieu d'un style marqué par la cruauté et la violence.

Le vide que retrace la réalité est celui par lequel Giono prendra conscience de toute la profondeur de sa fondamentale solitude, en relation étroite avec l'appréhension du Vide. Le rêve est donc le remède à cette solitude forcée. Et par les mêmes rêves, Giono se prépare à une escapade réelle. Car, seuls peuvent se sauver ceux qui sont capables de « créer par cœur » des « raisons d'espérance.» Ce vide est celui du choc permanent de la réalité corporelle et de la réalité matérielle extérieure environnante. Le vide au cours duquel Giono connaît la fatigue, la maladie, etc., et dans lequel il se trouve plongé dans une nature résolument opposée à l'homme et confronté à celle-ci. L'imagination représente la force de la création par le cœur dont l'art est le fruit. Et c'est l'imagination créatrice, cette force de rajeunissement poétique indispensable à la vie. Dans une double perception, perception du vide extérieur et perception du vide intérieur, l'être est ballotté par les événements qui, dès lors, vont perdre tout sens, toute signification, dans une errance absurde qui n'est plus que l'errance d'un corps meurtri, vidé de toute substance.

Le vide ainsi mis en relief dénote l'absence de l'art, et ne pourrait être comblé que par « les démesures du néant » dont résulte la mort. Donc le triomphe de la ville n'est pas sûrement le « triomphe de la vie »; et pour que l'homme vive, il faut que l'art survive et, enfin, fleurisse. Le démon du progrès habite la ville, et ses habitants en sont hantés; il faut un poète à la fois chanteur et enchanteur pour l'exorciser: Bobi est-il encore attendu ou à jamais parti? La réponse est du moins difficile, mais, malgré et contre tout, sa mission demeure dans le cœur de ceux qui appellent toujours. Car les poètes, comme les prophètes, se succèdent pour accomplir une mission humanitaire; Francesco Odripano a déjà précédé Bobi:

> « *Depuis qu'on a commencé à bâtir des maisons et des villes, à inventer la roue, on n'a pas avancé d'un pas vers le bonheur. On est toujours des moitiés. Tant qu'on invente dans la mécanique et pas dans l'amour on n' aura pas le bonheur.*» (Ⅲ, 175).

Toute l'éducation occidentale se trouve ainsi remise en question. Le malheur de l'homme doit ses origines à la culture des fêtes - de la fausse intelligence, de l'esprit rationaliste, matérialiste. Dans ce passage cité ci-dessus, on s'aperçoit que les principes de Giono sont toujours plus ou moins nourris par certaines idées du père. Cette attitude hostile à toute sorte de modernisme, sous toutes ses formes, relève plutôt des réminiscences d'enfance que des convictions originales d'inspiration personnelle, mais qui en fin de compte se personnalisent. Si le voyageur cherche ainsi désespérément à « s'attacher », c'est précisément en fonction du Vide, parce que, dans ce Vide absolu, il ne trouve, ne découvre rien sur quoi (ou en quoi) avoir pris. Le voyage lui-même se trouve alors défait de tout contenu, il ne correspond plus à rien.

Dans cette perspective, Giono est ramené à l'essentiel de cette présence corporelle au monde, et lui qui donnait prééminence à l'intervention comme forme de lutte face à la réalité matérielle, à une profonde lassitude, amorcé d'un renoncement. Dans cette révélation du non-sens de la présence corporelle au monde, celle-ci finit par devenir le lieu d'un déséquilibre constant.

C'est l'extrémité à laquelle Giono a pu parvenir au cours de son écriture, et qu'il paraît en avoir tirée (indépendamment de l'évidence d'un « Vide Universel »), elle se traduit dans ces deux phrases signifiantes: Une autre remarque laisse savoir que seul compte le « Voyage intérieur ».

On pense au célèbre vers taoïste: « Plus loin tu vas, moins tu connais.»① pour explorer l'être: rien ne sert d'aller à l'autre bout du monde. Pourtant, un voyage sera essentiel à Giono: Il a lu beaucoup plusieurs ouvrages sur la Chine dans les dernières heures de sa vie.

A ce rapport entre le vide, la réalité corporelle et son errance par le monde. Et on voit pareillement Giono aspirer à recouvrir au voyage comme simple forme de dilatation de la réalité corporelle:

Cette dialectique porte donc Giono tantôt à arracher son être à la réalité corporelle, tantôt à vouloir (par le voyage) faire échapper son corps à la pesanteur de l'inertie.

Dans ses multiples heurts avec le monde et avec les objets; dans ses appréhensions répétées d'un vide, d'un néant, au sein de la matérialité tout entière, et au-delà comme en deçà d'elle; dans ses tentatives de fuite à la fois douloureuses et avortées; en tout cela Giono a pleinement pris conscience d'un fait essentiel pour lui et pour la poursuite de sa quête: il s'agit de l'infinie solitude dans laquelle il se trouve plongé. L'Etre est seul face à l'ensemble de la réalité matérielle, seul aux prises avec elle comme aux prises avec le vide qu'elle dessine et laisse entrevoir. Il est seul et ne peut compter que sur soi. Il est condamné à le rester, tant qu'il est vrai que la destinée même de chaque être humain est le parcours d'une solitude vers ce point extrême d'anéantissement. C'est ce dernier voyage, cette dernière traversée du voyageur qui deviennent éternellement solitaire.

Ainsi, pour se retourner sur soi, se faire face et errer en soi, l'être se livrera à cette ultime solitude qui consiste en une conscience aiguë d'elle-même. C'est-à-dire la solitude perpétuelle de soi. Cette solitude de soi incessamment renvoyé à soi est au sein même de l'étendue vide, de l'immensité inconcevable.

Mais à l'image de la société et de la civilisation, les âmes modernes et civilisées ont perdu leur sensibilité naturelle. Leur durcissement serait l'une des raisons valables de la guerre. La

---

① En chinois, le vers est:"知微行远"

première des guerres serait donc celle que l'âme humaine pourrait livrer à la nature même. Ne pas être sensible à la beauté de la nature est une aliénation dont la première victime est l'homme lui-même. C'est donc le pas qu'il ne fallait pas faire: selon Giono, l'origine du mal est l'âme humaine moderne qui semble être l'objet de toutes les tentations; elle démontre des tendances de la vie sociale que dénonce Giono: l'hypocrisie, les efforts gaspillés et le temps perdu pour embellir le corps et soigner les apparences: Giono « cherche le cuveau où vous pouvez aussi laver votre Ame » dans *Le poids du ciel* et il commence à percevoir les souffrances et solitudes dans sa première période.

Ⅱ. *La quête d'un monde réenchanté*

Chez Giono, le vertige de l'anéantissement s'exprime dans la perte d'identité et dans la fusion de l'intérieur et de l'extérieur: le même mouvement s'inscrit en toute chose, perçu soit comme menace, soit comme attraction. Après le massacre du lézard et le moment d'angoisse qui conduit Gondran à suspecter l'hostilité des forces de la nature. Il se met à s'interroger:

> « *Cette terre! [...] Si C'était une créature vivante, un corps: une grande masse qui pourrait rouler sur moi comme un lézard?* » (I , 148)

Cependant, par cette force hostile et hasardeuse ou bien le destin, ses œuvres cherchent à en souligner l'inscription dans les méandres de la nature humaine ou bien cette part d'ombre de la psyché laissée inentamée. L'écriture du *Moulin de Pologne* révèle ainsi:

> « *Le destin n'est que l'intelligence des choses qui se courbent devant le désir de celui qui semble subir, mais en réalité provoque, appelle, séduit.*» (V , 744)

Ainsi, cette force obscure qui vient briser les destins, contrarier les illusions, abattre les ambitions, cette puissance de la nuit, Giono la voit inscrite en filigrane dans ce qui fonde l'essence de l'homme et emprunter le visage même du destin: les personnages se voient alors distingués par ce halo de malédiction qui brise en même temps qu'elle remarque ceux qui répondent à son appel. Il est à se reporter à la manière dont Giono présente la dynastie des Coste et sa débâcle programmée, dans les carnets de préparation du *Moulin de Pologne*: ces « princes qui ont la mort pour compagnon » (V , notice 1224) s'illustrent aussi bien par leur lutte que par l'approbation sans réserve qu'ils manifestent au regard du destin qui les oppresse.

La figure du démiurge de *Prélude de Pan* plaçant tout un village dans la transe aux seuls accents de la syrinx apparaît comme la préfiguration de ce qui retient l'attention de Giono à savoir l'élan dionysiaque vers le désordre et la transgression. Au fond, bien plus que Pan, figure de la fécondité universelle qui s'empare avec violence de la nature entière et la perpétue, le mythe emblématique et sous-jacent chez Giono, c'est d'abord et avant tout celui de Dionysos, dieu civilisateur①, mais d'une civilisation tendue au-dessus du gouffre, perpétuellement menacée et paradoxalement renforcée par la tentation du gouffre et de l'abîme. Les caractères que lui découvre Marcel Détienne apparaissent sans nulle ambiguïté et permettent d'identifier l'arrière-plan mythique :

> [...] *Dionysos surgit, il bondit, il danse, il saisit, déchire, fait délirer. Entrelaçant dans l'arc-en-ciel de ses apparitions les couleurs affines du sang jaillissant et du vin écumant. Dionysos de la saisie brutale qui fait trébucher sa proie, l'entraîne dans la folie, dans le meurtre, dans la souillure; Dionysos des vignes mitres en un jour, des fontaines de yin, de la boisson enivrante et qui donne l'effervescence. Ce dieu double, ne serait-ce pas, enfin, le même?*②

Au sens premier du terme, la création poétique chez Giono ne se dérobe jamais vraiment tout à fait à cette influence, comme en témoigne cette sorte de profession de foi que l'on citait dès l'abord, intitulée de *Aux sources male espérance* :

Cependant, le tournant décisif qui s'opère au cours de la période de transition consiste en une métamorphose esthétique. Progressivement, l'image du dieu dans le vertige de l'ivresse fait aussi nature. Elle s'est faite plus discrète mais d'autant plus prégnante : celui qui brise les destins et fait trébucher dans la folie détermine alors une création littéraire tournée vers la quête de l'Absolu, loin de la quête épique et lyrique de *Que ma joie demeure* et de *Batailles dans la montagne*, mais au sein de cette négativité à l'œuvre que stigmatise la fascination des origines et du sang versé. La nature luxuriante et son mouvement étourdissant déjà évoqués à propos de *Colline* et de *Que ma joie demeure*, la hantise du cataclysme, s'estompent alors sous l'effet de la pression historique qui enfin retombe; mais dans le même temps, à travers cette vaste fresque du « Sud imaginaire » et de son matériau humain qu'il entend désormais brosser, Giono insiste sur le mal à l'œuvre, et l'homme œuvrant à ses côtés. Dans la biographie fictive qu'il compose, durant cette période, en hommage au romancier américain Herman Melville, biographie du

---

① Il faut entendre par-là un Dieu qui, par la brèche qu'il ouvre dans le caractère police de la civilisation, fait aussi naître la conscience de celle-ci; un dieu que les Grecs, tout en le tenant pour subversif, saluent comme l'introducteur de la vigne et du yin, qui forment, comme on le sait, un trait distinctif essentiel face aux barbares.

② Marcel Détienne, *Dionysos a ciel ouvert*, Hachette, « Textes du XXe siècle », 1986, p.9.

cœur plus que de la lettre, de ce « vieux cœur mort » avec qui il entre en sympathie, Giono annonce, par l'intermédiaire de ce portrait d'écrivain qui se veut aussi, nécessairement, autoportrait:

> « *L'homme a toujours le désir de quelque monstrueux objet. Et sa vie n'a de valeur que s'il la soumet entièrement à sa poursuite.* » (Ⅲ, 4)

C'est la solitude essentielle de l'homme, l'impuissance et la cruauté des dieux, autres noms de l'ennui métaphysique que Giono ressent comme la substance même qui fonde l'essence de la matière, déterminent alors toutes les combinaisons, toutes les échappatoires; ses œuvres non pas dans l'ordre du vécu mais dans celui d'une « expérience intérieure » cherchent à coïncider avec les blancs de race comme en creux, parce que l'être puise précisément son essence de l'indicible – le Tao en termes du Taoïsme.

Ⅱ.1 *Colline* comme nature homme

Il y a comme une trace des rapports violents entre l'homme et la nature que l'on trouve particulièrement exprimés dans une œuvre antérieure: *Colline*. Mais le souffle « panique » qui caractérisait cette œuvre est moins notable, bien que la nature semble encore réagir à l'agression des hommes et réagir à sa manière: elle le fait ici par le grand nombre de mouches qui viennent envahir leur vie.

Le plus souvent chez Giono, la présence des mouches est liée au sang et à la mort. Par exemple, dans certaines scènes du *Hussard sur le toit*, les mouches viennent manger les cadavres. En fait, la présence des mouches relèverait de cette loi de la transformation naturelle des corps dont les mouches sont des agents parmi d'autres. Ici, les mouches sont attirées par le « sang » de la terre qu'elles trouvent sur les mains des fermiers:

> « *Quand leurs mains ne bougeaient pas, elles étaient tout de suite couverte de mouches comme des mains mortes.* » (Ⅱ, 119)

Leur présence est envahissante. Au fond de la plaine, la rivière immobile faisait des mouches comme une bête morte. Mais, si le vent venait du village au lieu de venir des collines où les forêts vivaient doucement la vie paisible, si le vent venait de ce côté où les hommes avaient frappé la face de la plaine et où la terre saignait du vin, les mouches se dressaient toutes ensemble comme un nuage. Elles gâtaient le pain et la viande, elles venaient sucer le moût jusque dans la barbe des dormeurs, jusque sur les mains des hommes de barre, jusqu'au coin de la bouche de Mérope. Les femmes les chassaient des cuisines en faisant claquer leurs tabliers.

«*A l'heure du soir, elles coulaient avec la nuit dans les vergers de figuiers. Elles se posaient sur les pigeons; elles couvraient les plumes comme une poussière, comme les fleurs de quelque arbre noir tout dévasté par le vent. Elles se posaient sur les longues couleuvres et les serpents faisaient des sauts de reins puis glissaient dans leurs trous avec des bruits d'huile au feu.*» (Ⅱ , 121)

«*Toute cette ambiance (de blessures, de sang et de mouches) fait naître l'idée de la mort chez Jean. Il y avait tant de nuit et de mouches, tant de chaleur sucrée, tant de lueurs blêmes dans le feuillage des vergers, et de silence, que je pensais chaque fois à la mort.*» (Ⅱ , 121-122)

Son attirance même pour l'odeur des brebis et des femmes, est désormais associée à l'odeur du sang, odeur qui participe de la terre et du ciel:

«*Le chant de la terre et des eaux avait alors changé de registre. Chaque mot me disait l'importance du sang. Une bête avait dû être tuée quelque part dans le ciel, derrière moi dans mon ombre, de l'autre côté de l'air, tout près de moi, et tout ce que je reniflais avait le goût fade de la boucherie avec ses moutons aux ventres ouverts. Les nuages étaient blessés, les collines assommées, le dos mort, la tête basse; la vie n'avait plus son sol de sable ailé tout en ressort et en danse; il me fallait tirer mes pieds à chaque pas d'une boue lourde, chaude, mais qui me saoulait comme l'odeur des marécages et du printemps.*» (Ⅱ , 122)

C'est alors, pour échapper à cet univers, que Jean invoque Anne. Cette fille qui incarne l'amour léger, «aérien», comme on l'a déjà vu, peut seule l'arracher à cette force qui le tire vers le bas, à cette pulsion morbide:

«*C'était mon besoin humain de ne pas mourir qui me faisait appeler «Anne, Anne!» dans le bois de figuiers où la nuit était si épaisse.*» (Ⅱ , 122)

Il n'est pas étonnant que cette fille, contrairement aux autres femmes, soit une fille «muette» et «sans odeur»:

«[...] *J'appelais, j'avais grand besoin d'adoucir la tristesse de mon cœur, cette tristesse à goût de soif qui brûlait mon corps pour avoir regardé le grand serpent né de l'odeur des brebis. J'avais grand besoin des yeux de lait, des cheveux noirs, du calme visage immobile d'Anne sans odeur, de la petite fille froide, muette, de la dormeuse aux yeux ouverts, perchée dans les arbres comme un fruit.*» (Ⅱ, 124)

Cette fille du silence qui incarnait l'amour d'autrefois semble être perdue pour jamais:

> « *Il ne fallait plus compter sur Anne; le jour finissait, elle devait être sur le figuier perdu en train de jouer avec son silence.*» (Ⅱ, 126)

Anne est un personnage qui préfigure un peu ces femmes enfermées dans leur monde à elles et qui gardent alors toutes leur pureté et leur innocence.

Le titre donné à cet épisode est « Le vin des hommes » mais il ne s'agit pas de la description des vendanges. Le vin et les travaux des fermiers ne constituent qu'un point de départ pour l'évocation d'un univers propre à Jean où il y a conjonction d'images opposées: vin/sang, terre travaillée/blessures, mouches/pourritures, amour/mort, etc.

Dans ce désir d'amour chez Jean, on voit donc que les mort et vie sont liées. Il ne s'agit pas pour Giono d'exprimer une attitude métaphysique à l'égard du monde, mais il s'agit d'une vision poétique qui tente de traduire les sensations physiques, celles surtout, éprouvées par l'enfant dans son propre corps qui est en transformation. Les désirs nouveaux sont ressentis par l'enfant comme un poids qui l'attire vers le bas et comme une sorte d'anéantissement et de mort.

Cette vision est une caractéristique essentielle de la poétique de Giono. Selon l'expression de Georges Benrekassa à propos de Werther, Il s'agit d'une « poétique du dire du désir et du dire de la mort.»① la violence, le sang qui jaillit, des bêtes, les plaies qui s'ouvrent, les agonies des hommes et des animaux, ainsi que les monstruosités... Mais au contraire de l' amour, le plaisir physique ressenti au contact du monde, les odeurs enivrantes, tout cela constitue une perception du Vide physique chez Giono.

On voit que l'initiation à l'amour n'est pas seulement source de joie et de plaisir. Elle est associée à une certaine souffrance et à une certaine amertume:

> « *Je vivais dans un monde amer et exalté. On avait, paraît-il, sauvé toutes les princesses, sans m'attendre. C'était mon temps de floraison. J'avais besoin d'héroïsme, d'amour et de meurtrissures. A chacun de mes gestes, le don de moi-même coulait le long de mes membres comme de la sueur.*» (Ⅱ, 169)

---

① Georges Benrekassa, Dit et non-dit idéologique: à propos du « Supplément au Voyage de Bourgainville » *in* « Dix-huitième siècle », 5, p.108.

En outre, le conflit père/enfant apparaît déjà dans *Colline*. Dans ce roman, l'autorité de Janet, « le plus vieux des Bastides » (I , 131) est contestée par les habitants. Cette autorité repose sur son âge: « il est maintenant dans ses quatre vingts » (I , 131) et sur le savoir qu'il a des choses de la terre et des hommes: « il devine le temps, les feuillages, où il voit la maladie à l'avance, les visages, où il surprend, lui, menteur et rusé, le mensonge et la ruse » (I , 131). Un savoir qu'il ne veut pas partager avec les autres. Cette autorité repose également et surtout sur la « parole »: « il parle sans arrêt comme une fontaine » (I , 35). Non pas une parole claire, logique et rationnelle, mais une parole désordonnée, irrationnelle et obscure: il « déparle » (I , 138). Au moment où il commence à « déparler », la fontaine s'arrête, et d'autres signes de malheur s'annoncent. Les habitants y voient l'action magique entreprise contre eux par Janet, en connivence avec les forces obscures de la nature. Ils décident alors de tuer ce « père ». Et c'est à son beau-fils Gondran qu'ils confient cette tâche. Celui-ci, avec la complicité silencieuse de sa femme, la propre fille de Janet, se prépare à s'acquitter de cette mission. Le meurtre n'a pas lieu, non que le « fils » renonce à l'acte, mais parce que le père Janet meurt de mort naturelle.

Dans ce roman, on voit donc bien comment le conflit prend toute son étendue entre père et enfants. Ici, ce conflit est autour de l'autorité et le pouvoir. C'est d'ailleurs Jaume, autre personnage qui tient sa supériorité sur les autres de son instruction et de son savoir (tout comme Janet), qui se rend digne du rôle de chef:

> « *Jaume, C'est celui qui connaît le mieux les collines, et puis, il lit; non seulement le journal, parfois quand il va à la ville, mais des livres. Il a même un Raspail; ça C'est sérieux.* » (I , 149)

C'est donc Jaume qui mène cette conspiration contre le « père » Janet, et qui, après la mort de celui-ci, va diriger l'action de la communauté contre l'incendie. Il sent qu'il a les mêmes qualités de Janet, car si celui-ci était « droit, dur, comme un tronc de laurier » (I , 131), lui « il se sent devenir grand et solide comme un arbre » (I , 190).

Son autorité va à un certain moment être contestée à son tour par le jeune Maurras:

Jaume a peur. Depuis le matin où il s'est vu le chef, il a lutté à l'abri de l'espérance; il était comme un ressort, un coup reçu le jetait en avant. Ce soir, il a rencontré brusquement sur sa route le torrent du désespoir et l'eau furieuse l'emporte.

Il a peur. Il n'a plus la certitude qu'on va gagner, dans cette lutte contre la méchanceté des collines. Le doute est en lui, tout barbelé comme un chardon. Jaume va pouvoir conserver son pouvoir, mais apparemment ce n'est que partie remise.

Ⅱ.2 Retour sur l'origine

Atteins la Suprême Vacuité
Et maintiens-toi en Quiétude
Face à l'agitation grouillante des choses
Je contemplerai leur Retour
Car toute chose après avoir fleuri
Retourne à sa racine
Le Retour à la racine s'appelle Quiétude
*Ce retour est notre Destinée*①

Le thème du retour à l'origine constitue une caractéristique du taoïsme qui est inspirée par la pensée du Yi King, *Livre des mutations*. Selon Lao-Tseu, il faut se placer à l'origine d'un événement, en trouver le germe naissant, pour accompagner et maîtriser son développement. Y atteindre signifie que l'on ne confond pas l'existence avec quelque chose qui existe, qu'on cesse de comprendre l'existence à partir d'autre chose qu'elle-même, qu'on accède à l'existence dans son pouvoir être originaire, sa « vertu », sa nature propre exempte de toute qualification.

Quant à Giono, l'accent est alors mis sur l'activité créatrice: l'art n'est plus la simple réception du monde extérieur. Il ne se contente plus de le reproduire et de l'invention d'une langue esthétique qui crée son propre monde. Cette attitude, lorsqu'elle se déploie à l'échelle cosmique, conduit à se placer à l'origine du monde, d'une part pour le refaire, mais aussi pour en saisir la créativité incessante en une régénération continue, pour retrouver la puissance organisatrice de l'univers et se joindre à elle, et enfin pour dépasser celui-ci en bouclant le cercle par la jonction de l'unité première et de l'unité déployée en une unité ultime qui conjoint la Source originelle et son expansion dans la multiplicité des êtres.

Selon l'expression de Giono, « Voyageur immobile » se veut explorateur: explorateur de la nature au sens le plus large, de ses abîmes et de ses gouffres insondables, qui comporte la nature humaine et l'expérience intérieure à laquelle elle est liée. En outre, cette exploration conduit Giono à recourir comme ultime horizon littéraire.

Cette vocation a pour la mission d'établir les domaines de l'homme, d'évaluer les contours, les frontières de son expérience et d'envisager une possible métaphysique, revient en fait pour Giono à s'interroger sur la question originelle, l'une des questions majeures qui hante la pensée occidentale depuis le XVIIIe siècle. Et pour le Taoïsme, c'est la Source originelle. Cette Source

---

① Lao-Tseu, *op. cit.*, p.51. "致虚极，守静笃。万物并作，吾以观其复。夫物芸芸，各复归其根。归根曰静，静曰(是谓)复命。"

première, à l'origine de toute origine, n'a rien d'un âge d'or ou d'un temps primordial, lesquels n'en sont que des images. En effet, ce qui frappe tout d'abord les commentateurs, c'est la parution de *Colline* qui est la détermination de Giono du commencement de dépouiller l'homme de la civilisation. Giono désire contempler avec les données immédiates de la condition humaine, corps à corps, l'homme nu. Dans les forces extérieures comme le feu dans *Colline*, le mal décelé est à l'origine de l'attirance pour la violence et l'anéantissement éprouvés par les personnages, par le contact de la nature. C'est la première étape de la perception du Vide physique de Giono. Giono contribue à réinventer des communautés isolées. Et comme point de départ, il est apte à prolonger la lutte contre ce qui écrase les hommes et met en péril leur identité. La réalité rude constitue le contenu principal du Vide. Au sein du Taoïsme, le Vide provient de la Source première qui n'a rien d'un age d'or ou d'un temps primordial. Ils sont des images. Atteindre ce Vide signifie qu'on ne fond pas l'existence avec quelque chose qui existe, qu'on cesse de comprendre l'existence à partir d'autre chose qu'elle-même. Et lorsqu'on accède à l'existence dans son pouvoir être originaire, sa « vertu », sa nature propre exempte de toute qualification.① Le Vide ici est presque le synonyme du mal.

Mais en choisissant de considérer le problème de l'homme face au mal et du mal au cœur de l'homme, en s'attachant du moins à soulever le problème en ces termes, selon une perspective nettement distincte de celle adoptée par son contemporain Ramuz par exemple, Giono se montre tout à la fois novateur et en accord avec les interrogations fondamentales de sa génération. Cependant, aux exhortations libératoires du Gide des *Nourritures terrestres*, Giono assigne des limites, dévoile en même temps le contenu subversif de celles-ci et fixe par la même façon, salutairement, la place de la littérature comme lieu du vertige et du non-savoir; lieu aussi de tous les impacts, des transgressions compulsives que le récit peut seul rendre dicibles ou, du moins, manifester à distance, comme une ouverture possible sur ce qui, foncièrement, reste voué à l'ombre. C'est le propre des *Chroniques romanesques* que de révéler, après guerre, dans un contexte social contemporain rendu enfin sensible, la permanence d'une postulation au sacré. Ce n'est donc pas un hasard si, tant par sa profonde intelligence de l'œuvre que par une indéniable sympathie, Cendrars s'adresse en ces termes à Giono, et dès 1930:

> *Comment avez-vous pu découvrir cette mentalité primitive en Provence, moi qui ai dû aller au centre de l'Afrique pour l'inventer? C'est rudement fort d'avoir su écrire ce livre* [*Colline*], *chez vous, sans cliché, aux antipodes du classicisme, en pleine communion avec le nègre*②.

---

① Isabelle Robinet, *Comprendre le Tao*, éd. Albin Michel, 2002, p.105.

② Henri Godard, *Album Giono*, Gallimard, « Bibliothèque de la Pléïades », 1980, p. 82, Daniel Moutote, « Le roman du discours romanesque dans *Noé* », *Giono carjourd'hui*, Edisud, 1982, p.81 *et sq.*

De fait ce qui, des ses œuvres de formation, transparaît au travers des textes tels que *Colline* ou *Le Serpent d'étoiles*, Giono a su en décupler la portée avec les *Chroniques romanesques* qui plongent leurs intrigues dans le temps de l'histoire et se chargent alors, loin de tout didactisme idéologique, des données sociales qui fondent le monde moderne. Bien plus sûrement encore que le reste de l'œuvre, elles disent ce qui, chez Giono, participe d'une véritable fascination des origines: par exemple les origines de l'homme livré de nouveau à ses instincts, comme c'est le cas, déjà, pour Panturle, dans la première partie de *Regain*. Mais surtout, une fois pressenti le danger d'une telle incursion ou, du moins, la misère qu'elle révèle (*Que ma joie demeure*), c'est l'origine de toute création, de la littérature en particulier, qui dit le pressant besoin de l'homme de se réinventer, de saisir aussi l'émergence et le surgissement irrépressible de cette création. A ce titre, par exemple, *Noé*, « roman du discours romanesque », se situe donc pleinement au cœur du système des *Chroniques* et souligne, plus que tout autre, le souci de Giono de porter son interrogation à son point ultime: d'où vient, on va la littérature? Dans un monde judéo-chrétien où l'homme se conçoit avant tout par le Verbe, dans quelle mesure la parole littéraire peut-elle, sinon effacer, du moins offrir une alternative à l'emprise du néant?

Aussi, et ce jusque dans l'élaboration de l'édition de la Pléiades de ses *Œuvres romanesques complètes* (1971-1983, mais l'entreprise fut conduite, dès 1966, avec la collaboration étroite de l'auteur), Giono n'aura de cesse de multiplier les expériences, déléguant même son point de vue à la critique pour demander qu'elle lui révèle la part de mystère subsistant dans l'œuvre en devenir①. C'est par-là, de même, que Giono s'inscrit dans le courant moderne qui, à la suite de Joyce notamment, pousse la littérature dans ses ultimes retranchements pour mieux faire surgir, par la manifestation de « l'œuvre en chantier », l'ambiguïté humaine et le caractère improbable de l'individu. Sans toutefois faire preuve de suffisance, Giono affirme par exemple à Jean Amrouche, lors des entretiens radiodiffusés de 1952, alors qu'il aborde les enjeux ontologiques et métaphysiques de son œuvre: « *Je suis le sujet ébloui de ma propre création.* »②

Saisir au plus juste le surgissement d'une essence qu'il puisse enfin appréhender, C'est-à-dire les composantes multiples d'une réalité en mouvement.

II.3 Le profane et le sacré

Le père, véritable héros de ce récit, joue donc le rôle de « prophète-guide ». Il en a le mot

① Pierre Citron, *Giono*, 1895-1970, éd. Seuil, 1990, *op. cit.*, p.551.

② Jean Giono, *Entretiens*, *op. cit.*, p.174.

et le ton lorsqu'il parle. Henri Fluchère compare l'action du père qui amène l'enfant sur le toit à celle de l'évangéliste:

> « *Sur le haut de la maison* » (*Mtt.* XXIV, 17) *où l'évangéliste* (*ici Matthieu*) *fait monter ceux qu'il veut préserver de* « *l'abomination de la désolation* », *le père Jean, évangéliste contestataire, fait monter le fils, par une brûlante soirée d'août, pour lui faire, comme le Jean de Pathmos, sa révélation*①.

Cette position du père citant le texte sacré rappelle, également, celle-là même de Jésus sur « le Mont des Oliviers »②. On a remarqué que, dans *Jean le Bleu*, le père adopte déjà ce même ton lorsqu'il parle à son fils. Le « pouvoir prophétique »③ qu'exerce le père sur son fils et qui semble avoir encore son retentissement dans la vie de celui-ci (comme on le voit dans le texte), est comparable (dans *Virgile*) au pouvoir, qu'on peut qualifier de « poétique » qu'exerce le poète latin sur lui. Dans *Le Grand Théâtre*, il y a, d'ailleurs, mention de ce poète, lorsque le père fait référence, pour le livre qu'il aime, à *Virgile*: « Il aimait particulièrement l'Apocalypse de saint Jean. Il disait: « C'est mon *Virgile* » (III, 1084), comme pour montrer à son fils (dont il connaît le penchant pour le poète latin) à quel point il aime lire l'Apocalypse. Ce rapprochement entre le texte « profane » et le texte « sacré » souligne peut-être-malgré les divergences-les goûts de lectures très proches du père et de son fils. Dans « La Ville des hirondelles » (recueilli dans *L'Eau vive*), le narrateur parle des textes sacrés qu'ils ont lus ensemble:

> « *Ensemble, nous avions lu plusieurs fois les Evangiles, la Bible, et dans saint Thomas d'Aquin, les traités de Dieu et de la vie humaine.* » (III, 286)

Mais la lecture de ces livres ne traduit pas, de la part du jeune homme, un penchant particulier pour la religion. Le narrateur de « La Ville des hirondelles » s'en défend. Ce qui semble l'intéresser dans ces textes, c'est la dimension poétique qu'ils contiennent:

> « *Pour expliquer certaines de mes façons de penser, quelques critiques ont prétendu que j'étais protestant. Non: ni mon père, ni moi. Ni protestants ni catholiques. Rien. Et je me souviens maintenant de tout ce que nous avions lu ensemble et je trouvais que c'était vraiment*

---

① Henri Fluchere, « Préface » au *Déserteur et autres récits*, coll. « Folio », éd. Gallimard, 1973, p.19.

② *Op.cit.*, p.19.

③ Expression de H. Fluchere, *op.cit.*, p.18.

d'une belle poésie, d'une très belle sagesse, d'une très grande force. C'était de très beaux livres.» (Ⅲ, 286)

C'est ce qui intéresse le père également, la *Bible*, qu'il lit pour son propre plaisir, est la source de ses rêveries:

« *Son métier n'occupait que ses mains, et il travaillait entièrement seul dans une haute chambre sombre, propice aux rêveries, au sommet de la maison. Depuis des années, il lisait la bible pour son plaisir, et aussi parce que c'était un livre* « *long* » (*c'est-à-dire économique: de* « *long* » *usage.* (Ⅲ, 1083-1084)

C'est cette même idée qui est exprimée par Giono quelques années plutôt dans ses *Entretiens* (1953) *avec Amrouche*:

« *Mon père, je crois, était séduit par l'appareil poétique de la Bible. Je ne l'ai jamais vu passionné par le Nouveau Testament, mais très intéressé par l'Ancien Testament, même par les passages les plus arides, comme les Nombres, le Lévitique. Il trouvait là, une sorte de jeu dans lequel il pouvait s'intéresser. Je crois que mon père, qui faisait un travail solitaire, qui travaillait tout le jour, avait besoin pendant qu'il faisait sa paire de souliers, d'occuper son esprit avec des mots, de jongler avec des idées, de s'amuser avec des images, mais pas d'attacher une idée métaphysique à ces choses-là.*» (124)

Il y a dans ce passage une préfiguration de biens des thèmes et idées développées dans *Le Grand Théâtre*. A propos de l'intérêt du père pour la *Bible*, Robert Ricatte rapporte aussi ces propos de Giono:

Brusquement mon père a trouvé ce qu'il cherchait, c'est-à-dire à la fois une littérature extraordinaire, - en même temps que de l'histoire, - de l'imagination fantastique et féerique, La Genèse et tout le reste, c'était de la féerie: ce n'était pas de la religion, c'était une féerie. Ensuite il y avait de l'histoire et puis il y avait des lois: ça, ça l'intéressait beaucoup [...]. *Il était tout seul dans son atelier et il attendait avec impatience mon retour de l'école* [...]. *J'arrivais, et nous commencions à discuter sur des quantités de choses* [...]. *Il faisait son soulier et sur sa table, il y avait souvent la Bible ouverte qu'il lisait en même temps qu'il cousait, mais ce n'était pas du tout un homme religieux.*①.

① Robert Ricatte dans sa, « Notice » sur *Jean le Bleu*, *op. cit.*, pp.1228-1229.

Le rôle que joue le père dans *Le Grand Théâtre* peut donc être assimilé à une sorte de jeu (théâtral). Le père, très passionné par *la Bible*, joue le « prophète ». On a relevé quelques caractéristiques de cette mise en scène (l'emplacement, le décor, la présence du spectateur-auditeur, le ton pris par le père...) Il y aurait pour le père deux univers liés: l'un univers « sacré » servant de toile de fond à ce « drame », constitué de toutes les images mythiques de l'Apocalypse et l'autre univers « profane », pourrait-on dire, brodé sur le premier, où le père s'évertue à exprimer ses propres sentiments et pensées et à évoquer, dans un discours « tragi-comique », les questions des plus diverses - et parfois des plus fantaisistes. Son imagination créative et débordante lui permet d'inventer un monde dont les images ne sont pas moins poétiques que celles du texte sacré. Il manifeste ainsi une autre qualité, celle de « poète ».

Chapitre Ⅱ Vide et réalité mentale

Il est absurde de dire le monde est irréel tant que restez convaincu que vous-même vous êtes réel. ①

Incessamment renouvelée, la désillusion éprouvée par Giono face au monde, aux autres, bref à tout ce qui lui parvient du dehors, de l'extérieur (la réalité) l'a fait se replier sur soi-même. Si vérité il y a, c'est à l'intérieur de lui-même, en lui, et en lui seul qu'il la découvrira.

Opérant ainsi un revirement sur soi, faisant retour à lui-même, l'être ne doit compter que sur soi, exclusivement. Il est alors possible qu'à son développement progressif corresponde un dévoilement analogue de la vérité, du moins de la sienne propre. Ayant opté pour cette démarche dans laquelle, dès lors, il va placer sa réalisation tout entière, Giono mettra l'ensemble de ses facultés en œuvre pour développer l'acuité de son regard intérieur et augmenter son pouvoir d'attention et de concentration.

S'isolant d'avec toutes choses extérieures, Giono s'absorbe dans cette intense contemplation de soi-même qu'il sent pouvoir le mener à une libération effective. Et, de même que, par la malédiction, le taoïste engagé totalement en soi finit par être absorbé, par le vide intérieur qui est fondement de son être (ou plutôt absence essentielle de fondement), on trouve chez Giono cette même appréhension, par l'être, du vide qui le constitue.

Toute l'exploration intérieure du romancier va se déployer sur cet arrière-fond de vide, lequel il n'apparaît dans toute son ampleur et toute son étendue qu'accidentellement, lorsque la résistance de l'être à soi-même cède brusquement. La révélation du vide intérieur (ici appelé «psychique») relève, en effet, chez Giono, d'une cassure à la lisière de l'être; et la réalité mentale ouvre alors ainsi, par intermittences, sur ce vide qui lui est concomitant:

- Considéré dans une perspective linéaire, ce vide prolonge la réalité mentale.
- Mais envisagé sous l'éclairage de l'instantanéité, il la double tel un négatif d'elle-même.

C'est pourquoi dans un premier temps ce vide prendra chez Giono ces qualifications

---

① Lama Kazi Dawa-Samdup, W. Y. Evans-Wentz, Marguerite La Fuente, *Le Yoga Tibétain et les Doctrines Secrètes ou les Sept Livres de la Sagesse du Grand Sentier*, éd., anastatique, 1997, p.345.

exprimant par là la plongée brutale de l'être dans les ténèbres dont on ne sait pas la profondeur.

I. *Crise*

On a vu que Giono a, au lendemain de la deuxième guerre, changé de mode d'écriture. Le besoin de ce changement est peut-être, en fait, lié à une réalité historique bien précise : c'est-à-dire à ce qu'on peut appeler la « crise » vécue par l'auteur pendant la guerre de 1939-45. Ses deux incarcérations (en 1939 et à la Libération) étaient dûes à des prises de position qui - mal jugées ou mal interprétées – ont causé beaucoup de tort à l'auteur. Son image se trouvait ainsi « ternie » aux yeux du public. Et pour sortir de cette « crise » qui l'a profondément marqué et faire oublier cette image, il a cherché à se montrer différent①. Et tout d'abord en inventant une écriture romanesque différente de celle d'avant 1939②.

Le fait de continuer à parler constamment de lui-même s'expliquerait donc, du moins en partie, par le souci de se justifier continuellement, de se défendre et de briser ce « cocon » dans lequel on a voulu l'enfermer. C'est dans cette perspective qu'on pourrait comprendre les constantes évocations de cette période difficile (notamment dans ses *Entretiens*③. où il insiste par exemple sur ses activités patriotiques lors de cette guerre). Il rappelle, dans presque tous ses écrits à caractère autobiographiques d'après guerre, même dans certaines de ses « chroniques » journalistiques des années 60 (comme dans les extraits de textes des *Terrasses de l'Ile d'Elbe* que l'on a cités plus haut) ses origines sociales modestes, comme pour dire qu'il n'a cessé d'être du peuple et avec le peuple.

Toutefois, ces problèmes personnels s'intègrent particulièrement bien dans les textes où ils sont évoqués. Ce sont en général des récits qui revêtent, malgré les données autobiographiques, un caractère tout à fait fictif. Giono ne parle pas de sa vie comme dans une « confession ». Il la raconte comme une fiction. Il invente souvent un cadre et une intrigue où il place son « moi » face à ou dans des situations réelles ou fictives.

C'est ainsi peut-être que ces volte-face, ces prises de position parfois inattendues voire provocatrices - que l'on décelle dans ses différents entretiens à propos par exemple de certaines de ses œuvres, ou dans les attitudes qu'il prête à ce « moi » dont il parle dans certains textes –

---

① Giono parle de ses deux incarcérations comme d'expériences enrichissantes au plan humain dans ses entretiens avec Amrouche et avec Jean Carrière. Par exemple, dans *Entretiens* avec Amrouche, à propos de la deuxième : « Certains ont naturellement de grandes crises de désespoir [...] Je me trouve d'ailleurs assez bien, même fort bien, avec les montagnes autour de moi, avec la forêt dans laquelle je vais tous les jours.» *op. cit.*

② Nous examinerons cette question avec plus de détails en suivant.

③ Jean Giono, Entretiens avec Jean Amrouche, Taos Amrouche, *op. cit.*, pp.273-283.

s'inscrivent aussi dans cette conception générale de la création chez Giono. Celui-ci, en effet, aime cultiver et mêler les paradoxes: la mystification et la démystification, le fait vrai et l'affabulation, la réalité et le « mensonge ». Le tout est souvent porté au paroxysme, à ce qu'il appelle « démesure ». Aussi, n'est-il pas étonnant que sa propre vie et son œuvre soient soumises à ce jeu de paradoxes.

Les différents entretiens et interviews① permettent certainement d'éclairer sa vie passée et son œuvre mais contribuent aussi à présenter une autre facette de l'auteur: un « Giono par lui-même » en quelque sorte. Un Giono qui se penche sur sa propre vie et sa propre écriture qu'il explique ou interprète à sa façon. Car, en interprétant, il « crée » une autre image de lui-même, de ce moi de l'artiste qui se voit à travers la perception qu'il a de lui-même.

La « crise » liée à la guerre remonte en fait à une époque plus lointaine. Elle remonte à son incorporation lors de la guerre de 14-18. Dans ses différents écrits et déclarations, Giono a toujours souligné le fait qu'il a gardé de très mauvais souvenirs de cette guerre atroce. L'œuvre qui a sans doute le mieux évoqué ces années de guerre, c'est un roman: *Le Grand Troupeau* (1931). L'auteur y retrace, par personnages fictifs interposés, les moments difficiles vécus par lui-même sur le front. Ses positions sur la guerre, il les explique dans beaucoup d'écrits: aussi bien dans les récits à caractère autobiographique (Comme dans *Jean le Bleu* où il consacre un épisode à son ami Louis David mort sur le front) que dans ce qu'il est convenu d'appeler ses « *Ecrits pacifistes* » qui couvrent approximativement la période entre 1934 et 1939, comme *Refus d'Obéissance*, *Précisions ou Recherche de la pureté*. La hantise de la guerre est un thème latent même dans certaines de ses fictions②.

Si, à l'origine, cette « crise » est une « crise » conjoncturelle, liée à des événements historiques bien déterminés vécus par l'auteur (et liés à la première ou à la deuxième guerre), ses effets sont néanmoins permanents. Ils sont perceptibles dans toute l'œuvre de Giono, soit de manière explicite soit en filigrane. On les retrouve aussi bien dans l'œuvre d'avant guerre que dans l'œuvre d'après guerre.

Mais c'est dans les écrits à caractère autobiographique que peuvent se manifester davantage les effets de cette « crise » liée à la guerre ou ceux d'autres « crises » plus « existentielles ». Car, c'est dans ce mode d'écriture que l'auteur est supposé se révéler le mieux.

Jean le Bleu (écrit en 1932 et publié la même année) est à cet égard fort révélateur. Le retour à l'enfance serait chez Giono comme le signe d'une rupture avec le climat de tension qu'avait provoqué en lui le travail sur *Le Grand Troupeau* (écrit entre 1929 et 1931), dans lequel il évoquait les terribles épreuves des années de guerre. Robert Ricatte cite Giono à ce

---

① Jean Carriere, *Jean Giono, qui suis-je?*, éd. La Manufacture, Lyon, 1985.

② Pierre Citron, « Préface » à *Jean Giono Récits et Essais*, *op. cit.*, notamment, p. XVIII.

propos : « Après *Le Grand Troupeau*, j'ai essayé de rompre le fil et de trouver une autre veine »① L'évocation des souvenirs de l'enfance qui constitueront le sujet principal de *Jean le Bleu* aura donc été, pour l'auteur, un moyen de fuir d'autres souvenirs - atroces ceux – là puisqu'ils se rapportent à la guerre - ravivés justement en lui par la rédaction du *Grand Troupeau*. Mais commentant ce que dit Giono, Robert Ricatte pense qu'il y a une autre « crise », plus latente, vécue par l'auteur vers les années 30-32, et qui l'a amené à parler de son enfance, et ce n'est pas seulement le désir de se débarrasser du souvenir de la guerre : « Mais cette diversion par rapport à la dernière œuvre, ce n'est rien ou pas grand-chose : il lui faut rompre un autre fil sombre, celui du présent.»② Et Robert Ricatte cite alors l'extrait d'une lettre de Giono à son ami Brun le 17 mars 1932 :

*Mon vieux Brun, j'ai été terriblement malheureux l'an passé ; je le suis encore, mais la meurtrissure – la plaie plutôt - a pris le battement sourd des maladies inguérissables et c'est plus supportable*③ *et l'extrait d'une lettre de Lucien Jacques* (*datée*, *d'après Ricatte* « *entre le* 1*er novembre et le* 4 *décembre* 1930 ») *en réponse à une lettre de Giono* : « *Ta lettre me trouble. Je suis là depuis ce matin à la relire, essayant de deviner ce qu'il y a entre les lignes, ne trouvant pas* [...] *Mais l'appel y est.* »④.

Dans une lettre adressée le 25 janvier 1931 à Henri Pourrat, Giono parle d'une « crise morale » : « Je traverse une très dure crise morale. Je travaille parce que c'est le seul refuge »⑤. De cette « crise », il parle aussi dans une lettre à Gide en avril 1934 :

(*Idem*) *J'ai été très touché de vous revoir dans ma maison après tant de temps. J'ai repris ma vie paisible. Je travaille. J'essaie de goûter de nouveau le monde tout autour. Depuis quatre ans, peu à peu, tout s'était effacé autour de moi et je ne goûtais plus que le souvenir des choses. Je me retrouve cette année en présence du printemps réel, de l'herbe et des arbres. Je crois que j'ai fini mon temps d'épreuve et que je vais repartir. J'ai confiance en mon courage physique. J'ai appris à mes dépens qu'il ne faut pas s'attacher et se donner, mais se garder à soi-même et n'user de soi qu'en vue de soi-même. Il n'existe plus qu'un seul très*

---

① Robert Ricatte, « Notice » sur *Jean le Bleu*, *op. cit.*, p.1204.

② *Ibid.*

③ *Ibid.*

④ *Op. cit.*, p.1205.

⑤ J. et L. Miallet dans leur « Notice » sur « Aux sources mêmes de l'espérance » (texte du recueil *L'Eau vive*), III, 1155.

grand sentiment, c'est l'amitié.①

Dans le début de « Vie de Mlle Amandine » (texte du recueil *L'Eau Vive*, publié en fragments entre 1934 et 1935), on peut retrouver encore l'écho de cette « crise ». Le narrateur qui, par certains côtés, ressemble à Giono, parle d'un séjour en Suisse « à la fin de l'été 1933 » (Ⅲ, p.132) et fait allusion à une épreuve qu'il vient de traverser et aux efforts déployés pour en sortir:

> « *Je menais moi-même à cette époque un combat avec le monde réel. Il me fallait le rejoindre à tout prix. La bataille qu'on mène d'ordinaire avec lui me paraissait suave et enfantine à côté de celle qui, à ce moment-là, me faisait à chaque instant engager désespérément toutes mes forces. J'avais beau multiplier la diversité de toutes mes possibilités d'étreintes, tout m'échappait, tout glissait hors de mes sens; j'habitais les convulsions et les effondrements d'un naufrage qui n'en finissait plus de lenteurs.* » (Ⅲ, 133)

Comme cette « crise » reste un peu mystérieuse - l'auteur lui-même ayant été discret sur cette question -, on ne peut donc ni savoir de quelle nature elle est (sentimentale, morale, philosophique) ni en mesurer véritablement les effets sur les écrits de cette période. Ni dans ses *Entretiens avec Taos et Jean Amrouche* - ni dans ses autres interviews dont on a connaissance, Giono n'évoque cette « crise », ni à plus forte raison le lien éventuel de cette « crise » avec la rédaction de *Jean le Bleu* .

Admettons toutefois, comme certains critiques l'ont fait, qu'il y a un lien entre les deux. Le retour à l'enfance répondrait dans ce cas à un besoin de fuir le moment présent et permettrait une « cicatrisation »② des blessures vécues durant ces années 30-34. Revenir à l'enfance heureuse (il avoue dans ses *Entretiens avec Amrouche* avoir été choyé et « soigné comme un Dieu③ ») lui permettait de se régénérer et de puiser dans ce passé peut-être plus de force et d'assurance.

Selon Henri Godard, la sortie de la crise chez Giono s'effectue par un retour aux sensations, et c'est ce qu'il fait en écrivant *Jean le Bleu*:

« Il y a de la beauté à ce que, du plus profond de cette crise, au moment du plus grand effacement, Giono soit retourné vers le moment de la découverte sensuelle du monde, vers son

---

① Luce Ricatte dans sa « Notice » sur *Que ma joie demeure*, Ⅱ, 1331.

② Christian Morzewski, « Giono autobiographe », dans *Les Styles de Giono* (Actes du Ⅲ è colloque international Jean Giono, Aix-en-Provence, 7-10 juin 1989), Roman 20-50, Lille, 1990, p.141.

③ Jean Giono, *Entretiens avec Jean Amrouche et Taos Amrouche*, *op. cit.*, p.107.

enfance, et qu'il ait écrit *Jean le Bleu* »①.

Mais comment expliquer alors l'insertion dans cette œuvre, qui aurait été conçue comme un « remède » à cette « crise », de l'épisode consacré à Louis David et qui se présente comme un hommage de Giono à cet ami mort (en 1915) pendant la guerre? On peut difficilement trouver un rapport entre cet épisode et ce qui précède. Il y a comme une rupture②. Rupture donc à la fois d'ordre logique et chronologique puisque cet épisode ne fait pas suite aux souvenirs de l'enfance ou de l'adolescence racontés auparavant. Cet épisode est rattaché par l'auteur au moment de la rédaction:

> «[...] *derrière moi, maintenant, au moment où j'écris, je sais que ton amitié est plus fidèle que tous les amours du monde.*» (Ⅱ, 179)

Rupture aussi au plan narratif: on passe du récit au discours. Comme dans un éloge funèbre, l'auteur s'adressant à son ami sur un ton qu'on retrouvera un peu dans « Les écrits pacifistes » où s'exprime toute sa haine contre la guerre:

> « *Si encore tu étais mort pour des choses honorables: si tu t'étais battu pour des femmes ou en allant chercher la pâture de tes petits. Mais non, d'abord on t'a trompé et puis on t'a tué à la guerre.*»
>
> « *Qu'est-ce que tu veux que j'en fasse de cette France que tu as, paraît-il, aidé à conserver, comme moi.*» (Ⅱ, 179)

Comment donc expliquer la place de cet épisode qui relate un souvenir douloureux à la suite des souvenirs de l'enfance heureuse? Faut-il rattacher cela aux soucis connus par l'auteur au moment de la rédaction?

> « *Au moment où je parle de lui, je ne peux plus retrouver ma jeunesse pure, l'enchantement des magiciens et des jours; je suis tout sali de sang. Au-delà de ce livre, il y a la grande plaie dont tous les hommes de mon âge sont malades. Ce côté des pages est taché de pus et d'ombre.*» (Ⅱ, 178)

L'auteur aurait-il été, au moment de la rédaction de *Jean le Bleu*, encore sous l'effet de la

---

① Henri Godard, *D'Un Giono l'autre*, Gallimard, 1995, p.37.

② Robert Ricatte note que tout le dernier chapitre constitue une rupture par rapport à ce qui précède, « Notice » sur Jean le Bleu, *op. cit.*, p.1223.

tension provoquée par le travail difficile sur *Le Grand Troupeau*? Ce livre qui avait, paraît-il, posé beaucoup de problèmes pour Giono et dont la rédaction a connu plusieurs versions successives①. Dans un commentaire de cette déclaration, Henri Godard attribue cette rédaction difficile non à la résistance des personnages, comme le dit Giono, mais à la « nécessité [pour Giono] de prendre de la distance par rapport à ses propres souvenirs »②. Ce roman, on le sait, est consacré à la guerre de 14-18 et inspiré de la propre expérience de l'auteur sur le front. Celui-ci vient tout juste de le terminer (en mars 1931). Giono n'arrive peut-être pas encore, au moment où il écrit *Jean le Bleu*, à prendre ses distances vis à vis d'un livre déjà écrit. Malgré sa volonté de rompre avec *Le Grand Troupeau*, Giono semble donc avoir encore été marqué par cette œuvre dont il dira, encore dans *Entretiens avec Amrouche*, que l'un des personnages ne voulait pas mourir:

> « *Par exemple, pour Le Grand Troupeau, j'ai été obligé de le réécrire quatre fois parce que le personnage du Capitaine s'imposait, (attention: la phrase est probablement incomplète) et que, malgré la guerre - j'avais à ma disposition toute l'artillerie de l'armée allemande pour le tuer - je ne réussissais pas à le tuer.* » (178)

C'est qu'il est difficile pour un romancier de se séparer des personnages d'un roman même si celui-ci est déjà écrit:

> « [...] *au début, j'étais extraordinairement déçu lorsque je finissais un livre. Je le finissais avec une sorte de regret mortel. J'abandonnais là les personnages auxquels je m'étais intéressé, même les morts.* [...] *Mais même les morts vous accompagnent, vous êtes dans une espèce d'atmosphère qui vous plaît, vous y restez pendant trois mois, quatre mois, six mois, un an parfois.* » (199)

C'est ce qui expliquerait peut-être, en partie, la réapparition parfois des mêmes personnages dans certaines œuvres, comme ceux d'*Un Roi sans divertissement* que l'on retrouve dans *Noé*, par exemple.

Ce qui nous amène, en tout cas, à ce rapport étroit entre l'évocation des souvenirs et la « crise » traversée à cette époque par l'auteur. En fait, les rapports qui existent entre le vécu de l'auteur et l'écriture romanesque sont des rapports complexes. Ainsi, la rédaction de *Jean le Bleu* aurait été conçue comme moyen de surmonter cette « crise morale », grâce à l'évocation de

---

① Jean Giono, *Entretiens avec Amrouche*, *op. cit.*, p.178.

② Henri Godard, « Index annoté » aux *Entretiens avec Amrouche*, *op. cit.*, p.321.

l'enfance heureuse et du monde enchanté du jeune poète. Mais ce texte, qui succède au *Grand Troupeau*, est aussi celui où l'on trouve l'expression d'une mélancolie et d'une amertume profondes et où on peut lire beaucoup de récits de vies ratées et de destins dramatiques. C'est un texte qui « parfois n'[a] pas grand chose à envier en horreur au *Grand Troupeau* »①. L'épisode consacré à Louis David traduit peut-être, de la part de Giono, de la façon la plus significative, ce sentiment à la fois d'amertume, de souffrance et de révolte.

D'ailleurs, dans presque tous les textes à caractère autobiographique, la guerre constitue un thème récurrent, même si elle n'est pas racontée avec détails. *Jean le Bleu* se termine avec l'annonce de la première guerre (« *On entra dans l'année quatorze sans s'en apercevoir.* » II, 185) et par l'évocation de l'incorporation de l'auteur (« *Il me fut facile de partir à la guerre sans grand émoi* » II, 186). Dans « Son dernier Visage », le récit se situe à l'époque où le jeune Giono revient du front. Dans *Virgile*, la première guerre et la deuxième (elle continue encore au moment même ou il écrit ce livre) constituent les deux événements importants qui ponctuent le récit de sa vie. *Le Grand Théâtre*, lui, se termine par l'évocation - mais très brève - des années passées sur le front. La période de la guerre, elle-même, bien qu'elle pèse de tout son poids sur la vie de Giono et sur son œuvre est donc quasi effacée des souvenirs évoqués dans ces différents textes à caractère autobiographique. Le récit des souvenirs s'arrête en effet avec l'avènement de la guerre. Un silence inexpliqué de Giono sur cette période. La vie sur le front du jeune Giono ne sera donc évoquée que dans la nouvelle « Ivan Ivanovitch Kossiakoff » (encore, faut-il remarquer qu'il s'agit plus ici d'un texte sur l'amitié que d'un texte de souvenirs), ou transposée dans un roman: *Le Grand Troupeau*. C'est dans les « *Essais* » que Giono parlera davantage de la guerre, aussi bien comme sujet de polémique que comme souvenir (dans *Recherche de la pureté*, par exemple).

L'écriture autobiographique a donc un double enjeu: elle n'apporte pas seulement un remède à une « crise » actuelle, elle peut aussi ressusciter une « crise » passée. On est alors dans un cercle fermé.

S'appuyant sur « Une étude de psychanalyse du génie créateur » d'Elliot Jacques, Christian Morzewski② évoque dans son article « Giono autobiographique » une autre « crise » que beaucoup d'artistes connaissent au milieu de leur vie et qui marque leurs œuvres. Selon lui, Elliot Jacques « situe précisément à 37 ans la survenue de cette « crise du milieu de la vie » dont l'inscription dans l'œuvre sera immanquable et souvent spectaculaire. »③ Ce psychanalyste anglais affirme aussi que cette crise impose aux artistes et écrivains « une ré-élaboration de la

① Christian Morzewski, *op. cit.*, p.139.

② *Op. cit.*, p.145., note n°32 (pour la référence de *l'étude d'Elliot*).

③ *Op. cit.*, p.140.

position dépressive infantile, mais avec une compréhension plus mûre de la mort et des pulsions destructrices qui ont à être prises en compte »①. Giono aurait aussi, selon Morzewski, été marqué par cette « crise » qui correspond à celle des années 30-32 :

> *Il me semble bien que c'est cette réélaboration de la position dépressive – réparatrice qui nous est donnée à lire dans ses œuvres contemporaines de cette crise du milieu de la vie, et notamment dans Jean le Bleu*②.

Cette thèse d'Elliot Jacques vaut ce qu'elle vaut au plan scientifique. On n'est pas en mesure de la discuter. Ce que l'on peut noter simplement à propos de Giono - qui d'ailleurs ne figure pas parmi les 130 artistes et écrivains étudiés par ce psychanalyste - est qu'il est curieux que la « crise morale » personnelle des années 30-32 puisse correspondre à cette crise générale qui serait connue par les artistes au milieu de leur vie.

Toutefois, si *Jean le Bleu* peut être mis en rapport directement à cette crise, il serait moins facile, en revanche, d'y rattacher les autres œuvres autobiographiques écrites plus tard et dans lesquelles on trouve pourtant inscrits presque les mêmes soucis et les mêmes préoccupations relatifs à cette crise. On a noté, en effet, la réapparition, en gros, dans ces écrits, des mêmes thèmes, motifs ou figures que dans *Jean le Bleu*. S'agirait-il alors, en plus de cette « crise » ponctuelle (des années 30-32), d'une autre crise, permanente celle-là, et dont on trouve l'écho dans ces écrits autobiographiques? D'autre part, comment concilier alors l'idée que ces écrits reflètent des préoccupations d'ordre personnel avec le fait que la rédaction de certains d'entre eux (comme *Virgile*, par exemple) soit, à l'origine, commandée à l'auteur?

Le changement qui suit cette « crise » des années 30-32, et dont parle Giono notamment dans sa lettre à Gide, trouve son écho et son « illustration » également dans des œuvres non autobiographiques écrites à cette époque ou un peu plus tard, comme par exemple *Le Chant du monde* (œuvre écrite en 1934 et publiée en 1935) ou *Que ma joie demeure* (écrite en 1934 et publiée en 1935). Deux romans qui, chacun à sa manière, exaltent les sentiments de la joie et l'amitié entre les hommes. Les deux romans mettent respectivement en valeur deux personnages de « poètes »: Antonio dit « Bouche d'Or » et Bobi. Tous les deux défendent des valeurs humaines nobles comme l'altruisme, le bonheur apporté aux autres... Cependant si l'histoire de l'un connaît un dénouement heureux, celle de l'autre débouche sur une fin tragique③. L'échec de la tentative de Bobi d'apporter le bonheur aux autres s'explique, selon Giono, par le fait que

---

① Morzewski, *op. cit.*, p.140.

② *Op. cit.*, pp.140-141.

③ Voir la « Notice » de Luce Ricatte sur *Que ma joie demeure*, *op. cit.*, p.1331.

c'est un personnage « totalement séparé du social[1] » et que par conséquent « il ne se rencontre jamais dans la réalité » (*Ibid.*). Il s'expliquerait aussi peut-être par le fait que, pour Giono, le bonheur ne peut être atteint qu'individuellement, et non de façon collective comme Bobi a tenté de le faire. C'est cette idée qui se dégage un peu dans sa lettre à Gide que l'on vient de citer. Elle se retrouvera également dans les explications données dans ses *Entretiens avec Amrouche* sur l'échec de l'expérience contadourienne.

En écrivant *Que ma joie demeure*, Giono a-t-il donc vraiment pu, dans ce cas, atteindre le but qu'il s'était fixé et qui consistait à apporter, par l'écriture, un remède à cette « crise morale » du début des années 30? Ce roman constitue-t-il vraiment un tournant, mettant en pratique sa volonté de changer qui se lit par exemple à travers les extraits des lettres que l'on vient de citer? Le pessimisme qui se dégage de *Que ma joie demeure*, surtout dans la fin tragique réservée au héros, ferait peut-être douter de la réussite de cette tentative. Il y aurait, en tout cas, une sorte d'infléchissement de cet élan d'enthousiasme qu'on trouve dans le roman précédent, *Le Chant du monde*. Même si la mort du personnage (à la fin de l'avant dernier chapitre) n'est pas décrite comme un événement tragique:

> « *Soudain, il fut prévenu comme un oiseau par un pétillement sous sa langue.* « *Ma!* » *cria-t-il. La foudre lui planta un arbre d'or dans les épaules.*»(II , 777)

Il est vrai que cette mort est assez caractéristique de certains personnages de Giono: comme Gagou dans *Colline* ou Langlois d'*Un Roi sans divertissement*. Elle est présentée comme une « fusion » avec la nature et les éléments du cosmos. On y reviendra. Mais ce qui est plus significatif dans *Que ma joie demeure*, c'est la « suite » que l'auteur donne dans son Journal (en novembre 1934) à cet épisode de la mort de Bobi (voir II , p.1357-1358). Dans ce texte, Giono décrit le corps du héros après qu'il a été frappé par la foudre. Ce corps, en se décomposant, et grâce au « travail » des insectes, est rendu à la nature:

> « *Les insectes entrent dans lui et travaillent. Bobi est, à ce moment-là, en pleine science. Il s'élargit aux dimensions de l'univers.*» (II , 1357)

Son corps permet ainsi aux animaux de se nourrir et aux arbres de renaître:

> « *Les liquides de Bobi mouillent les racines d'une sarriette, d'un serpolet et les derniers*

---

[1] Jean Giono, *Entretiens avec Jean Amrouche et Taos Amrouche*, *op.cit.*, p.205.

restes vivants d'un morceau de racine de genêt arraché. Déjà des sucs plus riches montent dans les petites tiges. Préparation des feuilles, des fleurs. Le morceau de racine reprend vie. Au printemps, il percera la terre et fera vivre un commencement de tige, dure et verte.» (II, 1358)

Ce spectacle peut être horrible. Mais il ne s'agit pas d'adopter un point de vue moral sur la question. On est en plein univers gionien où la violence et l'atrocité naturelles ne sont placées ni dans la catégorie du mal ni dans celle du bien①. Ici la mort du personnage fait partie de ce cycle naturel de la mort-renaissance tant de fois décrit par Giono.

Il est un autre phénomène qu'on pourrait peut-être rattacher à la « crise » et qui serait à l'origine de la création chez l'auteur: c'est l' « ennui ». L'ennui est, selon Giono « l'absence de divertissement dont parlait Pascal② ». D'après l'auteur, le remède à l'ennui est dans « l'action et le sommeil » (Ent., 67). De ce fait, l'écriture - toute écriture et non pas seulement l'écriture autobiographique – peut-être, d'une certaine manière, considérée comme moyen d'échapper à l'ennui.

Ajoutons à tout cela l'idée que l'évocation du passé n'a pas seulement chez Giono une fonction « thérapeutique ». Elle a aussi, et probablement plus, une fonction d'ordre esthétique et littéraire. Il arrive encore qu'un fait relatif à la vie personnelle soit évoqué simplement comme prétexte à une polémique ou à un rappel d'une prise de position de la part de l'auteur.

I .1 Côté sombre du soi

La vision du monde portée par *les Chroniques* serait ainsi marquée par l'expression d'un rapport impossible au réel, déterminé par la contingence de l'être, aussi bien dans sa perception que dans son accès à l'Autre. Les incompatibilités fondamentales entre les impératifs de la civilisation engendrent ainsi un malaise, qui convie en retour à toutes les combinaisons de l'imaginaire, jusqu'à l'élaboration d'une vertigineuse casuistique qui puisse assurer l'être de sa propre présence et confirmer par là même le poids ontologique du monde. Cependant, à la manière de Thérèse dans *Les Ames fortes*, la certitude d'être se nourrit précisément, par contrecoup, de l'assurance de donner accès au néant, de contenir en soi une béance vers laquelle tout tend à se dissoudre, les individus comme les certitudes morales dont ils découlent. Il en est ainsi des Numance dans *Les Ames fortes*, mais aussi de la foule anonyme de *Noé*, ou bien des êtres de fiction qu'ils engendrent, garantis pour leur part de la menace de dissolution par l'espace souverain de la fiction. En effet, comme *Noé* le donne à lire, *les Chroniques*,

---

① Nous pensons, par exemple, à toutes les morts atroces des cholériques du *Hussard*.

② Jean Giono, *Entretiens avec Jean Amrouche et Taos Amrouche*, *op. cit.*, p.68.

déclinant tous les possibles? Jusqu'à miner les fondements événementiels du réel, témoignent d'une entreprise qui les mène vers l'Impossible, marqué d'une essence pressentie, jamais atteinte, sinon dans la déconstruction du réel à laquelle s'attache la fiction. Le contexte méditerranéen, empreint d'orientalisme par moments, fait même songer à l'importance de la pensée gnostique dans une entreprise romanesque assez comparable, *Le Ouatuor d'Alexandrie* de Lawrence Durrell, mais qui se mue ici en voie d'accès vers l'inconnaissable à la faveur même des mythes personnels de l'auteur: la lumination de Dieu, c'est-à-dire du monde dans sa totalité, devient par le fait connaissance de soi.

De fait, la géographie et l'anthropologie romanesques constituées par Giono ne paraissent si suggestives qu'en formant une entité mythique, le mythe étant ici ce qui supplée à l'insignifiance et à l'insuffisance ontologique du réel. A la formule d'exorcisme que le narrateur déroule au seuil de *Noé*, on confrontera au préalable le développement suivant, extrait de *Triomphe de la vie*, œuvre d'explication et de transition où Giono livre sans détour un des traits de sa métaphysique:

> «*Pour que l'homme supporte le fait que le monde a été créé, 11 est obligé chaque jour, parfois à chaque heure, à tout moment, de refaire en lui-même la création du monde.*» (VII, 1115)

On comprend mieux, par ce détour, les formules inaugurales de *Noé*, où l'auteur semble s'ingénier à dénier tout crédit à sa propre création, pourtant centrée sur l'expérience de l'écriture, en une référence des plus tangibles qui met en cause le récit déjà publié d'*Un roi sans divertissement*:

> «*Rien n'est vrai. Même pas moi; ni les miens; ni mes amis. Tout est faux.*» (III, 611).

Quant aux expressions consacrées, distinguées par les italiques, elles manifestent l'usage au second degré d'une formule qui annonce après guerre, l'avènement de la littérature engagée et du témoignage. Giono la détourne ainsi malicieusement à son profit, consacrant par là même les droits imprescriptibles de la fiction Pourtant tout, à l'ouverture de *Noé*, vise à donner l'illusion d'une expérience vécue dont le narrateur entend établir la chronique. De cette expérience, il ne restitue que le contenant, l'enveloppe accidentelle pour mieux faire surgir, de l'émergence d'un monde à naître, sa teneur substantielle. Le discrédit gagne alors tous les éléments de la chronique, et jusqu'au narrateur lui-même, qui n'apparaîtra dans le cours du récit que comme le succédant fictif de l'auteur. Sa reconstruction mythique - les aventures en forme de parabole: la cueillette des olives, la visite à la Thébaïde, l'examen des photographies qui lui fournissent l'inspiration des « Noces » - signale pourtant un point commun avec l'auteur: l'adhésion au mensonge métaphysique et la foi en la vérité - romanesque.

A cet égard, le texte multiplie les indices et les mises en garde concernant ce foisonnement narratif, véritable explosion de récits divergents, qui sont moins issus de la chronique de Marseille à l'époque du narrateur, ou durant les années folles, ou au temps mythique des dynastes (les télescopages d'époques soulignent déjà l'impossibilité du genre), que de celle de l'imagination au travail et de « l'œuvre en chantier », selon la formule célèbre de Joyce. Ainsi s'exprime dans *Noé* non seulement le droit, mais le caractère impératif et incontournable de l'arbitraire et du hasard. Si l'on ne peut denier l'élaboration de constructions narratives signifiantes dans *Noé*, Giono s'efforce à l'inverse de signaler comme amorce de la poussée créatrice l'inscription dans le réel du hasard souverain; c'est le cas notamment dans l'épisode-clé de l'Empereur Jules, où le narrateur se plaît à montrer après coup l'arbitraire, dénonçant la suspension du récit au-dessus du vide, phénomène virtuel encore brouillé par la multiplicité des possibles romanesques. Ruinant ainsi l'essence de la réalité poétique, il vide par-là même, à force de dispersion, celle de la réalité observée, par exemple au cours de l'épisode du tram 54, s'appropriant de la sorte une destination au néant inscrite dans la substance même du réel. Ainsi, l'épopée d'Empereur Jules aussitôt terminée, le narrateur en sape les fondements, dénonce les hasards de l'inspiration et se plait à multiplier les possibilités de dénouement, jusqu'à en inverser à l'extrême la perspective, notamment à partir de la rencontre du Fuegien:

> « *En réalité, je crois que tout simplement les deux hommes firent bon ménage. Empereur Jules est un sentimental. C'est ce qui explique sa dureté; et sa fidélité à Mustang. Et le drame ordinaire vient encore une fois du bon ménage. Il n'y a qu'à imaginer que c'est le Fuegien qui meurt le premier.*
>
> *De la poitrine, comme c'était la mode à ce moment-là. Une Dame au Camélias de la mer Egée.*» (Ⅲ, 782)

Le caractère incongru et hautement improbable de la dernière formule signe là le parti pris délirant de la fiction, jeu de bascule et de déconstruction incessant qui, minant les sources invoquées, laisse place à la pure création poétique, réductible par certains aspects à la seule invention verbale: c'est le cas notamment dans l'épisode des « paroles gelées », qui distillent à l'infini l'amorce de tous les possibles contenus dans le « plan cavalier » *d'Un roi sans divertissement* (Ⅲ, 636-637). On doit en outre remarquer, dans ce souci d'éclaircissement systématique de la fiction, le recours à la rupture chronologique, qui dément *a posteriori* un épisode à l'ordre du tangible, puisque entièrement constitué et achevé. Il faut ajouter enfin qu'au delà même du caractère arbitraire et insolite de cette fausse chronique, ce sont les tremplins offerts à l'imagination par le visible qui sont frappés d'incohérence, à tout le moins d'incongruité, conférant à ce roman de la ville, roman de Marseille réinventée, sa tonalité orientale. Cette tonalité est perceptible aussi bien au travers d'une invention narrative débridée, qui emprunte beaucoup au pouvoir d'envoûtement des conteurs arabes, que dans sa postulation très tantrique vers l'ascèse. A cette occasion surgissent les motifs fantaisistes qui conduisent l'imagination dans ses ultimes retranchements, par la magie d'un simple angle de vue, d'une situation inattendue ou d'une image encore vierge de toute interprétation rationnelle: ainsi, le cordonnier Jules, modèle lointain du mythique Empereur Jules, qui présente de lui-même l'aspect improbable d'une divinité orientale:

> «[...] *Je m'extasie en constatant encore à quel point il y a désaccord flagrant entre son buste, ses bras, son visage rêveur (qui contient dans les plis autour de sa bouche et le regard de ses yeux une très populaire tendresse un peu triste) et ses jambes cachées dans le fourreau de serge bleue, si bien que, de plus en plus, ces deux parties du même corps ont l'air d'appartenir à deux personnes différentes* [...].»(Ⅲ, 768-769)

Ces identités improbables, Giono en joue tout au long du roman et projette ainsi sur les figurants anonymes qui peuplent indifféremment l'arrièreplan de la fiction (le « plan cavalier » d'*Un roi sans divertissement*) ou l'espace de la ville à l'image des passions, dont cet *hybris* grecque qui invite tous les êtres à s'affirmer ce qu'ils sont, dans une spirale de démesure: Milord l' Arsouille, le dynaste de l'Ouvèze, le père de la mariée des *Noces* sont autant de figures de la souveraineté du désir qui, ailleurs, adopte l'apparence d'une sagesse peu commune, et confère aux plus humbles la philosophie secrète qui porte conjointement les fruits d'une amère lucidité et les baumes de l'apaisement. Il est ainsi réservé aux personnages bucoliques rencontrés dans la dernière partie d'exprimer, en des dialogues faussement virgiliens, les constats qui sous-tendent toute la conception du roman et livrent une vision désabusée mais sereine de la condition humaine. C'est le cas du chasseur-philosophe qui adresse, à propos de son chien, quelques recommandations au narrateur, mettant en cause la vitalité et la contradiction des instincts dans un style dépouillé et elliptique, proche par certains aspects de la veine poétique et aphoristique adoptée par René Char pour son « théâtre d'en plein air »:

> « *Sifflez-le et descendez. Moi je vais monter par-là en biais. Mais je ne bougerai pas tant que vous ne serez pas au moins en bas prés des saules. Ce n'est pas que c'est difficile de tout mettre d'accord: c'est que c'est impossible. Ah! les gens qui aiment ont du souci.*» (Ⅲ, 836)

Ici, c'est donc l'incohérence et la discontinuité du réel, éclaté en entités morcelées, isolées, inaptes à accorder les contradictions des instincts et de l'impact, qui sont en cause. Il en résulte une essentielle impossibilité éthique – malgré son attachement pour son maître, le chien répond à l'appel de son instinct chasseur et rappelle les exigences de l'animalité – qui signe aussi un impossible rapport au réel. Le thème court d'ailleurs a travers tout le récit, y compris considéré du point de vue de sa propre élaboration. Ainsi, comparant comme on l'a vu, la chronique à venir ou à faire aux tableaux de Brueghel, le narrateur dénonce les insuffisances de l'écriture, son incapacité à opérer une synthèse et à donner enfin un art total, à la mesure des exigences ontologiques nées d'une vision du monde en pleine dissolution:

> « *Tandis que Brueghel, il tue un cochon dans le coin gauche, il plume une oie un peu plus en haut, il passe une main coquine sous les seins de la femme en rouge et, là haut à droite, il s'assoit sur un tonneau en brandissant une broche qui traverse une enfilade de six beaux merles bleus. Et on a beau ne faire attention qu'au cochon rose et a l'acier du couteau qui l'égorge, on a en même temps dans le blanc des plumes, la rondeur du corsage (ainsi que la rondeur des seins pourpres), le brun du tonneau et le bleu des merles. Pour raconter la même chose je n'ai, moi, que des mots qu'on lit les uns après les autres (et on en saute).* »
> (Ⅲ, 642)

La réflexion recoupe alors les considérations déjà citées sur la musique, et confirme la nécessité de mettre en place un art narratif nouveau, dépouillé, en dépit des apparences véhiculées par son matériau référentiel, de toute fonction figurative, afin de rendre compte aussi bien de la complexité inextricable du réel que de son abolition au profit d'une machine ingénieuse et inutile qui rende à l'homme la responsabilité de la création: nef des fous ou bateau-livre, *Noé* se veut par conséquent le dépositaire d'une expérience vécue, rêvée, transfigurée jusqu'à fournir l'assurance d'une matière tangible à laquelle s'oppose la dispersion et l'inconsistance de la réalité. Aussi bien que *Les Ames fortes*, mais avec une préoccupation plus ouvertement poétique, justifiant d'ailleurs le dévoilement de tout le matériau brut qui entre en composition dans la fiction: *Noé* nous offre la vision expérimentale d'un récit en coupe. *Noé* propose donc une formule singulièrement novatrice qui, génératrice d'une conception du monde originale, annonce de l'intérieur les procédés qui la supportent. Giono, composant le portrait de l'artiste au travail, décompose par-là même, au ralenti, ses propres *coups*, non seulement dans le but d'éclairer d'un jour nouveau la philosophie de l'art, mais encore, jetant le discrédit sur notre adhésion au réel, dans celui d'appeler son lecteur à la recréation intérieure et incessante de l'univers.

Tout converge en fait, dans les *Chroniques*, pour dire l'intuition d'un impossible rapport au monde que la mise au jour des mécanismes créateurs tente de conjurer. L'espace de la fiction constitue par excellence le lieu d'élection qui absorbe sans outrage son créateur. On le voit au début de *Noé* dans l'insistance que met le narrateur à souligner la tyrannie exercée sur lui par les personnages créés. Le plus souvent, l'espace réinventé à la mesure de son créateur forme un milieu qui porte à son comble l'épanouissement de soi, épanouissement tout à la fois ontologique et narratif. Par exemple Thérèse est viscéralement attachée à son auberge. C'est l'unique et qu'elle présente comme la matrice d'un monde à soi, son véritable « château intérieur ». Elle la préserve comme un couvent et donne accès à tous les au-delà de l'imagination. Le dialogue qui s'amorce avec son contradicteur souligne alors cette dimension qui consacre le récit de Thérèse comme pure invention narrative :

> « *Eh ! bien, Thérése, qu'est-ce que vous en dites de tout ça? Vous êtes vous écoutez cette histoire sans piper. Est-ce que vous vous souvenez de ce que vous disiez, vous, de votre auberge, tout à l'heure?*
>
> *Comment veux-tu que j'oublie mon auberge? C'était tout ce que j'avais pour vivre. Ceux qui ont des mille et des cent peuvent s'en ficher. Moi pas. J'étais dedans comme au couvent.*» (V , 397)

Parce que les êtres et les choses qui constituent l'univers familier trahissent, se dissolvent ou se dérobent, parce que les identités se brouillent et que le vertige de la négation fait rage, dans un monde en suspens, il y a donc obligation existentielle à revenir aux sources de la création pour « Etre un monde ». Car, dans le même temps, la description se dépouille de tout pittoresque, et on assiste au désancrage progressif de l'écriture face au réel, face à la nature en particulier, dont le style de *Colline* par exemple, soulignait l'hostilité mais préservait la cohérence, dans le corps à corps implacable qu'elle imposait à l'homme. Dans les *Chroniques*, au contraire, et comme le signale Giono lui-même dans sa préface, le paysage est mis à distance : par la place plus restreinte qu'il occupe, certes, comme on l'a déjà souligné, mais surtout par la manière de l'envisager, comme déréalisé, nié, discrédité. L'exemple emprunté précédemment aux *Grands Chemins*, à propos de l'inversion des couleurs dans la forêt enneigée reste significatif à cet égard. Mais plus encore, dans l'ensemble des *Chroniques*, On voit l'image d'un monde d'apparences, tout en trompe l'œil, véritable décor de théâtre parfois aussi grossier que les éléments en papier mâche du grand-guignol. Celui-ci jette alors le discrédit sur un milieu tout en surfaces, qui dénonce en retour ce que *Noé* appelle « des choses », odeur monstrueuse qui, seule, signale de manière tangible l'appel du néant et le vertige des passions qu'il génère. Il ne restitue pourtant que le contenant, l'enveloppe accidentelle, pour mieux faire surgir, de l'émergence d'un monde à naître, sa teneur substantielle. Le discrédit gagne alors tous les éléments de la chronique, et jusqu'au narrateur lui-même, qui n'apparaîtra dans le cours du récit que comme le successeur fictif de l'auteur. Sa reconstruction mythique dont les aventures en forme de parabole (la cueillette des olives, la visite à la Thébaïde, l'examen des photographies qui lui fournissent l'inspiration des « Noces ») signalent pourtant un point commun avec l'auteur: l'adhésion au mensonge métaphysique et la foi en la vérité romanesque:

> « *Je ne veux pas dire que mon histoire est extraordinaire, mais c'est pour vous expliquer que Mme Tim avait peut-être beaucoup d'espoir en tout ça: terrasses, vestibules, salons, théâtre; que pour les terrasses, les vestibules et les salons, je manquais peut-être d'expérience, mais que pour le théâtre, il ne fallait pas essayer de m'en conter. Je savais de quoi c'était fait et je pouvais très bien imaginer que, dans un autre ordre d'idées, les terrasses, les vestibules, les salons étaient faits de la même farine. Qui fait un pain immangeable. Je suis orfèvre. Si on se force on vomit. Et il y en a qui préfèrent crever plutôt que de passer leur vie à vomir, ou à faire ce qu'il faut pour manger de la viande.* » (Ⅲ, 577)

Un exemple flagrant nous en est fourni par un texte de transition déjà mis à contribution: *Pour saluer Melville*, *Il s'agit d'une* biographie fictive de l'auteur de *Moby Dick*. Cette biographie exprime plutôt les rapports mystérieux qui relient l'expérience réelle au travail créateur, préparant ainsi la voie à la constitution des *Chroniques*. L'invention de la baleine blanche tisse ce que Giono appellera, dans les *Entretiens avec J. Amrouche* une véritable « anatomie des anges »① Cette création est ainsi désignée comme la transfiguration du sentiment d'adversité, du pressentiment tragique.

L'aventure pourtant lumineuse contée ici révèle sans compromis la « cruauté des dieux » dans une création romanesque confinant au tragique. L'adversité, la hantise de l'échec et la complaisance au désastre alimentent ainsi les rapports entre la haute figure, héroïque et cruelle d'Achab avec le monstre improbable. Celui-ci est l'effigie de la blancheur. Mais la blancheur désigne aussi l'attrait du néant et détermine la quête de l'impossible. L'être de lumière, ange improbable et pur agent du destin adoptent ainsi les traits de la baleine *Moby Dick*. Dans une allégorie préfigurant les créations modernes, des romans de Conrad aux *Fragments du paradis*, Giono, dresse le bilan de la condition humaine. Il se fait ainsi écho de l'angélique et bien nommée Adelina White de *Pour saluer Melville* qui, mieux que tout développement biographique et historique, dénonce aux yeux de son créateur l'impossible « recherche de la pureté » transposée dans le roman de Melville Y triomphent les constructions de l'esprit, convertissant l'échec en un somptueux cérémonial dressé vers l'impossible. La royauté conserve jusqu'à un certain point, dans les *Chroniques*, ses privilèges dans *Un roi sans divertissement*.

---

① *Op. cit.*, p.263.

I .2 Abîme et angoisse

Noé s'impose, on a eu l'occasion d'y insister, par la dénonciation de la fiction qui s'y fait jour, selon une subtile construction en abyme qui ruine par-là même tout le crédit de la réalité visible. Une telle construction vaut en effet aussi et surtout par la désignation de l'abîme qui, pour le coup, se signale concrètement : c'est un abîme en surplomb duquel l'artiste tâche d'édifier la chronique de son imaginaire. L'élan vital qui le caractérise le porte précisément à surmonter, en un jeu d'emboîtements infinis, le vide qui lui sert de matrice.

Quittons *Noé* pour *Les Ames fortes* et *Les Grands Chemins*,. *Quittons donc* l'aspect indistinct et la saturation narrative de l'un pour la vacuité entretenue des deux autres. Tentons ainsi de percer le paradoxe selon lequel le récit, au terme de son cheminement, s'efforce de mettre en cause ce qui, par définition, demeure inénarrable. Cet « inénarrable » est, on l'a vu, suspendu à une temporalité abolie, instant unique a la rencontre duquel tout converge. Se dépeignant lui-même, par une allusion détournée à son compagnon, l'écrivain et alpiniste Samivel, comme un « amateur d'abîme » (III, 719) et, dans le contexte de *Noé*, comme un explorateur des profondeurs de tous ordres, Giono inaugure pleinement, avec *Les Ames fortes*, fin de phrase incompréhensible. Pour cela, il procède au détour d'un motif très clairement inscrit dans la thématique, mais aussi dans l'architecture du récit: la place centrale qu'y occupe la mort, ou plus concrètement encore un mort. Tout indique qu'il s'agit du point central de l'œuvre. C'est une véritable matrice inversée qui, tel ce résumé de l'univers que constitue le hêtre *d'Un roi sans divertissement*, représentation condensée du flux vital où le foisonnement des formes surgit précisément à la faveur des cadavres qu'il contient, alimente sa coulée narrative de l'intuition du néant.

Il n'est en effet pas indifférent que le récit s'amorce sous forme de dialogue, et n'avance qu'incidemment, à la faveur de détours infinis par lesquels les voix narratives se font jour sans pour autant différer clairement, sans surtout, dans la suite, se voir investies du pouvoir ultime d'imposer une vision sans équivoque de la vérité. Tout au contraire, le récit débute dans la confusion délibérée des voix entremêlées, maintenant l'anonymat des récitants pour mieux surprendre le lecteur au fil des parallèles et des glissements successifs tissés par les diverses interventions. Seul fait acquis et irréfutable: la présence signée du mort, sur laquelle s'échafaude cette sorte de compétition narrative qui oppose Thérèse à son contradicteur, et qui fournit donc au récit son cadre ou, plus exactement, son halo de néant incontournable. C'est une mystérieuse « bouche d'ombre » jamais décrite mais qui rend nécessaire la saturation du vide au moyen de la parole. Le cadavre, rendu presque abstrait de par son évocation indirecte, ne manifeste guère, alors, que cette vacuité rendue visible et qui permet à la parole de gagner son statut littéraire. Le flux narratif instaure un véritable système de vases communicants à travers lequel la vérité se trouve peu a peu déconstruite, pour marteler une seule certitude: celle du néant et de la mort.

Machine infernale, de nature tragique, que celle instaurée de la sorte par Giono, qui ruine dès l'ouverture tout autre finalité narrative que la manifestation du lien entre les personnages. Ceci renforce son propos sur l'inconsistance. Ainsi la veuve, bien vite et logiquement reléguée au rôle de figurante:

> «*–Nous venon sveiller le corps du pauvre Albert.*
>
> *–Merci. Entrez. Assoyez-vous.*
>
> *–Ne te dérange pas. Tu as encore une mauvaise journée devant toi. Va te reposer. Nous passerons la nuit.*
>
> *–Oh! Je ne pourrai pas dormir.*
>
> *Allonge-toi.*
>
> *–Je ne peux pas rester en place.*
>
> *–Ce ne sont plus que les nerfs qui te tiennent; s'ils te lâchent, tu tomberas comme un sac de cuillers.*» (Ⅴ, 215)

Conversation banale, on le voit, que cet incipit. Il s'y fait pourtant jour une inconsistance redoublée par la donnée de départ, qui constitue aussi le terme irréfutable du récit, le « corps du pauvre Albert », et qui participe en ce sens pleinement à son audace narrative. De fait, toutes sortes de clichés, distillés sous forme de conseils intéressés, puis de propos calomnieux dessinent peu à peu la spirale du désir et de la haine. Ils diffusent leur emprise frénétique à travers tous les éléments du récit. Ce bavardage oiseux, sur fond de ténèbres, parvient pourtant à imposer le nécessaire acheminement vers la parole. Ainsi, de manière très significative, et par une correspondance secrète entre les mots et les choses, entre la parole littéraire libérée de ses contraintes figuratives et la digestion concrète, le sommeil de la veuve se veut l'occasion de copieuses agapes, dont la tradition est d'ailleurs signalée à l'intérieur du récit.

L'expérience du néant à laquelle confronte la veillée funèbre instaure donc en premier lieu un « creux » à combler. Celui-ci est aussi bien stigmatisé par ces bocaux vidés avec délectation qu'à travers le flux verbal, jusqu'à mettre en cause, au dire de Thérèse, une béance impossible à réduire.

Les images alimentaires jouent en effet ici un rôle trop important pour qu'on n'y accorde pas l'attention requise, la primauté revenant, parmi les récitantes, à celle qui dénoncera le plus grand vide à remplir, renvoyant, dès le début, les appétits trop timorés au rang des tièdes et des impuissants. L'amateur d'abîme se veut aussi, comme on le voyait précédemment à travers *Noé*, un adepte des « nourritures fortes » dont le fumet équivoque suggère déjà la matière en transformation, et sème le doute quant à la nature des mets que réserve la cave du pauvre Albert, jusqu'à suggérer la nature anthroposophique du rite qui se déroule. Ainsi, une des commères de remarquer:

> – *Je trouve que vous êtes sans-gêne. Le pauvre Albert est à peine étendu raide sur son lit, et tout de suite vous lui mangez ses caillettes.*
>
> – *Thérèse, dites votre mot, vous. Ce n'est pas le premier mort que vous veillez à votre âge* [...], *est-ce que, chaque fois, on ne mange pas un morceau?*
>
> – *Si, je dois le dire: c'est l'absolue vérité.* (V, 233-234)

La vérité, pour une fois, peut donc se dire sans partage, et l'on retrouve alors, comme en écho de cette sagesse matriarcale dont fait preuve Thérèse, l'évocation de plus poignants festins et d'appétits plus aiguisés. Dans son second récit, celle-ci se présente en effet en animal de proie, dépassant de fort loin la trivialité campagnarde de la veillée funèbre qui lui sert de cadre, pour mieux suggérer la nature de sa convoitise. Si l'objet conserve en effet une consonance alimentaire, il se charge aussi, sans conteste, d'une dimension existentielle et ontologique portée par une autre image récurrente, celle du sang. Thérèse remarque ainsi, au fil du stratagème qu'elle destine à la perte des Numance:

> « *Je me dis: « Le monde est quand même bien fait. Les gens que tu vises ne tiennent à rien, sauf à aimer; et ils te tombent dans les pattes. L'amour, c'est tout inquiétude. C'est du sang le plus pur qui se refait constamment. Tu vas t'en fourrer jusque là. D'abord et d'une. Ensuite, puisqu'ils donnent volontiers tout ce qu'ils ont, c'est qu'ils aiment combler. Alors, à la fin, je me montre nue et crue. Et ils voient que rien ne peut me combler. Plus on en met, plus je suis vide. C'est bien leur dire: vous n'êtes rien. Vous avez cru être quelque chose: vous êtes de la pure perte.»* (V, 429)

L'abîme ici se présente d'abord comme un gouffre de dissolution et d'inconsistance, selon un processus de nature digestive qui réduit les êtres à néant et recoupe exactement le processus alimentaire posé au départ. Ainsi, manger lors de la veillée funèbre, c'est d'abord obéir au néant du désir. C'est répondre à la nécessité vitale de l'écoulement à l'œuvre, de manière plus convaincante encore, dans la parole, manifestation de l'«oralité» à travers laquelle les mégères pourront exprimer sans entraves leurs innombrables convoitises. Ce sont des jalousies, des rivalités d'héritage où il s'agit encore et toujours de profiter du bien des morts. Le génie de Thérèse s'accommode précisément, à la faveur d'une capacité digestive hors pair qui s'exerce notamment à travers l'élaboration du récit, du désir d'être rien. S'insinue alors un processus magistralement mis en œuvre à travers les récits de Beckett dans l'approche de la parole, qui reste cependant chez Giono largement ancrée dans la chronique villageoise et conserve de ce fait une intelligibilité étonnante. La stratégie d'épuisement illustrée par Beckett cède en effet le pas, dans *Les Ames fortes*, à une prodigalité envahissante, mais qui se résout dans la même désignation du rien appelant tout le flux du désir.

En effet, rien n'est plus trompeur que l'apparence de récits qui, dans les limites qu'ils se sont imparties, s'avèrent nettement structurés, dotés de circonstances et de finalités incontestablement préhensiles. Pourtant l'enjeu se situe essentiellement dans leurs combinaisons incompatibles et dans leur incapacité à soutenir une vision univoque des faits. La surenchère narrative pratiquée par Thérèse et qu'il nous a déjà été donné de souligner, ressemble fort à une série d'atouts successifs, qu'elle abat comme autant de mises destinées à précipiter la ruine des apparences et du monde réel. Thérèse, tour a tour servante naïve mais déterminée, fine aimante de Mme Numance opposée aux machinations de Firmin, enfin monstre d'égoïsme utilisant l'amour filial comme le masque idéal propre à soutenir la trahison et la ruine, contribue de fait à effacer ses propres contours au profit du jeu gratuit de la parole littéraire.

C'est comme si dans *Les Ames fortes*, la longue conversation qui se déroule et porte en elle les éléments de la narration ne visait qu'à effacer tous les repères inséparables du contexte social, et donc de l'interprétation contextuelle du récit. Qui sont en définitive les « âmes fortes »? Qu'est-ce qui motive psychologiquement leurs rapports profonds? Or, sur ce plan, comme on le suggérait précédemment, c'est sans conteste Thérèse qui s'impose et fait figure d'absolu, ou du moins y participe pour trois raisons au moins.

D'abord par le fait que, tout en s'affichant comme protagoniste, elle n'hésite pas a s'avouer déjouée et vaincue suite a la disparition complète de Mme Numance. Ensuite, c'est la stratégie propre du romancier, qui évacue du même coup toute la question des mobiles: Thérèse a-t-elle assassiné Firmin pour venger l'amour trahi des Numance, ou parce que celui-ci lui a maladroitement soustrait sa proie, quand son attitude reposait sur rien moins que l'avidité matérielle? On touche par conséquent au troisième trait qui institue la prééminence de Thérèse, et qui est l'anticipation ou la prise en charge du récit, dont elle donne en quelque sorte la note. Loin d'imposer une version univoque, Thérèse suscite au contraire des prises de positions et des démentis. Elle détermine la forme brouillée du réel ou toute référence s'annule à force d'équivoque.

Dans le retour au sacre qui influe structurellement sur la constitution des *Chroniques romanesques* et sur le statut des personnages, c'est donc d'abord vers la reconnaissance d'un absolu du vide, véritable mystique du néant, qu'on s'achemine. C'est comme si Thérèse, adepte invertie du potlach qu'elle suscite de la part des Numance, ne triomphait que par un sens de l'abnégation sans compromis qui dissout en elle le moindre caractère moral et la pose en abstraction façonnée par la seule vertu de la parole littéraire. On en voudra pour preuve un épisode, à notre sens des plus emblématiques de *Noé*, où le narrateur se confond fortuitement avec le néant qu'il appelle, et incite à concevoir le travail de l'artiste ou du créateur comme négativité à l'œuvre. L'épisode central de la « Thébaïde » dans *Noé* intervient en outre au moment où, le narrateur explore les grands domaines qui, dans Marseille au XIXe siècle, formaient autant de territoires du désir – le parc exotique voulu par Empereur Jules, mais, avant lui, celui conçu par Melchior pour l'amour monstrueux de Rachel ou, plus significatif encore, le parc où un richissime armateur reconstitue pour ses sept filles les lieux mystiques les plus improbables, depuis la « maison de Sainte Thérèse d'Avila » jusqu'au « désert de Marie-Madeleine » (III, 752). Il tente ainsi d'établir les lieux de son inspiration, alors qu'ils s'avéreront, de fait, en être simplement le fruit.

Quoi qu'il en soit, cette humoristique digression qui frappe surtout par sa tonalité macabre et s'impose d'évidence comme une aventure imaginaire adopte tous les caractères de l'invention mythique. Le narrateur s'y dépeint mieux que dans tout autre *Chronique*. Cela va de soi dans *Noé*, chronique de l'invention romanesque. Nombre de phénomènes y signalent la proximité de la création littéraire avec la mort, néant des origines et des fins dernières rendu sensible non pas comme souvent, chez les romanciers modernes, par un processus d'épuisement de la parole littéraire, mais par l'affirmation gratuite d'un jeu combinatoire aussi subtil qu'improbable. S'ouvre ainsi l'ère de ce qu'on a appelé chez Giono, à propos de *Cœurs*, *passions*, *caractères*, « l'homme problématique »①.

A la manière des témoignages de Mallarmé ou de Kafka, puisés par Blanchot à travers leurs correspondances respectives, et recueillis dans *L'Espace littéraire*②, Giono signale ainsi l'immersion de l'écrivain dans une sphère qui le place pour ainsi dire hors du monde et frappe l'œuvre d'art du sceau de la négativité. Il suggère sa renaissance à la faveur de sa création, renaissance en marge, loin de la réalité contingente dont le parc obscur de la « Thébaïde » semble l'isoler, et qui porte pourtant en elle une authentique expérience de l'inconnaissable. Sans faire abstraction de l'humour et du sens de la dérision qui s'y font jour, on ne peut cependant qu'être frappé par les termes mêmes énonçant cette coïncidence du romancier et de la mort. La dissolution existentielle, la complaisance aux détails concrets qui signent l'abjection du phénomène, et l'attention accordée aux mécanismes de la création littéraire représentent autant de traits spécifiques à l'évocation de Giono romancier confronté à la rencontre de la mort:

---

① Agnès Landes, « *Cœur*, *passions*, *caractères ou l'homme problématique* », *Giono romancier*, Presses Universitaires de Provence, 1999, p.265.

② Maurice Blanchot, *L'Espace littéraire*, Gallimard, « Folio essais », 1955. Voir en particulier les chapitres consacres à « L'expérience de Mallarmé », p.37.

> « *Cette tache brune avait vraiment un très vilain aspect et même (je frémis quand j'y songe) l'ayant touché du doigt pour voir si elle était encore humide, je la trouvai non seulement humide, mais la simple pression de mon doigt fit juter à travers la toile à matelas quelques perles d'un liquide qui devait imbiber le kapok.*
>
> *De tout le temps que je faisais ces découvertes, j'étais comme en suspens; je ne savais que penser. Mais enfin, le corps du Mit était là; et avant même de savoir ce qu'était au juste le corps du délit, une chose était cependant certaine: c'est qu'il ne pouvait plus être question de me coucher sur cette tache qui avait d'ailleurs (il semblait qu'on l'avait fait exprès) la grandeur et presque la forme de mon corps.* » (Ⅲ, 736)

Ce développement fait discrètement écho, au début du roman, à la fusion ponctuelle du romancier avec M.V., l'assassin d'*Un roi sans divertissement*, Giono souligne le lien étroit qui unit ce que Proust appelle le « moi créateur » à l'intuition du néant et de la mort. Ainsi, les effluves nauséabonds dispensés avec prodigalité par la défunte Mme Donnadieu se voient précisément désignés comme à l'origine d'une des inventions les plus raffinées intégrée au cycle du *Hussard* « l'odeur si belle » qui, dans *Angelo*, traduit l'élévation et l'évanescente de Pauline de Théus, inventé et pressentie par Angelo bien avant la rencontre.

> « *Le pavillon dans lequel on loge Angelo au château de La Valette a sous ses fenêtres le bassin que j'avais sous la mienne, cette nuit-là. Et l'odeur exquise qu'il y sent (et qui vient de ce petit mouchoir de femme cache dans un pot a fleurs – l'odeur de Pauline – l'odeur qu'il appelle « l'odeur si belle » [...]), je me demande à quel point l'odeur qu'il sent dans son pavillon n'est pas fille de cette odeur infernale que je sentais dans le mien.* » (Ⅲ, 734-735)

L' « Odeur infernale »: le terme est lâché. On débouche sur l'enfer mythique de l'antiquité grecque, gouffre de l'inconnaissable qui, dans *L'Odyssée* au moins, et plus tard chez *Virgile*, se veut aussi l'antre du virtuel, à la fois séjour des morts et matrice du destin. C'est donc dans ce lieu équivoque, dominé par la confusion et par un déterminisme obscur que l'auteur prétend puiser son inspiration, y compris de façon à modeler des figures encore toutes nimbées du halo des origines et qui, parfois, dénoncent de l'intérieur leur essence tragique. Ainsi cet antique comparse venu délivrer au narrateur transi la clé de sa mésaventure:

> « *La porte s'entrebâilla. L'enfer tout entier ne pourra être plus noir que l'entrebâillement de cette porte qui s'agrandissait peu a peu sous la poussée de l'inconnaissable, sans rien montrer que du noir; jusqu'au moment où l'entrebâillement fut assez large pour encadrer un*

visage de vieille dame. Une vieille dame grecque, surgissant toute matérielle de l'Hécube d'Euripide, grâce à des papillotes de papier qui la couronnaient de la lourde couronne d'argent de Troie.» (III, 737)

Le fait est significatif s'agissant de ce personnage subalterne. Cet artifice est nécessaire pour manifester la nature profonde de la création romanesque, mais il l'est tout autant, si l'on y consacre l'attention requise, en ce qui concerne la plupart des figures imaginées par Giono dans le cadre des *Chroniques romanesques*. Cet espace tragique, gouffre de l'inconnaissable auxquels Langlois, Thérèse, le narrateur de *Noé* ou les Coste du *Moulin de Pologne* ont partie liée, produit ses effets et détermine les résolutions formelles les plus inattendues jusque sur les parties de l'œuvre les plus apparemment éloignées de la sphère mythique au sein de laquelle les *Chroniques* puisent leur dimension sacrée. C'est en particulier le cas pour *Les Grands Chemins*, dont le contexte prosaïque et la verdeur d'expression condamnent la chronique contemporaine à trouver sa portée essentielle dans le détournement des faits et gestes quotidiens. De fait, ce qui ne peut manquer de frapper au premier abord, à la lecture de cette fameuse « Bucolique » des temps présents, c'est avant toute la place accordée, dans le style, au point de vue subjectif et à l'emploi du présent, deux traits qu'il nous a déjà été donne d'indiquer précédemment. Or, comme le narrateur le précise dans *Noé*, confronté au surgissement de l'assemblée de vieilles dames qui semblent représenter autant de messagers de la mort, « le présent est toujours une chose fort simple et sans aucun pathétique » (III ,738). Autant dire un temps privé de recul, ne laissant aucune place a la spéculation métaphysique pour plonger au contraire le sujet dans les effets d'un tragique incontournable. En même temps, suivant la logique invoquée dans la préface aux *Chroniques romanesques* de 1962, ces choix formels doivent impérativement être saisis dans l'accord qu'ils manifestent à l'égard du sujet qui s'en détache.

Résumé de façon schématique, le sujet des *Grands Chemins* met certes en cause le parcours chaotique de l'artiste, voué par défiance autant que par défi au néant avec lequel il finit par se confondre. Celui-ci tente de dépasser le cadre sordide et l'issue tragique du parcours par un détachement pourtant compensé par une expressivité hors pair. C'est en partant de ces remarques qu'on peut alors tenter de justifier la présence du couple qui, dans cette « Bucolique », renvoie aussi en miroir à celle du double et permet de distinguer, en quelque sorte, deux pans dans l'aventure qui s'y déroule. On peut donc définir ainsi, de manière plus complète, le sujet des *Grands Chemins*, comme le cheminement de l'artiste sur la voie du dédoublement, en une expérience simultanée de l'anéantissement et du degré zéro du style qui accompagne son expression.

A ce titre, *Les Grands Chemins* représente donc un autre jalon vers l'ascèse absolue réalisée par Tringlot à la fin dans *L ' Iris de Suse*, *à* travers l'adoration de l'absente, propre a satisfaire enfin son amour du zéro. Un même phénomène contemplatif, une semblable fusion clôt en effet *Les Grands Chemins*. Sans atteindre le degré de silence sur lequel parait se refermer cette œuvre testamentaire, dernière « dette » au genre de la chronique, l'œuvre relance pourtant les possibles narratifs dans la perspective d'un perpétuel recommencement à la rencontre de l'Absolu.

En outre, si l'on ne peut denier au narrateur des *Grands Chemins* l'expression de sentiments et d'émotions, en particulier dans les moments de tension extrême que l'on a repérés auparavant, on peut du moins noter le récit systématique de l'introspection et de l'analyse, contenue seulement dans quelques aphorismes généraux et lapidaires offrant en quelque sorte au récit son fondement éthique. C'est en cela aussi qu'à travers le personnage du narrateur, Giono se démarque, en dépit des apparences, du héros absurde auquel Camus, avec *L'Etranger*, ouvre la voie. Résigné, le narrateur reste en effet clairvoyant, et devient même l'outil privilégié d'une satire sociale qui, tout en prodiguant l'ironie, *le* convertit lui-même en double symétrique et antithétique de l'artiste, prêt à accepter toutes les compromissions du jeu social jusqu'à se façonner lui aussi des masques, mais d'un usage purement pratique qui révèle les traits débonnaires de l'artiste au quotidien. A travers lui, Giono offre donc un message à double détente au sujet du visage de l'artiste, et qu'on pourrait traduire comme un appel à la défiance, suspicion à l'égard d'une allure par trop débonnaire qui masque complaisamment un esprit des plus *compréhensifs*. Cette compréhension, cette acuité dans la peinture sociale qui vise aussi à percer les apparences, il la puise précisément dans l'expérience de l'artiste, fondée sur amoralité et l'exclusion, marche de funambule toujours en équilibre instable au-dessus des gouffres de perdition.

Afin d'étayer notre hypothèse, on examinera successivement trois points:

– La sociabilité revendiquée du narrateur, qui porte en lui toutes les marques du créateur immergé dans la vie quotidienne, un peu à la manière dont *Noé*, déjà, le donnait à voir;

– La contemplation de l'artiste dans son exposition face au vide;

– Enfin le mécanisme du dédoublement et ses conséquences sur la conception de la création romanesque telle qu'elle se dessine ici.

En ce qui concerne le premier point, les marques s'avèrent si nombreuses et si évidentes que la démonstration en demeure aisée. La sociabilité du narrateur consiste en effet d'abord, bien évidemment, dans la prise en charge du récit, acte de communication par lequel il prétend en outre coller au plus près des événements, dans le compte-rendu immédiat qu'il s'applique à fournir de cette aventure au quotidien.

Spectateur attentif, il octroie par là même occasion au récit son cadre éthique, au flux des constats et des remarques qui lui permettent d'établir la cohérence des comportements sociaux, notamment eu égard à l'instinct de conservation. S'il reste de fait exclusivement amoral, c'est donc par une lucidité nécessaire pour conférer an récit toute sa portée mais qui n'exclut nullement la participation au jeu des faux-semblants, selon des procédures très nettement inspirées de l'esprit des moralistes classiques, et de Pascal en particulier. Autrement dit, il restitue par là même la plus simple expression d'un état de faits énoncé de façon exemplaire après le passage à tabac de l'artiste, au moment de trouver refuge dans ce lieu décidément très prié des *Chroniques*: le couvent, où se fait jour, paradoxalement, la nécessité de l'hypocrisie sociale. Tentant de dissuader la Supérieure de faire appel à la police an moyen d'une grossière allusion à une possible affaire d'adultère, le narrateur peut ainsi constater sans détour les vertus de ce qu'il appelle par la suite, en une expression des plus significatives, le « pieu *mensonge* » : « Dieu sait, dit-elle, et ne condamne pas. Il a depuis longtemps pardonné à la femme adultère.»

> « *J'ai mon idée sur la question, mais je n'en souffle pas mot. Le reste est du velours. A la fin de quoi elle-même me parle de secret professionnel. J'ai envie de me dresser au garde-à-vous et de faire le salut militaire. C'est parce que je blague quand je suis content.* » (V , 578)

Ailleurs, exempt pourtant de toute donnée psychologique, le récit amène son lot de remarques à propos du tempérament du narrateur. On bat en brèche tous les présupposés de la morale pour associer à une nature, à une essence de toute façon indiscernable, les attitudes auxquelles renvoie le jeu social. Aussi le narrateur ne se prive-t-il pas de participer pleinement, tour à tour acteur et spectateur, aux différentes approches de l'interdit et de la transgression auxquelles l'existence quotidienne soumet impunément. Prêt à aborder cette transgression décisive que représente la mise à mort de l'artiste, le narrateur expose en effet les marques d'une grande maturité, bien proche de celle qui institue l'artiste en « grand frère » (V , 567) , et qui s'exprime en particulier lors de ses voyages quotidiens à D., préfecture de « dix Ames ». Cette circonstance fournit l'occasion des hypothèses les plus risquées mettant en cause l'hypocrisie et la compromission sociale, les rapports d'intérêts qui dénoncent autant de rapports de forces, et se solde pourtant par un commentaire résigné où se fait jour l'universalité des comportements:

> « *Je pense à toutes ces chambres à coucher remplies d'époux. Ca doit être un fameux galimatias! Bel orphéon de tiroir-caisse et du donnant-donnant. Ca doit en fabriquer de la prostitution et du tapin, ces dix mille Ames! Disons à jets continus, pour être poli.*
>
> *Il paraîtrait que je suis amer, mais pas du tout, au contraire: l'indulgence même et la compréhension. Je suis le type le plus compréhensif de la terre. Je reconnais qu'à première vue*

il faut leur donner le bon Dieu sans confession.» (V , 601)

Du fait de sa position et de la perspective qu'il reflète à propos du jeu social, aussi bien en tant qu'acteur que comme initié, le narrateur occupe donc une place charnière entre la nécessité des compromissions – et l'artiste ne se prive pas de lui rappeler l'atout que constitue sa « gueule en or » - et de plus hautes exigences, qui autorisent un point de vue privilégié, en particulier concernant la dimension sacrée qui ordonne les gestes de l'artiste. S'il en assume, par l'intermédiaire du récit, la part tangible, l'artiste en encourt le risque et côtoie perpétuellement l'abîme. Ainsi, un vaste réseau métaphorique travaille à présenter le cheminement chaotique de l'artiste comme un parcours d'équilibre, comme un jeu périlleux toujours menacé par les lois physiques et de la pesanteur. C'est ce qu'illustre pleinement l'évocation des tours de carte et de la virtuosité de l'artiste dans la pratique des manipulations, qu'il s'ingénie tantôt à rendre invisible, tantôt à dévoiler par une recherche constamment accrue du risque. Alliant la grâce des tours à la menace imminente de la rupture et du chaos, l'artiste offre donc à voir une véritable danse, une chorégraphie magique qui, dans son mouvement vertigineux, octroie la certitude d'être. Sans revenir sur la comparaison qui situe cette pratique sur le même plan que la tauromachie, et dont on a pu d'ores et déjà mesurer les enjeux, il faut prendre en compte selon l'optique d'un défi envers l'abîme les premières démonstrations que l'artiste consent sous le regard ébloui du narrateur, en dehors du seul aspect ludique, bien vite évacué:

> « *Il jette le jeu de cartes dans le bassin de la fontaine et, quand il va y tomber, le jeu de carte se regroupe dans sa main. Il me l'étale sous le nez en éventail, en fer cheval, en roue, en flèche. Il fait rouler les cartes de sa main droite à sa main gauche, en pluie, en gouttes, en cascade.* 11 *leur parle, il les appelle par leur nom; elles se dressent toutes seules hors du jeu, s'avancent, viennent, sautent.*» (V , 490)

Outre le champ de la fluidité qui se fait jour ici, et indique volontiers, sur un plan physique, une logique de défi envers les lois de l'équilibre, s'ajoutent les traits caractéristiques d'une personnification qui institue sans conteste l'artiste en maître du hasard, redoublant l'idée du gouffre matériel par celle du vide métaphysique qu'il surplombe. C'est la d'ailleurs tout ce qui importe et qui permet de définir l'artiste selon Giono non seulement par l'habileté formelle dont il fait preuve, mais par le fait aussi que cette habileté se déploie précisément face au vide, défi a regard d'une loi commune et qui le place constamment en péril. A ce titre, le jeu engagé par l'artiste, en particulier lors du long épisode du village en hiver, pourrait bien représenter une allégorie: la marque visible de cette part de lui-même qu'il engage, qu'il risque et qui risque en même temps de le perdre corps et biens dans l'exercice de la création. Ce portrait de l'artiste en amateur d'abîme doit donc aussi avouer sa parenté avec un autre avatar de l'artiste, l'acrobate, dont Bobi, dans *Que ma joie demeure*, représente, après le Zarathoustra de Nietzsche, l'exemple le plus significatif, et dont les vertus messianiques distillent leur influence inattendue jusque dans *Les Grands Chemins*. Elles se manifestent en effet par un double écho.

D'abord sous les traits de son alter ego, le narrateur, déterminé en dépit du doute à conserver ses « poils à la Tolstoï », masque par trop visible d'un esprit de fraternité, d'un « socialisme » au sujet duquel Giono affirme par ailleurs son exaspération.

Ensuite à travers le jeu de l'artiste, cantonné au défi envers lui-même lorsqu'il s'agit de se mesurer au vide, ou une de ses manifestations les plus courues, à savoir la mort.

Si l'on y ajoute les images nombreuses suggérant justement cette parenté – le spectacle « en pleine lumière », le travail « sans filet » - le narrateur finit donc par signaler, en des termes très directs qui rappellent alors l'objet ultime recherché par Thérèse dans *Les Ames fortes*, l'enjeu véritable des compétitions qui l'opposent aux dynastes de ces contrées reculées, et qui induit, dans cette quête solitaire, le sacrifice de sang. Ainsi, jusque dans ce qu'on pourrait juger, par un réflexe superficiel, comme une marque d'ignominie, relevant de la perversion et de la bassesse morale, à savoir la triche qu'il institue comme une véritable façon d'être, l'artiste participe lui aussi de cette figure christique si prégnante chez Giono. Le narrateur note, peu avant la clôture de la partie qui, a ses yeux, ouvre la voie d'une incontestable consécration:

> « *Je me demande à quoi il pense de faire ces gracieusetés sous cette lumière aveuglante. Puis, je comprends qu'il est en train de réussir ce que les autres ratent. Il est le seul à jouer le sang qu'il vient de faire; et aussi fièrement qu'eux leurs sous.* » (V, 550)

Maître de ses propres règles, l'artiste en pleine gloire gagne son triomphe dans sa propre perte qui, à défaut de lui apporter le salut dans l'éternité, lui confère celle-ci dans l'instant, comme le rappelle le narrateur quelques pages avant l'issue mystique dont il devient, par le fait, le spectateur unique et privilégie, double visible de l'artiste à qui il apporte, dans la présence matérielle de son corps, le réconfort du « Saint Sacrement » (V, 631) et l'échappatoire de la mort. En attendant, et avec une trivialité presque sacrilège qui en souligne la portée, le narrateur reconnaît sans conteste, à travers les forfaits de l'artiste, les marques d'une essence incontournable que le sacrifice fixera sans retour:

> « *Je me dis: parlons du passé. Je le ramène en arrière, à l'époque où il était le roi des montagnes. Je remets sur le tapis cette fameuse soirée chez les types de là haut. Qu'on l'ait battu (et même plus), je sais qu'il s'en fout. C'est même une preuve qu'on ne pouvait pas mettre fin autrement a ce qu'il est* [...].

Mettre fin? S'il faut arriver à le tuer pour mettre fin, c'est qu'il les a finalement baisés autant que Dieu le Père?; qu'il les a eus jusqu'au trognon. Qui n'aimerait pas qu'on lui mette fin comme ça? » (V , 613-614)

Figure christique, l'artiste trouve donc dans le narrateur le moyen d'accès privilégié au néant qu'il appelle de ses vœux comme un absolu, en même temps que la garantie d'une permanence visible, équivalent du Saint Sacrement dans l'ordre tangible du récit. Aussi, à la fin, renouant avec les voies communes qui l'éloignent des « grands chemins », contre le lien affiché par l'artiste et que sa disparition lui octroie sans rémission, le narrateur s'impose par l'annonce du renouvellement, dont le récit toujours recommencé porte précisément la marque. Tout s'opère comme si, avec l'artiste, le narrateur n'assistait à la perte que de cette moitié ténue et obscure de son être, celle vouée à l'expérience du néant et de la mort. Plus encore que Langlois ou Thérèse, l'artiste des *Grands Chemins*, c'est celui qui, par l'artifice du dédoublement, permet de porter à l'ordre du visible l'absolu de l'anéantissement, de maintenir, par le biais du récit, le monde tangible en le dépassant, comme si, au regard de cette mort à laquelle il consent, le narrateur gagnait de son côté la preuve ontologique qui lui permet la réinvention perpétuelle du monde.

Poursuivant l'exploration du rien a travers toutes les figures du tangible, cette quatrième *Chronique romanesque* fixe donc la position du créateur face à l'abîme tout en se jouant des convenances du style, dont l'expression relâchée verse définitivement le narrateur du côté de l'ici et du *maintenant*. Par bien des points, *Les Grands Chemins* peut donc aussi se lire comme une allégorique transparente du dédoublement de l'artiste et susciter plusieurs niveaux d'interprétation qui, tous, se recoupent. Ce qui s'impose avant tout, néanmoins, c'est le discours que la création romanesque entretient sur elle-même et qui, loin de verser dans l'auto-complaisance et dans le repliement sur soi, appelle le roman à se nourrir de rencontres de fortune, d'expériences de la trivialité quotidienne propres à maintenir l'œuvre dans son époque. Aux antipodes de la tentation hermétique par rapport à laquelle il ne peut pourtant manquer de se situer, le Giono des *Chroniques* parvient ainsi à bâtir une extraordinaire machine narrative qui, mettant en œuvre le processus qui conduit à sa propre négation, se pare d'une forme éminemment tragique où l'expression du néant s'inscrit de manière irréfutable dans les formes exprimables du langage quotidien.

I .3 Mort et néant

Dans son œuvre, Giono s'inspire en effet des contradictions que nous en révèle l'analyse, celles d'un monde extraordinaire, à la fois étonnant et fascinant, où prédomine pourtant la violence sous tous ses aspects. Son oeuvre s'exprime par des images éblouissantes, des symboles frappants et des mythes sous-jacents. L'esthétique de la violence se veut- et s'impose- comme une synthèse inéluctable mais définitive chez l'auteur qui, grâce à son art - une « conception particulière du beau » - fait de la violence même une œuvre de beauté. De là, les mythes et les symboles que Giono utilise comme catalyseur afin de dissoudre les conflits de l'existence pour dépeindre la violence. Partir de la violence (subie ou projetée) lui permet de forger enfin une esthétique dans une oeuvre voulue comme garante d'immortalité, d'éternité.

La violence dans l'œuvre de Giono, c'est d'abord comme la perception du Vide physique, concrète dans la vie de l'auteur lui-même, en tant que soldat dans la Première guerre mondiale. Ces expériences provoquent néanmoins une prise de conscience qui lui inspire de profondes convictions pacifistes: d'une part, il découvre les horreurs que lui procure la guerre, d'autre part, il trouve la valeur de la vie. La ténacité des souvenirs des horreurs de la guerre dont il porte « la marque » s'explique par deux choses: l'extrême sensibilité de Giono lui-même, et la férocité sans précédent de cette guerre qui a profondément marqué tous les hommes de sa génération. Malheureusement, un échec s'empare à Giono à cause de son idéologie pacifiste. Cela se traduit par la victoire de la conception romanesque, de l'imaginaire: une forme d'idéologie personnelle (de l'artiste), où la cruauté et la violence seront exploitées à des fins esthétiques. C'est la naissance de ce qu'on appelle « la deuxième manière » de Giono.

C'est le vide physique de la violence qu'on peut ici définir par le mot « imaginaire », dans le sens de Bachelard qui affirme que « Le vocable fondamental qui correspond à l'imagination n'est pas image. C'est imaginaire. ». Dans cette partie, le vide physique est le produit de l'imagination créatrice (dynamique) et non reproductrice (formelle) d'images, ainsi que le domaine où elle s'exerce consciemment ou inconsciemment, en aspirant à la transformation de la réalité vue ou vécue.

Giono semble désormais universaliser la violence. Donc elle est partout, et pas forcément critiquée ni constatée. Et surtout, il apparaît, dorénavant, que l'imaginaire devient la violence elle-même. On analysera donc des images en rapport avec le symbolisme des éléments naturels et des phénomènes cosmiques (sous-tendu de mythes), pour voir qu'une correspondance entre ces images unit les valeurs personnelles aux valeurs universelles. L'opposition des valeurs revêt un caractère dynamique qui traduit une conception morale du haut et du bas, selon laquelle le romancier préparer l'évolution de sa pensée sur le vide, sa propre destinée à travers celle de ses personnages principaux.

Quelles que soient les réponses, l'analyse de l'œuvre de Giono nous révèle non seulement un art dominé par la cruauté et la violence, mais aussi l'ingéniosité de l'artiste qui résiste à la mort et aspire à l'immortalité par et dans une oeuvre de toute beauté.

Une fois engagé, vouloir s'échapper devient Impossible. Vouloir fuir cette obscurité ne ferait que la rendre plus noire encore. Elle est, selon l'expression de Lilian Silburn, « la nuit de l'amère destruction.»① Il s'agit, en effet, de la période au cours de laquelle l'être assiste, impuissant, à sa propre destruction, à la destruction de tout ce qui n'est pas réellement lui et qu'il croyait tel pour se rassurer, se conforter. Destruction de l'ego oriental, du moi occidental. L'être se trouve tout à coup plongé dans une totale obscurité à cause de l'abrupte disparition, de la fuite soudaine et inattendue de tous les éléments qui lui étaient familiers ainsi que de tous ses cadres et points de repère quotidiens et habituels (en fait, de tous les instants), de la déstructuration brutale de son univers intérieur, L'espace du dedans devient un espace de néant. Il s'agit donc ici de la première épreuve, et à ce titre sans doute la plus éprouvante, pour l'être, sur son chemin de Connaissance. Epreuve de sa propre destruction à laquelle il lui faut faire face, qu'il lui faut subir, et enfin surmonter... Mais déjà dans les ténèbres elles-mêmes est contenue la lumière recherchée; elle y réside, elle y brille. La traversée de la nuit appelle et suggère l'idée de « la mort initiatique ». Car, c'est une nuit de gestation, et ce n'est qu'en tant que lumière la plus entièrement voilée qu'elle pourra, par la suite, resplendir et être appréhendée comme brillant de tout l'éclat de l'Illumination. Ce n'est qu'en commerçant par se perdre que l'être a le plus de chance de parvenir à se trouver. Allant à la rencontre de soi-même, il est nécessaire en premier lieu de s'oublier, c'est pourquoi il s'agit bien ici, dans cette traversée des ténèbres, dans ce passage de l'obscur, d'une phase préparatoire qui est aussi phase intense de purification, d'épuration essentielle. L'être va en effet s'alléger de tout ce qui, ordinairement, le charge inutilement, de tout ce qui n'est pas lui... et ainsi se dirige-t-il vers son essence véritable, vers une nudité fondamentale, vers une nouvelle naissance. Ayant ressenti le vide, ayant constaté le néant de tout ce qui le constituait jusqu'alors, de tout ce « solide » auquel il avait accordé une foi aveugle et qui ne l'était pas, l'être se destine enfin à renaître par l'essentiel, transparent à lui-même, régénéré. Il éprouvera d'ailleurs, par la suite, ce besoin de renouveler par lui-même cette fertile opération de purification. Telles sont donc la direction et la dimension réelle prises par cette plongée dans les ténèbres, étape nécessaire, essentielle quoique non suffisante, pour qui pénètre et s'enfonce dans la réalité mentale. Différents niveaux, ou plutôt différents moments, vont pouvoir être dégagés, par rapport au vide intérieur dévoilé tout au long « du voyage » aventureux.

Paradoxalement, tous ceux qui ont voulu « chercher lumière » en eux-mêmes ont commencé par sombrer dans les ténèbres. Il s'agit là d'une première étape vis-à-vis du monde intérieur. Cependant, pour qui veut y parvenir, cette étape est une terrible épreuve et la plongée dans l'obscurité semble ne jamais devoir aboutir.

Au néant correspond la « A bdhyatnabahirdha-shunyata » ou Vide des choses intérieures et extérieures:

---

① « Le Vide, le Rien, l'Abîme » *in Hermès*, 1969, p.33.

*La mort existe, et au jour de la Dissolution, tout sera détruit, rien ne subsistera*①

En Occident, dans l'approche qui est faite de la mort, Vide et Néant sont, la plupart du temps, confondus et représentent une seule et même réalité. En Orient, par contre, la vision en est différente.

Citons Georges Vallin qui, dans les Deux Vides, trace rapidement – à propos de ces derniers- le parallèle entre la conception orientale et la conception occidentale:

Le néant que l'on retrouve dans le Vedanta, c'est le néant de la créature, mais il y est intégré comme négation, au cœur de l'Absolu lui-même, du Vide métaphysique. Aussi l'Oriental n'a-t-il jamais fait à l'angoisse et au tragique la place que l'Occidental lui a réservée.

L'angoisse de la mort et de la destruction se trouve intégrée dans et dépassée vers l'immuable sérénité centrée sur le Vide que le néant lui-même exprime ici et auquel il ramène.

*Inversement, il nous semble que le refus du Vide métaphysique, qui nous paraît coïncider avec la genèse de l'ontologie et de la théologie traditionnelle de l'Occident, entraîne inéluctablement l'apparition progressive du néant. Il faut que l'ego cesse de se cristalliser, de se crisper sur son propre vide (néant) pour que jaillissement en lui la lumière et la plénitude du Vide universel.*②

On note, chez Giono, une évolution progressive de sa conception de la mort (évolution que suit d'ailleurs à peu de chose près le fil chronologique de ses oeuvres), allant de la mort considérée comme Néant absolu à la mort envisagée comme un néant intégré à un Vide englobant. La vision de la mort considérée ici correspondra uniquement à la première de ces deux conceptions: la mort vue sous l'angle du néant absolu, correspondant à une extrapolation du vide psychique appréhendé dans la chute dans l'abîme et les ténèbres, lors même de cette chute.

Le thème de la mort, irrémédiable gouffre, est l'un de ceux qui reviennent incessamment dans les premières oeuvres du romancier, en relation d'une part avec la « destinée personnelle » – le romancier souffre d'insuffisance cardiaque- et avec le devenir de l'humanité – Seconde Guerre mondiale.

En tant qu'elle apparaît comme la dissolution finale de la réalité physique et de la réalité

① Jean Herbert, *L'Enseignement de Râmakrishna*, *op.cit.*, p.30.

② *In Hermès*, 1969, pp.113-114.

mentale, la mort, directement liée au néant, revêt, à ce titre, la forme de l'angoisse la plus pure dès qu'elle est pressentie. La réalité matérielle, corporelle, s'effondre, entraînant avec elle dans sa chute la réalité mentale, psychique. Le Néant constitue donc leur résolution ultime, irréversible, définitive.

Pour Giono, la mort est tout d'abord le terme attendu de cette existence mal vécue, vécue en porte-à-faux. Elle est l'aboutissement du parcours événementiel, issue finale à ce « mal de vivre » de l'être, « mal vivre » qui est d'ailleurs comme un appel lancé, et qui, dans une certaine mesure, la détermine, la « provoque »...

Se retrouvent, bien sur, les images de froid et d'obscurité. Au froid correspondant le niveau de la réalité corporelle, et à l'obscurité le niveau de la réalité mentale.

L'angoisse de la mort est une angoisse perpétuellement présente. Pour l'être qui s'est progressivement épuisé dans ses diverses luttes et que le malheur a si souvent ébranlé. Le romancier trace une description d'un état intermédiaire dans lequel l'être se trouve plongé après la mort (assez proche de celui que connaît l'âme « errant dans le sangsara » du Livre des morts tibétain). Lambeaux à vif d'êtres qui n'attendent que l'instant de la délivrance suprême où ils seront happés par la Mort Véritable?

Pour ces âmes errantes, la mort est une libération à laquelle elles aspirent et qu'elles ne cessent d'appeler de leurs vœux. Un même appel à la mort, une même soif d'anéantissement, jaillissent spontanément lorsque les angoisses et souffrances de l'existence dépassent, pour l'être, le seuil du tolérable. Appel lancé par le romancier déchiré qui ne voit au martyre qu'il subit que cette issue possible.

Cette soif d'une délivrance ultime correspond également à la faiblesse inhérente à l'être, laquelle lui fait aspirer à plus de faiblesses encore et, en fin de compte, à l'anéantissement même.

L'être s'abandonne alors dans une totale démission de soi, il est « achevé ».

Cependant, lorsque la mort approche effectivement, lorsque le Néant étend son ombre et qu'il envahit l'être, l'encercle et le creuse, lorsque l'irrémédiable chute va se produire, l'être parvient encore à s'échapper dans un dernier sursaut, un dernier réflexe spontané, se rassemblant, se concentrant, tachant de faire bloc, d'enserrer l'essentiel... c'est qu'au plus profond de lui-même il y a encore - il y a toujours- l'étincelle de vie, l'élan d'auto-préservation, de survie, de salut. C'est l'écart entre le conscient et l'inconscient: voies divergentes, directions contraires.

Ainsi, à la toute dernière limite, l'être peut donc parvenir à briser le cercle et à se reconstituer en se rassemblant autour d'un point, d'un centre, d' « noyau central » (... hors de « la colonne absente ») Pour échapper à l'engloutissement de la mort, l'être doit se présenter dans une invincible unité; celle-ci, opposant une résistance à toute épreuve qui lui permet alors d'éviter son anéantissement total. Pour saisir l'essentiel, l'être se saisit dans le plus infime, s'y maintient, comme son dernier recours contre la mort.

Comment donc Giono a-t-il approché les notions orientales de réincarnation et de métempsycose. On les voit affleurer ici et là, dans l'une ou l'autre de ses oeuvres, mais c'est toujours pour être tournées en dérision, et l'approche « occidentale » ne cède pas.

Si l'on considère très généralement les théories orientales (indienne et tibétaine) de la réincarnation, on note deux faits importants: d'une part l'idée d'une évolution dans la succession des renaissances vers une réalisation de l'être, à chaque fois plus parfaite, d'autre part le passage de « tendances » d'une vie à la suivante, au travers du gouffre de la mort physique.

> *Tant qu'un homme reste dans l'ignorance, c'est-à-dire aussi longtemps qu'il n'a pas réalisé Dieu, il sera obligé de renaître sur terre.*
>
> *Mais celui qui a eu l'illumination n'a plus à revenir ni en ce monde, ni en aucune autre sphère.* ①

Par la série des renaissances, l'être, plongeant à chaque fois dans le Vide (ou le Tout) avant de renaître, se purifie, s'allège, jusqu'à atteindre la Réalisation. Giono met en scène un mystérieux Maître de Ho, et l'un des versets du Maître de Ho commence ainsi: « Celui dont le destin est de mourir doit naître./ Hélas, mille fois hélas pour les naissances, dit le Maître de Ho./ C'est un enlacement, qui est entrelacement.»

Contrairement à une certaine idée donnée parfois-à tort- de la théorie orientale de la « renaissance », il ne s'agit pas là de métempsycose mais bien de réincarnation d'une réalité corporelle humaine à une autre réalité corporelle toujours humaine.

En dehors du folklore et des prolixes Commentaires, je n'ai rencontré aucun cas de naissance comme animal reconnue par la vision supranormale d'un Maître. On dit dans certains Suttas, que le Bouddha affirme que certaines classes de malfaisants subiront ce sort, mais, pour autant que j'en connaisse, on n'en trouve aucune mention spéciale dans les Suttas. ②

Abordant le thème de la métempsycose dans son œuvre, c'est toujours avec ironie que Giono le développe, et cela lui nous vaut de savoureux passages, dans la lignée des surréalistes...

On trouve ainsi chez l'auteur un texte qui se poursuit sur trois pages, où l'imagination créatrice et la fantaisie se répondent avec un rare bonheur.

Citons, pour terminer, quelques lignes de la Voie qui amène à envisager le domaine de la

---

① Jean Herbert, *l'Enseignement de Râmakrishna*, *op. cit.*, p.28.

② Lama Kazi Dawa-Samdup, *Le Yoga tibétain et les Doctrines secrètes*, *op. cit.*, not 228, p.250.

création chez Giono, et par là même à quitter le thème de la mort pour passer du côté de la vie. La création - au niveau de l'acte créatif – y est en effet affirmation de la présence de l'être. Elle tire l'être hors des gouffres et de l'anéantissement; elle est « la planche de salut », l'action salvatrice, en un mot l'échappée...

I .4 Ennui et divertissement

Le rapprochement avec *Un Roi sans divertissement* peut être fait justement par le biais du thème de l'ennui, cette « grande malédiction de l'univers » (Ent., 58), comme l'appelle Giono. Lors de séjour au moulin, le Narrateur des *Grands Chemins* dit qu'il est heureux de se retrouver au chaud, mais il se laisse petit à petit gagner par l'ennui. La saison d'hiver s'y prête bien comme dans *Un Roi sans divertissement*. Comme chez beaucoup d'autres personnages, la solitude prolongée finit par engendrer l'ennui. Pour se divertir, il écoute la radio du patron – Edmond - ou les disputes continuelles que celui-ci a avec sa femme. C'est peut-être à la fois la curiosité et l'ennui qui le poussent à venir en aide à la jeune femme, sans qu'il connaisse son nom et qu'il cherche à comprendre les raisons qui la poussent à quitter ses parents. Pour la même raison probablement, il accepte d'aider son patron apparemment confronté à une affaire de cœur (affaire qui n'est jamais dévoilée). Mais tout cela ne semble pas lui apporter le remède nécessaire. Il sent en lui des « désirs » assez forts qu'il n'arrive ni tout à fait comprendre ni à maîtriser (on souligne):

> « *J'ai évidemment tout ce qu'il faut dans mon moulin: chaleur, café et boustifaille. Mais l'hiver est la saison des désirs. J'accumule des envies extraordinaires. Dans cette partie du jour qui va du moment où j'ai bu le café du matin jusqu'à l'heure où la nuit arrive j'imagine des chose sans queue ni tête. On n'y voit pas beaucoup ici dedans; sans le r e flet de la neige, on n'y verrait même pas du tout. J'arrive à trouver que les presses au repos ont des allures de grandes personnes debout, habillées de fer. Pendant que je me chauffe, dans la lueur rouge du poêle, je vois le bout de mon nez, mes mains, mes genoux, mes jambes et mes pieds. Les grosses poutres entrecroisées du plafond sont comme une carcasse de bœuf. Les coups de bise frappent contre les murs. Le bien-être ne sert qu'à désirer plus; et dans cette idée il n'y a pas de limite. Je me sens capable d'aller fort dans des quantités de choses. Je pense aux marmottes qui sont roulées en boule dans les profondes fourrures de la terre. Je me demande pourquoi nous autres nous n'arrivons pas à endormir complètement notre sang.* » (V, 537-538)

Le Narrateur est dans cette solitude face à lui-même et à ses désirs. Cette situation commence à devenir grave puisqu'il a désormais des hallucinations. Son imagination commence à lui jouer des tours. Par ailleurs, il se sent capable d'aller trop loin et «fort dans des quantités de choses». En effet l'absence de limites est ce qui caractérise les actes du meurtrier - M.V.- dans *Un Roi sans divertissement*. Quant à la couleur « rouge » du feu, mise en valeur par la couleur blanche de la «neige», elle n'est pas sans rappeler le décor des crimes de M.V. ainsi que de la scène où, plus tard, Langlois contemple le sang de l'oie qu'il vient de tuer sur la neige. L'obsession du sang est présente aussi chez le Narrateur, comme le laisse voir plus explicitement le passage suivant:

«*Le silence et le blanc font un tel vide qu'on a envie de mettre du rouge et des cris dans tout ça avec n'importe quoi.*» (V , 538)

On a ici tous les éléments de l'atmosphère décrite dans *Un roi sans divertissement*: « le silence» (à la fois extérieur et intérieur chez le personnage), « le blanc » (de la neige), le «vide» (dû à l'ennui), le «rouge» (du sang) et «les cris» (de la victime). Tout l'acte du divertissement par le meurtre est là en puissance chez le personnage.

Celui-ci est donc victime de l'ennui. Pour se divertir, il coupe du bois - à défaut d'entailler des personnes comme M.V. ou de tuer une oie comme Langlois:

«*Je n'ai de repos que lorsque je fends du bois à la hache. La relever au-dessus de ma tête et l'abattre de toutes mes forces sur les bûches qui craquent et éclatent me fait du bien. Je ne m'arrêterais plus. Je ne sens pas la fatigue. Le bruit des coups et du bois fendu me plaît. Le coeur ouvert des bûches est beau à voir et c'est agréable de tripoter l'arête vive des éclats.*» (V , 538)

Le Narrateur parle d'un véritable plaisir («me fait du bien», «me plaît», «beau à voir», «agréable») à s'acharner de la sorte sur le bois qui fait bien penser à un corps humain (« le cœur ouvert», «tripoter l'arête vive»). Il aime regarder ce «cœur» ouvert des bûches comme M.V. aime regarder les corps tailladés de ses victimes.

Le Narrateur est peut être sur le point de «mettre du rouge» «avec n'importe quoi» quand son ami l'Artiste vient l'en empêcher en lui proposant de venir jouer avec lui, car il a trouvé un «filon». Il l'arrache ainsi à sa solitude, «par amitié pure» (V , 536), lui dit-il. Le Narrateur décide de le suivre, car il s'aperçoit qu'il vit des moments difficiles et qu'il est temps de changer d'air:

«*Je le laisse dire. C'est une belle vie! Il y a des moments où j'en ai marre de vivre à ma façon.*» (V , 537)

Pourtant l'idée du « sang » l'obsédera encore. Le terme apparaîtra à plusieurs reprises dans les pages suivantes (548-549). Une fois, il est associé au terme « ennui ». Il s'agit de l'épisode du jeu chez Ferréol:

> « *Ce qui nous est le plus nécessaire aux uns comme aux autres, c'est le sang. Il faut en avoir le plus possible. Des quantités de choses qu'on aime peuvent nous en réclamer à chaque instant. C'est bête de faire ceinture devant des choses épatantes qu'on rate de posséder faute de quelques gouttes de sang* [...].
>
> *On fait du sang en quantité dans cet endroit cerné par la neige, et par la nuit, et par l'ennui.*» (V, 548)

Mais le Narrateur arrive à guérir de ses obsessions en se mettant à jouer. Il s'aperçoit à temps qu'il doit se divertir. Le jeu est donc un remède à l'ennui. Le seul qui lui permette de ne pas aller trop loin dans ses « désirs ». L'Artiste, lui, prend le jeu peut-être trop au sérieux. C'est pourquoi lorsqu'il perdra l'usage de ses doigts, et donc qu'il ne pourra plus jouer, il deviendra un meurtrier. Chose que le Narrateur a pu éviter à temps.

La plupart des autres personnages s'ennuient aussi, c'est pourquoi ils cherchent, chacun à sa façon, par le moyen qui est sa portée, à échapper à cet ennui. Pour rompre la monotonie de sa vie, Edmond a une affaire louche pour laquelle il demande les services du Narrateur. Sa femme, elle aussi, est victime de l'ennui:

> « *Mme Edmond reste des semaines dans l'état de quelqu'un qui adore le blanc et qui en a en veux-tu en voilà. Elle conserve précieusement un petit sourire idiot sur la bouche. Puis elle finit par s'apercevoir que son mari tourne d'un côté et de l'autre. Elle constate qu'il a quelque chose en tête. Et la voilà elle aussi avec du souci, dans cette maison encore plus chaude que les profondes fourrures de la terre où dorment les marmottes. Dans cette maison entourée de blanc de tous les côtés.*» (V, 539)

Dans ce passage on constate d'une part que l'ennui est un état contagieux et qu'il est surtout lié à l'hiver; d'autre part que la couleur blanche de la neige est obsédante et fascinante pour ces personne qui s'ennuient, et enfin que la chaleur et le confort intérieurs accentuent chez eux cette sorte de léthargie. C'est une sorte d'engloutissement progressif auquel ils ne peuvent échapper que difficilement. M. Edmond et sa femme s'en sortent par les disputes et les querelles.

Les compagnons de jeu de l'Artiste (Nestor, Dumas, Molinier, Ferréol...) quant à eux, trouvent comme remède à l'ennui que leur causent la solitude et l'hiver, le jeu avec l'Artiste. Tout le monde semble pris dans cette atmosphère de l'ennui. Leur univers est doublement fermé par la neige et le brouillard. Chacun essaie de s'en sortir, en se créant une sorte de seconde vie, même si celle-ci est artificielle et qu'elle s'apparente au « théâtre », comme celle de Nestor que décrit le Narrateur dans ce passage:

« *Je pense à Nestor qui montait en pleine nuit à la Clarée, gros comme un buffle, rejoindre quoi? Cent mille théâtres (on sort de l'un pour entrer dans l'autre) sur lesquels à chaque instant nous faisons notre petit numéro, tout seul.* » (V, 553)

Ce caractère d'artifice qui fait plaisir, et permet ainsi de faire face à l'ennui, est symbolisé par les « fausses ca r tes » de l'Artiste:

« *Tout le plaisir est dans les fausses cartes. Ils le savent, là-haut à l'étage, comme je le sais au rez-de-chaussée, comme ils le savent dans les villages de la vallée couverte de brouillard et dans le village là-haut couvert de brouillard aussi. Maintenant, on a été tous mis au pied du mur. [...] Il faut prendre le taureau par les cornes. Il y a un abîme entre la vérité et la vie. Ce n'est pas avec des remèdes de bonne femme qu'on arrive à jouir de ce qui compte. Tromper ne trompe pas mais rapporte, dans cette histoire où il s'agit surtout d'avoir un os à ronger.* » (V, 540)

Tout le monde essaie donc de se tromper soi-même. Et pour lutter contre l'ennui, il faut donc employer les grands moyens. Car on est « tous mis au pied du mur ». Il faut, par exemple « miser gros, c'est la vie, et tricher pour pouvoir le faire sans risque de perdre la boule. Jamais carte sur table » (V, 541). Chacun a sa façon de tricher pour s'en sortir, pourvu qu'on sache éviter de « se servir de soi-même comme on ne doit pas » (V, 541). L'Artiste va plus loin: il mise sa vie.

II. *Création*

Afin de lutter contre le vertige de l'abîme, pour échapper au « néant intérieur » et à l'attirance - l'attraction - destructrice de ce néant, l'être, s'il veut « survivre », doit entrer dans le chemin de la création. L'acte créateur est une urgence à laquelle il faut répondre dans l'instant. Créer, tel est l'élan susceptible de porter hors du gouffre.

Par la création, en effet, tournant le dos à son propre anéantissement, l'être parvient à se ressaisir et à retrouver un semblant d'unité salvatrice. Le phénomène de la création est celui du salut par excellence, il est en quelque sorte un « processus de sauvegarde ». Il devient chez Giono un véritable réflexe.

Créer, c'est aussi affirmer sa présence au monde et à soi-même. C'est ressentir de manière salvatrice son autonomie. C'est enfin, à l'instant même de la création en acte, être, purement est simplement. Mais cela n'est pas pour autant oublier le néant, le vide; c'est au contraire lui donner une certaine primauté puisque créer c'est œuvrer à partir de lui, en « misant » sur lui. Le processus de la création (sous toutes ses formes) ne peut d'ailleurs s'engager qu'à partir du moment où le vide a été reconnu et qu'il demeure, à un degré ou à un autre, très présent.

En fait, dès que l'être a appréhendé le vide au sein de la réalité mentale et qu'il l'a ressenti comme partie intégrante de lui-même, il ne peut que lui rester lié.

Enfin, par la création, il parvient à une réalisation effective de lui-même. Il retrouve une épaisseur, et dans le fait même d'exprimer que le vide existe, peut-être retrouve-t-il cette tension qui permet de s'en échapper. Toutefois, bien que lui faisant prendre corps et acquérir une réalité, la création n'est pas nécessairement, comme il peut sembler au premier abord, le salut de l'être. En effet, si le processus même de la création est bien, lui, salutaire, la création sur laquelle il débouche peut dans certains cas, mener à son tour l'être à sa perte, ainsi que l'on va le voir.

Sur le plan de la création, deux « chemins » sont à considérer, que l'on retrouve en alternance dans l'œuvre de Giono:

– le premier mène à la lisière de la sérénité. L'être y exprime le vide sans chercher à l'emplir et sans s'épuiser à le combattre. Il le traverse mais sans s'y attarder. Création sereine, toute en étalements et mouvements harmonieux.

– Le second, lui, mène au cœur de l'angoisse. L'être, face au vide, s'efforce de nier ce dernier et tente désespérément de le combler par une création délirante. Mais cette forme de création est un piège tendu à l'être car, si celui-ci y cède, il court à sa perte. La création délirante est, en effet, création d'êtres et de mondes imaginaires destinés à emplir l'espace vide, l'étendue déserte. Cependant, cédant à cette tentation, l'être sera bientôt dépassé par cette création même, et celle-ci, « se retournant contre lui », loin d'apaiser l'angoisse première, la décuplera.

Toute en secousses et en sursauts.

C'est ce second niveau de création qui, seul, transparaît au niveau du rapport entre vide (néant) et réalité mentale.

II.1 La création d'un Sud imaginaire

Pour ce qui concerne l'espace et le paysage, on peut d'ailleurs remarquer d'entrée que, nettement mieux identifiés que dans les premières œuvres de Giono, ils font aussi l'objet de descriptions infiniment moins fournies, procédant bien davantage par pointes et par traits, en allusions et en images incisives, à la limite de l'abstraction. La descente d'un narrateur dans la vallée, après les premières chutes de neige de la saison, dans Les Grands Chemins, donne lieu à ce curieuses remarques qui, en quelque sorte, désincarnent le paysage, le vident de sa substance et dissolvent tout l'espace tangible, le réduisant à son négatif, réinvention abstraite et délectable d'un monde aboli :

« *Je me promène dans une plaque photographique : les arbres sont blancs et le jour noir. On est vraiment intéressé par tout ce qui n'est pas naturel. Si tout était d'aplomb, arbres noirs et ciel clair, je ne prendrais pas le même plaisir. Dans le contraire des choses, la curiosité devient gourmande.* » (V , 560)

La nature cruelle tend ainsi elle-même vers son contraire, allant jusqu'à se dissoudre pour former un spectacle d'initiés, en dehors même de toute référence a un pays réel. De fait, ici, loin de faire naître l'angoisse que suscite le village anéanti par la neige au début d'*Un Roi sans divertissement*, le paysage transfiguré par l'hiver s'adresse à un initié, à un esthète qui se délecte et se cantonne dans l'inversion naturelle des choses. On ne peut sur ce point qu'établir le parallèle entre ce regard distant et les vues professées par Giono lui-même, sur une Provence qu'il considère comme un « pays noir », pays du mystère et de la tragédie latente admirablement dépeint par Shakespeare① ! Car en définitive, qu'il s'agisse du paysage écrasant de blancheur des hautes montagnes du Trièves, ou des bois de chênes verts dispensateurs de ténèbres, battus par les vents et par l'orage, à la fin des *Grands Chemins*, c'est toujours le même espace qui se fait jour, soumis à la fatalité, à la matière qui dépasse l'homme et l'abolit, espace de démesure qui ramène vers l'existence individuelle.

Le « Sud imaginaire » de Giono apparaît donc bien comme le creuset fondamental de tous ses mythes personnels, comme un espace réinventé en fonction de projections intérieures qui trouvent leur expression et leur cohérence dans l'œuvre accomplie, érigée au regard d'une expérience où se fait jour l'impossibilité métaphysique de la vie. Il ne faut donc pas s'étonner de voir un vaste contexte culturel s'arroger les prérogatives de cet espace réinventé, façonné sous l'éclairage de mythes anciens accordés à la tonalité du récit dont ils investissement la teneur. S'il ne procède pas en scientifique, Giono tire du moins des traités d'anthropologie et d'ethnologie consultés un ensemble de faits, de traits généraux qui, dans une perspective comparatiste et malgré tout profane, permettent de dégager un ensemble de constantes susceptibles d'alimenter la première des *Chroniques*. L'exemple le plus significatif reste précisément le hêtre d'*Un roi*

① Jean Giono, *Entretiens avec J. et T. Amrouche*, *op. cit.*, p.34.

sans divertissement, Aussi, dans le cours du récit, voit-on s'accumuler les allusions permettant d'identifier ce domaine de référence, qui discrédite en retour tout contexte historique. La géographie conçue par Giono se veut en effet, en premier lieu, intemporelle, et en ce sens débarrassée de tout folklore, apte à laisser se détacher une conception anthropologique où s'illustrent les constantes de l'homme nu. Déniant à sa Provence tout ancrage régionaliste, Giono se plaît à confronter les titres qu'il invente aux données incontournables du réel et à ses métamorphoses, c'est-à-dire d'abord, pour lui, à l'expérience d'un pays noir et solitaire, perclus de menaces ancestrales, qui incite à se façonner des refuges et renvoie par la même à l'homme de tous les temps, au primitif aspirant à la sécurité d'une grotte, comme ces paysans avides de l'apaisement dispensé par la voûte. A un temps circulaire et replié sur lui-même, s'adjoint ainsi un espace tout en rondeur qui offre enfin la sécurité et le sentiment de complétude tant recherché:

> «[...] *Tout ça avec le bon sens que donne aux choses humaines l'englobement des voûtes de cavernes. Ces cavernes qui ont été la première armure et dont on retrouve ce soir la magnifique protection.*» (Ⅲ, 467)

Quand, forte d'un tel contexte, se manifeste l'Histoire en marche, c'est toujours dans une perspective dérisoire ou futile, comme cette affiche «Texaco» qui reflète le passage bien inutile et vain de la technique, ou ailleurs, dans *Les Grands Chemins* par exemple, les bulletins d'informations radiophoniques qui se font l'écho de la ridicule valse ministérielle minant les fondements de la jeune Ⅳ^{e} République. Aussi les références culturelles invoquées par Giono se placent-elles de préférence sous l'égide des grands mythes, quand ce n'est pas de toutes les mythologies mêlées, propres à faire apparaître, dans la permanence des postulations religieuses, une éternité humaine conciliable pourtant avec l'attrait de la violence. Ainsi, dès l'ouverture d'*Un Roi sans divertissement*, c'est sous des traits fort étranges, tout le moins exotiques, qu'apparaissent les villageois perdus dans les premières neiges et les premiers brouillards de l'automne:

> « *Tous ces visages, qu'ils soient d'hommes, de femmes, même d'enfants, ont des barbes postiches faites de l'obscurité des pièces desquelles ils émergent, des barbes de raphia noir qui mangent leurs bouches. Ils ont tous l'air de prêtres d'une sorte de serpent à plumes, même le cure catholique, malgré l'ora pro nobis grave sur le linteau de la fenêtre.*» (Ⅲ, 459)

Toute distinction d'origine, de race, de religion semble ici se dissoudre à la faveur de quelques visions fugaces qui pointent l'universalité des postulations et préfigurent les pratiques sanglantes dont M.V. fera si grand usage. Ce sud imaginaire revêt donc un caractère rustique, dominé par une nature sombre et menaçante bien proche de la « forêt obscure » de Dante, forêt intérieure dont le « fond de Chalamont », lors de l'épisode de la chasse au loup, se fait l'écho, en un parallèle des plus significatifs. Qu'on se reporte seulement au début de la battue:

« *C'était un drôle de matin. Tous, plus ou moins, nous nous étions souvent affrontés seuls contre les dessous de la solitude et des bauges; les endroits où une bête sauvage quelconque défend le peu de chaleur qu'elle a réussi à se faire, en recroquevillant ses cuisses sous son ventre. Ce n'était pas la première fois qu'on était en face des forêts d'hiver et, le val de Chalamont, pour tout dire, ce n'était qu'un val un peu plus touffu, un peu plus noir, un peu plus mal famé que les autres. Et après? Qui n'en a pas en lui-même?* » (Ⅲ, 530)

Cette nature menaçante trouve donc son équivalent exact dans l'univers intérieur des protagonistes qui, s'il ne donne lieu à aucune analyse de type psychologique, s'exprime en images et se charge de signification, au gré des références qui l'accompagnent. Ainsi, tout aussi bien, c'est l'espace urbain qui, dans *Noé*, débouche sur une vision mythique dont le voyage à Marseille déploie tous les possibles. A l'ouverture toutefois, c'est Manosque, lieu de l'écriture, qui décompose en images singulières le contenu programmatique de la chronique:

«*Il y a de petites places dessertes où, des que j'arrive, en plein été, au gros du soleil, oEdipe, les yeux crèves, apparaît sur un seuil et se met à beugler.* 11 *y a des ruelles, si je m'y promène tard, un soir de mai, dans l'odeur des lilas, j'y vois Vérone où la nourrice de Juliette traine sa pantoufle. Et dans le faubourg de l'abattoir, l'endroit oa H n'y rien qu'une palissade en planches, j'ai installe tous les paysages de Dostoïevski* [...].» (Ⅲ, 613)

Très vite, cependant, à ces « décors » qui fournissent à l'écriture son arrière-plan mythique, Giono adjoint incontestablement sa part de mythes personnels d'où surgit la récréation de Marseille, « une ville d'or semblable à une couronne de roi, semblable à une vaste couronne d'élu » (Ⅲ, 712). C'est à ce titre qu'on pourrait légitimement parler, à propos de *Noé*, de métamorphoses du réel: il ne s'agit plus seulement de transposer les données du vécu en une sorte de « portrait de l'artiste par lui-même » (Ⅲ, 644), comme se plaît à le dire Giono, mais bien de rendre compte des abîmes qui naissent d'un espace mouvant, improbable, sujet à caution jusqu'à engendrer une nécessité de création, entre les vides laissés par l'interprétation et par le doute. Ainsi, dans ce texte faussement autobiographique, et bien plus strictement, selon l'éclairage fourni par l'auteur, « autographique », lorsque Giono s'attache à évoquer « ses prisons », ce n'est en aucun cas pour en fournir la plate relation, mais pour faire surgir par contraste, de cet espace impénétrable et ténébreux, les figures lumineuses et chatoyantes venues alimenter la création romanesque: c'est le cas du personnage d'Adelina White, an nom antiparasitage, mais aussi du rêve d'immensité océanique, de cet espace infini, tendu vers l'inconnu et instrument du destin auquel Herman donne tout son retentissement dans *Moby Dick*, inspiré, d'après *Pour saluer Melville*, de l'adversité qui mine sa relation avec Adèlina, la femme rêvée.

Même lorsque, défiant sa pente naturelle, le narrateur s'astreint, non sans malice, à la transcription minutieuse de la vie, au cours de l'épisode du tram 54, cette nouvelle « nef des fous » qui donne lieu, dans le parler marseillais, aux expressions les plus pittoresques pour designer la folie①, la vision simultanéiste qui s'y fait jour interpelle très vite l'imagination. C'est une imagination qui compense obligatoirement les insuffisances de la perception, mais qui permet aussi, au fil des spéculations et des hypothèses, d'échafauder à partir de cet échantillon d'humanité, la représentation la plus noire de l'homme commun. A travers cette vaste fresque fragmentée et éclatée, d'apparence incohérente et discontinue, empreinte de subjectivisme et d'arbitraire dans ses choix, ses commentaires, ses suppositions, son dénouement, véritable tremplin pour l'imagination, transparaît donc en filigrane le mécanisme du désir, mécanisme complexe qui se dévoile jusqu'au risque de se perdre, et compte parmi les nuances subtiles qui caractérisent l'hybris. L'hybris, c'est la condition même d'un art de démesure, en même temps que ce que Nietzsche dénomme, dans La Naissance de la tragédie, la clé d'une « vision tragique du monde »② Une conception esthétique en découle alors qui, plaçant le créateur en surplomb du flux négateur de l'existence, de son horreur sublime exprimée par silence, compagnon de Dionysos et accompagnateur populaire du nouvel art tragique, s'inscrit en faux contre l'idéalisme apollinien. Ce récit, en même temps que l'aspiration à un art de démesure, caractérise si bien *Noé* qu'on pourrait lui appliquer, du fait du bouleversement formel qu'il représente, le commentaire que Nietzsche apporte au sujet de la tragédie, et qui l'éloigne définitivement du pessimisme de Schopenhauer: le risque de n'être pas rejoint dans le vœu de mourir au plus vite, en un monde où la violence et le crime sont les composantes majeures de la vérité, un monde « où se révélerait toute la démesure de la nature a la fois dans la joie, la souffrance et la connaissance », si proche en cela de l'univers des *Chroniques*.

« Tout ce qui, jusque là, avait valu comme limite, s'avéra une apparence artificielle: la « démesure » se révéla la vérité. »③ Nietzsche, une fois encore, permet donc de jeter sur

① « Prendre le 54 », dans le jargon de Marseille, c'est, nous dit l'édition de la « Bibliothèque de la Pléiade », p.673, note 1, se rendre à l'hôpital de la Timone qui, jusqu'à une époque récente, abritait l'asile psychiatrique.

② « La vision dionysiaque du monde », *op. cit.*, p.299.

③ *Ibid.*

l'entreprise des *Chroniques* un éclairage singulier, cru et violent, dont la teneur, sans coïncider tout à fait avec le projet original de Giono, avec une forme narrative en étroite harmonie avec l'art de notre temps, ou avec une multiplicité de registres tout à fait particulière, confère à l'œuvre sa gravité et sa hauteur: ne négligeons pas le fait que l'on ne possède, du théâtre grec archaïque et classique, que le pan tragique qui s'accompagnait, au sein d'une même représentation, de bien d'autres morceaux, propres à en alléger le propos. De même ici, dans *Noé*, la référence aux maîtres de la Renaissance, Brueghel en particulier et, implicitement ici, Jérôme Bosch, ne sauraient effacer les parallèles qu'on ne manquera pas de dresser avec le roman moderne, l'Ulysse de Joyce en particulier, dont Noé, pétri de références bibliques et mythologiques, offre une version méditerranéenne tout entière tournée vers la confrontation de l'artiste avec le désir, à commencer par le dessein créateur. La flambée vitale qui s'y déploie ne peut ainsi que coïncider étroitement, dans sa substance, avec la diversité des facettes qui caractérisent l'existence, comme si Noé, précisément, n'était que la tentative pour rendre compte de la poussée vitale dans sa totalité contradictoire.

Le Sud imaginaire de Giono, proche en cela de celui de Faulkner, ne saurait donc se départir d'une vision de l'homme revisitée, soit une nouvelle conception du monde surgie précisément du rétrécissement des points de vue. Subjectivisme réducteur, arguera-t-on, mais qui, si l'on veut bien s'abstenir de tout jugement, se veut d'abord l'effet de l'isolement des consciences et de la faillite des idéologies, poussant Giono au récit de l'engagement et à la recherche souveraine d'une vision anthropologique sans fard, à certains moments tragiques, mais toujours dénuée de parti pris et de faux-semblant. Cette façon de considérer le travail de l'écrivain et de repousser ainsi toute les bornes de l'invention romanesque, dans le contexte littéraire de la France de 1947, dominée en amont par les réticences de Valéry①, en aval par l'idéologie sartrienne, n'est pas si commune pour qu'on renonce à le remarquer. La modernité de Giono doit donc se comprendre comme la nécessité de montrer l'homme en proie au besoin impérieux d'être, en dépit de tout ce qui le nie, depuis les forces naturelles, qui permettent du moins, par moments, l'immersion dans le sacré (*Un roi sans divertissement*), jusqu'à l'éclatement des consciences, à l'isolement nés du machinisme et de la frénésie urbaine. L'itinéraire de Langlois entraîne, au début de *Noé*, ce commentaire laconique, qui unifie, sur quelques points au moins, l'époque des *Chroniques* et inclut leur propos dans la conscience des temps modernes, depuis le XIXe siècle, au cours duquel se déroule la première d'entre elles:

① A propos de Valéry, on peut dire que Giono élabore un art du récit, prépare la consécration du romanesque selon une perspective qui, sinon dans ses constats, souvent proches, du moins dans ses incidences esthétiques, se situe aux antipodes.

« *Epoque de prise de conscience de la solitude humaine*, *de* 1800 *a* 1900, *les hommes ont fait l'apprentissage des temps modernes. Mais*, *par la force des choses*, *quand ils étaient devenus ouvriers qualifies*, *ils mouraient*, *et ils ont été remplacés par d'autres qui sont maintenant obligés de se débrouiller dans les temps modernes avec des talents de société et de bricoleurs. Ce qui donne*, *j'en conviens*, *des résultats stupéfiants de super concours Lépine*; *mais la grande machine continue à ne pas vouloir marcher.*» (Ⅲ, 624-625)

A l'ironie des dernières remarques, s'ajoute une remise en cause radicale de l'historicisme et du providentialisme d'Etat, confirmée, de façon implicite, par le croquis pris sur le vif de l'humanité en action, immergée dans la neutralité apparente du jeu social et des activités communes. C'est donc dans les marges d'un banal itinéraire qui conduit pourtant aux extrémités de la folie (de ceux que l'on observe du narrateur) que se trahissent les apparences d'une civilisation. Il s'agit par exemple de la « civilisation de l'olive » qui, pourtant forte de ses ascendants épiques ou tragiques (Marseille, la ville grecque, doit obligatoirement faire songer à l'invocation des mânes au début de la cueillette, étroitement inspirée de la cérémonie conduite par Ulysse dans *l'Odyssée*), multiplie à plaisir, dans ses représentations les plus anodines, les démonstrations d'hybris et les effets de l'adversité tragique. L'expression neutre qui prétend caractériser essentiellement l'épisode du tram 54, reflet d'un compte rendu minutieux, ne peut ainsi parvenir à masquer un recours appuyé aux métaphores triviales qui, tout à la fois, impriment la dérision et la hauteur tragique à cette foule anonyme et débonnaire:

« *Nous approchons d'un arrêt qui donne accès à plusieurs quartiers du sud de Marseille. Ici il faut être très attentif*, *quelques personnes vont descendre. Déjà*, *une partie de la limaille que nous avons aimantée et que nous traîne à revoir la citation à nos marchepieds se détache et saute sur le trottoir.* [...] *Je n'ai pas le temps de les cataloguer pour imaginer les combats auxquels ils courent* (*Oh! Je sais qu'ils sont tous des héros*, *c'est-à-dire des êtres qui ne veulent pas être domptés. Mais ils le sont un peu chaque jour*, *et c'est à ces Waterloo quotidiens qu'ils courent*).» (Ⅲ, 796-797)

Ce qu'il convient de remarquer ici, c'est non seulement les marques d'une vision péjorative de la foule, mais aussi la totale remise en cause dont cette évocation témoigne: « limaille emportée vers des « Waterloo quotidiens », la masse d'individus aux instincts grégaires qui justifient ce morceau de bravoure constitue en effet une galerie de portraits bien problématiques, portraits en mouvement, dissous au gré de contours flous, qui les réduisent, voire les assimilent à leurs propres renoncements, d'où n'émergent çà et là qu'une somme de désirs frénétiques, qui les asservissent avant de les nier. En suivant par exemple la petite coiffeuse aperçue proximité de la rue de Rome, dont l'évocation morcelée couvre tout l'épisode, le narrateur glisse progressivement vers des commentaires et des images préparés de longue date par le contexte et la multiplication des traits équivoques. Après une pause significative, qui la montre en train de s'oublier dans la contemplation d'une affiche de cinéma, c'est dans un salon de coiffure qu'on la retrouve quelques pages plus loin, confirmant l'hypothèse du narrateur sur sa profession, et autorisant par là même toutes les hypothèses, du moins toutes les extrapolations et tous les fantasmes à venir, ceux qui la réduisent en sujet de turpitude et en objet de plaisir:

> «[...] *Dans la boutique, près de la rue de Rome, la coiffeuse assise sur un petit tabouret est en train de manucurer des mains d'homme. Elle est semblable à ces beaux yachts de plaisance ancrés au large des eaux territoriales, ou l'on joue à la roulette et ou l'on boit du whisky défendu, ou l'on vient se casser la gueule et vomir, et se droguer; dans les beaux flancs de ces yachts propres et blancs.*» (Ⅲ, 814)

Ne se méprends pas toutefois quant à la teneur de tels propos, dont la dureté ne doit pour autant faire oublier la consonance amorale. A l'interrogation éthique dont U17 roi sans divertissement se fait l'écho et qui ouvre l'ère des *Chroniques* romanesques, *Noé* fait succéder le tableau d'une humanité incertaine, sans distinction du bien et du mal, sans norme éthique par conséquent, livrée au seul vertige des passions qui, à l'occasion, distillent aussi la grâce. En ce sens, la vocation à être ou à se perdre qu'éprouvent certains personnages d'exception n'est jamais que le signe d'une haute aspiration, que les divers narrateurs des *Chroniques* ont précisément pour fonction de verbaliser. Mais par là aussi, les *Chroniques* ouvrent la voie à d'autres formules esthétiques, plus outrées et plus improbables encore dans le dessin d'une humanité en pointillés, soumise à la tyrannie du hasard ou de l'irrationnel contenus dans les notations, passions, caractères, par exemple; une humanité dont la psychologie impossible indique la voie de la grâce dans face au néant. Le cas du dernier des Coste, à la fin du *Moulin de Pologne*, qui clôt la période des *Chroniques*, apparaît à cet égard des plus révélateurs, puisqu'il montre dans l'ébauche, la fuite et la corruption l'accomplissement inverti du destin. Si ce dernier cas reste d'ailleurs problématique, dans l'impossibilité de statuer qui frappe aussi bien le narrateur que le lecteur au sujet de cette issue, d'autres exemples paraîtront moins ambiguës et peut-être plus à même de mettre en évidence le lien maintenant établi entre l'invention d'un espace romanesque et les bouleversements anthropologiques que suppose la conception des *Chroniques*. Ainsi, le narrateur de *Noé*, en empruntant de nombreux traits au romancier, sème le doute. Mais c'est avant tout par l'invention d'un espace mythique qu'il s'affirme, tandis que le biographe est bien en mal de mettre en rapport ce tissu serré d'anecdotes et d'inventions avec une existence réelle qui, par le fait, apparaît comme suspendue①. Ce n'est donc qu'à l'occasion d'une expérience existentielle fondée sur l'intuition qui privilégie l'improbable, sur la révélation d'une existence minée et comme hantée par l'intrusion de la fiction, dans le début du récit, que peut surgir sans entrave un espace mythique auquel *Noé* accorde enfin toute son ampleur. Ce n'est pourtant, comme on va le voir, seulement dans son rapport à l'impossible que l'infinité des possibles qui s'étale alors dans *Noé* peut prendre toute sa valeur et apparaître comme une solution métaphysique

II.2 Les événements historiques: vision et écriture

Dans l'expression de son pacifisme, c'est d'abord une participation active aux événements que Giono a voulu montrer. Il ne s'agit pas pour lui d'être seulement témoin, ou d'exprimer des opinions; il s'agit de jouer un rôle dans ces événements. En fait, on peut déceler chez lui deux attitudes différentes (voire opposées).

La première, qu'on peut qualifier d'active, consiste à vouloir agir sur les événements eux-mêmes, ou, le cas échéant, à chercher à les créer. L'action peut revêtir alors, dans ce cas, deux aspects différents. Ou un aspect « réel »: comme dans *Précisions* où l'auteur cherche à être présent sur la scène politique, quand il s'adresse aux dirigeants et leur dit ce qu'il faut qu'ils fassent. Ou un aspect imaginaire qui relève d'une vision utopique du monde - bien que, pour Giono, cela relève tout à fait d'une attitude réaliste - qui consiste à proposer le modèle d'une société où il est possible de vivre mieux mais aussi de faire face à la guerre. En effet, en voulant agir sur le cours des événements, Giono en arrive à imaginer que les paysans sont capables d'imposer leur culture par une révolte (dans *Les Vraies Richesses*) ou d'arrêter la guerre par leur refus d'obéir (dans Lettre aux paysans).

La deuxième attitude est moins portée sur l'action. Au contraire, elle constitue une sorte de frein à l'enthousiasme de l'auteur. Elle est plutôt passive et traduit un repliement sur soi. Une sorte de « crise » qui est produite par le souvenir de la guerre de 14. Cette attitude est perceptible dans le dernier essai pacifiste Recherche de la pureté où il laisse percer le sentiment que la guerre est en train de devenir inévitable et que le pacifiste qu'il est se trouve alors tout seul à nager à contre-courant.

La première attitude traduit l'optimisme, l'espoir et l'enthousiasme de Giono. La deuxième, bien qu'elle soit une forme de lutte, traduit une sorte de pessimisme mais non une renonciation aux idées pacifistes. Les deux attitudes mettent en valeur une manière d'être par rapport aux

① Robert Ricatte, dans la notice de *Noé* pour la « Bibliothèque de la Pléiade », p.1421 et sq., s'y essaie en vain et doit reconnaître la primauté de l'invention Romanesque, au sein d'une chronique qui se veut précisément celle de la création littéraire.

événements de l'époque. C'est ce que l'on se propose de voir dans ce chapitre.

II.2.1 Réalité et utopie

Les deux textes que l'on se propose d'analyser, *Les Vraies Richesses* et *Lettre aux paysans*, sont différents, aussi bien au niveau de la forme qu'au niveau du contenu. Le texte des *Vraies Richesses* développe deux thèmes essentiels. Le premier fait écho à *Que ma joie demeure* dans la mesure où il décrit des paysans qui font tout pour atteindre la « joie ». Le deuxième thème est celui de la révolte des paysans et de leur marche sur Paris pour imposer les valeurs de leur culture. Dans *Lettre aux paysans*, qui est l'un des « Messages », l'auteur propose un modèle de société paysanne dans un contexte historique précis: celui des années qui précèdent la guerre. Les deux textes sont différents mais traduisent une manière, pour Giono, de concevoir et de proposer le modèle d'une société qui se présente comme le contrepoids de la société existante. *Les Vraies Richesses* est comme un message de « joie » et récit d'une révolte. *Les Vraies Richesses* est un texte écrit presque entièrement de juillet à décembre 1935 et publié en 1936. La rédaction de ce texte correspond au début de l'expérience du Contadour qui constituait alors un véritable espoir pour Giono, pour ses amis et pour beaucoup d'autres. C'est un essai qui fait pendant au roman *Que ma joie demeure*, dans la mesure où il reprend certaines idées que contenait déjà ce roman. Ces deux textes ont eu, par ailleurs, un important impact surtout sur la jeunesse de l'époque.

II.2.2 Structure et contenu thématique

Le texte se compose de cinq chapitres qui portent respectivement les sous-titres *Les Vraies Richesses*, I, *Les Vraies Richesses*, II, etc. Mais si le contenu est varié, il ne présente pas, cependant, de continuité narrative. En voici un bref aperçu.

Dans le premier chapitre qui est composé de quatre sections (appelons section chaque passage séparé d'un autre par un blanc typographique et par un astérisque), l'auteur raconte d'abord (sections 1 et 2), un séjour à Paris (VII, 163-176). Il décrit les rues, les gens qu'il rencontre et qui manquent de naturel. Il parle surtout des ouvriers qui sont en « captivité » (VII, 168) et de leur travail. Il parle de ses conversations avec certains d'entre eux et du discours qu'il a tenu à leur intention et auquel ils n'étaient pas habitués (VII, 174-175). Dans la troisième section (VII, 176-179), l'auteur décrit un tableau de Giovanni di Paolo: Saint Jean-Baptiste s'en va dans le désert. La quatrième section (VII, 179-182) est consacrée encore à Paris: l'auteur parle de l'« esclavage » des ouvriers (VII, 180), de leur vie sans « joie » et sans liberté. Ceux-ci ne connaissent la liberté que dans le sommeil et dans le rêve (VII, 181).

Le chapitre II (VII, 182-191) est composé de deux sections. Dans la première (VII, 182-183), l'auteur s'adresse probablement à un paysan - ou à l'homme en général ou simplement à lui-même - pour l'exhorter à goûter à la joie et à la vie et l'inviter à se mêler au monde et à la nature. La deuxième section (VII, 183-191) constitue un passage un peu abstrait et dont la tonalité est un peu différente. Il s'agit d'une scène qui met face à face Antigone, incarnation de l'intelligence : « L'intelligence est une Antigone misérable et majestueuse » (VII, 183) et Oedipe, appelé ici « l'homme » (VII, 183). Celui-ci vient de se crever les yeux et il est tout couvert du sang. Le passage est un dialogue entre ces deux personnages.

Le chapitre III (VII, 192-209) est composé de quatre sections. Au début, le narrateur raconte comment la petite bonne, Césarine, est venue lui parler du pain que leur voisine, Mme Bertrand, vient de faire chez elle. Il lui demande d'aller lui en chercher un morceau. C'est à partir de cette scène « vécue » (précisions sur le roman *Que ma joie demeure* qu'il était en train d'écrire (VII, 193), évocation de ses deux filles (VII, 193 et 194)), que se déclenchent les événements de l'épisode du pain ressuscité dans le village. Cette action constitue un retour aux sources car elle ouvre aux villageois des richesses inouïes, « ils découvrent les vraies richesses » (VII, 205). En retrouvant « leur condition première » (VII, 204), c'est surtout la « joie » qu'ils retrouvent.

> « *Ce chapitre contient des considérations sur la faim dans le monde, causée par ceux qui transforment le blé en argent ou par ceux qui le « dénaturent* »(VII, 202-204).
>
> *L'auteur reprend ensuite un thème proche de celui qu'on retrouve dans Que ma joie demeure : on ne doit avoir que la quantité de blé dont on a besoin, le reste il faut le donner.*» (VII, 205).

La « générosité » est une chose que la société a oubliée.

> « *Le chapitre se termine par l'évocation de l'attachement du narrateur à cette terre, à ces paysans et à cette région* : «*partout c'est mon pays* » (VII, 208). *S'adressant aux paysans, il leur dit* : « *mon pays c'est partout où vous êtes* » (VII, 208).

Le chapitre IV (VII, 209-247) comprend trois sections. Au début, l'auteur évoque encore une fois le moment où il terminait d'écrire *Que ma joie demeure* et qui correspondait au moment où se passaient les événements qu'il raconte dans *Les Vraies Richesses*. Il se compare à Bobi, héros de ce roman (VII, 209), « qui pour[lui] n'était pas mort » (VII, 210). Il raconte ensuite l'histoire des villageois qui préparent en commun leur pain en commençant par la construction du four. Il évoque alors le goût artistique des paysans et l'accueil qu'ils réservent au « chanteur », à « celui qui joue d'un instrument de musique » et au « poète » (VII, 216). Après l'évocation des joies et des peines des paysans, on retrouve un passage consacré aux artisans qui habitent le « bourg » et qui sont des « créateurs » (VII, 217). Ils sont très proches des paysans : des liens d'amitié et de camaraderie les attachent les uns aux autres (VII, 218). Le seul qui ne doit pas trouver de place dans ce bourg c'est le « courtier », car il est « comme ceux qui dénaturent », « produit de cette société dans laquelle l'argent est tout » (VII, 218) et qui décident de la valeur du blé en fonction du marché alors que le blé vaut « son poids de farine et son poids de pain » (VII, 218-219).

« Dans la section suivante, il y a retour à l'histoire du pain préparé par les villageois. Un long passage (VII, 219-238) *est consacré à cet événement et à la fête célébrée à cette occasion; fête du vin en l'honneur de Dionysos* (VII, 225-236) *et fête du pain en l'honneur de « Déméter »* (VII, 234).

Vient ensuite un passage (VII, 238-247) sur le soulèvement des paysans, marqué par l'image épique de la marche de la forêt sur Paris. Ce passage commence ainsi:

« Maintenant, les champs se lèvent pour le combat du peuple de la vie, contre la société des faiseurs de mort. Nous sommes une immense forêt en marche.» (VII, 238)

C'est l'histoire d'un combat livré contre les « monstres » (VII, 239-240), les « fausses richesses » (VII, 242, 244) et la « froide intelligence » (VII, 244).

Le dernier chapitre (VII, 247-255) *est formé d'une seule section. Le narrateur parle de quitter « ses amis de la montagne » et de revenir chez lui pour « écrire » ce témoignage* (VII, 247). *Il parle ensuite de ses livres qui trouvent leur place dans les maisons des paysans et qui sont « de simples histoires d'espérance »* (VII, 248).

Puis, il s'adresse aux paysans, leur donne des conseils pour les différents travaux avant l'hiver (VII, 248-249). Il dit qu'il les a bien compris, lui, et qu'il a hâte de parler d'eux de leur joie et de leur « genre de vie » qui est « le seul raisonnable » et qui « peut sauver du désespoir tous ces hommes d'à présent, jeunes ou vieux, noircis de n'être rien, certains de n'être jamais rien » (VII, 249).

Le narrateur raconte ensuite comment des étudiants sont venus le voir. Ils étaient au désespoir parce qu'ils ne trouvaient pas « les places auxquelles [leurs] diplômes donn[ai]ent droit » (VII, 252). Ils ne connaissaient pas la joie à laquelle leur corps les disposait. Il s'adresse à l'un d'eux (emploi de « tu »,) pour lui donner des conseils. Pour le narrateur, ce que le jeune doit rechercher c'est la « joie » et non l'argent (VII, 253). Le métier artisanal et agricole, qui est le seul susceptible d'apporter cette joie, ne doit pas être ressenti comme dévalorisant par ces jeunes diplômés:

« Ne fais pas métier de la science; elle est seulement une noblesse intérieure. Ne crois pas que, la possédant, tu te déconsidères en travaillant les champs ou la matière.» (VII, 254)»

Le narrateur dit avoir connu « aux Carrières du col de Lus [un] étudiant en philosophie qui travaillait avec les ouvriers » (Ibid.). Cet étudiant était tout heureux. Dans le bref portrait qu'il en fait, le narrateur en parle comme d'un « héros » qui incarne la perfection à la fois physique et morale:

« On ne pouvait rien lui souhaiter. Il avait une poitrine de héros; une force joyeuse le portait avec élégance. (Ibid.)»

Il ressemble même à un « dieu »:

« Il avait en effet sur le visage une sagesse équilibrée qui lui faisait des lèvres calmes et apaisait tout autour de lui.» (Ibid.)

Mais avant d'atteindre le bonheur, il faudrait pour ce jeune passer par une étape: « cette société bâtie sur l'argent, il te faut la détruire avant d'être heureux.» (Ibid.).

S'adressant toujours à cet étudiant le narrateur insiste sur l'idée qu'il ne faut jamais accepter de se sacrifier pour les générations futures:

« Je ne te dis pas de te sacrifier pour les générations futures; ce sont des mots qu'on emploie pour tromper les générations présentes, je te dis: fais ta propre joie.» (VII, 255)

Le texte se continue sur un propos (toujours adressé à ce jeune) sur les vraies et les fausses richesses et sur la vraie et la fausse patrie:

« Ce dont on te prive, c'est de vents, de pluies, de neiges, de soleils, de montagnes, de fleuves et de forêts, les vraies richesses, ta patrie. On t'a donné à la place une patrie économique, un monstre qui exige périodiquement le sacrifice de jeunes hommes.» (Ibid.)

Et c'est sur l'idée du rejet du sacrifice pour le pays (pendant les guerres) – que le narrateur considère comme inutile - que se clôt le texte.

II.2.3 La quête des « vraies richesses »

On voit donc que le texte est d'une très grande variété, aussi bien sur le plan du contenu que sur celui de la forme. Des procédés d'énonciation divers et multiples sont également mis en oeuvre.

Certes, le texte dans son ensemble propose un « message » aux hommes concernant les « vraies richesses », mais, dans les détails, il va plus loin que cet objectif. Certains aspects lui donnent un caractère plus complexe et plus riche. La quête des « vraies richesses » n'est pas, en effet, proposée ici sous forme d'une position théorique que l'auteur essaierait d'expliquer et de défendre par un discours argumenté qui ferait valoir le bien-fondé de sa pensée. C'est d'abord, et surtout, un récit à la fois poétique et épique.

Dans les épisodes variés qui composent le texte on peut relever une structure constante reposant sur l'opposition entre les fausses et les vraies richesses, incarnées par deux espaces opposés: Paris et la campagne. Le narrateur parle de Paris comme d'une ville où la vie est « dénaturée » et où beaucoup d'habitants vivent en « esclaves », alors qu'il présente la campagne comme un endroit où l'on est libre.

Mais il ne s'agit pas seulement dans ce texte de présenter un état de fait ou de comparer deux situations opposées, il s'agit de raconter comment, à la campagne et à Paris, on peut parvenir différemment aux vraies richesses, Il s'agit pour le premier cas d'une quête (ou reconquête), et pour le deuxième cas d'une conquête.

En effet, à la campagne, l'épisode du pain ressuscité montre que cette richesse, même si elle existe naturellement au fond de chacun des habitants, est à retrouver et donc à reconquérir (on verra qu'à ce propos le rôle du « poète » est important, car il consiste à rappeler cette vérité). Mais à la (recon) quête volontaire, pacifique et collective de la joie et des vraies richesses par les paysans eux-mêmes correspond la conquête violente et belliqueuse imposée à Paris. C'est dans un mouvement à la fois épique et allégorique qu'on voit la forêt marcher sur la ville et la détruire. C'est le combat contre les « monstres » et « les fausses richesses », combat de la « civilisation naturelle de la sève et du sang » (Ⅶ, 244) contre la « froide intelligence » (*Ibid.*).

Dans un texte écrit en 1931 et intitulé justement « Destruction de Paris »., on trouve déjà exprimée l'idée de l'envahissement de la ville et de son anéantissement par la nature. Le narrateur s'adresse ainsi à un habitant de Paris:

> «[...] *il n'y aura de bonheur pour vous que le jour où les grands arbres crèveront les rues, où le poids des lianes fera crouler l'obélisque et courber la tour Eiffel; où devant les guichets du Louvre on n'entendra plus que le léger bruit des cosses mûres qui s'ouvrent et des graines sauvages qui tombent; le jour où, des cavernes du métro, des sangliers éblouis sortiront en tremblant de la queue.*» (Ⅰ, 526)

Dans *Les Vraies Richesses*, la fabrication du pain à la campagne devient le symbole d'une résurrection plus vaste, qui touche aux plans social et humain (possibilité pour les hommes de se libérer du système économique en place et surtout de recouvrer la joie). Par ailleurs, la destruction de la ville de Paris suppose, dans une deuxième étape, l'implantation des vraies valeurs et des « vraies richesses », c'est-à-dire la résurrection aussi d'un monde meilleur. Mais cette résurrection revêt un aspect tout particulier: c'est tout un univers végétal qui s'installe à la place des édifices bâtis par les hommes:

> « *Une forêt plus belle et plus saine que celle qui emplit les vallons des plus secrètes montagnes jaillit de toi. Tes Louvres éclatent, tes cathédrales s'effondrent, tes cloches chavirent comme les mâts de navires crevés. Un bouillonnement de sève soulève tes murs et les écarte. Des frondaisons jaillissent de cette foule que tu tenais prisonnière.* » (Ⅶ, 244)

Autrement dit c'est la « nature » qui l'emporte sur ici la « culture ».

Giono oppose souvent nature et culture. Par exemple, dans *Colline*, elle prend la forme d'une lutte violente entre les habitants des Bastides qui veulent imposer leur volonté et la nature qui tente de les envahir: l'herbe pousse sur les murs et les portes, le sanglier vient jusque devant les maisons comme pour les défier. Les anciennes maisons des « seigneurs d'Aix », sont maintenant tombées en ruine: « toutes leurs belles maisons sont retournées à la terre » (Ⅰ, 130). Bien qu'il s'agisse encore de destruction dans *Les Vraies richesses*, la nature n'est plus présentée comme l'ennemie de l'homme. Elle n'a plus ce caractère de force panique qui la distingue dans *Colline*; le narrateur l'affirme déjà dans la « préface ». Au contraire, elle aide l'homme à retrouver et à rétablir les « vraies richesses ».

Ce qui est considéré comme naturel, c'est tout ce qui est capable de procurer la joie et de satisfaire les besoins vitaux: par exemple, le geste élémentaire de faire son propre pain, le fait de ne pas cultiver plus de blé qu'il n'en faut et de se débarrasser de l'excès des récoltes (le thème est surtout évoqué dans *Que ma joie demeure*). La culture « inutile » est parfois recommandée: dans *Que ma joie demeure*, les paysans se mettent à cultiver des fleurs pour leur propre plaisir. En revanche, fait partie de la culture, tout ce qui est susceptible de tuer cette joie; surtout le système économique et politique en place. On a vu que le narrateur emploie plus précisément le terme « dénaturer » (aussi bien dans *Les Vraies richesses* que dans Lettres aux paysans sur la pauvreté et la paix). « Dénaturer » le blé, c'est le soumettre aux lois du marché, c'est spéculer sur cette denrée. Il faudrait entendre aussi par culture tout ce qui est considéré, par le narrateur, comme « fausses richesses », y compris une certaine « intelligence » qui est au service de cette politique de « dénaturation ».

On peut noter, en outre, que la quête des « vraies richesses » se fait de deux manières différentes. A la campagne, cette action est assurée par les habitants eux-mêmes; elle est tout à fait spontanée (Mme Bertrand se met tout d'un coup à faire chez elle son propre pain, aussitôt suivie par les autres), alors qu'à Paris, il s'agit d'une action imposée de l'extérieur.

La conquête de Paris donne lieu à un tableau épique où l'auteur décrit le combat de géants et de «dieux», au cours duquel les «monstres» sont détrônés. En revanche, la reconquête des «vraies richesses» à la campagne (grâce au pain ressuscité) donne lieu à une fête qui revêt un caractère mythologique, puisqu'il s'agit d'une fête en l'honneur de Dionysos et de Déméter (le nom figure bien dans le texte), avec aussi des traces de l'aspect «panique» qui se trouvait dans certaines oeuvres antérieures.

Voyons tout cela de plus près.

Dans la conquête de Paris, le combat revêt un caractère épique; il renvoie à une réalité, à la fois générale et particulière. Elle est générale parce que c'est encore le combat entre le bien et le mal. Entre ceux qui sont pour la vie et ceux qui cherchent la mort des autres:

> «*Maintenant, les champs se lèvent pour le combat du peuple de la vie, contre la société des faiseurs de mort.*» (VII, 238)

Le narrateur, dans un discours méta-narratif, attribue cette image de la «forêt en marche» à l'imaginaire populaire:

> «*A toutes les grandes époques, quand il a fallu lutter contre les mauvaises forces, l'imagination paysanne a chaque fois inventé la forêt en marche. Elle est dans toutes nos légendes et dans toutes nos chansons de batailles.*» (*Ibid.*)

C'est aussi une réalité particulière à Giono qui, à un certain moment, a cru à une révolte paysanne, qui est en fait tout à fait imaginaire: «dans des lettres et des textes de 1936 à 1938, note Pierre Citron, la hantise d'une révolte paysanne reparaît sans cesse. Totalement infondée: il n'y en aura pas le commencement». On y reviendra plus loin.

Le caractère à la fois épique et mythologique apparaît dans la description de cette forêt. Par son étendue d'abord:

> «*Elle descendait des monts de Norvège, des monts d'Ecosse, des mont d'Irlande; elle se gonflait dans les plaines russes, dans les plaines hongroises, dans les vallées d'Allemagne, les îles danoises, les montagnes suisses, les piémontaises, la sombre Auvergne, le Morvan, le long des vallées du Rhône, de la Loire, de la Garonne et de la Seine, avec ses biches noires, ses chiens noirs, ses chasseurs noirs, ses chevaux noirs, ses fanfares noires.*» (*Ibid.*)»

Par la force destructrice que le narrateur souligne en s'adressant à Paris:

« *Tu es l'usine de notre mort. Nous ne venons pas pour te piller, nous venons pour te détruire.*» (Ⅶ, 244)

Par ailleurs, on a pu voir plus haut le caractère apocalyptique de cette destruction ébranlant les édifices qui « éclatent » et « s'effondrent ».

Le caractère mythologique se manifeste dans la description des « monstres » contre lesquels ce combat épique est mené:

« *Loin, commence à hurler la terreur des monstres. Il y en a d'éreintés, couchés sur la lande, haletants; pendant que la forêt verte suinte de partout, montant de tous les horizons, s'avance lentement, les cerne, s'approche, suinte comme l'eau d'un fleuve débordé; ils ferment leurs yeux rouges, éblouis par l'approche de leur mort. D'autres fuient, s'abattent, se relèvent, retombent. D'autres s'apprêtent à combattre, mais hérissés de terreur. On ne peut supporter la description de ces bêtes.*» (Ⅶ, 239)

Ces monstres, comme tous les êtres fabuleux ou mythologiques, tiennent à la fois des hommes et des « dieux ». Ils sont maléfiques et dangereux malgré leur apparence séduisante et attirante:

« *Il y en a qui ressemblent à des hommes: parfois jolis. Avec de grandes barbes, presque nobles. On serait tenté de les aimer, car elles ont un air de sagesse et de force humaine. Elles ont un grand pouvoir de création comme si elles étaient des dieux. Si on les regarde bien, voilà ce qu'on voit: elles ont la peau toute boursouflée de pustules usines avec des cheminées qui vomissent du pus de charbon. Elles ont comme Vichnou sept, douze et cent bras extrêmement mobiles et très longs. Ces bras et leurs mains sont empoisonnés; l'ombre de ces bras et de ces mains est empoisonnée. Tout ce qui avoisine cette bête est pris d'hémorragie de toutes sortes: hémorragie du sens commun, de la sensibilité, de la fierté, du courage, de la liberté, de la joie.*» (Ⅶ, 239-240)

« *Ces monstres tiennent aussi de l'animal féroce et de l'oiseau de proie*: « *à la fois un léopard et un oiseau* [...] *hérissé de pattes et griffes* » (Ⅶ, 240)

Mais quelle que soit l'apparence qu'ils prennent, ils sont l'image de certains grands propriétaires terriens qui n'ont rien à voir avec les paysans:

« *Quelques uns de ces monstres ressemblent à des paysans. Mais ils ont de plus belles vestes. Ils sont enveloppés de champs mille fois plus grands que ceux que nous cultivons. On ne peut pas les mesurer par " journées " ou par "sacs " comme nous disons pour nos mesures de terre habituelles. Ils n'y a pas de "journées " d'hommes pour mesurer ces champs, ils sont de grandeurs inhumaines.* » (VII, 240)

Ils sont aussi l'image des grands industriels, de certains intellectuels qui ont « tromp[é] la jeunesse des enfants avec de fausses mystiques » (VII, 244), et de ceux qui tiennent la « bourse »(VII, 241). Bref de tous ceux qui ont installé les « fausses richesses » et la « froide intelligence ».

L'image de ces monstres est donc une image composite. Elle a des origines diverses: populaire, mythologique et biblique. Elle a une origine littéraire aussi. Par exemple, il nous apparaît intéressant de noter particulièrement un thème qui rappelle sans doute, par bien de côtés, *Germinal* de Zola. Il s'agit du thème de la « germination »: métaphore de la révolte qui couve et qui est prête à éclater. Dans *Les Vraies Richesse* on peut lire, en effet, à propos de la « forêt en marche »:

« *Elle n'était que la germination à peine hors de terre de la véritable forêt. Ce qu'elle semblait être n'était que parce que nous le disions. Les temps n'étaient pas révolus. Maintenant ils le sont: elle s'est dressée, elle marche, la voilà!* » (VII, 238)

Et trois pages loin:

«[...] *mais rien, sauf la loi du monde ne peut arrêter la germination des graines et la marche de la forêt.* » (VII, 241)

II.3 Images des éléments cosmiques

On compte plusieurs éléments naturels dans l'œuvre de Giono. Prenons-en pour analyser leurs motifs et significations en suivant.

II.3.1 Eau ou la création de l'exorcisme

Dans l'esthétique de la violence et de la souffrance, Giono puise ses images dans une « réalité mentale » profonde: sa sensibilité traumatisée dès sa jeunesse par la guerre. Du *Grand Troupeau* au *Bonheur fou*, en passant par le *Hussard*, le cheminement de son imaginaire est le même; tout à la fin, il se déclare « guéri, » il a du avoir recours à cette même réalité mentale pour s'en remettre : il y a donc évolution et non rupture.

A l'époque du *Grand troupeau*, les blessures morales et les horreurs de la guerre étaient encore fraîches dans la mémoire de Giono, bien qu'il ait essayé de les dissimuler dans l'œuvre précédente. Le roman nous démontre que l'auteur les ressent toujours, douloureusement, une fois qu'un événement ou une circonstance y touche de près ou de loin ; et l'on imagine facilement la vivacité de sa réaction lorsque l'un ou l'autre présage d'une deuxième guerre mondiale. *Le Grand troupeau* représente cette réaction par laquelle Giono vomit les horreurs de la guerre.

> « *Toute la Nature semble en avoir la nausée et le vertige avec Charmolle vomissant du sang et du vin* » (GT, 708)

L'image de la « source crevée » canalise tous les événements du roman ; le fleuve qui en coule emporte tout dans son cours : c'est l'artère à travers laquelle le monde va perdre son sang et sa substance. Prenons notre citation dans *Colline* pour démontrer, en même temps, la profondeur de cette réalité mentale qui renforce le dynamisme de ; ou, moins littéraire, qui dynamise l'image de la source : « La preuve? Cette source qui coule dans le vallon de la Mort d'Imbert et qui purge a chaque goulée. C'est fait d'une chair et d'un sang que nous ne connaissons pas, mais ça vit » (C, 152)

La source crevée est la plaie même d'où coule le sang de la « terre blessée »(GT, 685). Et nous voilà de plain-pied dans la poétique du sang qui est, comme le dit Bachelard, « une poétique du drame et de la douleur, car le sang n'est jamais heureux①.»

Moins heureux encore est le sang qui coule de la terre, image même du sang menstruel et ténébreux. La source, naturellement symbole de maternité, crie une détresse humaine : celle de la vie qui va disparaître. L'eau qui en coule est semblable au sang de Madeleine qu'on essaie de faire avorter. Le fleuve formé de cette eau prend enfin une allure téméraire dont participe la presque totalité des phénomènes dans le roman : nature, homme et animal.

Ces phénomènes perdent leurs caractéristiques propres au profit du fleuve et prendre finalement les propriétés de l'eau qui coule. C'est la mort en marche : « On voyait la nuit couler dans le jour gris » et « le bruit de l'eau coula dans sa tête [celle de Joseph] » (GT, 566). Mais le spectacle le plus tragique est celui du « troupeau » qui, désormais, s'identifie au fleuve. L'eau perd, elle aussi, ses caractéristiques : « revoir texte de la citation » (GT, 547)

Le fleuve dont l'eau est déjà « lâchée hors de son lit,» amasse, ramasse et se charge ; il risque de se déchaîner comme le suggère l'image des cornes du bélier en forme de « tourbillon »

---

① Gaston Bachelard, *L'Eau et rêve*, Paris : éd., Librairie José Corti, p.47.

qui s'élargit semblable à une « souche de chêne sur la Durance d'orage.» L'inondation menace. L'inquiétude pèse. Le débordement risque de mener à la perte déjà annoncée par le nuage d'hirondelles portant « des pigeons perdus » (GT, 544). Le sentiment du danger est déjà matérialisé par l'image du tourbillon qui mélange l'eau et la terre. Cette image du tourbillon n'est pas gratuite, chez Giono, et exprime une double inquiétude: celle du combattant. Elle traduit la hantise du soldat qui, sur le front, risque de mourir violemment, happé, comme nous le révèle Erich-Maria Remarque dans son roman, A l'Ouest rien de nouveau: « Pour moi, le front est un tourbillon sinistre. Lorsqu'on est encore loin du centre, dans une eau calme, on sent déjà la force aspirante qui vous attire, lentement, inévitablement, sans qu'on y puisse opposer beaucoup de résistance.» (p.57)

Giono semble ainsi rapporter véridiquement un fait (plutôt un effet) psychologique, par l'image du tourbillon. Celle-ci exprime, d'autre part, le sentiment général des hommes qui, face à la guerre, craignent la perte de leurs enfants et de leurs biens. Le Papé, se référant à la guerre, parle du « grand débordement? »; ainsi exprime-t-il les soucis des autres et leur peur de « tout perdre.» Toute la nature semble fondre dans ce cours d'eau débordant: « Et tout débordait. On entendait sourdement ruisseler des collines le torrent des graines et des racines.» (GT, 626).

L'eau chargée va devenir de plus en plus lourde; elle finit par couler lentement, lourdement. A en croire Bachelard, cette eau reflète, au-delà du drame de son double symbolisme, la réalité mentale de l'écrivain lui-même. Le drame est aussi intérieur: le psychisme est profondément « marqué par la guerre ». Pour un psychisme autant marqué, « tout ce qui dans la nature, coule lourdement, douloureusement, mystérieusement » dit Bachelard. Tout est « comme un sang maudit, comme un sang qui charrie la mort①.» Ainsi, la mort semble portée jusqu'au fin fond de la terre: « Ca coule lentement dans tous les plis de la terre; ça emplit les vals; ça déborde les combes; ça suinte des bois; près du village, un gros lac de soldats dort à la pleine herbe d'un verger creux entre les arbres » (GT, 701).

Et ce n'est pas seulement le « ça » qui coule mais aussi le « Moi ». L'eau afflue de partout, d'en haut comme d'en bas, et la poussière qui retombe est déjà une « pluie » (GT, 552) qui annonce le déluge. Dans la triple correspondance de l'eau, du sang et du vin, la poétique du sang prend une ampleur cosmique. La réalité tragique est inhérente à tous les éléments de l'existence et l'eau qui coule n'en est qu'une manifestation. Lorsqu'elle se déchaîne, cette eau est également manifestation et des passions et de "la folie" des hommes. Ce qui est vrai, c'est ce qui reste, mais « il ne resta plus que le roulement monotone du flot et le bruit de la douleur...» (GT, 548). Giono trouve, peut-être, dans cette vérité « toutes les ressources

---

① Gaston Bachelard, *L'Eau et rêve*, *op. cit.*, p.84.

poétiques de [la] condition humaine» (TV, 15). La douleur même prend un aspect aquatique et l'eau un caractère douloureux: la douleur que Cléristin « boit comme un goulu.» Le vomissement, comme la source, exprime le mal qui déborde.

Le mouvement du fleuve, de plus en plus alourdi et ralenti, finira par une stabilisation totale de l'eau, dans une sorte de déluge: « De chaque côté de la route des champs étaient couverts d'une eau immobile.» Les symboles du *Grand troupeau* aboutissent ainsi au symbolisme du *Hussard*.

Le *Grand troupeau* est un roman de la pureté en voie de disparition, autant que celui du mouvement. Le *Hussard* est plutôt celui de la stagnation et de la pourriture. Le troupeau descendant de la montagne comme une eau pure, coule d'une source crevée (chute collective). Le fleuve emportant tout, va trouver son compte dans un chemin éperdument droit suivi par le troupeau: « La route est comme un ruisseau mort» (GT, 711). La pureté se gâche peu à peu par le mouvement en ligne droite. Le fleuve qui ne cesse de s'alourdir en grondant, déborde inéluctablement dans l'immobilité, la stagnation et la pourriture du *Hussard*. Le mouvement est désormais individuel, vers le haut (ascendant) comme celui d'*Angelo*, ou collectif, vers le bas (descendant).

La réalité de la guerre réduit la majorité des hommes à une réaction bestiale, manifestée par l'égoïsme, la peur et la soumission. Il n'y a plus dans Le *Hussard* cette inquiétude générale pour autrui qui marque le début du *Grand troupeau*. Male Burle qui n'a pas d'enfants s'inquiète pour les fils des autres. Cléristin part seul pour « vomir ce grand mal qui était en lui maintenant départ de ses fils sur l'emplein des routes» (GT, 547). Et pour la même raison, Boromé ne dort plus; la mère de Rose ne veut plus manger. On n'est plus capable d'avaler, mais tout le monde semble condamné à vomir, dans les champs comme dans les champs de bataille: le mal est à la fois physique et moral. Le dégoût est général, ce qui est facile à voir à travers l'expérience du héros du roman, Olivier, à qui Giono avoue avoir prêté ses campagnes.

Olivier voit le caporal mourir: « L'homme se renverse sur lui et dégorge un caillot de sang.» La bataille de Kemmel se révèle une vraie « boucherie»; le capitaine est tué, l'agent de liaison aussi: « il a la tête tronquée. Un long fil de bave et de sang pend de sa bouche.» Olivier est bousculé de tous côtés « un jet de sang fuse de sa tête étoilée.» Tous ses mouvements sont limités: « Olivier rampe. Il appuie sa main dans un paquet de viande froide.» (GT, 708-709).

L'inquiétude pour soi qui « gonflait dans le corps comme une mauvaise maladie» (GT, 674), évoque déjà la destinée de « la pureté»; et le dégoût en est un symptôme. Burle résume bien le sentiment général et la morale de l'œuvre par cette belle et terrible image du pied « plein de fumier» écrasant une grappe de raisins. Thomas aussi exprime désespérément le même sentiment: « Faut plus penser aux jours d'avant, dit Thomas, on est entré en pleine saloperie.» (GT, 559). Papé et le cordonnier parlent de l'arrivée des « temps de la pourriture.» Tous ressentent « l'abandon du ciel.» Leur dégoût exprime le vertige, la nausée d'être fauché en chute libre dans l'abîme de la pourriture. Ce dépit se matérialise sur le champ de bataille:

« *Olivier se souleva sur son coude. Alors, et cette manche de capote toute raide du jus de l'homme, et ce petit bout de cervelle collé dans la bourre au pli du coude, et qu'il avait arraché et jeté dans la boue alors, ce dégoût? qu'il avait encore dans les doigts d'avoir touché la cervelle nue de Ragataz.*» (GT, I, 681; cf. p.239-240)

Autant le resserrement de liens caractérise *Le Grand troupeau*, autant *Le Hussard* atteste un desserrement total de liens entre individus. Les relations humaines, comme les corps, pourrissent. Même le rapport qu'*Angelo* entretient avec les autres – mise à part Pauline, peut-être- est un rapport de générosité et non d'affection. Le mouvement dans *Le Grand troupeau* revêt donc un caractère destructeur. Le fleuve, définitivement engagé dans le ténébreux chemin de la mort, finit dans le déluge. Le roman fluvial débouche ainsi sur le roman diluvien- déluge menaçant que le héros doit affronter:

« *Il entendait le roulement de velours de la pluie mortelle qu'elle* [*la comète*] *jetait; son ruissellement à travers les toits, a travers les lucarnes, inondant les combles, coulant dans les escaliers, se glissant sous des portes, envahissant les appartements où des gens assis sur des chaises collantes comme des bâtonnets de glu se mettaient à hurler puis à pourrir.*» (HT, IV, 362)

L'effort de sauvetage ne peut désormais être qu'individuel. Il faut une arche de *Noé*, un cœur d'homme, pour ne pas sombrer dans ce déluge de mort et de pourriture. Pour Giono, au fond de ce cœur se trouve l'archétype de l'arche qui pourrait servir encore de maquette à un bâtiment de sauvetage. Pour l'artiste, l'imaginaire est déjà un moyen de construction solide parce qu'il s'abreuve dans la source de la vraie mémoire qui est le cœur. De là l'inspiration de l'appel du pacifiste; le vrai drame réside dans l'inconscience de ceux qui ne se gardent pas de la source du Lethe:

« *C'est pourquoi aujourd'hui*, 3 *septembre* 1939, *nous sommes seuls, toi et moi, à déambuler paisiblement sur les hauteurs avec nos pauvres petites arches de Noé dont personne ne veut. Ils se sont précipités tête première dans le déluge. Ma parole, ils sont même joyeux parce qu'ils pataugent dans les premières écumes et qu'ils croient que tout va se passer comme ça en petite baignade. Attendons-nous à être déchirés de hurlements quand ils perdront pied dans les abîmes.*» (PM, III, 362)

Si, dans Le Grand troupeau, les hommes font moralement des efforts pour résister à la chute, dans Le *Hussard*, leurs réactions tendent vers le bas, vers la bassesse; ainsi s'abandonnent-ils et sombrent-ils dans le gouffre- ce qui met en valeur le mouvement individuel d'Angelo vers le haut: il faut monter pour surmonter. Bachelard formule ainsi la dialectique du symbolisme de l'abîme: « Et tout le drame se développe en s'engageant dans un symbolisme du haut et du bas, du métaphoriquement haut et du métaphoriquement bas. L'abîme est une matière d'enlisement. L'abîme est une matière sale.» (TR, 128).

Il est peut-être utile de saisir le noyau métaphorique de l'image du déluge, auquel nous renvoie le terme « petite baignade » et l'évocation du lac, pour préciser que l'élément tragique dans la vie est, pour Giono, fruit de démesure et de déchaînement. Selon *Le Dictionnaire des symboles*, les lacs lorsqu'ils attirent des hommes dans la mort, « symbolisent les créations de l'imagination exaltée.» (article « Lac,» 4). Le lien entre amour et mort, lac et déluge, noces et militarisme, etc., en est en quelque sorte la preuve. Car le déluge n'est qu'un lac amplifié par le déchaînement de l'eau (passions) et, inversement, le lac est un déluge miniaturisé. Le lac ne prend sa « valorisation féminine, sensuelle et maternelle » que lorsqu'il travestit son origine voluptueuse où? la libido ne s'éveille plus mais se déchaîne. Il en est de même pour les noces dont le caractère initial est, selon Giono, martial.

Car le déchaînement crée, à partir des mêmes éléments, des antithèses - d'où le noyau d'une situation conflictuelle, issue des contradictions devenues? irréconciliables. La saleté de l'abîme vient du fait que la boue formée de l'eau déchaînée n'est plus régénératrice ni rajeunissante comme elle devrait l'être? C'est la boue de la matière écrasée, de la matière qui a subi la violence, comme l'eau qui finit par se transformer en déluge et qui n'est plus l'eau pure et fertilisante mais une eau dénaturée, tout comme la boue: « L'eau du ruisseau était noire et coulait épaisse comme du vieux miel. Les roues écrasèrent du grès qui grattait comme du verre.» (PM, 309). Cela nous introduit déjà aux thèmes que l'on va traiter plus tard: les pesanteurs dont l'épais, le noir, le gras et le sucré en tant qu'éléments de la symbolique de la guerre chez Giono- mais n'anticipons pas.

Par les passions, symboliquement parlant, la malédiction semble saisir l'être et envahir la matière. Chez Giono, l'image de la source crevée et de l'eau déchaînée n'est pas, à tout bien considérer, gratuite: elle représente « le tragique formidable du bouleversement » (I , 1098), mais elle reflète aussi l'agitation d'une âme a la recherche d'une pureté déjà perdue. Giono visionnaire, il lui faut voir au fond de lui-même avant de prévoir. S'il est vrai, comme le dit Bachelard, que « le passé de notre âme est une eau profonde① », cette eau est, dans le cas de

① Gaston Bachelard, *L'Eau et rêve*, *op. cit.*, p.74.

Giono, une eau trouble, lourde des? dépôts? des méfaits de la civilisation moderne, de la guerre.

Giono n'est plus cette « goutte d'eau traversée de soleil, traversée des formes et des couleurs du monde. » (JB, I, 96). La « goutte d'eau » perd de sa transparence, la transparence se condense et devient opaque et « Jean » depuis la guerre, n'est effectivement plus « bleu ». C'est l'autre face de sa sensibilité, de sa sensibilité blessée. Désormais, « Jean » est un poète terrestre et tout à la fois lumière – l'origine même des valeurs féminines. La pureté est perdue.

Néanmoins, tant qu'il ne désespère pas, tant qu'il trouve dans la souffrance des « ressources » d'espérances, il aspire à retrouver cette pureté d'âme à jamais perdue: « Les plaies éclairent, » et avant de guérir « autour de soi, » il faut se guérir soi-même et retrouver « le souffle pur » (JB, II, 170). Mais la sensibilité, le cœur, sont comme un verre: une fois brisé, on peut toujours recoller les morceaux mais restent des traces visibles et un verre fragile; il ne peut donc contenir un liquide lourd sans suinter ou se fendre. Et la sensibilité de Giono ne peut plus supporter la matière de l' « abîme » et les pesanteurs du déluge sans les exprimer en images ayant la force même des symboles qui les inspirent. Les images animées des forces de leurs symboles dépassent enfin par leur réalité, par leur réalisme, les symboles eux-mêmes. Là, Bachelard est tout à fait à propos:

> « *Les images s'opposent entre elles avec des passions tout humaines. En s'exprimant par des images matérielles, par des images terrestres, il semble que les peines humaines deviennent plus lourdes, plus noires, plus dures, plus troubles, bref, plus réelles. Le réalisme terrestre est alors une surcharge.* » (TR, 128)

Et Bachelard ajoute que « la boue dans la poétique de Strindberg est une surcharge de misère. » Il en est exactement de même pour Giono, mais il n'y a pas que la boue bien qu'on puisse y associer aisément tout le reste. « La surcharge de misère » chez Giono ne s'exprime qu'en images à la fois variées et dynamiques, sans limites d'espace, de temps ni de matière.

Si imaginer c'est voyager, comme le dit Bachelard①, l'imaginaire de Giono est une invitation à une traversée, d'abord dans une arche de *Noé*. C'est un voyage dur ou doux pour ceux qui ont le cœur sec et dont l'esprit est lourd. Il faut une certaine légèreté et surtout une certaine fluidité sensuelle qui facilite le mouvement à travers les rondeurs. L'image est, certes, le moyen le plus simple de voyager, bien que seuls puissent se le permettre les poètes: ces capitalistes de l'imaginaire qui ne dépendent dans leurs richesses que d'eux-mêmes.

---

① Gaston Bachelard, *L'Air et Songe*, *op. cit.*, p.10.

Giono fait ce voyage de traversée par des images, dans l'imaginaire; et, comme Angelo, lorsqu'on traverse des régions dévastées par la mort, lorsqu'on défie la mort et qu'on échappe à son influence, c'est comme si on traversait une mer où se lave le mal enfin absorbé par l'eau. C'est une véritable épreuve de purification après laquelle on a l'impression d'être un nouveau-né, débarrassé de toute puissance de la vie. Et comme il faut traverser les laideurs pour arriver à la beauté, il faut traverser la mort, sans sombrer, pour conquérir la vraie vie et devenir enfin « miraculeux.»

S'immuniser par la mort contre la mort, c'est devenir un héros solaire qui renaîtra sans cesse comme ces enfants vus comme maléfiques et jetés à la mer lorsqu'ils la traversent vivants, on les considère comme « miraculeux.» Mais la traversée du déluge comporte plus de risques, car c'est une mer sans sel où l'on risque de sombrer et de pourrir: l'épreuve semble plus difficile. Mais lorsqu'on y arrive on sera peut-être plus immunisé que ces héros qui traversent la mer, dont parle Bachelard: « Ayant traversé les eaux, ils avaient traversé la mort. Ils pouvaient alors créer des liens, sauver des peuples, refaire un monde① ».Il note ailleurs qu'à tout au-delà s'associe l'image d'une traversée, et que ce n'est pas seulement une conception occidentale mais aussi orientale, donc universelle. Les eaux invitent ainsi à un voyage, à la mort. L'homme qui surmonte l'épreuve fatale devient lui-même un monde.

Mais l'eau n'est qu'un élément parmi d'autres, bien que, se mêlant de manière chaotique aux autres éléments, elle promette de grandes calamités." Par sa traversée on acquiert cette expérience qui permet de faire, au travers des autres éléments, plusieurs fois l'expérience de la mort sans perdre la vie, pour pouvoir enfin voir vraiment? la mort en face et la vaincre définitivement.

A travers ses personnages, Giono tente une expérience, au fond initiatique. D'Olivier à Angelo, il s'engage et engage une lutte diabolique avec les forces du mal, des ténèbres. Il submerge. ses personnages, par une sorte d' « anabaptisme » infernal, dans « la pourriture » afin d'en faire jaillir « la pureté.» Mais la pureté enfin retrouvée à travers les courbes de cet « alambic » vital ne sera plus celle de la « goutte d'eau » mais celle du sang.

On va, par la suite, voir le rapport de cette eau envahissante qui, en prêtant, le long de de son cours, ses caractéristiques aux autres éléments et phénomènes, change et perd ses pléonasmes - ce qui est déjà signe de pervertissement. Car, en se mêlant à d'autres éléments sans homogénéité ni proportion, l'eau perd son équilibre, sa beauté; et, avec elle, les autres éléments font de même. C'est le symbole même du processus de dénaturation et de perte. Le déluge n'est plus l'eau mais « l'abîme sale ». C'est ainsi que s'achève le cheminement catastrophique de l'eau de la source « crevée.» Il ne reste plus de la pureté que la boue et la

---

① Gaston Bachelard, *L'Eau et rêve*, *op. cit.*, p.102.

pourriture :

« *Toute l'eau lente des convois venait s'y lover en tourbillon, y dormait en bouillonnant lentement avec des bruits de harnais et de famine. Puis, on a marché sur des routes au milieu des canons et des voitures, avec de la boue sur les mains et sur la figure, et, dans la tête, l'amertume et l'aigreur du sang.* » (GT, 702)

Ainsi, l'image du tourbillon se matérialise enfin dans une pesanteur à la fois morale et physique, celle du déluge et de l'abîme. D'ailleurs, les images de *pesanteurs* dominent aussi les autres éléments et phénomènes. A travers la terre, la nuit, le feu et l'air (odeurs), on ressent tout ce qui, dans l'œuvre, pèse moralement ou physiquement. Car la guerre, chez Giono, se présente comme une offense à tous les sens. Mais du déluge, il faut arriver à la terre. Et Giono nous montre que, par le fer, la terre elle-même devient un « enfer. »

II.3.2 Feu ou la force du mystère

Le feu est un élément passionnel. De tous les éléments, il est le plus passionné et le plus passionnant, le seul à travers lequel peuvent s'exprimer les passions humaines. Par le feu aussi se révèlent les vérités divines. C'est le plus dynamique des symboles.

Il n'est donc pas étonnant qu'il soit mêlé, au propre et au figuré, à toute activité existentielle, à tout sentiment fondamental de la souffrance et de la jouissance. Le feu présente donc une dualité de fonction et de signification, selon qu'il joue un role positif ou négatif dans l'Existence, que ce rôle se rattache au Bien ou au Mal, au plaisir ou à la peine des hommes. Il peut être le plus discriminant et le plus constructif des éléments. Tout dépend de l'usage qu'on en fait. A travers le feu peut s'affirmer la vision manichéenne du monde.

La double valence de la signification du caractère du feu a incité Bachelard à en proposer une approche psychanalytique. A cette double valence nettement marquée, correspondent en effet deux « valorisations » opposées et parfois contradictoires :

« *Le feu est l'ultra-vivant. Le feu est intime et il est universel. Il vit dans le ciel. Il monte des profondeurs de la substance et s'offre comme un amour. Il redescend dans la matière et se cache, latent, comme la haine et la vengeance. Parmi tous les phénomène, il est vraiment le seul qui puisse recevoir aussi nettement les deux valorisations contraires : le bien et le mal brillant au Paradis. Il brille en Enfer. Il est douceur et torture. Il est cuisine et apocalypse* [...] *Il peut se contredire : il est donc un des principes d'explication universelle.* » (PF, 19-20)

Etant « principe d'explication universelle, » le feu est un Être complet. Giono exploite par l'imaginaire toutes les possibilités qu'offre le feu pour démontrer d'abord le réel et le dépasser ensuite, dominé par la politique qui use et abuse des possibilités du feu, comme on le verra plus tard. Symbole dynamique, le feu est à la fois image et langage mais avant tout personnage.

Il ne saurait se dissimule. Là où il est, il se manifeste. On le voit; on le sent. Dans un cas comme dans l'autre, le feu semble trouver dans la sensation qu'il provoque sa propre finalité, de même que l'origine des passions qu'il symbolise. Le feu accomplit ainsi son rôle de personnage jusque dans la joie et dans la souffrance.

Giono se souvient d'avoir vu brûler l'Opéra de Marseille en 1920, lorsqu'il travaillait au Comptoir d'Escompte. Contemplant « les débuts? des flammes, » entendant « le crépitement et les grondements » du feu, Giono se trouve envahi par le sentiment qu'inspire à l'homme la présence du sacré, du divin, c'est-à-dire de la crainte et de la fascination. Il en conclut que le feu est un personnage et non pas n'importe lequel puisqu'il incarne la divinité même. L'incendie est un très beau personnage dramatique. Ce n'est pas, comme la tempête, le tremblement de terre, ou la foudre, la simple manifestation d'un dieu: c'est un dieu, en chair et en os (le choléra et la peste, sont également des dieux en chair et en os). (N, 771)

La correspondance des symboles, entre ce qu'on a appelé chez Giono « la première manière » et « la deuxième manière, » semble parfaite: l'œuvre de Giono y trouve aussi son unité. De *Colline* au *Hussard*, Giono semble confier au feu un rôle important. Le « très beau personnage dramatique » remplit parfaitement son rôle dans un monde possédé par un esprit apocalyptique, dans lequel il sera enfin assisté par un autre personnage également divin (tout autant « divin »), le choléra.

Le feu est susceptible de réaliser dans le monde « le type même des transformations qu'apporte dans l'homme l'approche d'un dieu. » C'est le sentiment que le héros du *Hussard*, semblable à Giono lui-même, éprouve à la vue de l'incendie. Près de Sisteron, Angelo rencontre le forçat qui lui apprend qu'on ne le laissera pas entrer dans la ville, à cause du choléra. A ce moment-là, Angelo voit le bûcher dressé pour brûler les morts de ce fléau:

> « *Angelo était fasciné par le bûcher funèbre, la lente cérémonie des flammes rouges et de la fumée grasse, comme il l'avait été par cette bassesse si rassurante marquée sur le visage du forçat* » (HT, 296).

Dans l'incendie de *Colline* se manifeste déjà cet « esprit apocalyptique » que constate d'ailleurs Pierre Citron dans la « Notice » des Œuvres romanesques complètes de Giono (Ⅲ, 1307).

Il y a dans ce roman – la première des trois oeuvres qui composent *la Trilogie de Pan* – toute une série d'images des éléments naturels qui nous rappellent le climat d'une catastrophe semblable à la guerre. Ces images ne sont, certes pas gratuites. Le feu parait à la recherche d'un divertissement, comme le démontrent l'analogie et le paradoxe de cette flamme qui, en écrasant les plantes, danse de joie et finit par sa propre destruction. Dans cet incendie, « la terre s'est enragée » et le destin des hommes du village semble engagé:

Les buissons se sont défendus un moment en jurant, puis la flamme s'est dressée sur eux, et elle les a écrasés sous ses pieds bleus. Elle a dansé en criant de joie; mais, en dansant, la rusée, elle est allée a petits pas jusqu'aux genévriers, là-bas, qui ne se sont pas seulement défendus. En moins de rien ils ont été couchés, et ils criaient encore qu'elle, en terrain plat et libre, bondissait à travers l'herbe.

> « *Et ce n'est plus la danseuse. Elle est nue ses muscles roux se tordent. Sa grande haleine creuse un trou brûlant dans le ciel. Sous ses pieds on entend craquer les os de la garrigue.*» (C, 197)

Et les hommes luttant contre l'incendie de *Colline* sont l'exemple même de l'homme qui résiste aux forces du mal, auxquelles s'associe le vieux Janet, accusé d'avoir asséché la source et provoqué la sécheresse. Celui-ci prépare ainsi le terrain à cet incendie qu'il contemple malicieusement avec une joie sadique. Il exprime le plaisir de voir les gens souffrir et mourir par le feu. Il agit même de sorte à provoquer leurs malheurs, comme le vieil homme ayant « la tête pleine de calculs et de volonté,» qui, dans *Le Grand troupeau*, mène les « bêtes » au massacre (GT, 546). L'un, autant que l'autre, sont l'exemple type d'un pauvre roi sans divertissement, l'image du vieux « impuissant » qui en veut aux jeunes qu'il envoie à la guerre, pour se divertir, pour son propre plaisir d'un « homme plein de misères.» La mort de Janet se révèle nécessaire pour la fin de l'incendie, et, pour cette raison, elle a été préméditée par les habitants du village menacé, y compris sa fille et son gendre. Mais la mort naturelle de Janet lui épargne l'exécution; c'est aussi la délivrance des hommes. Le feu maléfique n'ayant plus de raison d'être, se retourne contre lui-même: « Le feu s'arrêta de danser; il cherchait sur la terre avec ses grosses mains bleues » (GT, 598). La fin de l'incendie est déjà le début du feu bénéfique qui assure la victoire des forces vitales. Bachelardcommente:

> *Quand le feu se dévore lui-quand la puissance se retourne contre soi, il semble que l'être se totalise sur l'instant de sa perte et que l'intensité de la destruction soit la preuve suprême, la preuve la plus claire de l'existence. Cette contradiction à même de l'intuition de l'être favorise les transformations des valeurs sans fin*①.

---

① Gaston Bachelard, *La psychanalyse du feu*, éd. Librairie José Corti, p.131.

La remarque de Bachelard que l'on vient de citer, est d'une grande importance quant au rôle du feu dans l'œuvre de Giono. Gardons-en, d'abord, le mot « totaliser » que Giono lui-même emploie en regardant l'incendie de l'Opéra de Marseille: « Il était six heures du soir.» cette précision sur le temps implique que le jour se totalise en même temps que l'incendie; car « c'était la fin de l'incendie.» A l'instant même où Giono voit celui-ci, son travail journalier s'achève, puisqu'il dit « Je finissais de totaliser les pochettes d'une remise coupon » (N, 771). Tout semble se totaliser avec l'incendie. Le feu est, ainsi, une force de transformation synthétisante.

Par le feu, tout se transforme: l'eau s'évapore; la terrasse se liquéfie (eau ou sang); l'air se dilate ou se carbonise. Ni les êtres ni les choses, ni rien ne peut moralement ou physiquement résister au feu, élément essentiel de transformation. Ce qui est transformé par le feu prend un autre visage qui n'est plus qu'un symbole évoquant indirectement son état initial, son élément premier ou sa matière première. Ainsi, le feu offre des possibilités de construction et de reconstruction du monde réel, et inspire en même temps la conception du monde imaginaire, surtout lorsqu'il s'allie avec le fer. Les noms mêmes des personnages ou des individus se transforment, et aussi les hommes, en pire ou en mieux.

Avec la « première manière,» l'imaginaire de Giono est axé, d'une certaine façon, sur le réel. Mais déjà le nom de « Vidon » devient « Viron » dans *Le Grand troupeau*, et cette transformation continue, comme on va le voir plus tard. Néanmoins, certains noms gardent leur originalité, comme « Jolivet » cité plus tard dans Refus d'obéissance, où Giono exprime avec force et détermination sa conviction pacifiste. Jolivet devient ainsi, à travers Olivier, un symbole de constance et de résistance contre la force maléfique de l'alliance entre le feu et le fer, qui provoque un malheur seulement comparable au feu: « Et, sur ce visage, Jolivet pouvait regarder son propre visage avec le malheur débordant de ses yeux comme une flamme de lampe et les grosses traces de griffes sur la peau des joues. (GT, 687-688)»

Le malheur est déjà un feu qui éclaire. Mais le feu à l'origine de ce malheur n'est plus le feu, force vitale. Les « traces de griffes sur les joues » évoquent l'animal féroce auquel l'homme a échappé de justesse. Le feu est la force qui anime le fer, devenu enfin le symbole même d'agression, d'agressivité et de rapacité. Et la mitrailleuse représente cette bête redoutable qui ne se nourrit que de chair humaine; elle mange quelque chose de chaud et de vivant. Elle ronronne dans de la chair molle « Mais elle « mâche » aussi la chair des morts, celle des hommes, après les avoir abattus. Le feu-malheur éclaire les vivants mais illumine les morts pour que la mitrailleuse en mange davantage: « Il ne restait plus que ce rond de feu qui marchait en silence, illuminant la boue et les morts » (GT, 619).

Pour la mitrailleuse, la guerre est une nécessité, sa raison d'être. Par elle, la guerre devient un « abattoir.» *Le Grand troupeau* en offre un bon exemple: « [...] le dos courbé, ils [les hommes] entrèrent sous le hachoir de fer et de feu» (GT, 635). Le trop dur et le trop chaud unis, apparaissent comme l'ultime supplice pour l'homme, l'expression morne de son monde infernal; monde des excès, de la dure volonté; monde sec, impitoyable pour l'homme comme pour la nature.

Les qualités bénéfiques et du feu et du fer, poussées à l'extrême à cause d'un usage immodéré, deviennent des forces diaboliques: le fer ne fait que suivre le feu par lequel il pourrait subir toute sorte de transformation et revêtir toutes les formes possibles et imaginables. La bonté mal exploitée devient la négation de la bonté, la pire des méchancetés puisque incontrôlable. La mitrailleuse et les obus en sont la preuve, l'image des monstres apocalyptiques enragés qui se déchaînent contre les hommes, et que ceux-ci ne peuvent plus maîtriser: « Un obus se plante là, tout près. On se couche sur l'étang et, tout de suite, il se met à lécher l'homme tout du long, des genoux à la figure, avec sa langue froide.» (GT, 707-708).

Cette association inattendue du froid à l'image du feu est un exemple du feu qui perd ses qualités à cause d'un usage abusif. C'est l'image de la transformation excessive que l'homme moderne exerce sur le monde, par le feu et par le fer, et dont il subit les conséquences. Le feu n'est plus cette "danseuse" mystérieuse qui chauffe, bride ou fascine, mais une sorcière dont la danse macabre transit et remplit d'horreur: l'obus est un abus. Ainsi, l'imaginaire de Giono est un appel à la modération dans l'usage de l'une des principales sources d'énergie vitale: le feu. De cette modération dépend toute autre modération.

On sait maintenant que de l'énergie dépend la vie, et que la crise d'énergie est à l'origine de toutes les crises. On comprend mieux et Giono et Bachelard qui, n'ayant pas vécu la crise énergétique de notre temps, l'ont en quelque sorte anticipée: « L'eau et la chaleur, » dit Bachelard, « sont nos deux biens vitaux. Il faut savoir les économiser. Il faut savoir que l'un tempère l'autre »① Et tempérer, c'est modérer.

Si la chaleur tempérée est un signe de vie, la mort se manifeste par la perte totale d'énergie, de chaleur et d'humidité. Lorsqu'on ne respire plus, on devient froid et sec. C'est peut-être la conscience de la nécessité de chaleur qui inspire le geste du médecin dans *Le Hussard*. Angelo hérite de cet usage et en fait une pratique contre le choléra: il frotte les malades pour les réchauffer et les réanimer. En quarantaine, il exige même qu'on mette une femme malade au soleil. Le choléra du *Hussard* est déjà présent dans le feu maudit du Grand troupeau, dont l'origine remonte à *Colline*: « Une barre de flamme et d'éclats frappe par la derrière sur le village et sur les champs, comme la barre d'un fléau» (GT, 706). L'imaginaire de Giono fait enfin surgir de ce feu maudit un autre feu béni: le feu, dans *Le Hussard*, qui anime et purifie. Le feu qui transforme tout se trouve à son tour transformé par l'imaginaire.

---

① Gaston Bachelard, *L'Eau et rêve*, *op. cit.*, p.174.

Dans la « deuxième manière,» la transformation semble complète, le « faux » y contient plus de vérités que ce qui nous semble vrai. Là où finit « la formule d'exorcisme moderne,» commence *Noé*. Les personnages et même les noms ne sont pas vrais, même pas l'auteur, comme le signale Giono au début du roman: « Rien n'est vrai. Même pas moi, ni les miens. Tout est faux » (N, 611) Cela veut dire que tout est vrai, aussi vrai que pourrait l'être les rêves d'un poète.

Par conséquent, l'imaginaire semble déjà acquérir des qualités divines qui ne peuvent être aperçues qu'à travers des enseignes lumineuses: la lumière est une preuve de transparence, le reflet n'en est qu'une apparence mais qui prouve l'existence de la lumière, du feu purificateur, divin. De ce fait, le feu est une force de transcendance, un trait d'union entre le réel et l'imaginaire. Le feu-personnage est aussi le feu, symbole et langage, a travers lequel parle l'homme et agit le destin.

Ⅱ.3.3 Air ou la création délirante

L'air est le quatrième élément cosmique. Comme le feu, il est un principe actif, un élément mâle. Si la terre correspond à la chair (corps), l'eau au sang, le feu au sentiment (cœur), l'air symbolise l'esprit, l'âme universelle, le souffle qui anime et qui meut l'univers. L'air est le dynamisme pur, invisible; il n'a ni forme ni couleur et, de ce fait, il est libre et symbolise la liberté, comme on dit « libre comme l'air.»

L'air est l'élément subtil. Son absence se fait sentir plus immédiatement que celle de tous les autres éléments: on en meurt en quelques instants. Il est donc un besoin vital immédiat. Respiré, il semble un apport de vitalité et de souplesse. Lorsqu'on ne respire plus, on n'est plus un être vivant mais une chose inanimée. Ainsi se livre « la double dialectique du chaud et du froid, du sec et de l'humide »①; la respiration n'en est qu'un mécanisme élémentaire, et le souffle est, dans l'être et dans le monde, une manifestation de vie: « L'élément air est symboliquement associé au vent, au souffle. Il représente le monde subtil intermédiaire entre le ciel et la terre, celui de l'expansion. [...] [Il symbolise] le souffle vital, le souffle cosmique, et s'identifie au Verbe, qui est lui-même souffle »②. L'air semble universel et par sa matière et par ses symboles. Son dynamisme détermine aussi les formes des autres éléments formant avec lui un ensemble nécessaire à la création, réelle ou imaginaire. En tant que quatrième élément, l'air globalise les autres éléments. Ceux-ci, par l'air, se totalisent et s'universalisent.

On peut déjà dire que l'air qui transforme perpétuellement les autres éléments se transforme lui-même. Il comporte ainsi toutes les significations ambivalentes des éléments. Déjà, depuis *Le Grand troupeau*, l'air joue un rôle important, de même que les autres éléments, et parait agir comme dissolvant pour le corps, une fois que celui-ci n'est plus intégré, comme le corps de

---

① Gaston Bachelard, *L'air et les songes*, *op. cit.*, p.267.

② *Dictionnaire des symboles*, *op.cit.*, pp.31-32.

Joseph atteint d'une balle:

> « *Il lui semblait que l'air entrait en lui par ce trou, qu'il n'était plus entier et bien fermé au milieu de l'air mauvais, mais déjà que tout cet extérieur de terre bouleversée, de feu, de poudre et de sang, tout ça commençait à entrer en lui, et qu'au bout d'un peu, si ça durait, il allait se mélanger à tout ça, lui Joseph; lui sa chair, se fonder dans tout ça comme du sucre dans l'eau.* » (GT, I, 631)

L'air finit par devenir un agent de mort dans le *Hussard*. Contaminé, il propage la contagion. Déchaîné, il affligerait lui-même les hommes d'un cyclone ou d'une tempête: manifestation de la colère universelle, du vide dont a horreur la nature. Au contraire, l'air naturellement pur est salvateur et fécondateur. Telle est l'ambivalence de l'air doux et violent, pur et contaminé: l'air vital et l'air fatal. Cette contradiction est déjà un signe de vie et une potentialité d'évolution. Chez Giono, l'air, c'est l'odeur de vie ou de mort. Lao-tseu commente la fonction de l'air, « Qi » dans *Tao Te King*

« De la Voie naquit un, d'un deux et de deux trois. Trois engendrant dix mille. Dix mille porte Yin à dos, Yang en ses bras. Puisant harmonie à leurs souffles. Qui veut être orphelin, esseulé, indigent? Ce sont noms cependant que se donnent les princes. Qui gagne perd et qui perd gagne. Je l'enseigne après d'autres: Au violent mort violente ». Que l'homme de ce dire soit mon maître! ①

N'ayant ni forme ni couleur, l'air permet à l'imaginaire une activité libre. Et l'imagination de Giono donne à l'air la forme, la couleur, l'odeur et le goût qu'il veut représenter dans son œuvre. L'imaginaire se transforme par l'air et devient " un souffle poétique." Ainsi l'air anime aussi l'imagination: elle devient désormais aérienne, ailée. Sans l'air, l'imagination est une force de chute. Comment se décharger des images pesantes, s'alléger sans se débarrasser du corps? C'est là une question à laquelle Giono ne saurait répondre que par l'imaginaire: ou ces images trouvent leur propre monde ou bien elles se noient dans un autre.

Les odeurs réunissent la force de la volonté et la force de l'imagination. Lorsque Giono, parlant contre la guerre, dit: « Je faisais sentir l'odeur des morts. Je faisais voir les ventres crevés » (RO, 15), c'est pour dissuader les autres, certes, mais c'est aussi parce que lui-même ne pouvait échapper à l'influence de ces images tenaces. Sachant qu'il ne pourrait peut-être jamais s'en débarrasser, il s'en décharge dans l'œuvre. L'air image est une « imagination aérée »: un purificateur psychique. Dans l'œuvre, l'air est chargé de la matière pourrie que reflètent les odeurs. Par celles-ci, l'air se matérialise et l'imaginaire se concrétise, se réalise.

---

① Lao-Tseu, *Tao Te King*, *op. cit.*, p.42.

On ne pourrait mieux sentir ces odeurs qu'à travers des corps pourris, des cadavres.

La ténacité de ces odeurs s'exprime sous forme de matières qui provoquent le dégoût (la nausée), et évoquent la mort: des matières très tenaces telles que le gras, le sucré, le sirupeux, le visqueux, le gluant et, sous un certain aspect, l'éblouissant. Ces matières lourdes agressent les sens. Toutes sont d'une façon liées les unes aux autres.

Le gras dans ce ruisseau qui, en tordant sa « graisse, » inonde tout dans Le Grand troupeau, est déjà une représentation de la pourriture annoncée par l'immobilité de l'eau: la stagnation est un manque d'air, de mobilité. Elle débouche sur la pourriture, le manque d'aération. Mais c'est surtout le « sucré » qui caractérise l'odeur de la pourriture dans l'œuvre de Giono: « Une odeur aigre des arbres morts et de sciure, et puis un louche goût de sucré qui mettait de la pourriture dans la langue.» (GT, 606)

L'air respiré par l'homme porte la pourriture à l'intérieur de l'être vivant, où le « sucré » travaille le corps en profondeur. C'est la violence de la douceur plus redoutable encore que l'agressivité manifeste. La mort pénètre l'homme, à travers les sens, par l'air invisible. Celui-ci n'assure plus sa fonction naturelle (vitale) et son rôle de purificateur, mais joue le rôle inverse: il contamine le corps et porte la mort jusque dans la plus petite cellule de l'organisme. L'air, s'alourdissant de matière, prend un caractère aquatique pour sortir en forme de sirop: « Une douce odeur de pourriture coulait du trou comme du sirop » (GT, 610). Et le gras même trouve son compte dans ce sirop. Par là-même le « ruisseau » du Grand troupeau évoque déjà le ruisseau de Promenade de la mort, dont l'eau « était noire et coulait comme du vieux miel » (PM, 309)

Dans ce « vieux miel » se réunissent presque toutes les caractéristiques des matières qui évoquent la mort dans l'œuvre de Giono: il est gras, sucré, épais, noir, visqueux gluant, sirupeux et pourri. On peut aussi établir une liaison entre le « vieux miel » et l'œil du Père qui ne pouvait s'empêcher de voir une mouche noire gênant sa visibilité. Dans cet oeil, la mort s'annonce par l'aspect « sucré » (PM, 318). Si, dans l'œil du Père, le sucré et le gluant annoncent la mort de l'homme, l'air dans Promenade de la mort semble contaminé par « un gluant mordoré » qui est de mauvais augure pour tous les hommes: « C'était la lumière de septembre; l'incertaine, qui joue; l'humaine, qui porte en elle-même sa mort; l'amoureuse de tout ce qu'elle touche; celle qui attache un gluant mordoré à tous les mouvements du monde » (PM, 315).

Les mouvements du monde étant animés par le souffle cosmique, l'air parait porter la mort dans les profondeurs de la cosmique, dans le corps universel: « L ' air est le milieu propre de la lumière »①. Avec le gluant, l'air perd sa subtilité, sa légèreté: rien ne pourrait plus être libre.

---

① *Dictionnaire des symboles*, *op. cit.*, p.32.

Le « sucré » dissout la matière et la chaire au profil du gluant porté par l'air et la lumière aux confins de l'univers. Pour l'homme, le « sucré » s'avère redoutable. On le voit ainsi se manifester dans la pourriture des fractures de l'empereur Jules dont parle Giono dans *Noé*. Ayant voulu échapper à l'incendie de l'Opéra de Marseille, il saute par la fenêtre et se casse les jambes. A l'hôpital, on lui coupe les jambes « en pleines cuisses »; ses blessures pourrissent: « Il avait l'odeur sucrée de la mort. La gangrène s'était mise dans ses fractures ouvertes » (N, 760).

Mais, c'est dans *Le Hussard* que toutes ces matières qui évoquent la mort se condensent et deviennent lourdes, moralement et physiquement pesantes, et cela par une substance dense et une apparence intense. Elles représentent ainsi une chute collective à la fois physique et morale, et suggèrent aussi la possibilité du dégagement individuel qui, en la personne d'*Angelo*, aboutirait à un détachement total de l'artiste lui-même. En chargeant l'air de matières et de couleurs lourdes, Giono entend accélérer la chute, en prenant son élan, d'un monde qu'il repousse. En même temps qu'*Angelo* traverse les régions arides, les odeurs envahissent la mer vers le sud, et l'eau salée ne pourrait résister à l'effet de l'eau du Vieux-Port de Marseille. Les gens s'inquiètent et pour cause:

> « *A Marseille, il n'était question de rien sauf de cette effroyable odeur d'égout. En quelques heures l'eau du Vieux-Port était devenue épaisse, noire et mordorée comme du goudron.* [...] *D'ailleurs, cette terrible odeur d'excréments donnait à tout le monde un air triste et pensif.* » (HT, 254)

Ces odeurs vont provoquer des déjections en forme de « riz au lait » inondant tout le roman. Le riz au lait est une représentation matérielle du sucre. Le riz et le lait, aliments de base pour l'homme, ne sont plus nourriciers mais deviennent des déchets: c'est un symptôme pathologique. Ils ne sont plus que des « excréments » qui forcent leur chemin en sens inverse, pour sortir du corps humain miné par les odeurs. Le vomissement dans *Le Hussard*, dénote un dégout à la fois physique et moral: un symptôme d'une nausée psychosomatique, tandis que le vomissement dans *Le Grand troupeau* est un phénomène de rejet et de résistance collectifs au mal envahissant: le dégoût est surtout moral. L'aspect moral du dégout est représenté dans *Le Hussard* et par Angelo et par Pauline (deux noms sans doute significatifs, l'un évoque la pureté angélique, et l'autre la maternité, source de vie- Pauline est d'ailleurs le nom que portait la mère de l'auteur). La résistance morale semble leur donner une immunité physique, au moment où les autres sombrent en s'abandonnant au mal triomphant. Néanmoins, Angelo est à la fois effrayé et intrigué par sa première expérience avec les morts: « Angelo faisait mille réflexions rouges et noires. Il était très effrayé et glacé des pieds à la tête; à quoi s'ajoutait toujours une violente envie de vomir à cause de l'odeur sucrée et de la grimace des morts » (HT, 273).

Curieux, Angelo se trouve attiré par le mystère qui est, selon Giono, « toujours et résolument italien.» Il découvre, en se penchant sur les cadavres, la " matière semblable à du riz au lait. Par ce contact avec les cadavres des cholériques, il est peut-être faiblement contaminé, au oins moralement, car la ténacité des odeurs lui inspire plus tard des rêves terrifiants. Réveillé par ces rêves, Angelo se rend compte qu'il « avait dû violemment se débattre pendant son sommeil » (HT, 361). Et pour apaiser son inquiétude, il cherche à fumer un cigare, mais déjà « l'odeur de la fumée remplissait sa bouche de viscosités écœurantes.» Et dans ces rêves il voit des « gens assis sur des chaises collantes comme des bâtonnets de glu,» qui « se mettaient à hurler puis à pourrir.»

Ces rêves violents ont peut-être, pour Angelo, une fonction immunisante contre le sucré envahissant, de même que, pour Giono, l'imaginaire a une valeur thérapeutique contre le mal obsédant de la guerre: de là l'esthétique même de la violence. L'envie de vomir transmise dans le sommeil traduit le désir de se débarrasser du mal, du « sucré » solidement enraciné dans l'inconscient: « Il eut encore beaucoup de rêves quoique tenu à moitié éveillé par une constante envie de vomir. Il vit, notamment, une comète; elle soufflait du poison par des jets étincelants, comme un soleil de feu d'artifice » (HT, 362).

Pauline aussi s'immunise contre les odeurs. Après la mort de la fille de cuisine, la « jeune madame fut très écœurée par la chaleur, l'odeur de la morte, le visage noir » (HT, 251). Elle se trouve enfin obligée d'aller vomir derrière un buisson.

Ainsi, l'air s'associe à la chaleur dans *Le Hussard* pour jouer ensemble un rôle néfaste. Et on en est avertis dès le début du roman. Toutes les matières qui, chez Giono, évoquent la mort y sont représentées. L'air chauffé, irrespirable, se transforme en matière liquide, gluante et donc étouffante; même « l'ombre de la forêt éblouissait et étouffait » (HT, 241). La forêt n'est plus cette forêt vierge qui abrite; elle devient une puissance maléfique. Ses arbres ne sont plus que « les arbres que la chaleur couvre d'un lent remous de viscosité luisante » (HT, 242).

Mais de tous les éléments, c'est surtout l'air qui joue le rôle déterminant dans la valorisation et la dévalorisation définitives des choses: « Les formes se déformaient dans un air visqueux comme du sirop » (HT, 252). Et ce sirop symbolise la dissolution et la décomposition des corps autant que du corps social, du monde pourri. Lorsque le sirupeux s'exprime à travers les éléments cosmiques, le drame des odeurs prend une ampleur cosmique. Dans ce sirop aérien, les formes déformées présentent une « solution » au propre et au figuré. Car, par l'air et la chaleur, la matière se spiritualise. Les deux éléments cosmiques spiritualisants semblent préparer une solution chimique où s'échangent spiritualisation et matérialisation. L'air est « un principe de la composition et de la fructification, l'intermédiaire entre le feu et l'eau »①; donc

① *Dictionnaire des symboles*, *op. cit.*, p.32.

la formule « chimique » qu'il compose se révèle bonne pour certains et mauvaise pour d'autres. L'image de la traversée est encore évoquée.

Dans cette « solution » aérienne, se noient tous les éléments de la nature, se dissolvent les valeurs matérielles et spirituelles, offrant ainsi des possibilités de compositions (et de recompositions) infimes. L'air chauffé est un mirage: « Le mirage corrige le réel, » dit Bachelard, « il en fait tomber les bavures et les misères »①. L'imaginaire aérien de Giono fonctionne tout à fait dans cette perspective. Pour purifier une réalité mentale, pour corriger une réalité humaine, le réel cosmique est ainsi transformé. L'air ouvre la voie à une communication universelle où participe le ciel. Et le ciel ajoute son souffle chaud à cette solution: « Alors, dans le ciel de craie s'ouvrait une sorte de gouffre d'une phosphorescence inouïe d'où soufflait une haleine de four et de fièvre, visqueuse, dont on voyait trembler le gluant et le gras » (HT, 241).

Dans cette « solution » enfin cosmique résident les possibilités des solutions humaines et poétiques. La notion (la recherche) de la pureté est le mobile même de l'imagination créatrice chez Giono. Et Giono lui-même se transforme en transformant les choses et les valeurs, au profit de l'imaginaire. L'air du *Hussard* lui sert de matière enrichie à exploiter. C'est une « pâte » prête à une transformation imaginaire; une pâte rêvée pour un monde imaginé.

Car dans « cette odeur, abominable, sucrée et putride » (HT, 273), il y a le sang « végétal » et la « sève » animale qui fermentent « depuis que les lourds de sciences et les porteurs de mains saines, on les avait envoyés en gros troupeau dessus la mort » (GT, 625). Viennent s'y ajouter et le corps et le souffle du poète, Bobi qui se trouve enfin « en pleine Science ».Il possède l'univers qui le possède: « Il s'élargit aux dimensions de l'Univers » (VR, 28). Le souffle universel, chaud, du *Hussard* est enfin acquis sur l'axe solaire vertical indiquant même l'échelle des valeurs selon laquelle Angelo monte pour traverser, tandis que d'autres baissent pour sombrer.

C'est là aussi l'ambivalence de ce monde où sont inhérents et le bien et le mal. On va ainsi voir que si la pourriture physique est un manque d'aération, elle n'est que la conséquence de la pourriture morale due à l'absence de la liberté symbolisée par l'air. Il en est au moins ainsi dans *Le Hussard*. La pourriture résulte de l'enfermement moral ou physique. *Le Hussard* nous présente d'autres formes de pourriture, d'autres manifestations d'enfermement que, dans l'ambivalence de l'air-gras ou pur- on va ensuite examiner. Giono semble vouloir y activer, physiquement et moralement, la chute collective pour marquer sensiblement l'ascension individuelle du héros, Angelo, et de son propre Moi. Car l'air, comme l'eau, se prête à la contamination mais il purifie aussi: « Cette ville est bien aérée. Elle est arrosée par quatre-vingts

① Gaston Bachelard, *l'Eau et rêve op. cit.*, p.69.

fontaines. Elle est battue des vents de nord-ouest. Mais le fumier se vend très cher et sans fumier, bernique » (HT, 401).

Il n'y a contagion que là où il n'y pas d'air pur : il y a donc enfermement, aucune liberté dont l'air n'est qu'un symbole. Par là, on peut dire que le gluant n'est pas seulement dans le monde, mais aussi dans le corps. Par l'air, il y a échange entre le monde extérieur et le monde intérieur. L'air qu'on respire porte déjà l'empreinte du monde qu'on a en soi. Le gluant est aussi dans l'âme. En prolongeant, on commence à trouver le thème « liberté » que procure l'air dans *Que ma joie demeure.*

Le but ultime de Giono semble d'initier les paysans à la « joie de vivre », ou du moins à leur montrer comment ils peuvent être heureux en acceptant une certaine « pauvreté ». Sur ce point, ce texte est dans la lignée de *Que ma joie demeure* et des *Vraies Richesses*. L'auteur essaie de convaincre les paysans de l'idée que la « joie » n'est pas une affaire de richesse matérielle, mais une affaire de « pauvreté ».

La notion de « joie » se trouve déjà dans *Que ma joie demeure*. Bobi tente d'apporter la « joie » aux paysans du plateau Grémone. « J'essaye de leur donner de la joie » (II , 603), dit-il. Car selon lui, « personne ne peut vivre sans joie. La vie, c'est la joie » (II , 605). En plus du titre, on trouve dans ce roman plus de dix-huit occurrences de ce terme. Mais le sens n'est pas vraiment défini. Il s'agit d'une joie morale qui vient du fait qu'on redonne à ses sens le plaisir de vivre pleinement et en harmonie avec soi-même et avec la nature. Mais, c'est aussi une joie qui vient du fait qu'on se débarrasse de l'utile. Bobi convie ses amis à s'adonner à des cultures qui ne rapportent pas mais qui procurent la joie. Jourdan donne le surplus de son blé aux oiseaux. Il en est ivre de joie : « Il était ivre. Il venait de perdre le sens pauvrement humain de l'utile » (II , 466). Dans ce roman, l'argent est présenté comme « une lèpre » dont il faut guérir (II , 479). En outre, à propos de la richesse, Bobi a une idée bien à lui. Il dit à Jourdan :

> « *Vous croyez que c'est ce que vous gardez qui vous fait riche. On vous l'a dit Moi, je vous dis que c'est ce que vous donnez qui vous fait riche. Qu'est-ce que j'ai, moi, regardez-moi.* » (II , 557)

Ainsi, on peut s'apercevoir que *Que ma joie demeure* est un roman qui contient des idées que Giono reprend dans les essais.

Chapitre III Le Vide ou la Réalité spirituelle

Ici nous approchons de « l'union du fini (jiwat-man) et de l'infini (paratman) », autrement dit fusion de l'individu dans l'universel. ①

Parvenant au niveau de la réalité spirituelle, on franchit le seuil de l'appréhension du Vide essentiel, du Vide absolu, dégagé de toutes les déterminations dont il était jusqu'ici entaché. Vide pur, englobant en son sein tous les vides (toutes les différentes appréhensions morcelées, fragmentaires de la réalité du Vide) c'est-à-dire, en fait, tout ce qui n'était que reflet de lui-même.

Le Rien, l'Abîme « d'en-haut », le Non-Etre, tels qu'ils seront appréhendés au niveau spirituel, apparaîtront comme autant de chemins parallèles menant à ce Vide au-delà de tous les vides.

A partir de l'appréhension de ce Vide absolu, une vaste redistribution des statuts de l'être aura lieu, y compris de ses rapports avec les autres niveaux de réalité.

Ainsi que de la surface d'une mare limpide
S'élance soudain ②

Quand à l'expérience spirituelle, elle est, de l'avis de Lilian Subum: « Bien plus une expérience de plénitude qu'une expérience de Vide: pourtant l'une n'est pas possible sans l'autre. ③»

En fait, ainsi que je vais être amené à le faire apparaître, au niveau spirituel, l'appréhension du Vide est donnée à l'être dans une totale plénitude. Ce Vide absolu ne correspond d'ailleurs plus du tout (ou si peu) au Néant. Ainsi, dans l'Hindouisme par exemple, ce Vide est-il « au contraire » appelé le « plein »...

---

① Lama Kazi Dawa-Samdup, *L'Enseignement de Ramakrishna*, *op. cit.*, 23, p.11.
② *Ibid.*
③ *Le Yoga tibétain et les Doctrines secrètes*, *op. cit.*, (note 184) p.238.

Alors que le Néant (comme vide physique et vide psychique) était vécu sur le mode de la souffrance et de l'angoisse (avec refus et repliement de l'être), le Vide pur, quant à lui, est, à l'inverse, vécu sur le mode de la plénitude la plus intense (avec adhésion parfaite et épanouissement de l'être tout entier). Là réside le « mystère de la shunyata, la nature inconcevable du Vide plein.»① A ce niveau, l'être sera en effet conduit à ne plus véritablement distinguer Vide et Plein. Il tendra à les confondre, comme s'il s'agissait d'une seule et même réalité qui est Réalité de l'Absolu.

Il n'y a plus pour lui si grande différence entre le vide et le plein. Tout le plein est vide et le vide est plein.②

Le passage de deux plans de réalité envisagés précédemment à ce plan de la réalité spirituelle s'effectue selon un processus analogue à celui qui avait motivé et dirigé le passage de la réalité physique au plan de la réalité mentale.

Ce passage s'effectue à partir du double refus de la réalité physique et de la réalité mentale. Celles-ci étant apparues sinon comme illusoires, du moins, pour Giono, comme tout à fait relatives et incertaines, la méfiance à leur égard ouvre l'accès à cette troisième « plate-forme » de la réalité qui les transcende toutes deux et qui constitue la réalité spirituelle.

La réalité spirituelle qui s'ouvre ainsi à l'exploration de l'être est la réalité d' « union », dans laquelle viennent se fondre et fusionner les deux réalités précédentes. Car, ainsi que l'indique le Tao: « le monde est un vase sacré③ » la conscience également (ou plutôt l'esprit), et cette réalité transcendante qui est réalité infinie apparaît comme « traversant sans fin le fini »

Accédant à ce niveau de réalité, l'être redécouvre sa véritable dimension. Il s'agit pour lui comme d'un merveilleux retour parce qu'il provient de cette réalité même et qu'il a surgi originellement en son sein. Aussi verra-t-on comment, parvenant à sa source, l'être entre en extase.

Les Ecritures sacrées hindoues représentent souvent l'enfant avant la naissance comme plongé dans l'adoration de Dieu et la méditation et perdant conscience de tout cela au moment de la naissance.

Par le fait même qu'il a toujours cherché à dépasser les limites, celles de son corps autant que celles de son esprit, Giono pensait qu'il ne trouverait sa pleine et entière réalisation qu'au niveau de cette réalité spirituelle.

Cependant, « aguerri » par ses explorations dans les réalités illusoires, Giono explorant la

---

① « Le Vide, le Rien, l'Abime » *in Hermès*, 1969, p.15.

② Larna Anagarika Govinda, *le Chemin des nuages blancs*. Paris: éd. Albin Michel, coll. « Spiritualité vivante », p.151.

③ Lao-Tseu, *Tao Te King*, *op. cit.*, p.77. "天下神器"

réalité spirituelle, conservera la même attitude, c'est-à-dire une certaine méfiance, un souci de n'adhérer qu'en toute lucidité, sans être dupe, jamais. Cela lui sera d'autant plus difficile et éprouvant qu'il se trouvait naturellement porté (et toutes ses expériences ne feront que le diriger dans ce sens et le confirmer dans cette direction) à donner entièrement foi à la réalité spirituelle si séduisante en ce qu'elle restitue à l'être l'illumination. De plus, le romancier sentira que c'est ici que s'engage la véritable Voie de réalisation ontologique.

Ici, la création, comme elle l'était pour l'exploration des deux autres niveaux de la réalité (réalité physique, réalité mentale), sera déterminante puisque plaçant l'être d'emblée dans la dimension spirituelle et lui procurant les révélations les plus élevées. C'est sur ce plan de la réalité spirituelle, bien sur, que je serai fréquemment appelé à établir un parallèle entre la Voie de progression dans la Connaissance suivie par Giono (ainsi que les étapes auxquelles il parvient) et les Voies orientales de Connaissance. Ces dernières ne se déploient, pour ainsi dire, qu'au niveau même de cette réalité spirituelle et n'appréhendent les deux autres niveaux de réalité qu'à partir et sur la base de cette réalité (qui est réalité initiale, originelle).

On sait que, très tenté par les Voies de Réalisation orientales, Giono, s'il ne les a suivies, les a néanmoins toujours prises en référence pour éprouver ses propres recherches et explorations (ou, plutôt, pour vérifier les « résultats » auxquels l'amenaient celles-ci.)

Accompagnant Giono sur ces nouveaux chemins menant à la réalité spirituelle, je tenterai de dégager, pour chacun d'eux, la manière dont est perçu le Vide au travers de la réalité spirituelle. Premier de ces chemins vers la Réalité ultime du Vide, est la « Via Negationis », par laquelle l'être se dégage de son ego, de toutes ses fausses déterminations, découvre sa nature réelle, sa nature première, sa nature vraie.

I. *La « Via Negationis »*

On sait bien que la quête de l'ultime agit en vertu d'un jeu d'oppositions. Le terme nié témoigne d'une inadéquation dont le terme transcendant explicite à la fois le mode d'apparition et le mode de dépassement.①

La « Via Negationis » (selon la terminologie dans la Mystique rhénance) est la Voie de délivrance par excellence pour tous ceux qui prennent le parti de la suivre. Cette Voie conduit à une libération effective de l'être et à sa régénérescence par une série de phases: il faut tout d'abord dénouer les contradictions, puis abolir les contraintes, ensuite dégager des servitudes, enfin ouvrir et purifier la vision.

S'il est une Voie que Giono a pratiquée tout naturellement et dans laquelle il a eu à se

① R.P. André Scrima « L'Apophase et ses connotations », *in Hermès*, p.158.

laisser porter tant elle lui correspondait, c'est bien celle-ci.

Le romancier n'a jamais douté du pouvoir libérateur de cette Voie du refus et de la négation. En effet, il en a senti très tôt toute la fécondité, ainsi que l'énergie qu'elle était susceptible de lui prodiguer. Au niveau du dépassement (dépassement de l'image, de la chose refusée ou niée), cette Voie soutient l'être et lui donne un élan sans cesse amplifié. Au moment même de son refus, l'être s'affirme et gagne en puissance.

Cette Voie a prévalu et nourri les courants spirituels tant en Occident qu'en Orient. A des degrés divers, on la retrouve aussi bien utilisée par les mystiques rhénans que par les taoïstes. Mais elle est toujours associée à la délivrance et à une appréhension certaine du Vide.

Pour qui suit la Voie, il s'agit donc de dépasser l'univers des apparences, de se « dépouiller de l'esprit » selon l'expression de Johannes Tauler①, de dénuder l'être pour lui permettre d'atteindre son essence. C'est l'ordre de l'Universel.

La Voie négatrice ou bien Voie de dénégation est donc tout à la fois Voie de clairvoyance qui procure le pouvoir de discrimination selon les pensées orientales. On compte des plusieurs types de Voies. Ce sont ainsi: la Voie du retour qui ramène l'être à son origine, la Voie de la purification qui nidifie l'être et la Voie du Salut qui délivre de toutes les contingences matérielles et psychiques, ainsi que du trouble.

On voit deux perspectives principales chez Giono:

– Dans la première perspective, il s'agit du chemin du refus. Par ce chemin, l'être rejette tout ce qu'il ne sent pas être « lui »; à un autre, tout ce qui est extérieur et n'appartient pas à sa nature profonde. Ici, la pensée est pour ainsi dire arrêtée, elle se contente d'enregistrer les refus successifs, sans intervenir. Au bout de ce chemin du refus, l'être parvient au « Rien ».

– Dans la deuxième perspective, il s'agit du chemin de la négation qui est démarche de la pensée dont les apparences sont niées et rejetées. Les négations s'appliquent tout particulièrement aux déterminations de l'ego, lequel finit par perdre consistance et par s'émietter. Giono emploie la négation comme un style. Cette vue agissante et pénétrante de l'esprit débouche sur le « Non-Etre ».

En fait, Non-Etre et Rien sont deux appellations servant à désigner une seule Réalité: Vide ultime. En débouchant sur le Rien, l'esprit se fond dans le Vide ou le Tout selon les taoïstes. De plus, en débouchant sur le Non-Etre, l'être s'y unit et rejoint également le Vide absolu, à travers l'Unité Originelle.

Ainsi ces deux chemins se rejoignent dans l'Universel, au niveau d'un Absolu qui est à la fois Vide et Plein, Rien et Tout.

La « Voie Négationis » se présente comme une traversée opérée par l'être des trois niveaux

---

① « Cantate de la Nudité », *in Hermès*, p.122.

successifs de réalité- physique, psychique et spirituel-, qu'il rejette un à un pour déboucher sur la Réalité du Vide, seule Réalité Absolue, hors de toute détermination, du domaine de l'exprimable. En tant que l'origine et le terme de toute réalité, la Réalité du Vide est partout.

En premier lieu, on considère donc le chemin du refus sur lequel l'être rejette de lui-même tout ce qu'il ressent. Et comme la célèbre formule de Pascal, placée par Giono en épilogue de sa première *Chronique* romanesque.

« *Qui a dit: Un roi sans divertissement est un homme plein de misères?* » (Ⅲ,606)

C'est là naturellement une manière de placer l'œuvre dans la continuité d'une interrogation métaphysique; mais ce serait dans le prolongement d'un pessimisme et d'un scepticisme indissociables. Si on consulte attentivement les phrases des *Pensées* consacrées à la question du divertissement, les analogies de l'apparence entre la situation dans le roman et la conception abondent des problèmes suivants: position privilégiée du roi, présence de nombreux courtisans, constamment occupés à masquer les vides qui le placeraient face à l'abîme de sa condition.

Les termes à connotation péjorative comme « agitations, périls, peines » s'ajoutent aux multiples considérations sur la vanité. Pour Pascal, c'est l'existence même qui fait figure de divertissement, une existence désavouée par la corruption de la nature, mais qui s'affiche comme le lot commun. De fait la qualité de divertissement pour Pascal, pris dans son sens étymologique de « détournement » est imputable à tous les faits et gestes qui sont coupés de l'essence fondamentale, résidant en Dieu. Par conséquent, si l'univers des Pensées dépeint une existence humaine empreinte de futilité, de contingence et d'arbitraire, c'est dans la mesure où celles-ci dressent le tableau d'un monde sans Dieu.

La vision du monde qui détermine la création romanesque chez Giono s'avère très différente. A cet égard, la foi revendiquée ou mise en cause par l'auteur importe peu, et les déclarations d'opinion consenties par Giono au cours de divers entretiens apparaissent rien. Car l'œuvre vive manifeste de toute part la présence ou l'attente du sacré, jusque dans les développements intimes qu'il consacre à ses personnages: conviction irrationnelle de Joséphine quant au retour de Bobi, le sauveur, annonçant une nouvelle parousie à l'issue de *Que ma joie demeure*; longue méditation du père, dans *Jean le Bleu*, sur la nature de l'espérance ou les nombreux aspects christiques contenus dans le personnage de Langlois. Si l'homme public se déclare volontiers « pas doué pour Dieu » et si son biographe souligne a plaisir la distance marquée par Giono a regard de toute église. Dans l'œuvre, la volonté de porter au jour ce point aveugle, ce handicap qui prive sa sensibilité des splendeurs mystiques de la religion et conduit tout droit à l'exhortation, à la dénonciation des contradictions du désir, enfin à la quête, apparaissant peu comme le dénominateur commun des *Chroniques romanesques*. Dans ces conditions, la perspective adoptée par Giono au sujet du divertissement ne peut que modifier profondément la conception pascalienne, au point même d'en inverser totalement les données. Ainsi, la question qui clôt *Un Roi sans divertissement* pourrait se lire non seulement comme une référence intertextuelle, mais aussi comme un doute frappant la nature même du divertissement considéré par Pascal: « Qui a dit qu'*Un Roi sans divertissement* était un homme plein de misères? » En d'autres mots, tous les désirs profonds et secrets ne convergent-ils pas tous vers la tentation de l'anéantissement érige en Absolu? Par un double mouvement, qui consiste d'abord à évacuer les ombres de la réalité insatisfaisante, pour mieux implanter la création en marche sur fond de néant, l'artiste lui-même dispose donc d'un divertissement fondamental, sous la forme d'une récréation sans cesse manifestée et répétée.

De ce point de vue, et selon un premier niveau de lecture, *Un roi sans divertissement* se caractérise par un mouvement narratif exemplaire, en ce qu'il désigne implicitement mais de façon récurrente, derrière chaque action de Langlois, l'acte de tuer ou de se tuer de M.V., chasse au loup, puis, après cette réitération de l'acte sanglant, divertissements apparemment plus futiles dispensés par le groupe des « initiés » qui dessinent à plaisir volutes et arabesques le gouffre insondable de sa condition: visite très significative à la veuve de M.V. – et l'on notera au passage cet attrait tout particulier de Giono pour ces personnages de veuves, laissées comme vides, selon l'étymologie, par la disparition de leur époux; enfin après son mariage avec Delphine et par l'intermédiaire de Saucisse, il était destiné à opérer le salut de Langlois par la débauche; il convient de remarquer que Langlois atteindra par le sacrifice qui constitue autant de substituts à l'attrait irrépressible du néant. C'est en ce sens aussi qu'ils échappent à l'économie utilitariste disposée par les structures sociales: le divertissement chez Giono se présente dans la mesure où il figure comme divertissement essentiel, c'est-à-dire être hors de toute considération matérielle et la liberté individuelle dans l'exercice entier de sa condition:

> « *Ah! Vous y êtes dans vos moissons vous autres! S'il s'agit de ne pas perdre une poignée de cette fameuse graine, je vous assure que vous n'en perdez pas. J'en vois même un qui revient du champ avec une poignée d'épis. Il a dû la ramasser sur le chemin. Qu'est-ce que vous êtes? Des canaris?* » (Ⅲ, 569)

Ainsi, il vaut mieux distinguer l'idée de futilité qui s'attache chez Pascal au divertissement, le sens caché de l'itinéraire de Langlois, et le divertissement royal que constituent le sacrifice et la contemplation du sang répandu. Car chez Pascal, en définitive, le roi se distingue du peuple par l'ampleur des moyens pour dissiper le vide de sa condition:

> «[...] *Il ne manque jamais d'y avoir auprès des personnes des rois un grand nombre de*

gens qui veillent a faire succéder le divertissement a leurs affaires, *et qui observent tout le temps de leur loisir pour leur fournir des plaisirs et des jeux*, *en sorte qu'il n'y ait point de vide.*» (*Ibid*).

Certes, c'est la qualité du divertissement recherché qui distingue la personne des rois d'où une longue réflexion sur l'histoire qui aboutira aux essais sur Machiavel et au Désir de Pavie. Le roi s'y défunt alors comme celui qui s'affirme en droit de verser le sang, d'exercer un impact de destruction qui le replace dans les tours de la « marche du monde », comme s'y efforce Langlois dans ses fonctions policières, puis en tant que commandant de louveterie. Ayant de la sorte accès aux deux ordres du réel, le sacré et le profane à la fois comme voie d'accès vers l'Absolu et comme sauvegarde de la communauté, il est alors censé opérer un rituel sanglant qui assure la perpétuité et la Rédemption:

> « *Mais n'oubliez pas vous-mêmes* [...]; *nous-mêmes nous aimons beaucoup les cérémonies* [...]. *Alors*, *pour ces travaux mystérieux qu'on fait dans les régions qui avoisinent la tristesse et la mort*, *pourquoi n'y aurait-il pas un cérémonial encore plus exigeant? Et pourquoi*, *après tout ce que je vous ai raconté*, *n'admettrez-vous pas que Langlois était qualifié pour le mettre en branle?* » (Ⅲ, 524-525)

La mise à mort représente le point d'aboutissement extrême. C'est ainsi que, si on parle du divertissement chez Giono, au lieu de masquer la vacuité existentielle et la fin prochaine de l'individu, il les manifeste à outrance et revêt sa pleine valeur par la mise à l'épreuve de la condition humaine, dans ses extrémités et dans la promesse d'anéantissement qu'elle recouvre pour l'être fini. Deux exemples suffiront pour illustrer ce dernier point, en marge même du cheminement propre de Langlois: « Il n'y a pas d'étrangers » (Ⅲ, 550) confie-t-il d'ailleurs à Saucisse, manière de soulever parmi les villageois une même tentation du néant.

> «[...] Ⅱ *resta face à face avec le visage très blanc quelques secondes a peine. Le temps de cent mille ans.* 11 *se croyait dans une rave et face à face avec le visage émaillé de la bergère de l'horloge. Cependant*, *il dit*: « *Dorothée*! *Dorothée morte*! » (Ⅲ, 490)

L'homme revisite à la lumière de l'anthropologie moderne et de la psychanalyse se dessine d'abord à la lumière d'analogies qui dénoncent sa logique secrète, pulsion de mort, et par-delà le principe de plaisir. Comme dans la tragédie, aucun figurant parmi le personnel romanesque d'*Un roi sans divertissement* ne semble en mesure d'échapper aux instincts et au crime, dans et hors de la sphère sociale. Ainsi les « petits matins » de Frédéric et leur cortège de divertissements, ce sont d'abord des moments de solitude qui autorisent une liberté sans Unités, sans contrôle et qui peuvent même conduire ce rustaud paisible sur les traces du criminel, tel le prédateur poursuivant sa proie. On peut confronter les deux extraits suivants, l'un emprunte au début du passage, le réveil de Frédéric, et l'autre à la poursuite:

> « *Ces deux heures de liberté de chaque matin, Frédéric* II *n'en aurait pas abandonné la prérogative pour tout l'or du monde.* II *pensait à sa jeunesse. Il pensait à tout ce qu'il ferait s'il n'avait pas femme et enfant. Il pensait à ce qu'il ferait si c'était à refaire. Il pensait à ce qu'il devrait faire.* » (III, 487)

Le glissement progressif d'un futur hypothétique a un conditionnel dépourvu de toute expression de condition, prépare ainsi celui du personnage, lors de la poursuite qui le conduit sur les pas de M. V.:

> « *Maintenant, en effet, il collait à la piste pour des raisons différentes de celles qui l'avaient amené jusque-là. Peut-être même un peu honteux d'être venu jusque-là avec des raisons incompréhensibles; il était devenu renard. Il rusait de toutes ses forces. Pas un cheveu de sa tête qui pensait à autre chose qu'à ruser. Tout gros qu'il était, il était devenu silencieux et aérien, il se déplaçait comme un oiseau ou comme un esprit* [...]. *Entièrement différent du Frédéric* II *de la dynastie de la scierie; plus du tout sur la terre ou il faut scier du bois pour nourrir Frédéric* III; *dans un nouveau monde lui aussi; ou i1 fallait avoir des qualités aventurières. Heureux d'une nouvelle manière extraordinaire!* » (III, 493-494)

En outre, comme un des traits caractéristiques du divertissement dans un ordre qui échappe à l'organisation rationnelle sociale pour s'engouffrer dans une spirale métaphysique. Un tel passage se marque alors par une désincarnation progressive, à la faveur d'un ordre nouveau, un monde en plein de chaos que révèle la nature sauvage. Les nombreux arts descriptifs se portent sur le spectacle surnaturel même inaperçu offrant l'image d'un monde rendu aux origines, en plein mouvement d'une nature à naître qui efface l'individu, mais en retour dans l'infini de la matière surgissante. Comme le sang verse sur la blancheur d'un monde blanc, dans la négation de l'individu, l'élan vers ce qui nous dépasse traduit une véritable réappropriation du monde:

> « *De l'autre côté de l'Archat, ces longues flèches devaient frapper dans ces étendues immenses qu'on devine, qui vont jusqu'au col du Negron, jusqu'au Rousset, jusqu'aux lointains inimaginables: le vaste monde! Tout entièrement recouvert de brouillards un océan*

de sirop d'orgeat aux vagues endormies, dans lequel les jets de lumière blanche devaient faire surgir, comme des Iles blêmes serties de noir, l'archipel des sommets de montagne. La géographie d'un nouveau monde.» (Ⅲ, 492)

A cette occasion les éléments d'une nouvelle mystique, toute tournée vers le phénomène de l'extase que suscite une communion enfin possible avec l'ordre nature, fusion de l'individualité avec l'extérieur qui n'est pas sans rappeler certaines pages volontairement inabouties de Bataille dans L'Expérience intérieure. La longue séquence consacrée par Bataille à quelques instants de félicité, au dévoilement d'un instant de fusion unique, ou d'une promesse de fusion intime avec la nature, dans son principe et dans son être.

Ce texte est véritable moment central de L'Expérience intérieure. Celle-ci se fonde en effet sur l'intuition d'une possession du monde et elle donne lieu à une évocation minutieuse. Cette évocation nous semble être mise en rapport avec l'épisode de la poursuite dans *Un roi sans divertissement*. Le narrateur se plaît surtout à cette poursuite avant tout insensée. Le texte essaie de dévoiler les arrière-plans, surtout la complétude inusitée, soudain rendu à lui-même, dans un élan d'intégrité.

Assis à la tombée du jour à l'abri d'une véranda, le narrateur tente ainsi de saisir un phénomène de l'extase. Dans cette perspective, le divertissement n'apparaît pas comme ce leurre social. En un détournement sensible, comme la mise en oeuvre de tous les gestes du quotidien, la quête d'un Absolu propre commence à départir l'individu du corps social pour l'inscrire dans l'ordre négateur de la nature. Par conséquent, Giono élabore un temps humain tout particulier ou indépendant de tous les cadres qui bornent la vie sociale.

En réalité, le divertissement apparaît sa dimension sociale, comme une lutte contre la dissolution de l'être dans le temps social. Dans cette perspective, la mort qui diffuse le mal être et le sentiment de dissolution dans toutes les dimensions de l'existence. En accord avec un mode de représentation, la forme d'expression du temps est apte à représenter les effets de la linéarité: les époques dans *Un roi sans divertissement* convergent vers ce point que constitue Langlois à l'intérieur du récit; le temps brouille et imaginaire entre deux fictions dans *Noé*; enfin temps subjectif, dans la conversion de l'instant en éternité dans *Les Grands Chemins*. Sans anticiper sur des développements ultérieurs, on peut donc tenter de poser les bases anthropologiques qui déterminent Giono à constituer une formule narrative propre à renouveler de fond en comble les formes connues du récit.

A partir de 1970, dans une étude thématique pour l'introduction de l'édition des oeuvres romanesques complètes, Robert Ricatte souligne les caractéristiques des personnages ne sont jamais très éloignées de leur contraire chez Giono. Dans cet ordre d'idée, le temps pousse les personnages à se déployer, voire à se décomposer enfin jusqu'à former un être. *Les Ames fortes* par exemple constituerait ce jeu gratuit permettant au temps de la fiction de développer librement tous les aspects inverses ou contradictoires d'un Même personnage.

Hanté d'un bout à l'autre par la figure Langlois, tout le récit *d'Un roi sans divertissement* s'appuie sur un personnage qui éprouve la tentation du crime légal: l'inversion rend compte d'une psychologie impossible. Les *Chroniques* romanesques revêtent tous ses aspects pour revendiquer un droit absolu à la subjectivité qui consacre alors leur fonction de divertissement essentiel.

Mettant en relation un tel aveu avec l'invention de la « Thébaïde », on peut dire que la chronique constitue un monument au style baroque et rend à l'ordre du réel le néant inconcevable. Le divertissement essentiel a une double capacité à faire cohabiter une réalité éclatée et une nullité frappée. Elle remplit ainsi la double fonction du masque et révèle à la fois la véritable nature des choses et la même conception pascalienne du divertissement.

Ⅱ. *Le chemin de la négation*

Le chemin de la négation repose sur un fondement du refus et du rejet. Cependant, d'une part la négation n'est pas simple refus, d'autre part, elle est exclusivement une opération de l'esprit. Ainsi le processus se situe au niveau de la pensée au lieu d'être au niveau de l'être « lui-même ». Du vécu on commence en quelque sorte la réflexion sur le vécu.

Si la négation n'est pas simplement refus, elle contient l'affirmation de la chose ou de l'idée qu'elle nie. Dans le refus de la négation, il y a une acceptation, un sentiment en retrait de la négation même. Afin de nier, il faut reconnaître parfaitement en premier lieu la chose à nier et en cette chose révéler sa propre négation. Toute chose possédant son envers, et dans la raison pour laquelle, il faut nier à la fois la chose elle-même et cet envers (l'idée et son contraire) pour la nier intégralement. Voilà pourquoi la négation apparaît comme négation de la négation. Et, par ce moyen elle constitue un dépassement. « Une négation qui se nie s'affirme elle-même du même coup; négation n'est pas simple privation, mais ACTE positif.»①

Sur le chemin du refus, c'était l'être lui-même qui repoussait de l'intérieur ses facultés et « formes » inappropriées. Ici, c'est l'esprit seul qui applique sa réflexion à l'être. Ce chemin prend l'aspect du raisonnement abstrait. C'est la raison pour laquelle il a pu être érigé par les védantins en un véritable système philosophique.

Chez Giono (comme on l'avait vu à propos du problème de la dualité), par rapport au « moi » qui affirme. C'est un second « moi » qui nie ce que le premier affirme. Ce double de l'être pourrait être envisagé comme un « non-être » actif. La véritable négation sera celle qui nie

---

① René Daumal, « Commentaires aux Clavicules d'un Grand Jeu poétique », *in Hermès*, p.247.

l'union même de ces deux « moi ». Celle-ci devient à la fois destruction radicale et dépassement.

Giono considère donc le « non » comme un acte destructeur, mais cet acte destructeur peut sortir des ornières, de se libérer, qui fait voler en éclats ses limites ordinaires. On observe en suivant ce processus.

Dans un premier temps, l'être va découvrir l'essentiel qui le constitue. Il faut s'arrêter, se retirer de tout ce qui « fait être », pour accéder à l'essentiel, à l'essence. Les fonctionnements divers de la conscience doivent faire silence; il faut qu'enfin, après être passé « d'un nouveau rien à un autre rien. » Si « l'esprit individuel atteint l'Absolu de soi-même par négations successives »①, il permet à l'être d'atteindre l'Absolu Universel. Par l'arrêt il y a un passage à la structure pure qui est vidée de tout contenu. Et puis, au dépassement même de la structure.

Si on réussisse à faire arrêter l'intellect sous l'emprise du désir et de la colère, de l'avidité et de l'égarement, enfin de l'orgueil et de l'envie, la Réalité de ces états subsiste.

En fait, la Voie négatrice est autre en ce qu'elle ne part pas de l'être individuel pour accéder à l'Absolu, mais en ce qu'elle pose l'Absolu a priori et nie successivement toutes les déterminations extérieures et intérieures de l'être individuel qui ne correspondent pas à cet Absolu.

Pour y arriver, il faut d'abord suivre le chemin négatif. Il n'est pas les cinq éléments. Il n'est ni les sens, ni l'esprit, ni l'intelligence, ni l'ego. Il est au-delà de toutes catégories.

Cette attitude est donc une attirance à partir de l'Absolu qu'une poussée issue de l'être lui-même, ainsi que nous le donne à sentir Giono au sujet de sa propre voie.

Le chemin de la négation qu'elle propose débouche sur un anéantissement dans l'Absolu qui peut apparaître comme un Vide encore déterminé, non comme le Vide Ultime.

L'idée de Vide peut différencier les non-initiés, parce qu'en général ils sont enclins à la considérer comme un total anéantissement. Mais puisque cette via negativa nous mène finalement à quelque chose de déterminé, bien que ce quelque chose soit loin d'être déterminé dans l'acceptation ordinaire.

La Réalité du Vide qui est atteinte par la Voie Négatrice. Elle apparaît sous les déterminations de l'Absolu, de l'Essence Universelle, ce qui n'est plus appréhendé sur le mode de l'angoisse mais sur celui de la plénitude. Et par-delà sa négation radicale, l'être découvre sa véritable mesure qui est de l'ordre de la démesure...

En effet, il s'agit d'un retour de l'être à son essence originelle. Et ce chemin de la négation se trouve aussi dans le Taoïsme. Si on prend conscience d'une chose ou d'un phénomène, il faut également prendre conscience de leur opposé, de ce qui les nie; le Vide se découvre alors, se dévoile, dans la distance creusée entre la chose et son contraire. La Réalité du Vide est entre

① René Daumal, « Commentaires aux Clavicules d'un Grand Jeu poétique », *in Hermès*, p.247.

les deux « compréhensions » et au-delà d'elles. Ce retour de l'être à son essence par la voie de la négation se traduit également sous l'angle du sacrifice. La négation peut être considérée comme une véritable offrande pour passer du côté de ce Vide.

Dans le chemin de la négation, la Via Negationis passe du Rien au Vide. Mais le Rien demande à être dépassé, car il est encore un de nos objets de pensée. Il doit comme les autres être abandonné, puisqu'il est l'une des « *pensées faussées et l'un des rêves illusoires* »①. S'il n'y pas cette phase, l'être va demeurer au niveau de la seule Réalité Temporelle.

Lorsque rien ne subsiste à porter refus et négation, l'Illumination jaillit. Alors la Libération effective a lieu et la Réalisation du Vide est obtenue. « Car, c'est là le cri qui a surgi des profondeurs de son être quand il est arrivé au bout de tout le déroulement des négations. En tant que Yogin de la Prajna-paramita, il ne pourrait tournoyer et tourner éternellement dans un cercle de négations②...»

Ces deux chemins du refus et de la négation se rejoignent dans leur aboutissement qui est l'atteinte de la Réalité Absolue. Sous cet éclairage peut se comprendre le premier des versets du *Tao Te King*. Pour l'être revenu du Vide, le monde et les choses environnantes prennent l'aspect de la non-réalité absolue et revêtent l'apparence de l'absurde le plus pur.

Par la vision de l'absurde en toute chose, le Vide ne cessera plus d'apparaître comme en retrait. Le regard purifié par la Vision du Vide Ultime et l'être qui se porte à nouveau à la rencontre du monde et de son monde pourront les surprendre dans leur absolue relativité.

L'expérience du Vide a toujours été présente quand on a commencé à parler de relativité. Du vide on peut passer à la relativité, mais non inversement. A présent, celui qui sait cesser d'être dupe. Il ne peut plus être dupé. Il est aussi porté à exprimer cette Connaissance Ultime acquise par le divertissement se substituant à la Voie Négatrice elle-même. Il portera en lui tout ce pouvoir de clairvoyance et de libération, comme une sorte de raccourci des chemins.

A travers le thème du divertissement, on touche à une notion fondatrice du romanesque chez Giono, non seulement au plan du contenu, mais la métaphysique du romancier.

En effet, il semble fondé de situer au point de départ de l'élaboration des Chroniques un motif d'incomplétude chez Giono avant-guerre. Il s'agit de l'élaboration d'une forme narrative en accord avec l'expression d'une quête. A cet égard, le glissement le plus significatif nous semble celui qui s'opère dans *Un roi sans divertissement*, où aux yeux de Giono le roman policier – récit d'enquête – devient le roman initiatique et métaphysique– récit d'une quête. Parce que Giono trouvait enfin sa justification et sa raison d'être dans la réponse métaphysique que Langlois

---

① D.T. Suzuki, *Essais sur le Bouddhisme Zen*, éd. Albin Michel, coll. « Spiritualité Vivantes » III, chap, XVII. p.230.

② *Ibid.*, p.230.

attend de la révélation du mobile sous la forme tragique de la désintégration qui le place hors de lui-même, en un élan irrépressible vers l'infini.

En ce sens, le divertissement est recherche et dépassement de la condition humaine, par un accès possible de l'individu à ce qui le dépasse. Le récit des forfaits de M.V. dans *Un roi sans divertissement* prend de ce fait une valeur de rite initiatique. La forme que M.V. imprime à ces crimes apparaît comme une sorte de religion à mystères, incompréhensible et intolérable et qui vise en particulier à détourner les êtres et les choses de leurs fins. Le récit donne à voir à travers le sang versé et le danger encouru le secret inexprimable du désir. Voici l'épreuve:

> *Je m'appuierai sur la littérature la plus répandue, sur les romans vulgaires que sont les « policiers ». Ces livres sont faits communément du malheur d'un homme et des menaces qui pèsent sur lui. Sans ses difficultés, sans son angoisse, sa vie n'aurait rien qui attache, qui passionne et qui engage à la vivre en lisant son aventure. Le caractère gratuit des romans, le fait que le lecteur est de toute façon à l'abri du danger empêchent l'habitude d'y bien voir, mais nous vivons par procuration ce que nous n'avons pas l'énergie de vivre nous-mêmes. Il s'agit, l'endurant sans trop d'angoisse, de jouir du sentiment de perdre et d'être en danger que nous donne l'aventure d'un autre. Si nous disposions sans compter de ressources morales, nous aimerions vivre ainsi nous-mêmes*①.

Par les mêmes effets, *Un roi sans divertissement* affirme la révélation d'un ordre inconcevable que le héros soutient jusqu'au bout, jusque dans la perte sans retour. La révélation reste informulée, par contre les éclaircissements de Langlois se limitent à quelques commentaires plaisants, purement intuitifs qui reflètent la toute-puissance instinctive. Au cours de l'épisode de la messe de minuit, le décorum semble pourtant dévoiler une partie du secret:

> « *La messe se passa sans incidents. Elle fut magnifique. Les cierges brasillaient en buissons et même M. le Curé se paya le luxe de mettre dans chaque encensoir une petite pincée de vrai encens. Dès que la fumée balsamique commença à se répandre en orbes balancés dans le petit vaisseau de l'église, Langlois (qui pensait à toutes les églises du canton) eut la certitude que la nuit se passerait sans rapt. « Je comprends tout, dit-il, et je ne peux rien expliquer. Je suis comme un chien qui flaire un gigot dans un placard.* » (Ⅲ, 485)

Le loup prolonge cette référence aux instincts et constitue une simple métaphore animale. Le cérémonial du sacrifice procuré par Langlois doit donc se concevoir dans sa valeur liturgique

① Georges Bataille, *L'Erotisme*, éd. De Minuit, « Arguments », 1957, p.97.

un acte régressif et volontaire de la violence instinctive. Les développements qui accompagnent chaque exécution dénotent la nature sacrée de cette volupté particulière procurée par la mise à mort. Cette négation de l'être vise pour un retour à l'indifférence du chaos, à la divinité fascinante des puissances de la nature et au creuset magique. Celui-ci autorise le dépassement des formes de la mort. Le suicide de Langlois souligne qu'il prolonge et sublime les formes éprouvées du divertissement :

> « *C'était la tête de Langlois qui prenait, enfin, les dimensions de l'univers.* » (Ⅲ, 605-606)

A la dernière phrase, l'adverbe marque que l'inscription du suicide dans le cheminement du personnage fait figure de divertissement suprême et de révélation. L'élan cosmique correspond à une fuite hors de soi dont le mouvement est celui-là qu'esquisse le divertissement. Tous les acteurs d'*Un roi sans divertissement* deviennent l'objet d'une sublimation qui est dans l'accomplissement suprême du divertissement. Il s'accompagne d'une mise en suspension du corps. Frédéric Ⅱ préfigure ainsi le parcours de Langlois. Il conduit qu'il est à traquer le nuisible au cœur des forêts profondes pour se dépouiller « *d'une peau de renard qui était presque une peau de loup* » (Ⅲ, 496) et pour se transformer ainsi en pur esprit, en instinct animal. Pour qualifier le personnage au moment de la découverte des cadavres dans le hêtre, les images apparaissent de ce point de vue tout à fait convaincantes et soulignent la dissolution de soi-même engendrée par le retour à l'instinct. Qu'on se reporte ainsi au passage suivant, déjà partiellement cité précédemment :

> « *Il s'approcha (il ne monta plus, il s'étira vers le rebord de cette sorte de nid énorme, large comme une cuve que le chancre avait creusée dans l'énorme branche). Il était, à ce moment-là, sans le savoir, tellement prévenu, tellement dédoublé, fendu en deux comme à la hache par l'appréhension que ses mains étaient verrouillées sur les clous et que ses bras étaient raides comme des clefs de maçonnerie. Il n'y avait que sa curiosité terrible qui lui étendait le cou : il était tout dans ses yeux.* » (Ⅲ, 490)

La liberté absolue qui découle de l'irruption de l'instinct prépare la traque qui va suivre dans des paysages démesurés. A l'anéantissement, à la négation de soi qu'implique la réclusion, loin d'un monde de la blancheur, on contraste volontiers cette course vers les hauteurs, célébration du mouvement dans un univers renouvelé que Langlois se résout finalement à rejoindre sans retour. La fusion dans l'universel s'affirme donc selon un processus récurrent dans la tentation du dédoublement qui distingue les divertissements de Langlois. Lors de la visite à sa veuve, la contemplation du portrait de M. V. use ainsi des mêmes images pour dénoncer l'abandon de soi dont Langlois tente de se démontrer. Selon le témoignage de Saucisse, c'est bien dans une quête de l'invisible que Langlois cherche. Et elle sombre dans un profond sommeil qu'il autorise le détachement de soi et la fusion avec l'assassin pour délivrer son secret. D'un autre côté, cette contemplation permet à Langlois de dépasser l'instinct de conservation que Saucisse invoque pour elle-même:

> « *De l'endroit où il était, et surtout après la précaution qu'il avait prise de s'abriter derrière les oreillettes du fauteuil, Langlois avait suffisamment du habituer ses yeux à l'obscurité pour pouvoir distinguer sans doute comment ces mains s'emmanchaient sur un corps* [...], *et peut-titre même était-il arrivé à voir le visage que ce corps portait là-haut où moi je ne voyais rien, ou l'instinct me disait qu'il ne fallait pas regarder.*» (Ⅲ, 563)

Cet abandon total à une contemplation intense qui semble extraire l'individu hors de lui-même en un véritable phénomène extatique. Ce thème se répète comme la marque d'un point d'aboutissement, une conquête de l'Absolu qui est en relation avec l'élévation mystique. Le dénouement des *Grands Chemins* confirme et accentue ce processus dans *Un roi sans divertissement*. Le temps et l'espace qui s'abolissent constituent un instant d'exceptionnelle communion. Au début de la poursuite, où l'on assiste littéralement à la dissolution de l'artiste dans la nature comme les taoïstes, qui est aussi évanouissement dans l'espace de la fiction:

> « *J'entends brusquement quelque chose de suspect devant moi. C'est un peu plus bas qu'a hauteur d'homme. La pluie frappe sur je ne sais quoi qui est en travers de ma route* [...].
>
> *La chose en face à l'air de s'en foutre. J'ai peur. Si c'est lui, ses nouveaux compagnons l'ont-ils change en pierre ou en arbre? Est-ce le sort de ceux qui n'ont plus de chez-soi ici bas? J'ai peur qu'il ait disparu à ce point.*» (Ⅴ, 630)

C'est dans ce sens que, si la mise à mort fait figure d'accomplissement, et en particulier accomplissement volontaire et délibère de l'ordre universel, qui rend l'individu fini à la continuité vitale, à l'instant précis du trépas, c'est au contraire l'affirmation d'un formidable poids ontologique. Face à cet anéantissement de sa vie propre, le sacrificateur pouvait communier avec sa victime dans le sacrifice de son propre attachement. Dans l'histoire d'amour filial, le cas lie Thérèse et Mine Numance dans *Les Ames fortes*, mais dans *Les Grands Chemins*, cette sorte de renoncement au double autorise le narrateur à une véritable plongée au cœur du néant.

Dans l'occasion de l'ivresse du hasard et des sollicitations de l'illusion, toute la gravité du divertissement apparaît. Le jeu vaut surtout par la faculté de se perdre, la faculté à s'éprouver soi-même par le risque, la ruine et le désastre. Dans la négation de soi-même que provoque l'artiste maître du jeu seul à même de procurer un divertissement essentiel. Le jeu acquiert sa dimension dans le récit surtout en hiver, au moment où les riches propriétaires du bourg ou les deux compagnons ont trouvé refuge et éprouvent la nécessité de secouer leur torpeur, de dissiper cette tyrannie de la blancheur à la faveur du risque. Dans *Noé*, il forme « un monde » où l'improbable et l'évanescence dominent. Dans ces conditions, l'artiste devient lui-même maître du sort, prêt à faire chavirer, par sa puissance ludique: par ses manipulations à découvert, l'artiste encourt bien sûr le risque délectable de sa propre perte, mais réduit en retour ses partenaires à rien, tout au plus à des bêtes sanguinaires dépouillées jusqu'à la dignité d'un nom:

> «– Il *y a ici des choses qu'il ne faut pas toucher sous peine de mort.*
> – *Et c'est quoi?*
> – *La croyance.*
> – *Quoi? Le bon Dieu?*
> – *Non. La croyance en soi.*» (V , 568-569)

Tout le jeu d'illusion façonné par l'artiste repose sur sa propriété à stimuler une croyance en soi qui fait figure de preuve ontologique. C'est une preuve nécessairement contingente et soumise à son contraire, à savoir sa propre négation. En tant qu'archétype du divertissement, le jeu vaut en effet par la création d'une tension, d'un rapport de force. A défaut de communion panthéiste, les personnages des *Chroniques*, dans un monde sans Dieu. Dans ce monde, les manifestations du sacré s'étiolent au contact de la vie moderne, descellent dans la proximité du néant. Il va de soi une remise en cause de tout rapport humain fondé sur la gratuité et le partage, tandis que le seul mode de communion repose néanmoins sur le sacrifice., Dans ces conditions, tout individu profite de la mort de l'autre, allant jusqu'à retirer la croyance en soi de la négation d'autrui.

Et l'œuvre-divertissement apparaît son caractère original: l'auteur souligne certes la situation de solitude qu'il place à l'origine de la création romanesque. Au cours de leur conception, Giono aboutit donc très vite à une référence musicale, en l'occurrence à l'opéra-bouffe, dont le caractère irrégulier, la truculence, le mélange des genres autorisent le grotesque et le bouffon à l'emporter sur tout autre tonalité.

Pourtant, il s'agit toujours de tonalité, et celle-ci détermine une parenté de surface. Cette dimension tragique en appelle non seulement à la contemplation de la condition humaine dans son entier, conçue au regard de la nature comme une issue sans retour, mais aussi à la constitution d'un art narratif souverain, dénué de toute fonction de représentation. Enfin le récit peut affirmer librement son entière gratuité, sa liberté à l'égard des données du réel. Le divertissement essentiel est ainsi: la dimension pascalienne demeure primordiale, mais détournée, transfigurée à la lumière d'un contexte socio-historique et esthétique qui confère à la notion une valeur sacrée.

Le divertissement est donc avant tout perçu comme un signe dont la valeur dépend essentiellement de la proximité qu'il entretient avec la mort, avec la négation de soi et l'oubli du monde: c'est-à-dire l'acheminement vers l'inconnaissable.

Ⅲ. *L'au-delà et l'infini*

On partira à la dialectique de Hegel. « Dépasser pour confirmer ». Ce n'est pas tant user de la négativité de l'action pour édifier l'Histoire, qu'invalider le réel pour le rendre enfin, dans sa reconversion fictive, concevable. Toute l'entreprise des *Chroniques* prend appui sur le constat d'une adversité « naturelle » indépassable, sur la reconnaissance, au regard des aspirations humaines. Enfin elle repose sur l'aspect inconnaissable d'une réalité qui se dissout et qui se perd.

Toutes les tentatives de maintien et de continence achoppent en effet sur leur propre extinction, et sur la limite indépassable assignée par la mort: nulle possibilité de partager la mort de l'autre, et nulle possibilité de dépasser cette « solitude essentielle ». Ainsi, le langage demeure le matériau privilégié de l'expression littéraire, cesse pourtant d'apparaître comme outil de communication, comme reflet figuratif de la réalité. Au contraire, c'est dans le détournement du langage opéré par le récit et dans sa capacité à s'annuler lui-même que peut s'affirmer la préséance absolue du vide et du rien. En effet, si les Chroniques esquissent bien selon une formule dans le domaine du récit, c'est qu'elles figurent bien un acheminement vers l'Absolu sensible sur deux plans. *Noé*, par exemple, pourrait en effet se lire comme la tentative pour rassembler les expériences complexes et multiples qui comblent l'existence entre deux créations, mais aussi comme le démenti de ces expériences.

A ce stade, on peut justifier le recours au terme de « chronique », qui exprime non plus le compte rendu d'un temps donné de l'histoire, mais l'invention « romanesque » d'un temps, le recours revendiqué à une discipline intérieure qui organise en motifs récurrents et coupés de toute considération éthique, l'expérience intemporelle du tragique et la soumission éternelle de l'homme à un ordre du monde redoublé par l'œuvre. Il revient alors à l'artiste de fournir à cette reconnaissance l'expression adéquate, sur le contraste entre la nécessité éthique de la vie sociale et sa négation dans l'ordre de l'œuvre créée, de donner à voir dans toute leur violence les manifestations du beau, y compris lorsque le beau coïncide avec l'horreur de la révélation tragique: le motif « pictural » du sang sur la neige dans *Un roi sans divertissement*, inlassablement repris et commente au sein même du récit.

Cependant, plus encore que par cette beauté fulgurante à travers le déchirement des corps, l'accès à la souillure et à la transgression, les *Chroniques* romanesques valent d'abord la voie en direction d'une vie enfin perdue dans toutes ses dimensions. Le récit s'immobilise sur tous les spectacles dispensés par le crime, sur les contrastes violents au regard de la vie ordinaire, enfin sur le simple mouvement de la nature. Elle déchire le voile des conventions et des habitudes, et constitue une finalité en soi.

A la manière des incursions cruelles qui renforcent les liens qui unissent les membres de la communauté villageoise dans *Un roi sans divertissement*, les *Chroniques*, par l'horreur dont elles témoignent et qu'elles revendiquent, reconstituent le cordon susceptible de prodiguer au lecteur une immersion dans la dimension sacrée. Apaisant l'amertume et la sécheresse qui découlent des conséquences de la civilisation moderne, matérialiste et utilitariste, elles instituent une voie d'accès singulièrement neuve en direction de ce que Mircea Eliade nomme la « nostalgie des origines ». Dans le sacrifice et la transgression, le malaise et la quête trouvent un terme insatisfaisant. Mais celui-ci restitue à l'exercice de la cruauté sa pleine valeur de rite fondateur.

Dès *Colline*, l'harmonie retrouvée appelait le sacrifice d'un sanglier, dont le sang répandu semblait redonner à la terre matricielle sa fertilité et instaurait les conditions d'une nouvelle alliance. L'harmonie est enfin rétablie entre la nature nourricière et la communauté paysanne en s'édifiant à son encontre. Cependant la conception dans *Colline* semble évoluer du coté du mythe et tend à inscrire le vouloir humain dans l'éternité ou la permanence. Comme Giono déclare dans ses *Entretiens*, son art consistera à manifester avec éclat sa fonction ultime, et à exprimer dans leur complexité tous les rapports engendrés par la vie sociale contemporaine. Il l'expose ainsi sans détour à propos des *Ames fortes* et du thème de la générosité de *Que ma joie demeure*:

> *La magie dont se sert Mme Numance vis-à-vis de Thérèse, c'est la magie de l'amour, elle est importante cette magie, alors que, dans Que ma joie demeure, J'avais essayé cette chose gauche de repr6senter cette magie par des procèdes magiques. J'ai essayé dans Les Ames fortes de représenter cette magie par des procèdes naturels, ceux qui se trouvent dans le social, ceux que nous pouvons examiner. Ceux qui sont dans le vocabulaire de l'époque et même de toutes les époques*①.

Dans *Un roi sans divertissement*, l'amour maternel et l'amitié dans *Les Grands Chemins* ou l'appréhension de l'intégrité familiale dans *Le Moulin de Pologne* apparaissent des formes élémentaires du lien social. Ils désignent aussi un au-delà qui les confirme et qui les fonde. A ce

---

① *Entretiens avec J. et T. Amrouche*, *op. cit.*, pp.205-206.

titre, dans *Les Ames fortes*, comme la forme de relation la plus élémentaire, ainsi se trouve décrit un véritable processus fusionnel: l'amour maternel:

« *Thérèse se voyait dans ces chemins solitaires.*» (V, 345)

L'amour vrai, propre à constituer un absolu en la matière, saurait être consacré par son propre renoncement. La grâce accordée de par le sacrifice, et que les Numance reçoivent de par leur consentement à la ruine, ne saurait toutefois valoir que par l'expression qu'elle trouve à travers le récit impulsé par Thérèse, dans le relais qu'elle consent à donner à cette « fâcheuse coïncidence » qui, en consacrant le naufrage matériel des Numance, appelle avec elle la mort et la dissolution. Par l'exercice éprouvé du mensonge métaphysique, Thérèse impose le caractère incontournable de la fiction pour ramener le récit dans le cadre trop connu du roman social ou psychologique.

« Dépasser pour confirmer » est le fondement des *Chroniques*, mais Celui-ci témoigne d'un souci de désintégration qui caractérise le roman moderne et restitue la possibilité d'une vision du monde. Et donc, dans sa spécificité et sa nécessité, elle légitime la vision de l'artiste comme condition d'accès à l'essence du monde. Il s'agit de proposer une contemplation renouvelée des origines. A ce titre *Noé* représente plus que la mise en abyme du romancier au travail, l'engendrement de « cent mille milliards de romans ». Il voue à l'anéantissement autour de soi.

Toutefois dans *Noé*, et contrairement à ce qui se manifeste dans l'exemple précédent, c'est une plongée dans la nature profonde du héros, éprouvée au contact de l'ordre du monde, une ordonnance intérieure que le héros projette et impose. Tout l'épisode insiste en effet sur la voix de la nature qui passe à travers lui, en images substantielles et matérielles exprimant au plus juste la poussée qui manifeste une terre ou une géographie ancestrale qui répond pleinement à l'expression de « Sud imaginaire ».

« *Toutes ces terres avec leurs sillons orientés, leurs plantations orientées, leurs écoulements d'eau et leur viabilité orientés vers cette maison capitale, est-ce qu'elles ne sont pas marquées sur le cadastre avec des numéros de folio, des contenances en hectares, ares et centiares?* » (Ⅲ, 695-696)

Ainsi, le sursaut instinctif qui met aux prises deux « natures », puisque par définition insondables, tout en opérant dans le domaine métaphysique, semble inscrire sa puissance dans l'infinité des signes tangibles, et renforce l'assise terrestre des deux dynastes en même temps qu'il souligne leur rivalité dans l'absolu, corollaire de toute métaphysique. Le combat qui s'engage se caractérise pourtant par un travail sourd, mystérieux. Le narrateur précise d'ailleurs sans équivoque:

« *Naturellement, il n'est pas question ici d'un combat entre Olivier et Roland avec toutes les villes de la vallée du Rhône, en attente et en prières pendant que les paladins... Ni d'un combat pour le Madison Square Garden. Non, ça va être un travail de mines et de contre-mines.*» (III, 697)

La confrontation humaine s'affronte à l'extraordinaire puissance du destin. Le narrateur recourt ainsi aux termes qu'il replace dans la lignée mythique d'un véritable créateur d'univers:

« *Quelle belle image on a ici, pour parler de la colère; on dit: le foutre m'a pris. C'est presque du Dante.*» (III, 698)

Le paradoxe réside dans la double origine de la puissance dont le dynaste de l'Ouvèze se trouve investi, à la fois marqué d'une nature aussi improbable que hors du commun et signe d'une élection qui dépasse la volonté et l'identité personnelle. En effet, le domaine qu'il est parvenu à constituer autour de lui s'affiche comme l'exact prolongement du travail sourd et mystérieux qui s'opère dans sa nuit intérieure et dans le lien qui s'est établi entre lui-même et les forces cosmiques. Le signe de cette dimension supra-humaine conduit le propos des *Chroniques* aux frontières de la métaphysique, présente la particularité de se voir tout entier condensé dans sa substance et son essence. Celles-ci deviennent une pure émanation d'un ordre naturel excédant ses limites corporelles:

« *Charlemagne a cinq fusils et du foutre, mais il a aussi autour de lui cinquante kilomètres carrés de territoires dont les sillons, les plantations, les eaux et les chemins convergent vers lui. Il a un sang qui, depuis cinq siècles, sert de centre. S'il n'était pas orgueilleux, il ne serait pas Charlemagne, il serait Dieu.*» (III, 699)

Dans *Noé*, la disposition de la narration en surplomb du récit désigne les divers héros qui le traversent comme autant d'avatars successifs de l'auteur-narrateur, de créatures d'un imaginaire bridé scrutées, dans la grisaille du ciel d'automne et des frondaisons des vergers, comme autant de signes visibles de l'affleurement des passions. On mesure par conséquent davantage l'enjeu qui s'attache à l'évocation de ce fameux dynaste: maître d'un espace totalement infléchi vers lui, centre, point d'attraction pour un monde qu'il tend à s'approprier, les images abondent pour décrire ce sourd va-et-vient, cette dialectique qui le dispose en retour à façonner le monde à son image. Il parvient ainsi à constituer lui-même l'image du récit au regard de Giono romancier, l'expression d'un univers irréductible, l'expression d'une terre habitable, d'un monde enfin possible parce qu'ordonné selon sa propre mesure. Immergé dans un espace par lui créé, et qui confine à la démesure, le narrateur souligne ainsi plaisamment l'insertion de la donnée métaphysique au cœur du monde familier, qu'elle régente, ordonne et façonne jusqu'à lui surimposer son mouvement propre et sa signification:

> « *J'ai peut-être donné l'impression que j'avais installé autour de moi un décor, un diorama, un vaste paysage en réduction dans un petit espace. Si je l'ai fait, c'est que je me suis mal exprimé, et que J'ai mal expliqué la chose. Car pas du tout.* [...] *Ce qu'il faut bien comprendre, c'est que mon paysage était grandeur naturelle, et mes personnages grandeur naturelle aussi.* » (Ⅲ, 620)

Le romancier tend à abolir un espace frappé de doute et de suspicion dans le monde incertain et hostile, équivoque et ambigu. Dans *Noé*, les « plans cavaliers » se démontrent pour un système de non-valeurs et ses représentants - titres de violence, de bruit et de fureur. Selon l'imaginaire du romancier, ils prétendent aussi coïncider avec l'outrance du réel. C'est par-là que l'expression « dépasser pour confirmer » ne saurait aboutir à nulle résolution dialectique. Bien plutôt, par-delà le caractère incontestable de la matière, l'œuvre créatrice s'inscrit dans une réalité en suspens, dont le destin sans finalité connue s'enracine dans les volontés de puissance contradictoires.

A ce stade, l'œuvre romanesque de Giono telle qu'elle se trouve modelée par l'émergence d'un nouvel art du récit, témoigne de l'adhésion du romancier à une permanence humaine, contenue en premier lieu dans l'éternité de ses aspirations: « habitations magiques » ou « pays de derrière l'air » que Giono ne cesse d'appeler de ses vœux, et qui toutes contribuent à la reconnaissance d'un au-delà de l'homme, un au-delà inscrit en lui-même, dans sa faculté créatrice et sur les ruines de la réalité visible, celui-ci donne à voir l'essence d'un autre visible.

Deuxième Partie Vers l’harmonie

Avant toute autre chose, c'est l'esprit d'harmonie qui domine la pensée chinoise. Autour de lui tourne, à la manière de planètes, une différenciation croissante de notions. L'Harmonie implique une réduction d'intensité de l'autonomie des parties, donc de leur perspectivisme, et une priorité de l'ensemble. L'Harmonie est la forme suprême de jouissance, ainsi qu'en témoigne le graphisme commun des deux termes. Elle n'est pas synonyme d'un infini qui se perdrait, mais au contraire d'une totalité ramassée où chaque partie est une fonction contributive de son maintien.

Dès le I-Ching, le terme « mutation » implique sans ambiguïté un non-mutant ou invariance, que l'on peut interpréter comme constance des proportions ou harmonie. C'est l'idée d'un monde des lois, ou principes, ou Ciel (ch'ien), et d'un monde d'événements matériels ou Terre (k'un), respectivement Création-dont le symbole est le dragon-et Yin-Yang. L'Harmonie est bipolaire, périphérique. Connaître l'Harmonie, c'est être accordé à l'Invariant, être illuminé. Celui qui réalise l'Invariant voit les choses dans une équidistance impartiale imbue de naturalité. D'où un Tao cosmologique et un Tao éthique, c'est-à-dire impartialité et in-différence. Seule leur confusion font du Taoïsme un mysticisme érémitique au lieu d'une doctrine de la circularité à l'intérieur de notre monde périphérique.

L'ensemble est à la fois un et pluriel, et surtout une organisation configurée à partir d'un certain centre à la fois de convergence et d'explosion. Sa réversibilité structurale fonde l'équilibre entre un effort intellectuel et efférent d'élucidation et un sens des proportions cosmiques qui relient l'individuation à un centre. Et Chuang-tse de conserver l'équilibre d'éternité et d'évanescence, en accord instable qui sans cesse revient sur soi, comme le dit E.R. Hughes. On se méprendrait cependant à rapprocher l'Harmonie chinoise de l' « harmonie préétablie » de Leibniz, chez qui rien n'arrive en vertu de l'éternité des monades substantielles, notre matière n'ayant aucune existence matérielle.

L'Harmonie n'implique pas identité, mais une semi-diversité et une semi-unité, d'où un modalisme universel. Mais elle implique l'unité: pour les confucianistes, l'unité de l'humanité est l'harmonie des relations humaines; pour les taoïstes, l'unité cosmique est l'harmonie de l'individuation et du cosmos. Mais l'Harmonie taoïste n'est pas « naturaliste » au sens périphérique, attendu que la source dernière de la nature est le Ciel et le Tao: elle sera cosmique.

Autour de ce nombril se produit l'éternel retour sur soi (fan) comparable à l'eau de pluie qui remonte et fidèlement redescend, symbolisée par l'éternel dragon, impérial et aimable, si cher aux taoïstes. L'art de vivre imitera la priorité de ces êtres imaginaires et malléables comme des nuages.

L'Harmonie implique un centre dont les parties ne peuvent s'arracher. Une certaine structure (Li) marque désormais notre destin (Ming). La saisie de l'ensemble coïncide avec l'intelligibilité suprême ou illumination. Ce modèle ne saurait être objectivé sans prendre qu'on prenne lui des distances - ce qui est à exclure -, et ne peut être que vécu comme intégralité de l'intérieur et de l'extérieur, de l'identité et de la différence. Mais pour s'éveiller à l'auto-conscience, l'Harmonie a besoin de disharmonie, d'une tension. Dès la cosmologie du Classique des Mutations (I-Ch'ing), le Grand Ultime (t'ai-chi) donnera ainsi naissance à deux modes, yin-yang ou vitalité/raison (chi/li) dont les termes se renversent dans une réversibilité sans fin.

Comment dire si la notion d'Harmonie est typiquement cosmologique ou psychologique ou psychologique - afin de fonder, selon T.H. Fang, une anthropologie philosophique. Au point de vue cosmologique, elle est un autre nom pour un équilibre cinétique, alors qu'au point de vue psychologique, elle demeure une « objectivation » du flair qui signifie « avoir de la perspicacité », comme sens interne de bien-être ou principe des justes proportions de l'action.

Deux vues de l'Harmonie sont possibles: l'une statique réglée sur le binôme substance/fonction, l'autre dynamique fondée sur le binôme Yin-Yang. La première dépasse un dualisme étanche du champ et de la périphérie par un double mouvement centrifuge et centripète, alors que la seconde dépasse le dualisme étanche de circularité et d'entrave. L'Harmonie n'est pas un idéal, mais une loi structurale naturelle. Donc point d'idéalisme, mais un modeste idéiste seulement. Elle ne sera « recherchée » qu'aux moments de tension, de déviance, de désarroi et de dissonance. D'où une capacité de perfectionnement de l'individuation jusqu'à la limite suprême et paradoxale de son irréalisation au profit d'une fortification de l'ensemble. Et Kang Youwei de distinguer deux niveaux d'individuation: l'un exotérique et inférieur de l'immortalité, l'autre ésotérique et supérieur de la bouddhéité ou harmonie cosmique. D'où l'usage si peu fréquent du pronom Je dans les écrits classiques. Il est ainsi probable que l'essence de la pensée chinoise implique une indiscernabilité de l'abstrait et du général, l'Harmonie étant à la fois réelle et régulante du réel (Tao). Les choses sont liées par le dégagement d'un « parfum » ou « résonance » harmonique que le taoïste entend comme égalisation de toute chose (ch'i wan wu).

L'Harmonie comprend les trois idées de proportion de l'individuation et de son champ, de bien-être comme relation favorable de circularité et d'entrave, et d'intégration cosmique. Ces idées reviennent à l'idée maîtresse de non-interférence, « non-effort » ou spontanéité. L'esprit de la fonction cosmique est mis à l'épreuve par l'élasticité et l'abus des gestes mesurés à leurs limites. Dans l'état de parfaite normalité, l'Harmonie est inconsciente, mais elle ne peut être invoquée que lorsqu'elle est rompue - ou gravement menacée. L'Harmonie n'annule jamais totalement la tension, ni elle l'irréalise, elle ne fait que marquer la priorité magnétique de l'ensemble.

Elle implique que les choses n'ont pas de finalité intrinsèque, y compris la vie humaine, observe Wang Chung, et que tout est fonction naturelle ou spontanée du tout.

Tous les grands penseurs visent l'Harmonie chacun sur un plan différent. Le Juste Milieu (chung yung) d'influence taoïste est surtout mystique en tant que référé à la voie du Ciel- dont la notion centrale est la sincérité. (Ch'eng). Lao-tseu est un mystique qui croit que l'égalité de toute chose dans son juste lieu, essence de l'Harmonie, sera réalisée par l'amour du prochain.

Chapitre I Pensées répétitives et pensée d'opposition

Au niveau de la réalité mentale, l'être saisissait le Vide au travers de la dualité inhérente à sa nature, tout comme au travers de la répétition. C'est ainsi que, ramené ici au niveau de la pensée, le seul fait de parvenir à maîtriser ces phénomènes de répétition et d'opposition conduit la conscience à la maîtrise du vide qu'ils dissimulent et permet de demeurer stable, assurée par rapport à ces mouvements déséquilibrants.

– La pensée répétitive est une pensée qui, par ce phénomène de la répétition, s'annihile d'elle-même et aboutit au Rien. Cependant, parvenir à s'en rendre maître c'est être en mesure de l'utiliser à son profit: la maîtrise de cette pensée répétitive peut devenir, en effet, un moyen d'unification que permet l'imprégnation. L'efficacité d'une pensée répétitive serait donc tout entière contenue dans ce fait que l'esprit, par sa maîtrise, pourrait se reposer sur elle. On laisse ainsi à la conscience la possibilité de se déployer au-delà de la sphère même de la pensée, dans la sphère de la contemplation.

Dans le tantrisme, la répétition joue un rôle majeur en ce qui concerne la concentration. A un autre niveau, celui du son, la répétition à haute voix des mantras détermine une action-ou réaction-aux niveaux des réalités matérielles, c'est-à-dire de la réalité extérieure et de la réalité corporelle.

On est donc en présence d'un chemin à suivre au niveau de la pensée pour se centrer, s'unifier par rapport au Vide, pour faire bloc et s'affermir dans le même temps. Cependant, cette unité, ainsi qu'on vient de le souligner pour l'un et l'autre de ces deux phénomènes de pensée, s'établit en dehors d'eux (et pourtant à partir d'eux.)

Les phénomènes conduisant à la dispersion, au morcellement, peuvent tout aussi bien, par leur maîtrise, mener à la constitution d'une assise primordiale propice à un développement ultérieur de la maîtrise générale de soi. Pensée répétitives et pensées d'opposition par leur régularité rythmique offrent un appui sur lequel s'élever.

Ramener la « phase 1 » à la conscience, c'est-à-dire saisir chaque pensée à l'instant de son surgissement où à l'instant de sa cessation (lorsqu'elle laisse place à la suivante), dépister le déséquilibre qu'elle occasionne, telle est la démarche à suivre (démarche qui requiert, on s'en doute, une intense lucidité) pour maîtriser le déroulement de sa pensée. En fait, le but réel, la finalité de cette maîtrise du phénomène de la pensée n'est autre que de parvenir à la cessation de toute pensée, ou, sinon à la cessation absolue du phénomène, du moins à son déploiement serein (par ce que contrôlé).

*Tant que le mental n'est pas arrivé à la sérénité, le yoga est impossible. Les souffles du monde agitent constamment la flamme de notre pensée. Mais quand cette flamme devient absolument immobile, c'est le véritable état de yoga*①.

L'être doit absolument parvenir à s'abstraire de ses propres mouvements - des mouvements qui cherchent à l'animer et qui l'animent - pour les considérer avec détachement, ce détachement même qui constitue (en partie) la maîtrise.

Sur le plan des phénomènes de pensée répétitive et de pensée d'opposition, les difficultés sont toutefois réduites dans la mesure où chaque pensée qui surgit alors est une pensée nettement délimitée (se délimitant par rapport à la précédente, mais surtout en grande partie par rapport à elle-même puisque l'association entre l'une et la suivante est étroite parenté sinon identité). En réalité, l'analyse doit en priorité porter ici sur des « séquences de pensées » et non sur les pensées elles-mêmes

Dégagé de ses pensées, détaché d'elles, les considérant « sous lui », l'esprit n'est plus loin de les maîtriser, répondant ainsi au précepte taoïste selon lequel: « Ce que tu veux comprimer, laisse-le d'abord s'épanouir② ». Etre cette « pensée qui se contemple elle-même », selon les mots de Milarépa précédemment cités, c'est pouvoir suivre ses pensées tout en en étant libéré, c'est-à-dire sans être d'aucune façon lié par elles. Les suivre sans cesser d'être relié au centre revient donc, du même coup, à leur ôter tout pouvoir (qui est pouvoir d'adhésion, emprise)

Ou bien, demeurant stable en ce dégagement, on voit les pensées se niveler d'elles-mêmes, sans avoir à intervenir. La conscience se trouvant préservée de tout engagement abusif dans une direction ou dans une autre. Elle peut « tout voir dans l'unité primordiale non encore différenciée, ou d'une distance telle que tout se fond en nu, voilà la vraie intelligence③.»

Un tel affranchissement, une telle délivrance, sont ceux-là mêmes que prônent Bouddhisme et Taoïsme, puisque, par le jeu des correspondances intimes, l'unification de la pensée détermine l'unification de la conscience, laquelle à son tour détermine l'unification de l'être. Lilian Silburn note que: « Il suffit que la Conscience ou Centre s'affranchisse de ses processus dualisants pour qu'elle retrouve sa pureté native dans laquelle l'univers se reflétera en

① D.T. Suzuki, *op.cit.*, *in Hermès*, p.190.

② Mandûkya Upanishad, Up. 6, *in L'Hindouisme*, p.133.

③ Kata Upanishad, *in Hindouisme*, p.73.

son intégrité et non plus dans sa fragmentation mutilée①.»

En rapport avec le Vide, cette unification autour du Centre est bien la période qui précède l'Illumination. Le Vide est alors ce « Vide interstitiel », Vide donné en appréhension à l'être dans une fulguration.

Le vide se creusant ainsi tout à coup, l'intuition affranchie de dualité fulgure inopinément. C'est là l'Illumination. Le yogin essaie d'affermir ensuite l'intuition momentanée②.

En effet, l'intuition mystique ne peut transformer la personne entière ni l'apaiser définitivement.

Cet « affermissement de l'intuition » est précisément le point central qui doit nous occuper ici, dans la constitution progressive du Centre.

I .1 *Concentration*

Patanjali donne la courte définition suivante de la concentration de type yoguique correspondant au premier stade de la méditation. La concentration n'est pas une fin en soi, elle est préparation, « mise en condition », elle constitue l'un des préliminaires à la méditation proprement dite. En fait, le véritable point de départ est la répétition qui prédispose l'esprit et porte la conscience sur la voie de l'unification, ainsi que cela a été précédemment noté.

La répétition étant imprégnation, elle mène à la fixation. Toute répétition conduit donc, à plus ou moins long terme, à une concentration. Suivons les deux formes que prend la concentration dans les courants orientaux:

D'une part la concentration visuelle par le biais d'un objet, d'une image ou représentation cosmique tel le mandala③, voire d'un point quelconque dans l'espace.

La concentration « sur un seul objet » est appelée « ekagrata ». Dans son ouvrage sur Patanjali, Mircea Eliade donne les précisions suivantes:

L'ekagrata a pour résultats immédiats la censure de tous les automatismes psycho-mentaux qui dominent, qui à vrai dire font la conscience profane.

Même dans ses efforts intellectuels, l'homme est passif; la plupart du temps, il ne pense pas à proprement parler, mais il se laisse penser. C'est pourquoi la pratique Yoga commence par l'ekagrata, qui barre le fleuve mental et consiste un « bloc psychique », un continuum

---

① Lilian Silburn, *op.cit.*, *in Hermès*, p.214.

② *Ibid.*, pp.215-216.

③ Giuseppe Tucci, *Théorie et Pratique des Mandalas*, éd. Fayard, coll, « Documents spirituels », No.10.

*formé et unitaire*①.

Le but de la concentration apparaît donc, on le sait, comme cet effort de la conscience pour interrompre le flux des pensées désordonnées qui ne cessent de la distraire d'elle-même afin de maîtriser le phénomène même de la pensée et ainsi de s'unifier autour d'un centre, point conscient de maîtrise et d'équilibre de l'être. Il ne s'agit pas, pour l'esprit (une fois qu'il s'est élevé de la multiplicité à l'unité), d'approfondir la pensée unique sur laquelle il demeure fixé, mais bien de prendre conscience de lui-même à partir de cette base que constitue la pensée unifiée. Dégagé de tout le contexte d'où il a surgi, le cogito cartésien répond, dans une certaine mesure, à cette attente de la concentration car, sur le fondement d'une pensée unique, la conscience en concentration va authentifier l'être (niveau cependant, ici, transitoire, et qui ne constitue pas comme dans le cartésianisme une fin en soi justifiant la reconstitution du monde à partir de l'être.)

La concentration est, par conséquent, ce point-charnière essentiel à partir duquel la conscience unifiée se saisit de l'être véritable, suite de quoi ce dernier, dans la méditation, tendra (au sens de « tension vers ») à fusionner avec l'Etre Transcendant.

La nonne est alors la première vraie compagne du *Hussard* dans la mesure où elle partage avec lui le pain et la tomme, mais aussi où elle lui apprend le « détachement », au double sens, propre et figuré, du terme. Incompréhensible par le héros qui affirme ne pas pouvoir « travailler à sa propre estime avec moins d'affectation » [ibid., 397]. Et dans cette activité parfaitement indifférente à toute finalité comme à toute conséquence, les deux veilleurs nocturnes accèdent d'une certaine façon à l'éternité de l'instant à l'œuvre: « elle était ronde et lourde et ménagère » (Ⅳ, 38-« solide comme un rocher » [ibid. 383] mais avec des élans, elle incarne dans ses contradictions une très grande puissance d'exister.

Proche de la pratique orientale, son action, simple et directe, s'accompagne d'un contentement lui aussi contagieux (Angelo éprouve un « contentement de lui-même qu'il avait toujours cherché sans jamais l'atteindre » \ ibid., 392), d'une grande concentration, d'où le « sourire aux anges », le sommeil massif, la tranquillité de l'âme. « Afin de ne laisser aucune trace quand vous agissez », écrit le maître zen Shunryu Suzuki, « vous devriez le faire de tout votre corps et de tout votre esprit, vous concentrer sur ce que vous faites. Vous devriez le faire à fond, comme un bon feu de joie ». Et de cette manière, la nonne semble s'opposer à la dispersion météorique et métaphorique du choléra. L'intensité de cette « présence » semble avoir un pouvoir d'effacer chez le cholérique toutes les marques « explosive « de l'impatience mortifère

① *Yoga Sutra* Ⅲ, 1, cité par Mircea Eliade, *op. cit.*, p.74.

» tout en régissant les formes de la vie. Dans cette absence d'effort pour se maintenir au cœur de chaque instant, la nonne semble associer, comme le disait Spinoza, « perfection et vertu [...] en ce qu'elles expriment toutes deux non pas l'ordre de la moralité, mais la plénitude de l'activité: seules ces déterminations sont critères d'excellence éthique » 1. Et cette excellence, qu'accompagne une indifférence parfaite à toute finalité fait songer à l'Éveil oriental, qui est accès à l'impersonnel.

Cependant, la nonne n'est encore qu'une esquisse sur les grands chemins de la pensée gionienne, et ce personnage hybride, problématique et protéiforme, tantôt enthousiaste comme une pythie grecque, tantôt ataraxique comme le philosophe pyrrhonien, témoigne moins d'un non-attachement réfléchi que d'une technique du retrait qui passe par une démesure du moi.

D'ailleurs, parfaitement consciente de son orgueil (comme Angelo le sera plus loin de son « dévergondage » avec elle), la nonne se cache à plusieurs reprises le visage dans les mains: « cache-toi, cache-toi, dit-elle. [...] Elle couvrit son visage de ses grosses mains » \ *ibid.*, 393] La laveuse funèbre fait enregistrer ses lettres de noblesse, et laisse le réel s'abolir, en « se l'appropriant ». En effet, il s'agit bien de transformer les êtres en objets qu'ils sont peut-être déjà, comme elle le précise: « il y a bien longtemps qu'ils sont morts.» « Tout cela n'est qu'une simple formalité » [ibid., 390]. Pourtant, avant que l'on n'en connaissait « la bouche très gourmande » l'amour du cigare et des morts, on la découvre dans la première partie du chapitre occupée à réordonner le monde des survivants. Et si vivre, c'est « défendre une forme », comme le dit Hölderlin, -alors la nonne vit intensément, défendant les formes de la vie, garde-fou contre un choléra « criant de vérité », et donc bêtement réaliste dans son atomisation du monde. Or, dans la deuxième partie du chapitre, on la trouvera avec des morts. Comme une incarnation d'une certes « très vieille sagesse » et une mère spirituelle sans doute, la nonne est bien au fond un « sergent » de Dieu, comme Angelo. Dans la mort, la nonne assouvit une passion féroce bien démocratique: « il y a dans la mort une nécessité égale pour tous et invincible. Qui peut se plaindre d'une obligation à laquelle personne n'échappe①? »

I .2 *Méditation*

Pour analyser de manière plus approfondie le passage de l'invisible au visible énoncé par les *Chroniques romanesques*, on peut dire non seulement que leur objet exact ne se laisse en aucune manière appréhender rationnellement, et que par conséquent il ne s'accompagne d'aucun marqueur explicitement désigné par le texte, mais que, de surcroît, il relève de par lui-même du domaine de l'inconnaissable et de l'inconcevable. Au seuil des Chroniques, et de manière tout à fait emblématique, c'est, en dépit des apparences, le personnage même que le lecteur

---

① Philippe Sollers, *La Guerre du goût*, éd. Gallimard, 1994, p.401.

n'est plus à même d'appréhender : les contours de Langlois en effet, se brouillent non seulement du fait d'une vision plurielle, mais aussi du fait de « lectures » à plusieurs niveaux (les récitants, Saucisse, le narrateur lui-même), une nouvelle fois amendées lorsque l'auteur prétend lui-même s'introduire, au début de *Noé*, dans l'arrière-plan de la fiction. En s'ajoutant au monde « tel qu'il est », l'auteur, évidemment, ne le simplifie pas... D'où la nécessité d'appréhender l'objet ultime du récit non tant à travers les signes qu'il dispose qu'à travers ceux qui se dérobent, une fois la narration achevée : élan de Langlois vers l'inconnaissable ou, aussi bien, dans *Les Ames fortes* en particulier, la part d'inconnaissable que le récit lui-même désigne dans ses propres variantes.

Ainsi, par exemple, au-delà des miasmes trop perceptibles de la décomposition qui accompagnent la visite du narrateur à la « Thébaïde » dans *Noé*, et qui signalent l'immersion de la création romanesque dans la mort, c'est bien davantage la figure quasi abstraite de l'absence que le récit tente de signifier, comme on l'a envisagé, déjà, au sujet des *Ames fortes*. Pour ce faire, les *Chroniques* usent plus particulièrement d'un moyen stylistique leur permettant de maintenir l'indétermination, tout en accompagnant sa manifestation d'un fort pouvoir suggestif.

Ce procédé est très significatif et annonciateur. La séquence des odeurs a été assaillie en pleine rue de Rome, à Marseille, alors que le récit de ce voyage proprement dit n'est pas encore amorcé. Ainsi, après avoir vainement tenté d'identifier le support de ces multiples sollicitations sensorielles, fertiles en impressions, et donc, par leur indétermination même, en inventions, le narrateur leur accorde-t-il le privilège de pouvoir se dérober à des contours par trop exacts et les désigne par le seul terme générique « d'odeur des passions ». Il annonce d'ailleurs sans détour, pour le coup :

> « *Je ne cherche pas à mettre de la clarté dans des enseignements qui m'arrivaient de façon trop confuse, mais à les exprimer tels qu'ils m'étaient donnés, avec leur hermétisme et leur couleur.* » (Ⅲ, 675)

Cette « odeur des passions », dont on comprend bien qu'elle éclaire et détermine tout le foisonnement des récits autour des multiples avatars du dynaste, depuis le surpuissant et improbable Charlemagne jusqu'au pitoyable « homme des foules » du tram 54, ne saurait donc être tout à fait circonscrite, sinon dans ses manifestations impressives, dans le support qu'elles peuvent offrir aux sens, sans toutefois se laisser cerner par un contour nettement préhensile. Le thème qui s'en dégage s'affirme en effet d'abord comme celui de la profondeur, une profondeur inaccessible, au propre comme au figuré, malgré sa présence au cœur de l'immanence dont *Noé* semble s'ingénier à faire pâture. La démesure, dont ces odeurs semblent la marque, se diffuse en effet dans le cadre le plus ordinaire qui soit, et porte en elle la révélation d'un exotisme étrangement familier qui coïncide précisément avec l'intuition de l'inconnaissable.

« *J'avais incontestablement là une démesure qui portait la marque olympienne : elle était entièrement installée dans l'ordinaire, le portatif et le quotidien ; elle surprenait par son degré de monstruosité ; rien de plus monstrueux que des langues. Des baisers sans arrière-pays.* » (Ⅲ, 681)

Outre le caractère incongru des expressions choisies, on notera au passage l'usage récurrent des italiques, qui signalent toujours chez Giono un détournement et une réappropriation du sens en faveur d'un usage particulier, essentiel, métaphysique du terme. Paradoxe, le gouffre de l'inconnaissable apparaît sous des formes triviales et banales, qui diffusent la présence de l'inconnaissable au sein même du quotidien.

De fait, c'est aussi la perspective d'une esthétique de l'inachèvement qui se profile ici. Et elle détermine les divers récits qui enrichissent la trame narrative à demeurer perpétuellement inaboutis, dans une indétermination qui autorise au lecteur toutes les hypothèses et toutes les fantaisies. On peut alors légitimement établir un parallèle entre la méditation sur les signes et les nombreux récits qui s'amorcent et donnent enfin à tous ces « curieux volumes informes de sentiments divers » leur architecture dramatique. Leurs lignes fuyantes sont perdues dans les brumes de l'indétermination dans laquelle s'accomplit la somme de tous les possibles.

C'est le besoin d'être qui semble en effet ressortir d'une capacité à se perdre qui se fait jour progressivement, dans les éclairs fulgurants qui émanent de l'inconnaissable. L'épisode consacré à l'aventure d'Empereur Jules fait à cet égard figure de passage-clé. Le récit est dense et foisonnant. Il conte par le menu tous les jalons d'une ascension sociale inconcevable, assortie d'une soif de revanche sur l'adversité. L'épisode voit pourtant sa force expressive augmenter dans sa conclusion. L'image n'est pas le fruit du hasard : on la verra resurgir à l'occasion d'Hortense ou l'Eau vine, au terme d'une fréquentation des traités scientifiques de J.H. Fabre.

Toute l'entreprise rationnelle semble s'asseoir sur la puissance de la maison Empereur, avec une expression qui convient bien à la confrontation des tempéraments et des instincts. D'après les images, un véritable suicide de l'esprit s'accommode avec la reconnaissance d'un territoire de démesure. Les premiers combats entre les compagnies maritimes prennent la tournure plaisante d'affrontements sauvages. Les expressions ont l'air d'une sortie hors de soi, d'une étrangeté. C'est plutôt une soif d'exotisme et d'altérité profonde qui se manifeste :

« *Toute la colonie levantine et tout le sous-bois des margoulins se précipita comme d'usage dans la mêlée. Mais, les coups qui étaient cette fois assénés étaient si forts et procédaient d'une stratégie si brutale que, presque tout de suite, la meute s'écarta prudemment en glapissant, s'en allant lécher de terribles blessures au fond de leurs couines.»* (Ⅲ, 760)

Par le terme de « stratégie », le champ d'une expression rationnelle se trouve ainsi supplanté par l'irruption des instincts. Il donne à ces combats leur tournure violente et singulière, et détermine par avance la prééminence de cet insecte monstrueux. Tout contribue alors à souligner la précipitation de l'issue. Celle-ci est présentée par le héros lui-même comme une sorte de défi magistral et hautain. Toutes les représentations de l'intérêt matériel s'engloutissent dans le tourbillon d'une passion singulière. En maniant avec un détachement sans failles toutes les formes de l'ellipse, Giono réserve alors à son dénouement l'expression d'une puissance souveraine. Elle s'attache à la ruine délibérée, et projette les effets d'un romantisme comme dans *Ruy Blas*①. Ils se ressemblent au travers des attitudes d'un personnage glacial. La ruine fulgurante de la « Maison Empereur » s'annonce. Le narrateur signale ainsi:

> « *On essaya de lui faire comprendre qu'on menait un combat assez dur aux avant-postes. Il entendit d'ailleurs parfaitement, mais il se contenta de sourire et il s'en alla, porte par son sauvage. Il avait un air de bonheur parfait qui lui épaississait les lèvres, et il dit fort aimablement en passant la porte:*
>
> *Bonsoir messieurs.*» (Ⅲ, 767)

Dans cet ultime revirement, où toutes les passions mises en œuvre semblent finalement buter sur leur propre négation, c'est jusqu'au détail du style qui se trouve modelé par la tension vers l'inconnaissable. Au langage de convenance sociale, il existe dans le récit la période des affaires. Il risque d'entacher les rapports d'Empereur Jules et de ses collaborateurs. Et puis succède donc une terminologie insolite qui métamorphose ouvertement les formes du langage connu par le recours systématique à l'emprunt.

Par-là même, dans une perspective qui fait ici figure de transgression liée à la mise en cause radicale d'un vaste système de convention, c'est tout un univers poétique qui investit la logique des affaires. Cet univers submerge l'expression conventionnelle dont use cette société industrielle en pleine expansion: les dynastes atteignent jusqu'à la bourgeoisie mesquine la plus bornée et trouvent invariablement leur terme dans quelque quête monstrueuse et coûteuse. Cette quête consomme leur ruine sans retour, et annule en quelque sorte les effets de l'ironie, si marquante dans le tableau général de Marseille à l'aube des grands empires industriels. Le récit

---

① On connaît la célèbre entrée en scène de *Ruy Blas*, dans la pièce éponyme de Victor Hugo (Acte Ⅲ, scène 2).

abonde de ces constats entomologiques, où les signes du romantisme voisinent avec les marques d'une impitoyable sécheresse, bien vite rendue cependant à sa fascinante démesure. Le mélange des tons et des registres parvient ainsi à introduire une fantaisie et une outrance propres à suggérer le mélange des temps modernes. Au sujet des milieux qui forment l'assise de la « Maison Empereur », le narrateur se livre à une sorte de tableau :

> « *La mère joue à la bourse*; *elle passe tous les après-midi dans les banques*; *sur la table de nuit*, *il n'y a pas d'eau de mélisse*, *mais la côte Des fossés*, *un carnet et un crayon. La fine*, *vers vingt ans*, *a eu la bouleversante aventure suivante*: *on lui a ouvert un compte en banque – à sa mesure – et on lui a permis de spéculer. Elle a gagné treize cent francs en spéculant sur du Mexican Eagle à terme. Elle en rêve la nuit*, *ne dort que par soubresauts et si*, *dans une conversation mondaine avec des amies de sa mère on prononce le nom de Mexican Eagle*, *elle se trouble*, *rougit et savoure son doux secret.*» (Ⅲ, 753)

Le narrateur se plaît à attribuer la généalogie indirecte à l'Empereur Jules. Cette généalogie détermine en partie ses traits les plus caractéristiques. Elle sert à précipiter la démesure foudroyante qui clôt et porte son ascension à son apogée. Au passage, toutes les figures d'atténuation sous-tendent le discours des collaborateurs du dynaste, dans leur souci de management et de convenance. («[...] On menait des combats assez durs aux avant-postes ») C'est une expression tout à fait neuve qui défie toutes les formes connues du langage afin de mieux asseoir la folie onirique d'Empereur Jules. Les ordres adressés aux capitaines de sa vaste flotte sont des révélateurs. Ils entament tous les plans de combats engagés jusqu'alors :

> « *Il fallait tout de suite* (*il y avait une très grande insistance dans les mots* « *toute urgence*, *tout de suite*, *immédiatement*, *toute affaire cessante* » *qui furent transmis par câbles*, *sans se servir du code*) *qu'il se mette tout de suite en quête des graines d'une plante qui devait s'appeler Tea ou ou quelque chose d'approchant. Se renseigner chez les cultivateurs les plus sauvages. Il s'agit peut-être du Tussac. Rapporter une cinquantaine de kilos de ces graines. En outre*, *obtenir vingt mille boutures d'un arbre dont le nom doit titre Sal*, *ou Seal ou Shag*, *ou peut-être même Turn.* [...] *Fonds illimités chez noire correspondant de Punta Arenas et dans toutes les succursales de la Banque pour le commerce des terres du Sud.*» (Ⅲ, 766-767)

L'exotisme ici confine bien à la rencontre de l'inconnaissable, d'autant que les dénominations multiples indiquent sans nul doute la destination de vastes puissances financières engagées dans une entreprise. On se reportera d'ailleurs avec profit à l'ensemble du passage pour en mesurer plus directement l'effet vertigineux et insolite. Cette quête d'un objet inconnaissable signale son emprise. Et ce, qu'on se trouve dans le cadre de la communauté montagnarde et rustique d'*Un roi sans divertissement* ou dans celui des grands empires industriels qui accompagnent la naissance du monde moderne du début du XXe siècle. Cette recherche se voit donc mise en avant par les contrastes audacieux auxquels s'essaie Giono à travers la conception d'une architecture dramatique, comme si l'aspiration fondamentale se résolvait dans le dépassement d'un ordre, l'inversion d'une logique adverse. Ce dépassement est l'autre figure de l'Impossible. Il se laisse appréhender dans l'indétermination et l'inachèvement.

On s'en souvient: l'histoire d'Empereur Jules débute, en tout arbitraire, par une parodie très appuyée des conventions romanesques, où le pathétique s'entretient avec délectation, dans une reprise très appuyée des romans sentimentaux en vogue. De la façon la plus inattendue, à propos de la mort de Mustang, le matelot [fuégien métamorphose en pale égérie]. Surgit une formule qui fait incontestablement saillie, en associant le romantisme de rigueur à la Belle Epoque et l'irruption d'un contexte tragique: une « Dame aux camélias de la mer Egée » (Ⅲ, 782).

L'évocation de l'amour éperdu lie le jeune fils de famille à la gracieuse Hortense. Elle apparaît ainsi comme la préfiguration secrète d'un attrait pour l'irrationnel, qui trouve tout son sens dans la conversion du dynaste au culte du matelot fuégien. Qu'est-ce qui provoque en effet, au cœur même des combats engagés, son absolu renoncement? C'est bien la rencontre de cet étrange sauvage, l'inconnu de la Terre de Feu. Ce territoire dont l'exotisme violent satisfait pleinement l'élan vers l'ailleurs inconnaissable rassemble l'idée d'un lieu habitable et le dépassement du feu destructeur. Ce brasier est à l'origine de l'anéantissement sans partage de son premier amour. Epousant en quelque sorte la source même du néant menaçant, l'Empereur Jules peut donc s'effacer dans une image de stricte béatitude, issue quasi-mystique qui accompagne la consommation de son empire au processus tragique.

A cet égard dans *Le Moulin de Pologne*, le narrateur mentionne également très tôt le lien qu'entretiennent ses héros avec le Nouveau Monde. Comme Coste prend la précaution de le signaler, il est marqué par un appel de l'ailleurs qui évoque aussi l'exotisme rare de Mme Tim qui est sortie d'un couvent mexicain. Dans *Un roi sans divertissement*, apparaissent les références aux civilisations amérindiennes qui couvrent de leur ascendant les actes les plus inattendus. Dans *Le Moulin de Pologne*, cet exotisme outrancier s'accompagne au passage des commentaires d'une micro-société frileuse et conformiste. Cette société spécifique permet à l'occasion de décomposer tous les éléments d'un processus tragique qui est chargé d'un outil grossier et ridicule. A travers ce processus particulier, se dénonce la vanité du destin. Le tableau monumental qui orne le salon des Coste permet ainsi de découvrir la mère totémique de cette race replacée dans son milieu de marchandise. Dans ce « musée des horreurs », la baronne de

Quête, à la fin de L'*Iris de Suse*, satisfait son goût du néant:

> « *En plus des serpents, des oiseaux et des villes, cette mère d'Anaïs et de Clara est entourée de scènes semblables à celles qu'on voit dans les ex-voto pendus aux murs des chapelles miraculeuses, pour remercier le Seigneur d'avoir échappé à l'infortune de la terre et de la mer: roues brisées, brancards rompus, chevaux emballées, canaux crevés, vaisseaux submergés (dans le tableau ils sont submerges par des nuages), maisons vomissant des flammes par portes et fenêtres, chiens enragés méchant du savon, fusils dilatés, robes en feu, explosions de lampes à pétrole, et même rochers tombant du ciel. Il y a en outre comme les instruments de la passion dans les tableaux religieux: des béquilles, des cannes à corbin, des souliers de pied bot, des attelles, un brancard et un cercueil. Tout est peint en couleurs vives: rouges, verts, bleus et beaucoup d'un jaune très étincelant qui voisine avec un noir de goudron.*» (V, 653-654)

A travers l'itinéraire familial des Coste, c'est donc une nouvelle passion qui s'annonce, qui confronte une même lignée à tous les motifs avec une densité sans précédent. *Le Moulin de Pologne* tente ainsi de cerner ce que les tentatives de conjuration narrative du vide (récit de l'œuvre en chantier pour *Noé*) ont réussi à établir dans cette sphère de l'inconnaissable qui n'a pas de forme. De fait, dans le cheminement suivi par les *Chroniques*, tout s'opère de façon à effacer progressivement les objets, les instruments et le centre même du destin de l'ordre du concevable, quand les héros d'*Un roi sans divertissement*, de *Noé* ou des *Grands Chemins* prétendent en représenter à eux seuls l'origine. Ici, au contraire, le roman, condamné à la dissolution de rester sans objet, dénonce son propre contenu dans la personnalité revendiquée par son narrateur: « un médiocre » relégué par son dédain à une médisance contraignante. Avec l'acharnement du Bayard de Louis-René, Des Forêts ou le cynisme de Clamence, dans *La Chute*①, prend fin à un monde qui se referme de toute façon sur le brouillard et le silence.

Le monde gouverné par un Dieu soucieux de ses croyants à la manière du hasard tragique est défini ainsi par Rosset②. Dans ce monde si bien établi, les Coste et leurs ascendants aventuriers défient toutes les lois du hasard et de la contingence. Et ils adoptent les traits d'une curiosité sans mélange. Cela fait penser à ce « complexe de Livingstone ou complexe de l'explorateur » (V, 584) mentionné non sans ironie par le narrateur des *Grands Chemins*. Ce

---

① Il serait intéressant, comme l'a esquissé du reste Alan J. Clayton dans son essai *Pour une poétique de la parole chez Giono*, Minard, « Situation », 1978.

② « Devant le non-être » (p.92) indissociable selon lui d'une des composantes essentielles du hasard: l'épouvante.

résultat d'une enquête scientifique s'appuie sur un « esprit de prostitution » qui sera précisément l'apanage du dernier des Coste. Cela est déjà pressenti chez son ancêtre Pierre de M. qui est prêt à renoncer à son calme ancestral pour plus d'énergiques résolutions. En convertissant les « apoplexies foudroyantes » qui frappèrent ses ancêtres en une complaisance, Giono confine au sublime : malgré la vulgarité délibérée dont use le narrateur pour épingler la cohorte de « pouffiasses », il note :

« *Je doute que les véritables désirs de ce corps-là puissent le faire suer. Pierre de M. est presque un saint. Il n'y faudrait qu'un peu de largeur de vue pour le découvrir tout de suite. Ce qui prouve que je ne me trompe pas (s'il faut une preuve) c'est qu'on le voit très vite lâcher les femmes pour employer un procédé d'investigation plus rapide. Il se met à l'alcool. Il s'y met avec une violence et une allégresse qui ne manquent pas de majesté.* » (V , 675-676)

La sainteté par le renoncement et l'innocence s'accompagne ainsi d'un sens de « l'investigation ». Celle-ci montre bien les Coste à la recherche de l'inconnaissable, coïncidant avec l'obtention d'un non-savoir. Le domaine du *Moulin de Pologne* enfin rétabli rassemble d'ailleurs les éléments épars d'une « connaissance des choses » longtemps incomplète, mais finalement permise par l'intercession du trop humain M. Joseph. Aussi l'empire se reconstitue dans tout son éclat à la dénomination problématique et à la topographie mal assurée. Il s'érige en fief emblématique de cette aristocratie du vide, et il fonde sa puissance et son prestige sur sa proximité avec l'inconnaissable. Le fief sacrilège au regard des valeurs positives portées par le mercantilisme bourgeois caractérise toutes les « têtes » dans le récit. Le domaine recueille ainsi en lui-même toute l'ambiguïté du sacré. C'est un lieu d'enchantement et de délice pour ces femmes en peine, mais aussi territoire interdit maintenu dans les lointains et comme « intouchable ». Le narrateur se fait d'ailleurs l'écho de la fascination qui gagne toute la ville :

« *Si je disais qui j'ai vu, là, sous les ormeaux, en pleine nuit, immobiles, muets, en train d'écouter avec passion!... Des gens qu'un coup de canon n'aurait pas tirés de chez eux, qui avaient fait litière de leur salut éternel pour avoir le droit de posséder!... et qui venaient, dans l'ombre, comme des voleurs (qu'ils étaient), sans vergogne pour le rang où ils s'étaient hissés, s'accouder au rempart à côté d'autres ombres en peine!* » (V , 687)

Dans un tel contexte, si ces fréquentations avec le sacré s'éclairent d'un langage de transgression, c'est comme véritable motif héraldique d'une sainteté inversée ; *le Moulin de Pologne* devient lieu de tension, le cœur d'un vertigineux foudroiement sur la nature. Après la catastrophe ferroviaire qui confirme l'arrière du destin, le narrateur signalait déjà :

> « *On envisagea très sérieusement d'aller faire un charivari au Moulin de Pologne pour forcer les derniers alliés et descendants des Coste (Pierre de M. et son fils Jacques) à fermer boutique et à décamper ; à aller se faire pendre ailleurs, c'est bien le cas de le dire. On fut retenu non par le fait qu'ils étaient en deuil, mais par le fait que cette entreprise faisait précisément courir un affreux danger à ceux qui s'approcheraient ainsi du centre du destin. Tout le monde était d'accord pour chasser les Coste, mais personne ne voulait toucher à la hache de peur d'être foudroyé à travers le manche.* » (V , 669-670)

A l'universalité des motifs, le narrateur se plaît donc à opposer les nécessités sociales. Et sa propre chronique en tente précisément d'enregistrer le dépassement. Le récit constate suffisamment l'appel de la tentation à propos d'un univers dont le narrateur et tous ses semblables semblent exclus. C'est dans cet ordre d'idée que se fait jour incontestablement un romantisme distant. C'est parce qu'il prétend justement préserver les esprits, grâce à la sécheresse des mots, d'une sphère de l'inconnaissable. L'attirance à l'égard de Julie appelle en effet tous les recours d'un véritable exorcisme laïc, au moment même où la jeune fille semble à même d'offrir « des places au Paradis » (V , 704) ; Chez les Coste, on sait ce qui s'attache à une telle expression, qui justifie la raillerie distante de l'assistance. Ce rire est pareil à des grincements de couverts qui forment le seul rite conjuratoire de cette assemblée :

> « *Nous sommes des chrétiens, bien sûr, mais il ne faut jamais trop demander à personne. Notre âme a été neuve (plus ou moins longtemps selon les tempéraments), elle a servi de miroir aux forêts et au ciel ; elle a joué familièrement avec l'inconnaissable. Mais, nous avons dû rapidement nous rendre compte que ces reflets et ces jeux ne nous servaient à rien pour acquérir, conserver ou améliorer notre position sociale. Or, c'est ce qui fait bouillir notre marmite.* » (V , 686)

En conséquence, il revient à la chronique de fixer cet élan vers l'inconnaissable qui meut obscurément toute cette société « d'ombres en peine » (V , 687). Dans cette société, le personnage de M. Joseph sert précisément de jalon, silhouette enfin à même de porter une lutte avec l'ange. C'est la source d'une délectation équivoque dont le narrateur se fait précisément l'écho parmi la foule, notamment à travers ce jeu d'hypothèses qui trahit aussi l'empreinte de l'imaginaire. Dans la caution qu'il paraît ainsi apporter à Julie, le narrateur décèle toutes les preuves d'une tentation de l'anéantissement qui épouse précisément l'élan des Coste vers l'inconnaissable :

« *M. Joseph était certainement obligé de fabriquer sans cesse la plus abominable des jalousies.* « *Bienheureux, devait-il se dire, ce qui ne sont jaloux que des autres hommes.*» *Je le voyais souvent regarder Julie avec un drôle d'air.* Il *devait penser*: « *Je ne peux pas avoir confiance en elle. N'a-t-elle pas déjà été complaisante à l'extrême avec ce qui peut à chaque instant encore me l'enlever?* » (V , 743)

Au cours de la soirée du scandale qui la montre dansant avec le vide, « avec, sur son atroce visage isolé, l'extase des femmes accouplées » (V , 704), c'est donc par un simple démonstratif que transparaît l'insurmontable attirance de Julie vers ce qui échappe à toute définition pour se situer au-delà du visible et du concevable: mouche, hameçon, cerise. Ils causent tour à tour la perte des Coste et apparaissent bien comme les supports de plus en plus dérisoires, voire de plus en plus vulgaires. Et par-là, de moins en moins trompeurs d'un goût du néant ne peuvent se démentir. C'est un grand seigneur qui déploie dans la monstruosité improbable de son visage sublime la majesté des Vestales et rappelle la subtilité ambiguë de Langlois:

« *Au moindre signe, même pas de mort, au moindre signe des préliminaires de la mort, il se ruerait de ce côté-ci de la coquetterie des Coste; se déshonorerait et le déshonorerait avec appétit, sans aucune réserve ni retenue, ferait parler d'elle, se compromettrait encore, libéralement, aux yeux de tous, étalerait sa trahison, le tromperait au su et au vu de tout le monde.*» (V , 743)

Cependant, c'est l'obtention d'un non-savoir auquel postulent les Coste, la soutenance délibérée de l'impossible allant jusqu'à l'aspiration à la vie éternelle qui coïncide aussi avec l'avilissement définitif de la dynastie. En souhaitant la solitude, Coste condamne en effet sa descendance, à travers le pacte conclu avec Mlle Hortense, dans une logique d'avilissement sans fin. Aussi, la vie semble un moment porter du côté de son mari, de ce médiateur que le narrateur soupçonne d'être la « marionnette du destin » (V , 740). A l'inverse, la force de l'ordre de l'inconnaissable œuvre dans le sens d'une plus essentielle postulation et forme par lui-même l'objet vide:

« *On aurait beaucoup étonné Julie si on lui avait dit qu'elle n'aimait pas son mari, lui était infidèle. Elle n'aurait pas compris, elle qui ne vivait que pour lui.*» (V , 744)

En infléchissant toute préférence du côté de la mort, ce lot commun appelle donc en retour tout l'artifice de la chronique, le vaste décorum au goût macabre pour bien marquer la compensation incontournable qu'appellent le rejet du sacré et la mise à distance de la mort. C'est sur un mode volontiers plus épique que cette fresque de l'humanité en souffrance que constitue *Le Hussard sur le toit*. En attendant, dans le contexte plus étroit du *Moulin de Pologne*, l'inconnaissable affleure à travers le thème de l'Azur qui est la face diurne du néant. Cette face incite souvent le récit à répondre à l'appel de l'abstraction, comme si celle-ci représentait au fond un rapport au monde hanté par l'inconnaissable.

En effet, en dernier ressort, les itinéraires façonnés par les Chroniques demeurent incompréhensibles au regard des valeurs psychologiques : l'amitié dans *Les Grands Chemins*, mais ici même, de manière plus cynique, l'amour ou l'ambition sociale, le sens du devoir, fonctionnent uniquement comme leurres, à travers une apparence rationnelle. Alors, de nouveau, les images alimentaires abondent pour dévoiler l'inutilité d'un désir d'être qui s'accommode d'une quête du rien :

> « *Plus que tout le monde, mais disons, si vous le préférez, comme tout le monde, il nous faut manger avant d'être vertueux. Neuf fois sur dix, nous constatons que pour nous remplir la bouche, il faut vider celle du voisin.* [...] *Et je vous garantis que, de cette façon, le monde va. Il n'a qu'un défaut, ce monde-là : manger n'est pas une raison de vivre suffisante, puisque la faim s'assouvit. Il faut trouver une raison qui ne s'assouvisse pas et se renouvelle.* » (V, 690)

A ce compte-là, cet extrait pointe une ambiance de mystère et d'indétermination qui sous-tend toute la puissance poétique des *Chroniques*. Il appelle toute l'architecture du récit à refléter une insurmontable curiosité comme dans *Un roi sans divertissement*. Ainsi, à propos de l'illumination finale qui accompagne la disparition de Langlois, le caractère inadmissible ou incompréhensible des faits et gestes transparaît finalement. Ce caractère semble conduire à cette extrémité leur absence de finalité réductible. Si les témoins confessent leur incapacité à expliquer, c'est non seulement du fait de leur appartenance au monde profane et à ses repères rationnels ou utilitaristes, mais parce que l'inconnaissable se trahit surtout en rendant compte d'un désir de rien que le narrateur des *Grands Chemins* expose :

> « *Au fond, ce que je voudrais doit venir de l'artiste. Et ce que je voudrais, je n'en sais rien. J'en suis toujours au même point.* » (V, 605-606)

Le procureur royal d'*Un roi sans divertissement* figure parmi les initiés, et s'efforce tout au long du récit d'assister Langlois. Ce procureur engage, dans sa phase temporaire où il révèle son impuissance à évoquer les raisons de l'assassin par ellipse. L'enquête parallèle que mène

Langlois pour son propre compte, et par-delà même le châtiment du criminel invite pourtant à formuler des raisons. Celles-ci s'inscrivent précisément dans l'ordre de l'inconnaissable, hors la vie; un ordre qui pulvérise celui qui s'y voue. L'usage des italiques peut rendre compte de cette fondamentale et salutaire étrangeté qui imprègne l'exercice gratuit du Mal:

> « *Car, disait* [*Langlois*], *rien ne se fait par l'opération du Saint-Esprit. Si les gens disparaissent, c'est que quelqu'un les fait disparaître. S'il les fait disparaître, c'est qu'il y a une raison pour les faire disparaître. Il semble qu'il n'y a pas de raison pour nous mais il y a une raison pour lui. Et, s'il y a une raison pour lui, nous devons pouvoir la comprendre. Je ne crois pas, moi, qu'un homme puisse se dire différent des autres hommes au point d'avoir des raisons totalement incompréhensibles.*» (Ⅲ, 550)

L'inconnaissable devient alors source possible d'une fraternité dans le Mal, dans le désarroi de la condition humaine et dans l'adversité, ce qui ne contrarie pas la nécessité tragique de se maintenir, comme le dira Saucisse, « à distance respectueuse », dans la délectation d'un spectacle dont seuls les acteurs tirent toutefois pleinement profit. Dans *Un roi sans divertissement*, Langlois et Thérèse se proposent donc de franchir le seuil de l'inconnaissable. L'abondance narrative vaut par le fond de silence, par l'invisible et l'inconnaissable. Ces styles poétiques servent de source et de fondement pour instaurer une conception paradoxale du récit, expérience du vide. Ils tirent sa nécessité du néant qui est menaçante et toute autre tentative de dépassement à l'échec. C'est selon une authentique dimension liturgique que les *Chroniques* se trouvent à même de soutenir une raison d'être qui fixe le terme d'un trop évident plaisir de raconter, où d'un « bonheur d'écrire① » auquel il faut reconnaître les vertus d'une véritable mystique du réel.

I .3 *Acceptation*

L'être individuel est avant tout centré par rapport au Temps, mais il ne parvient à se ressentir comme tel que s'il acquiert une certaine maîtrise du Temps. Par « maîtriser le Temps », il faut entendre établir un équilibre stable entre les trois temps auxquels est soumis l'être du fait de la condition humaine, à savoir le temps extérieur (quotidien, mesure, calcule, du domaine de l'événementiel, de l'accidentel), le temps intérieur (qui n'est plus lot commun, mais temps propre à chacun, temps subjectif du vécu individuel), et enfin le temps sans mesure de la Transcendance.

Parvenir à établir son être en harmonieuse correspondance avec ces trois temps et

---

① Marcel Neveux, *Jean Giono ou le Bonheur d'écrire*, éd. du Rocher, 1990.

équilibrer son existence par rapport à eux trois, c'est déboucher sur le Temps, sur la réalité du Temps, du Temps Un, Temps Vide, Pur, Temps de l'Absolu, Temps d'avant le temps, de pendant le temps et d'après le temps... Connaître ce Temps, c'est être établi dans l'harmonie. Le plus souvent l'homme est en déséquilibre par rapport au temps, il occulte l'intemporel est fait en sorte de ramener son temps intérieur au temps extérieur qui rythme ses actions. Ainsi se trouve-t-il perpétuellement en décalage, et dans l'angoisse de ne jamais se « sentir bien » dans son rapport avec le Temps. Dans les courants orientaux de pensée, le temps ne cesse de participer aux cycles de l'Illumination.

Sous cet angle, concentration et médiation apparaissent comme des moyens d'emprise de l'être sur la dimension temporelle, afin de l'établir dans la permanence, la continuité, dans le flux d'une durée indéfinie (ni finie, ni infinie) ; afin de le restaurer dans une sereine linéarité.

La tentation première de l'être, presque son réflexe premier est de rentrer en lutte contre le Temps, de s'y opposer fermement, d'avoir barré sur lui. En fait, cette « lutte » contre le Temps, c'est bien seulement l'ego qui l'entreprend, et cherche par tous les moyens à préserver son individualité, son autonomie. Giono cherche à se retenir, à se maintenir. C'est la lutte à contre-courant, comme à rebours... Le Temps fait alors figure d'ennemi et n'est pris que sous son aspect destructeur. Il n'est pas le temps qui crée, mais celui qui démet, qui défait, qui opère la dissolution. Dans la mythologie hindoue, on retrouve la triple figure du Temps sous les traits des trois divinités que sont Temps de la création, Temps de la conversation, Temps de la destruction.

C'est essentiellement l'Occident qui cède à une vision temporelle négative, placée sous le signe de la destruction, et qui cherche à entrer en lutte contre le Temps, qui est lutte contre le Néant lequel se dessine au-delà de la figure du Temps.

> *Le grand Ennemi de l'homme, contre qui il engage dès sa naissance une lutte à mort, c'est le Temps.* (...) *L'homme d'Occident cherche par tous les moyens à tuer le Temps... Il invente des calendriers et des horloges pour transformer l'impitoyable durée, forme de sa vie, en un temps mathématique, extérieur à lui, qui n'est plus qu'une loi objective de la nature, étrangère à son sens intime*①.

« Tuer le temps » cherche à l'annihiler pour échapper à son propre anéantissement, telle est la démarche première ou bien « primaire » de l'être dans cette fuite qui n'est pas celle du Temps mais bien celle de soi-même... Mesurer le temps, le morceler pour le rendre plus visible, plus supportable, plus docile; tenter de se le concilier ou plutôt de se l'approprier, illusoirement. Ne

① René Daumal, *Bharata*, Paris: éd. Gallimard, 1970, pp.95-96.

pas accepter la réalité temporelle c'est, bien sur, ne pas s'accepter, et c'est parallèlement se condamner à une angoisse latente et sourde, permanente, qui est mort lente. C'est donc fuir, également, perpétuellement fuir et se fuir, dans une fuite en avant qui n'est qu'un leurre sans fin.

Giono note comment cette fuite du Temps correspond à l'impossibilité inhérente à l'être de supporter une continuité (en tant que celle-ci, dans la perspective où on se situe, fait figure de mort lente et d'angoisse entretenue). Cette impossibilité et cette angoisse vont jusqu'à appeler la mort véritable une brutale rupture, le besoin de « repartir de zéro », besoin en quelque sorte de « refaire du temps neuf ». La cassure opérée alors par l'être dans la dimension temporelle (comme une mort effective à lui-même) lui permet, à chaque fois, de repartir, d'entamer une nouvelle « tranche de vie », une nouvelle séquence existentielle.

Apprendre à se dominer, à maîtriser son être, c'est apprendre à le poser, à le situer dans la réalité temporelle, à ressentir le centre par rapport à elle et à s'y maintenir en stabilité, en fermeté. Aussi paradoxal qu'il puisse paraître au premier abord, ce n'est que dans l'acceptation totale de la réalité temporelle à tous les niveaux de l'être qu'il sera possible, en partie, de lui échapper:

*Le suprême ordonnateur l'a établi au cours des âges: un être humain obtient tout du temps*①.

En acceptant la réalité temporelle pour ce qu'elle est, l'être se place d'emblée dans son flux, et dès lors c'est vers son accomplissement effectif qu'il se dirige. Au lieu que, luttant à contre-courant, refusant cette réalité, il ne fait que s'épuiser dans une vaine lutte qui lui fait tourner le dos à sa réalisation pleine et entière. Transformer sa vision de la réalité temporelle pour ne plus se cantonner à l'étroite compréhension du Temps comme simple temps destructeur. Par exemple, une connaissance non plus intellectuelle et extérieure, mais une connaissance intime, ressentie et vécue à chaque instant, telle apparaît l'acceptation, qui est recherche d'équilibre et de stabilité:

*Il y a un temps pour diminuer le ferme et un temps pour augmenter le malléable. Dans la diminution est l'augmentation, dans le plein et le vide on doit correspondre au temps*②.

---

① Santi Parvan, XII, 25, *in L'Hindouisme*, p.158.

② P.-L.-F. Philastre, *Yi-King ou livre des changements de la dynastie des Tcheou*, Paris: éd. Librairie d'Amérique et d'Orient Adrien Maisonneuve, 1987, XII.

Par l'acceptation, l'être sera amené à de sereines « traversées du temps » au cours desquelles il atteindra à cette « vaste connaissance du temps qui transcende la durée brève de l'individu, et même la biographie des peuples, conscience que possède la Nature elle-même①.»

Depuis longtemps, Giono a lutté contre le Temps. Quand il a commencé à écrire le cycle des *Chroniques*, ses œuvres semblent perdre les signes du temps. Sa lutte n'est pas vaine en ce qu'elle lui fournit des armes, ou plutôt en ce qu'elle lui donne les moyens de préparer son être à se réaliser en dehors même de cette grande lutte. Une acceptation est autant profonde et autant vaste qu'elle fait suite au refus le plus catégorique et le plus absolu.

Au fil de sa quête intérieure, Giono s'est ouvert à cette réalité trop longtemps refusée. Cette quête se traduit explicitement dans les *Chroniques*. La spécificité des *Chroniques* réside, en définitive, dans la soutenance simultanée de deux postulats: d'une part la remise en cause radicale et irréversible de toute réalité connue; d'autre part sa conversion, par l'intermédiaire de l'œuvre, en un assemblage unique d'éléments disparates, disposes, en toute gratuite, de façon à manifester une aspiration au tout à fait autre, selon une logique de transgression qui, simultanément, témoigne de la quête ininterrompue du domaine sacre. Les *Chroniques*, récits-ostensoirs, comme le confirment l'analyse des structures aussi bien que les allusions transparentes qui traversent, de manière exemplaire, *Les Ames fortes*, on l'a vu, brandissent et revendiquent ainsi une dimension spatio-temporelle spécifique, telle une voie d'accès métaphysique, non tant d'ailleurs pour échapper l'horreur prétendue du réel que pour convertir son appréhension, incomplète et hasardeuse, en affirmation du génie humain.

Ce « feu vole », destine à éclairer de sa lumière les aspects les plus ignorés, partant les plus catégoriquement refusés par la logique positiviste, de la réalité, doit par conséquent apparaître comme une arête vive et comme une des caractéristiques les plus audacieuses dévolues au genre de la chronique. Conciliant, au sens plein qu'impliquent ces termes, poésie et vérité, les *Chroniques* se réclament par conséquent d'une forme de réalisme philosophique, qui laisse largement place à l'affirmation du tragique en se faisant l'écho de la condition échue à l'horreur, désormais a même de se contempler sans fin, comme aux temps archaïques des dithyrambes de Dionysos, dans tous ses aspects. Les *Chroniques* usent ainsi d'éléments familiers au lecteur moderne, prend appui sur un contexte référentiel qui reste ancre, de toute évidence, dans les XIXe et XXe siècles, pour offrir un support tangible, aisément identifiable, à la permanence d'une postulation au sacre liée à l'énonciation de l'ordre intemporel du monde.

Eternité des saisons et des jours, seulement interrompue, mail de manière incontournable, par l'irruption de la violence et du crime, par l'affirmation d'une volonté de puissance qui va jusqu'à prendre forme autour d'une liturgie fimebre: d'Un *roi sans divertissement*, au décor

---

① H. Zimmer, *op.cit.*, p.27.

grandiose qui baigne et ordonne littéralement tout le déroulement du récit, a la triste peinture de société à laquelle se livre *Le Moulin de Pologne*, conduisant insensiblement aux temps modernes et à l'avènement d'une bourgeoisie profane et mercantile, chaque *Chronique* porte pourtant en elle sa charge d'aspirations a un dépassement que sa forme méme, dans la désignation du vide qui la fonde, emblématique. Aussi la volonté des *Chroniques* de s'inscrire, voire de constituer un temps au-delà du temps, temps circulaire qui finit par se résoudre en un instant magique de délivrance et de communion, conformant à l'éternité, a-t-elle déjà été examinée d'assez près pour qu'on puisse en tenir compte désormais, s'il s'agit de définir l'enjeu que Giono semble assigner à cette forme narrative sans précédent. Cependant, à ce stade, il reste encore nécessaire, en particulier à travers les allusions récurrentes à ce « Sud imaginaire » qu'il veut, en dépit des apparences, hors du temps, d'envisager l'anthropologie tout à fait neuve façonnée par les *Chroniques*. Puisée dans le matériau référentiel contemporain, sa modernité d'emprunt ne doit, ne peut cependant occulter les désirs profonds et intemporels qu'elle entend mettre au jour, et dont le progrès historique ne reflète qu'une évolution de moyens.

De fait, les généalogies spectaculaires déroulées dans *Un roi sans divertissement*, par exemple, et la constance des traits physiques, sociaux et surtout moraux, si tant est, on l'a vu, qu'on puisse définir ainsi les tendances profondes manifestées par l'instinct, insistent en effet sur la permanence et la continuité qui lient les générations, de même qu'elles énoncent des variations qui n'entament en définitive que le contexte référentiel: si le descendant des V., concession à la modernité, à l'Ecole Normale de Valence, lieu symbolique du nivellement républicain, il reste que son attention semble portée bien davantage a la contemplation alanguie que lui réserve les roses nervaliennes de son jardin de cure. Quant au Frédéric II de la scierie, on n'y insistera pas, les heures de liberté matinale qu'il se réserve engagent certes sa rêverie à flotter sur des objets immémoriaux («[...] Un petit bout de poix qu'il mettait dans une autre boîte, ou le vieux bout d'ambre d'une pipe de Frédéric I ou même de Frédéric zéro, dans la nuit des temps», III, 487), mais aussi à y puiser la matière des plus sombres extravagances, anodines, issues d'une lointaine hérédité familiale, ou nettement plus sordides lorsqu'elles s'accordent à la découverte du cadavre de Dorothée. La longue méditation qui accompagne le projet de restaurer une horloge, au moyen de deux personnages miniatures, et en particulier d'une petite bergère au teint plâe découverte dans un tiroir de son établi, ne tarde pas à trouver, on s'en souvient, une réalisation inattendue dans les traits apaises de Dorothée morte:

« *Il resta face à face avec le visage très blanc quelques secondes à peine. Le temps de cent mille ans. Il se croyait dans un rêve et face à face avec le visage émaille de la bergère de l'horloge.*» (III, 490)

Trois niveaux de sens convergent ici vers l'abolition du temps: la permanence du divertissement, à commencer par le divertissement cruel, révélé implicitement par la continuité qui s'établit, à travers les objets, entre Frédéric Ⅱ et ses ancêtres de la nuit des temps; avènement de l'éternité grâce à 1' instant sacre de la découverte du corps, de l'impensable porte enfin au regard ébahi du spectateur, en une révélation inattendue de la volupté qui accompagne l'irruption du tragique:

« *Dans ces quelques secondes, pêle-mêle avec son rêve et le visage émaille de la bergère, il se rendit compte que la chose monstrueuse venait encore d'avoir lieu* ». (Ⅲ, 490)

Enfin, dernier niveau de convergence, celui qui se réfère, ici corne tout au long du récit, aux rituels des anciennes civilisations, cautionnaires notamment pour Giono par la lecture de Frazer, mais qui se diffuse aussi dans la pompe qui caractérise le canon catholique, très représenté dans *Un roi sans divertissement.* Cette liturgie immémoriale, qui, peu ou prou, constitue le socle de la civilisation de l'Occident que la communauté villageoise incarne encore à sa racine, se voit bien sur explicitement représenté au tours de l'épisode de la messe de minuit. A une grâce inversée semble tenir éloigne le criminel. Ainsi, lors de la nuit de Noël, nuit profonde, mais aussi nuit du renouveau, de la permanence, au cours de l'hiver, d'une aspiration à la lumière, de la subsistance de la civilisation, qui suppose aussi celle du mal, enracine en l'assassin anonyme, le faste pourtant bien modeste, qui entoure cette nuit de Noël, pousse Langlois, comme intuitivement, à déclarer à propos du meurtrier:

« *Il est encore trop tôt pour qu'il soit là-bas* » *poursuivit-il en pointant son index vers la lisière ténébreuse des bois. Peut-être même ne viendra-t-il pas ce soir, mais il pourrait très bien y être et nous guetter, sans que nous risquions grand chose, vous et moi. Nous lui donnons déjà tous les deux, avec nos cierges, tout ce dont il a besoin. C'est drôle, hein, monsieur le curé! A quoi tient la vie, quand même!* » (HI, 486)

La dernière remarque, dont la subtilité doit aussi bien en cliche qu'elle emprunte qu'au double sens qui s'attache à la fragilité de l'existence, confronté à l'éternité du mal sous la forme du désir cruel et conçu comme la forme aiguë du divertissement, nous invite à saisir autant l'aspect volontiers familier des *Chroniques* que la gravité d'un propos lié à la reconnaissance de la mort et de son rapport au sacre. C'est en ce sens que le rituel de la messe et des sacrements se trouve exactement redouble, ou annonce, par le mouvement propre de la nature, qui manifeste dans son ordonnance l'inscription du religieux au cœur même du réel. Ainsi, métaphores et personnifications jouent à plein pour suggérer les parallèles qui s'établissent entre les splendeurs colorées de l'automne et le contraste formé par le sang répandu sur l'infinie blancheur. On voit par exemple le départ de l'automne depuis l'arbre M. 312 donner lieu à un vaste panorama, ou les référents s'éclipsent face à l'omniprésence du rituel sacre. La hiérarchie qui s'instaure, implicitement, entre les arbres de la forêt, renouvelle en quelque sorte la pyramide sociale qui, dès l'origine, tente de s'élever vers ce qui la dépasse, fusse l'ordre qui la maintient, et procède en s'appuyant de manière insistante sur la présence supposée du lecteur:

> « *Quand, en retournant, vous arrivez au-dessus du col de La Croix, c'est pour vous trouver en face du premier coucher de soleil de la saison: du bariolage barbare des murs; puis, vous voyez en bas cette conque d'herbe qui n'était que foin lorsque vous étés passé, il y a deux ou trois jours, devenue maintenant cratère de bronze autour duquel montent la garde les Indiens, les Azteques, les pétrisseurs de sang, les batteurs d'or, les mineurs d'ocre, les papes, les cardinaux, les évêques, les chevaliers de la fora; entremêlant les tiares, les bonnets, les casques, les jupes, les chairs peintes, les pans brodes, les feuillages d'automne, des frénés, des hêtes, des érables, des amélanchiers, des ormes, des rouvres, des bouleaux, des trembles, des sycomores, des mélèzes et des sapins dont le vert noir exalte toutes les autres couleurs.*» (Ⅲ, 473)

Si cette intemporalité, diffusée entre autres par la présence prépondérante de la nature, et par le mélange des civilisations auxquelles elle fait songer, dans la constance avérée d'une dimension religieuse, frappe incontestablement en ce qui concerne *Un roi sans divertissement*, elle n'en est pas moins représentée, de manière éparse et détournée, dans les *Chroniques* du XXe siècle, *Noé* en particulier, dont les combats de dynastes aux appellations mythiques semblent se situer aux origines mêmes du gigantisme industriel et de la fièvre capitaliste dont fait mention l'épisode marseillais proprement dit: Empereur Jules, notamment, se situe dans la lignée de ces Bas-Alpins a tête froide et a sang chaud signales au début de l'épisode, et qui déterminent l'expansion économique sans précédent des grands empires industriels en pleine constitution.

De fait, la maison Empereur, qui s'inscrit sans conteste dans la légende de cette Babylone moderne dont Giono tisse les ascendants mythiques, forme une compagnie maritime à la puissance et aux dimensions inouïes, plus proche des espèces muettes et envahissantes qui, dans la nature, conquièrent peu à peu leur préséance, comme le signalent les développements parallèles où se trouvent décrits d'obscurs combats d'insectes, que de modèles historiques connus. Pourtant, alerte par les découvertes scientifiques de son temps, dont Fabre applique et amplifie le darwinisme originel, Giono se fait aussi l'écho, ironie de l'histoire autant que du romancier, de la fragilité de positions lentement conquises, et conquises seulement, semble-t-il, pour s'affirmer à travers leur mise en péril et, finalement, à travers leur perte. La violence de la poussée vitale ne semble trouver de résolution, selon la fantaisie avec laquelle l'exprime le romancier, que dans l'affirmation d'une « âme », entité toute spirituelle et des plus imprécises qui dénonce pourtant l'autre face de la volonté de puissance; ainsi:

« *Chaque dimanche, les landaus amenaient aux parvis de l'église SaintVincent-de-Paul des cargaisons de blattes, hannetons, capricornes, araignées, empuses, mantes et scolopendres, dont les mandibules, rostres, griffes et dards amassaient et protégeaient des entrepôts de rhum, café, arachides, coprah, poivre, toutes sortes de cantharides et d'opiums; mais les élytres, les carapaces, les attitudes spectrales contenaient des âmes sensibles.* » (Ⅲ, 745-746)

Car la puissance bourgeoise à laquelle répondent les dynastes de *Noé*, et qu'ils contribuent à amplifier et à fixer, ne vaut en définitive que par sa mise en suspens, dans la tentation de la perte qui accompagne toutes les réalisations somptuaires dont la chronique alimente sa splendeur flamboyante: les jardins mythiques projetés par Empereur Jules pour son matelot fuégien, tout comme le divin Melchior, occupe à satisfaire la passion de l'or de sa titanesque épouse, tous ces motifs dépassent le cadre du plat compte-rendu dont Giono attribue la manie aux romanciers américains. Avec un génie de l'invention revendique, et dont *La Grosse Galette*, de Dos Passos, représente, aux yeux de Giono, le parfait contre-exemple, on s'en souvient, il parvient ainsi à assigner sa limite au progrès en marche et au capitalisme industriel générateur de l'histoire contemporaine, en l'espèce une folie, un désir d'ailleurs qui appelle le désastre et la ruine.

Le rêve d'exotisme intégral trouve ainsi, au cœur de l'orient imaginaire qui se fait jour à travers Marseille, sa voie d'accès privilégiée, sur laquelle s'enchaînent les désirs d'ailleurs qui alimentent la structure disparate et composite de *Noé*. Alors, dans la démesure qui s'accorde au gigantisme industriel du capitalisme balbutiant, ce sont les cadres rationnels de ces entreprises qui volent en éclat, a mesure que se décompose la structure démonstrative qui constitue l'un des fondements de la tradition romanesque: l'épopée affairiste dont le roman se fait l'écho, de même que l'ingéniosité rationnelle que supposent les réalisations somptuaires de ces grands dynastes, ne trouvent en effet de justification que dans la puissance qu'elles procurent et dans le moyen d'évasion unique, proprement indicible qu'elles offrent. Les jardins composés par Melchior pour le plaisir de Rachel donnent ainsi lieu à une référence biblique dont on doit, une fois encore, mesurer la pillée au regard de l'initiation mystique, de la révélation qu'elle suppose:

« *En fait, jusqu'à peut-titre l'inclination dès feuillages, avait été combine. Cet éblouissement qui vous frappait dès la première terrasse avait été préparé avec soin pour que Rachel soit obligée de fermer les yeux et de trouver tout de suite son chemin de Damas vers les rêves.*» (Ⅲ, 750)

On ne peut alors s'empêcher de songer aux folies mégalomanes des grands romanciers du siècle romantique, de Balzac à Dumas, dont la démesure rejaillit au cœur même de l'existence réelle①, et n'a d'égal que la volonté de puissance portée jusqu'à sa propre négation chez ces magnats contemporains dont *Noé* se fait l'écho②. C'est l'exacte correspondance de cet empire des passions pressenti à plusieurs reprises au milieu des tâches du romancier, notamment de ces odeurs mystérieuses venues l'assaillir en plein Marseille, et qui trouveront finalement à se condenser et à prendre forme librement dans cette galerie de personnages de démesure à laquelle *Noé* prétend faire place. Hors de toute considération historique, par delà les époques et par delà les limites qui distinguent la réalité de la fiction, c'est une semblable et simultanée contribution à la puissance et à sa perte qui se répète inlassablement.

Ainsi, ailleurs, l'intemporalité que cherchent à transcrire les *Chroniques romanesques* à la faveur de l'imaginaire du romancier se traduit moins par les constants allers-retours spatio-temporels si caractéristiques de *Noé* que par la soumission du récit a un éternel présent: c'est le cas, évidemment, pour *Les Grands Chemins*, dont la trame événementielle, saisie dans son surgissement immédiat et avec tout le relief nécessaire par le recours obstiné au présent coïncide pleinement avec la verve aphoristique cultivée par Giono dans ce dernier récit. Toutes les valeurs accordées au présent se confondent alors pour vouer le récit à un perspectivisme sans faille, évoquant notamment l'abolition du monde à la faveur de la neige et le sursaut existentiel qui en découle. En une singulière comparaison avec la virtualité de la page blanche pour le romancier, qui, dans l'inflation caractéristique du récit, fait peser sur celui-ci la menace d'un retour au silence, c'est la proximité du romancier avec le néant qui se trouve alors dévoilée. Du fond de son moulin à huile, le narrateur est ainsi amène à contempler et à commenter l'expression d'un monde rendu à son initiale virginité, appelant en retour les impacts cruels les plus profondément enracinés on se mêle l'attrait de la transgression et celui du retour au chaos:

« *Quand le vent tombe, je vais fumer une pipe dehors. Le ciel est aussi blanc que la terre. 1l y a une telle épaisseur de neige sur tout que tout a disparu. A peine si une ligne noire comme un fil de tabac dessine le contour des arbres. On a frotté la gomme sur tout. La page est redevenue presque blanche. Les grands châtaigniers des Chauvins sont effaces; restent à*

① On peut ainsi songer à l'écheveau financier monté par Balzac pour mettre en place une exploitation agricole de fruits exotiques en plein Paris.

② On ne peut en effet passer sous silence les concessions nombreuses que Giono romancier accorde à la réalite, en s'inspirant de l'histoire authentique du développement industriel à Marseille.

peine des traces là où ils étalent. Le silence et le blanc font un tel vide qu'on a envie de mettre du rouge et des cris dans tout ça avec n'importe quoi. On ne veut pas se laisser alter. On a mille petites combines. Voila à quoi servent les familles. Les femmes par ce temps-là sont des bénédictions. Pour dix minutes. Mais après? Refaire le monde entier: il en faut du matériel! On s'aperçoit qu'en temps ordinaire on a à porter de la main des petits riens qui sont tout. La sécurité ne réjouit pas. Ce qui compte, pour le bonheur, c'est de tout remettre en question.» (V, 538)

A ce monde réduit à sa seule présence virtuelle, certes aboli, mais par la même confirme, fait réponse le processus fondamental développé par le romancier, à savoir l'annulation du réel pour son appropriation dans l'ordre de l'imaginaire, qui rend désormais acceptable ses aspects les plus foncièrement terribles. C'est là le paradoxe et la contradiction sous-entendue, par rapport à tout ce qui précède, de la dernière phrase: seule sa mise en péril préserve la réalité, tout comme le jeu, ou la mise en jeu de soi par l'artiste, dans *Les Grands Chemins*, prend valeur de preuve ontologique; comme enfin le récit lui-même ne surgit, dans l'infini présent du discours, que d'une essence qui se dérobe, jusqu'à disparaître, à s'annuler d'ailleurs au moment où l'artiste sombre dans l'ultime et décisif sacrifice. L'artiste, véritable viatique pour le romancier a l'œuvre, on l'a vu, serait-il destiné, de par la mort qui lui est prêtée, à initier la voie de la création romanesque? Rien ne semble mieux établi lorsqu'on prend en compte, en particulier, le souci affiche d'entrée de jeu dans *Noé* d'enfermer tout l'univers crée et de la façonner selon un principe qui place le romancier en concurrence avec Dieu lui-même, une concurrence loyale toutefois, scellée par l'alliance qui institue l'artiste en dispensateur du sacré.

Au terme du présent développement, il devient nécessaire de formuler quelques conclusions, nécessairement partielles, quant au véritable enjeu qui s'attache pour Giono aux *Chroniques romanesques*: le rapport de l'œuvre au sacre, longuement et patiemment démontre ici, et la reconnaissance des tensions qui s'y expriment nous y incitent plus que jamais. En effet, dès l'ouverture, on supposerait que la mise en jeu de la notion de divertissement, sa fertilité créatrice, la tension qu'il génère confrontés à son contraire, à savoir la vacuité métaphysique et l'absolu du néant, apparaissaient comme un infléchissement certain de la notion pascalienne, à laquelle Giono emprunte néanmoins beaucoup. Il faut le reconnaître, comme il se doit, c'est la distance culturelle, intellectuelle, en un mot, créatrice qui définit la position du romancier, y compris et surtout si l'on prend en compte le glissement progressif du monde moderne, objet du récit, vers le profane. L'intercession du roman, en rapport avec la dimension sacrée qui s'attache désormais au divertissement, n'en devient que plus nécessaire.

Le fondement de ce dernier réside alors, il est vrai, dans son ambition à diriger une quête, à atteindre une essence, même si un tel accomplissement reste soumis à la dissolution, à la négation finale de toute individualité : aussi la liturgie sacrificielle qui ordonne de bout en bout *Un roi sans divertissement* se charge-t-elle d'une valeur augurale, emblématique d'un tel constat qui informe le sens de la chronique et suppose en ce cas l'aménagement d'un espace et d'un temps autonomes, affiches comme tels au seuil du récit.

Place concurremment avec une réalité dont il conditionne pourtant, dès lors, la perception et l'interprétation, le contenu de la chronique, de *Noé* aux *Ames fortes*, et dans ces derniers récits mieux qu'ailleurs, stigmatise cette tendance du romancier à sacraliser le pouvoir formel, et incite à voir dans le récit replie sur lui-même, circonscrit et bouclé par l'univers qu'il forme, le viatique reliant le lecteur à la puissance cosmique, qu'il laisse intacte dans la part d'indicible qui y participe. La conception des *Chroniques romanesques* relève donc, pour une large part, d'une expérience du sacre, qui n'infirme en rien, au contraire, nos propres développements consacrés à l'effacement des catégories morales et à la dissolution progressive des contours qui cernent la représentation positive du monde. Signalant bien plutôt un rapport ambigu au Mal, les *Chroniques*, sans s'inscrire en faux contre toute éthique, on l'a vu, en redéfinissent les conditions en instaurant un nouveau rapport à l'ordre universel, qui lie le maintien de la civilisation à la reconnaissance du sacre et à l'ouverture ambiguë qu'il constitue dans le domaine des aspirations humaines.

Dans la mesure où toute réalité (hormis la Réalité Ultime, celle du Vide comme Absolu) est soumise au Temps, l'acceptation de la réalité temporelle implique l'acceptation tacite de toute réalité. Cette acceptation générale a ainsi qu'il sera possible de le constater, un statut assez particulier en ce qu'elle inclut une forme essentielle de refus qui est le refus d'adhésion.

Acceptant la réalité temporelle, l'être accepte en effet la relativité (éphémère et instabilité) de toutes choses et de lui-même. Dans une autre perspective, l'acceptation de la temporalité est acceptation des limites attachées au discontinu. Dès lors, cette acceptation porte l'être et le prédispose nécessairement au rejet de toute réalité. Le refus de tout attachement, de toute adhésion à l'égard du monde, à l'égard des états que lui-même traverse impertinence, est un refus spontané. Lorsque cesse l'Illumination, se défont les attachements :

> *Ainsi dois-tu considérer ce monde qui fuit :*
> *Une étoile à l'aube, une bulle sur un ruisseau,*
> *La lueur d'un éclair dans un nuage d'été,*
> *Une lampe qui vacille, un fantôme, un rêve*①.

Il est nécessaire que l'être aille se dégager progressivement de l'emprise que les différents

① Prajnaparamita Sutra, *in Le Yoga tibétain et les Doctrines secrètes*, p.344.

niveaux de réalité (en fait fondamentalement irréels) exerçaient à un titre ou à un autre sur lui. Il va ainsi s'établir dans un état serein de non-possession qui correspond à cette nouvelle vision qui est la sienne. Le regard change et le voici renouvelé.

On doit préciser que par « possession » il faut ici entendre tout ce qui fait que l'être est (objectivement) présent au monde et à lui-même, c'est-à-dire tout ce qui le pose, l'affirme, le rend « consistant ». En effet, lorsque l'être s'affirme, qu'il affirme sa présence, il est amené à déployer, à étendre le domaine du « soi » et à ainsi s'ancrer toujours plus en lui-même (en tant qu'ego) et dans le monde. Prendre possession, c'est s'impliquer, avoir prise (ou tenter d'avoir prise) sur les choses (comme sur les événements, au niveau existentiel), et ainsi les faire en partie siennes...

Acceptant la réalité temporelle, l'être se retire au contraire de la scène du monde (comme de ce qui réponde à cette scène), il tend à s'effacer. Toutes choses apparaissent hors de lui, lui sont données comme extérieures et suivent le parcours qui leur est propre sans que l'être veuille intervenir sur quelque plan et sans désirer modifier quoi que ce soit. L'être se fait totalement inconcerné et demeure dans une sorte de non-agir taoïste. Cette notion de « non-intervention » est essentielle dans toutes les mystiques orientales.

Se retirer de toute prétention à l'égard du monde, abandonner tout vouloir propre et ne pas désirer se substituer à l'action permanente de la réalité temporelle qui fait et défait les choses, qui est le véritable moteur de la réalité manifestée, telle est la Voie par laquelle l'être s'engage dans la non-possession qui est contemporain.

On a vu comment Giono face aux deux niveaux de réalité physique (matérielle et mythique) comme au niveau de la réalité mentale, se refusait à toute adhésion, et comment cette fertile position de refus l'avait amené à progresser toujours plus avant dans sa quête intérieure. Ce refus se trouvait alors moteur de la lutte et déterminait l'incessante marche en avant. C'est par le biais de l'imagination que Giono aura été amené à appréhender une forme de dépossession sereine, un détachement non douloureux parce que « naturel » et consenti. Cette forme de dépossession « spontanée » est ressentie comme une délivrance puisque faisant approcher l'essentiel et la pureté originelle.

Au sein de cette dépossession l'être n'est plus qu'un lieu, lieu de passage des forces naturelles, lesquelles sont appréhendées dans une saisie non appropriatrice. A l'extrême, l'être comme lieu de passage des flux naturels se fond, se confond, fusionne avec les éléments eux-mêmes...

A un degré inférieur, la dépossession permet une « saisie dessaisissante », c'est-à-dire que l'être se réduit à ce simple point de conscience qui appréhende toute manifestation au moment même de son surgissement et qui la favorise sans jamais s'en emparer, tel le spectateur qui participe au spectacle en lui donnant sens par son regard, mais qui n'intervient pas et laisse ce dernier se dérouler librement sous ses yeux. Ainsi est l'image du Sage taoïste, selon laquelle:

Le sage gouverne par le non-faire,
Il enseigne par le non-dire.
Il ne refuse rien à la foule des êtres.
*Mais il nourrit chacun sans se l'approprier*①.

On s'aperçoit dans l'œuvre de Giono la dépossession exprimée en termes d'effacement, proches de la conception taoïste: l'effacement de la notion du temps tant dans les premières œuvres de Giono que dans la seconde manière. Ainsi que l'on va étudier dans les chapitres suivants la Vacuité, le dépouillement est véritablement la condition première et incontournable, non pas à une simple saisie fugace et accidentelle du Vide, mais à sa réalisation pleine et entière. Se défaire de tout avoir (comme de tout savoir, puisque toute connaissance est un acquis) c'est amener l'être à approcher le Vide, à y pénétrer et à y demeurer. Sereine dilution (et non dissolution) dans la Réalité Ultime.

Ici est dévoilée l'étonnante richesse de la Vacuité pour l'être qui s'y abandonne. Etre sans attache, retenu par nulle chose, c'est être offert, prêt à tout recevoir. Par l'état de non-possession, et au sein de cet état, tout est donné à l'être, indifféremment. Mais dernier ne s'y attachant pas se retrouve tout à la fois, infiniment riche de tout et dans le même temps totalement démuni. En correspondance avec cette non-possession, on constate l'oubli (au sens de non-fixation) qui perpétue cet état en entretenant l'être dans l'impossession. Se trouver dans l'oubli total de soi c'est être en son essence même. Là encore les différences expériences de l'imagination ont favorisé chez Giono cette forme d'oubli, de non-fixation qui correspond à la pénétration de l'être dans la dimension spirituelle en rapport avec la Connaissance.

Le thème de l'oubli est en rapport avec l'effacement. Il est développé à l'extrême par la pensée taoïste:

« *Pour se laisser aller au fil de l'évolution universelle et devenir un vrai sage, il suffit d'oublier les êtres, d'oublier le Ciel, de s'oublier soi-même. Par cet universel oubli, l'homme s'identifie au Ciel*②.»

On ne peut pas penser aux « pouvoirs surnaturels » qu'atteignent les mystiques par leurs

---

① Lao-Tseu, *Tao Te King*, p.23. "是以圣人处无为之事,行不言之教,万物作焉而不辞。"

② Tchouang-Tseu, *in Taoïsme*, traduit par Henri Maspero, œuvre complète, Gallimard, Unesco, 1969, p.28.

ascèses. Tous les enseignants mystiques mettent en garde contre l'utilisation de ces pouvoirs, et y voient une entrave sur le chemin de la Connaissance. Ces pouvoirs constituent une « possession » dont le mystique doit apprendre à se rendre à l'évidence que le miracle a lieu dans l'ignorance même de la puissance...

En effet, il apparaît que tout ce qui vient d'être dégagé que le fait d'atteindre à l'oubli total est celui d'atteindre également la présence totale. L'oscillation se situerait donc moins entre deux rêves extrêmes qu'entre la Complétude, en horizon de l'être, et les incessantes incomplétudes de l'être au quotidien, qui sont comme la perte toujours recommencée de cette Unité Essentielle. Au niveau purement existentiel, et non plus au niveau purement ontologique, l'être doit nécessairement se restituer. Il doit réévaluer son existence en fonction de cette dépossession comme en fonction de son accès à l'équilibre et à l'harmonie dans la réalité temporelle.

L'acceptation de la réalité temporelle a ses différents niveaux de rapport avec l'être (acceptation qui n'est rien d'autre qu'une compréhension vaste et profonde de cette réalité même) amène en effet ce dernier à une vision autre des statuts de son existence. Celle-ci est ramenée à sa juste mesure (tout à la fois infinie, relative et conditionnée). Face à l'Eternité, au Temps immobile de l'intemporel qui dépasse l'entendement et représente le plan fondamental de la réalité temporelle (du coté de l'Absolu, du Non Conditionné de la Vacuité Pure), l'être ne peut plus accorder à son existence quotidienne l'importance. Cependant, dans ce caractère dérisoire de l'existence individuelle mesurée et limitée jaillit la démesure du privilège qu'elle constitue malgré tout, véritable miracle et mystère insondable. Par cette relativisation et conjointement à elle, il se passe un détachement qui permet à l'être de pouvoir traverser, désormais sans en souffrir, le domaine de l'événementiel. Il lui est à présent oisible de passer au travers des accidents et des infortunes, des revers et des désagréments, qui sont le lot de son existence quotidienne et qui constituent le tissu même du vécu objectif, sans s'y abîmer ni être par eux blessé. Maîtriser et paix dirigeront l'être qui participe à l'existence hors de son ego, détaché de lui. Comme l'être du Sage taoïste, il n'attachera pas plus d'importance au gain qu'à la perte, au succès d'une entreprise qu'à son échec, etc. Sagesse de tous les instants qui réside dans cette seule vision et qui se fonde sur la connaissance profonde que le Temps est une perpétuelle « alternance de la croissance et du déclin, du plein et du vide①.» et une suite de contradictions déroulées à l'infini. La totalité du parcours que représente une existence humaine peut, de ce point de vue, être ramenée au simple couple « bonheur-malheur » et à son double « plaisir-douleur » ce qui nous fait penser à l'alternance Yin-Yang...

---

① P.-L.-F. PHilastre, *Yi-King ou livre des changements de la dynastie des Tcheou*, Paris: éd. Librairie d'Amérique et d'Orient Adrien Maisonneuve, 1987, chp. XXIII.

*Le bonheur s'achève en douleur et la douleur suit immédiatement la douleur; on m'atteint ni bonheur durable, ni douleur durable, car parfois le bonheur lui-même se termine en douleur, et le bonheur vient de la douleur. C'est pourquoi celui qui désire un bonheur permanent doit abandonner le couple bonheur-douleur*①.

Toute sagesse se déploie sur cet arrière-fond de relativité selon lequel tout passe et rien ne demeure. Il n'est de véritable sérénité que dans une reconnaissance profonde et entière (compréhension et acceptation) de cette Evidence première. Quant au taoïsme, suite à la reconnaissance de cette Evidence, à la conduite de non-agir, il engage. Toute lutte est vaine pour tenter de briser l'infernal enchaînement:

Le malheur porte le bonheur
Le bonheur sous-tend le malheur
Dira-t-on que vus de très haut
*Marcher droit et dévier demeurent*②?

Accordé au Temps, l'existence trouve sa représentation symbolique dans l'image de l'écoulement de l'orage dans *Les récits de la demi-brigade*, puisque dans le chinois on a un proverbe: « La sagesse accompagne les fleuves. Sagesse et Paix③.» On voit ici l'image même du flux temporel régulier, de l'impermanence dans la permanence, de la vacuité qui permet l'écoulement ininterrompu.

---

① Santi Parvan, Ⅻ, 26, *in L'Hindouisme*, p.158.

② Lao-Tseu, *Tao Te King*, *op. cit.*, p.135. "祸兮,福之所倚;福兮,祸之所伏。孰知其极? 其无正也。"

③ Santi Parvan, *op. cit.*, p.197.

Chapitre II Sagesse en vacuité

Plus que tout autre, le concept de Vacuité est peut-être celui qui unifie et donne une unité aux différentes Voies parallèles de Connaissance que l'on rencontre en Orient et Extrême-Orient. En fait, si ce terme de « Vacuité » exprime une seule et même expérience, celle-ci peut être vécue par l'être à des degrés divers de profondeur, c'est pourquoi la Vacuité, dans une direction unique de sens, recouvre diverses notions.

> *Quand on parle du face-à-face avec la vacuité, on parle d'une expérience infiniment sacrée, or la vacuité n'est rien d'autre que la matrice de l'existence, la réalité ultime dans laquelle le passé et l'avenir, le proche et le lointain, l'UN et le Multiple sont transcendés et où plus rien n'obscurcit l'éclat rayonnant du Vrai.*①

Les trois constantes de l'expérience de la Vacuité sont ainsi : le retour à l'origine, l'accès à la Vérité Ultime et le dépassement de la dualité de l'unité. Ainsi que l'on l'a vu, la non-possession correspond au premier degré de la Vacuité, et on va la retrouver portée à la dimension d'une Sagesse. Car sous cet aspect de la dépossession, la Vacuité est ramenée au niveau d'une pratique : faire en sorte de « créer le Vide » en soi, d'opérer un détachement et de s'y maintenir en le renouvelant incessamment. Bien entendu, l'idéal était, comme l'écrit D.T. Suzuki, d'être initialement sans rien, originellement démuni.

Le concept métaphysique de la vacuité peut se traduire en termes d'économie, par la pauvreté : être pauvre, ne rien posséder « heureux les pauvres en esprit.»

Au début, l' « être pauvre » signifie être en possession de rien et non pas se démunir de ce que l'on a. Rien à gagner, rien à perdre ; rien à donner, rien à prendre, être simplement tel quel, et pourtant riche de possibilités inépuisables... N'être absolument rien, c'est être tout. Quand on est en possession de quelque chose, ce quelque chose empêchera toutes choses d'entrer.

Cependant, pour qui « possède » (ayant plus de sens de « possédant » que de « possesseur »), la Vacuité peut être atteinte après une phase de purification consistant en un détachement

---

① « Ineffable Vide », *in Hermès*, p.225.

progressif et en un vaste abandon. Mais, en fait, pour qui « est pauvre », dans le sens de la citation ci-dessus, la dépossession consistera à n'éprouver ni désir de possession ni désir de « s'emplir ». Développer un « esprit d'abandon », qui, dans une certaine mesure, correspond à cette devise d'Alan Watts: « Lâchez tout »...

Détachement d'avec toute possession (extérieure comme intérieure) et abandon ouvrent la voie au retour à l'Origine, à l'Essence. Détachement attaché.

Qui fait parade de soi-même est sans éclat
Qui se donne raison n'est pas mis au pinacle
Qui vante ses talents passe pour sans mérite,
*Qui se targue de ses succès prépare sa chute.*①

Et dans le dernier *Récit de demi-Brigade* de Giono, Martial prophétise sans regret une « fin des héros » en cours, annoncée très tôt dans l'œuvre avec les choléras métaphysiques de Bobi, de Langlois, puis du *Hussard*. Si le panache théâtral et le météorisme apocalyptique ont pu tenter une certaine « enfance » de la pensée et des valeurs, le romancier Giono semble ensuite simplement détourner le regard de ces éclatements. Dans le *Hussard*, le médecin ne cesse de le souligner: le cholérique en arrive toujours à « suivre l'exemple », exemple trivial puisqu'il ne s'agit que d'exploser comme sous l'effet de ces fameuses « tripes qui relâchent » et « trèfle du jupon qui resserre » [Ⅳ, HT, 438]. Le résultat est une « mauvaise odeur », qu'un personnage comme Angelo se refuse à être. Pour se taire, il lui faudra se détacher progressivement de toutes les figures héroïques traditionnelles que les structures du roman s'emploieront à lui faire adopter, expérimenter, abandonner ou déplacer. Son héroïsme consistera à vivre, et à faire vivre Pauline, c'est-à-dire à aimer, l'auteur nous rappelant qu'il s'agit là d'une « définition de l'amour » qui lui « suffit »[Ⅳ, App. HT, U75]. Cette recherche de l'amour ou bien l'Essence commune à toutes choses, dans la destruction de toutes les apparences qu'elle détermine, permet à la Vacuité de se manifester en tant que Réalité au-delà des réalités illusoires, du Jeu des apparences.

Dans la perspective plus linéaire du vécu, retrouver cette unité dans une succession d'instantanés déroulés dans la continuité, c'est ne plus se poser les questions qui sous-tendent la quête, mais c'est répondre à cette seule exigence qui est « d'être » purement et simplement, à chaque instant réalisée.

Mais demeurons dans cette direction, celle d'une recherche qui est libération progressive

---

① Lao-Tseu, *Tao Te King*, éd. Seuil, 1979, nouvelle édition remaniée, p.67. “自见者不明,自是者不彰,自伐者无功,自衿者不长。”

préparant l'être à la libération ultime, à l'Illumination.

I.1 Vacuité dans le Bouddhisme

Dans le Bouddhisme Mahayana, la Vacuité se présente, à un premier niveau, comme indissociable de la forme. Elle est l'absolu qui accompagne toutes les manifestations relatives et, à ce titre, elle peut être atteinte au travers de toute forme réalisée par-delà chaque plan de réalité. Elle est, dans une certaine mesure, le « non-être » qui accompagne « l'être ». « La forme est vacuité et la vacuité est forme: que la forme ne diffère pas de la vacuité ni la vacuité de la forme①.» La Vacuité est attachée à l'ensemble de l'univers réalisé, informé (ayant reçu forme); elle constitue l'Irréalité de toute réalité, et, par voie de conséquence, toute réalité s'avérant, au fil d'une pénétration lucide de la conscience, foncièrement irréelle, elle seule est la Réalité Une et Véritable. Réalité première d'où surgit toute réalité. Réalité seconde en tant qu'elle accompagne toute réalité dans son accomplissement, dans son « information ». Ainsi, approcher la Vacuité et la reconnaître revient à pénétrer du côté de la Réalité Ultime, éternellement présente dans son absence.

Dans la Prajnaparamita, « le Vide est introduit non pas pour lui-même, mais comme une méthode qui aboutit à la pénétration dans la véritable réalité. Il ouvre le chemin à une approche directe de la véritable nature des choses en rejetant toute adhésion aux mots, qui séparent de la réalité au lieu de la dévoiler② ».

Il est donc une sorte de « pratique » de la Vacuité dans le Bouddhisme, qui correspond au développement même de la Sagesse. Transcender le monde en poursuivant cette Voie, c'est aller vers une Vacuité sans cesse plus profonde et plus parfaite, une Vacuité qui absorbe en son sein tout ce qui n'est pas elle.

A partir de la « Sagesse Transcendantale »③, Edward Conze distingue qu'il y a cinq étapes essentielles dans cette pénétration de la vacuité④:

La première étape doit être appréhendée le vide que recouvrent des mots tels que « soi », « mot », « mon », ou leurs dérivés.

La deuxième étape consiste à séparer le conditionné de l'inconditionné afin de se détacher progressivement de toutes choses conditionnées et de se tourner délibérément vers l'Absolu, « d'appliquer son attention au Nirvana, à l'inconditionné ».

La troisième étape est l'atteinte de la l'Inconditionné. Cet inconditionné participe

---

① Edward Conze, « La Doctrine secrète », *in Hermès*, p.206.

② Edward Conze, *op. cit.*, *in Hermès*, p.207.

③ Cf. Lama Kazi Dawa-Samdup, *Le Yoga tibétain et le Doctrines secrètes*, Livre Ⅶ, *op. cit.*, p.346.

④ *Op. cit.*, pp.204-209.

pleinement de la Vacuité en ce que, toujours selon Edward Conze, son appréhension détermine la libération d'avec toutes choses conditionnées, et demeure hors de toute imprégnation individuelle.

La quatrième étape consiste dans le rejet de cette distinction même entre « conditionné et inconditionné pour atteindre à la contemplation de l'identité du monde et du Nirvana ».

La cinquième étape consiste à la contemplation de cette identité. L'approche du Vide Originel a lieu. « Mais même cette approche, à son tour, doit être transcendée. Les paradoxes sont finalement laissés en arrière et l'on parvient à un état de silence, où plus rien ne peut être dit.»

Le « centre » comme le moteur primordial qui détermine la pénétration de la Vacuité dans le Bouddhisme est le refus du monde et de toute réalité illusoire, qui fait reculer (avancer) la conscience à l'intérieur de soi.

Il faut bien garder à l'esprit le fait que la Vacuité ne procède pas d'une pure spéculation philosophique. Elle est insaisissable au niveau des mots, et seule une expérience directe au niveau du vécu peut amener à sa véritable compréhension. Compréhension qui exigera le dépassement dans une expérience plus vaste échappant à quelque détermination.

> *Dix gros volumes sur ce sujet [la Vacuité] ne vous mèneraient pas tôt aux lecteurs plus près d'une compréhension véritable.*
>
> *La vacuité est là dans un esprit et partout ailleurs. Ce qu'il faut, c'est en faire l'expérience*①.

Il est nécessairement absolu d'avoir de l'expérience. Il ne faut pas penser la Vacuité, mais la vivre. Tout enseignement pourtant sur cette Voie vers Elle, ne sera jamais qu'une préparation à l'expérience même.

Dans le Bouddhisme, on trouve établi en permanence le rapport entre Vacuité et Plénitude. Ainsi, dans le Bouddhisme Zen:

> *La vacuité du Zen n'est pas la vacuité du néant, mais la vacuité de la plénitude dans laquelle il n'y a « ni gain, ni perte, ni accroissement, ni diminution », dans laquelle prend place l'équation: zéro à l'infini*②

La Vacuité s'exprime dans le Bouddhisme Zen, en termes de « nudité spirituelle », de

---

① Edward Conze, *op. cit.* p.209.

② D.T. Suzuki, *op. cit.*, *in Hermès*, p.190.

« don », de « dissolution sereine », et en cela elle peut être rapprochée du Vide dans les *Chroniques*. Le Vide comme Vacuité n'est pas à acquérir, ni même à retrouver, il est, purement et simplement, et sa saisie, dans le Zen, ne correspond ni plus ni moins qu'à l'Eveil sur Ce Qui Est, Illumination, Libération instantanée, immédiate. En ce sens, le Zen est « à fleur d'expérience ». La Vacuité étant cet état latent que, tous, on peut connaître, à chaque instant, pour peu que les conditions s'y prêtent, qu'elles y conduisent (présence d'un Maître jouant le rôle d' « éveiller » en particulier). Il ne sert à rien de prétendre vouloir analyser:

> *Avant l'Eveil, on parlerait sans savoir, déboucher sur le règne de l'opinion.*
>
> *Pendant l'Eveil, seul le Silence est Parole.*
>
> *Après l'Eveil, rien ne peut en être dit tant l'expérience en question dépasse la sphère du langage.*
>
> Sans se baser sur les mots et les lettres,
>
> *Pointant directement vers l'esprit humain,*
>
> *Pénétration dans sa propre nature et atteignant la bodhéité*①.

Il se trouve même, dans le Bouddhisme Zen, des indications tendant à rejeter toute méthode aussi bien de concentration que de méditation:

> *Si vous ne pensez à rien du tout, et si vous commandez à vos pensées de cesser immédiatement, vous vous enchaînerez alors par une méthode et une vue stupides*②.

Ou encore:

> *Si vous commencez à concentrer l'esprit sur le calme, vous n'aboutirez qu'à un calme factice.*
>
> *Car comment parvenir à la concentration par l'exercice de la concentration*③.

Pour les disciples du Zen, il n'y a pas véritablement d'étapes ni de degrés quant à la possibilité d'appréhension de la Vacuité. Celle-ci étant du côté de l'Absolu, elle se présente – doit se présenter à chaque instant dans son intégralité, sa totalité- sans morcellement. La Vacuité n'est pas à rechercher mais se révèle d'elle-même à l'être dans l'Illumination, et devient

---

① Cf, *Hermès*, *Commentaires au Tao Te King*, éd. Dervy Livres, 1969.

② Alan Watts, *Le Bouddhisme Zen*, Paris: éd. Payot, 2002, p.104.

③ Thomas Metton, *in Hermès*, p.187.

le cadre d'une Vision clairvoyante du monde et de soi-même. Vision d'Innocence première qui fait partie de la prise de conscience elle-même.

> *L'homme qui a véritablement trouvé sa nudité spirituelle, qui a pris conscience qu'il était vide n'est pas un moi qui a acquis la vacuité ou qui est devenu vide.*
>
> *Il est simplement vide depuis le début, comme l'a fait observer D.T.Suzuki*①.

La Vacuité est par essence inconcevable. Elle échappe nécessairement à toute tentative de détermination par le langage et le raisonnement systématique; c'est pourquoi le Bouddhisme Zen a supprimé toutes les énumérations que l'on trouve, par exemple, dans le Bouddhisme Mahayana.

Dans ce dernier, l'énumération a pour but essentiel de qualifier la Vacuité par fragmentation, c'est-à-dire en la morcelant en différentes « sortes » de vides correspondant aux différents niveaux d'appréhension de la Réalité Vacante. Cette division chercher à ouvrir un chemin pour conduire à l'expérience ultime. Cependant, ainsi que le souligne Alexandre David-Néel, l'énumération des dix-huit sortes de vide n'a d'autres significations que de révéler, par leur nombre même, le caractère inconcevable du Vide, comme l'impossibilité d'une formulation adéquate:

> *L'élimination progressive que constitue la série des différentes espèces de Vide et de l'énonciation d'un « vide du Vide » semble bien marquer que le but de la liste complète des énumérations tend à nous démontrer que le Vide à l'absolu nous est inconcevable*②...

Le Vide absolu, c'est celui-là même que l'on va retrouver, dans un instant, évoqué par le terme chinois de « Tao ». Avant de passer à l'étude de la Vacuité dans le Taoïsme. Telle est la Vacuité dans le Bouddhisme. Le Taoïsme est un courant de pensée entièrement constitué autour du concept de Vacuité. Il est la Voie vers la Vacuité, par excellence.

On trouve, dans les Upanishad, associé au terme de « Brahman », le même principe servant à le définir que celui par lequel la Vacuité atteint en partie son expression. « Brahman » est l'Absolu, le Non-Conditionné, la Réalité Ultime et l'Origine.

> *C'est Lui, le Seigneur de l'univers, l'Omniscient, le régent interne!*
>
> *Il est la matrice de toutes choses puisqu'il est à la fois l'origine et la fin de tout ce qui*

---

① Thomas Metton, *in Hermès*, p.187.

② « Le Vide dans le Bouddhisme tibétain », *in Hermès*, p.211.

existe. ①

I .2 La Vacuité dans le Taoïsme

Atteins Suprême Vacuité
Et maintiens-toi en Quiétude
Face à l'agitation fourmillante des choses
*Je contemplerai leur Retour*②.

Toute la pensée taoïste se déploie à partir de l'appréhension initiale de la Vacuité Universelle. Cette expérience fondamentale de la Réalité du Vide détermine une « analyse » de l'efficience quotidienne de la Vacuité et débouche sur une « pratique de la Vacuité ».

Il s'agit en fait pour celui qui a atteint l'Illumination de l'Evidence (éclaire de Compréhension Totale par lequel est saisie la Vérité Ultime du Tao, du « Tao » que « la voie qui peut s'énoncer n'est pas la Voie pour toujours.»③) de perpétuer celle-ci en la ramenant dans le domaine du quotidien, c'est-à-dire en suivant et en appliquant les préceptes des sages taoïstes, lesquels ont développé un code, une pratique à cet effet. Alors la plénitude de l'Illumination débouche sur une sérénité de tous les instants. Ayant appréhendé le Tao, il va s'agir ensuite d'en « tenir l'axe ④», c'est-à-dire de préserver en soi la Vacuité comme centre même de l'être.

La Vacuité apparaît donc ici essentiellement au niveau de son efficience. Une fois l'expérience faite, il n'est plus besoin de chercher à la reproduire, la transformation de l'être « suit son cours ».

Etant donné que l'univers entier ne se réalise pleinement, sur le plan de la manifestation, qu'à partir et que par l'efficience de la Vacuité Originelle, Matrice Universelle, il est fondamental, pour l'homme, élément de cet univers, de se mettre en accord parfait, à tous les niveaux de son être, avec le flux de l'univers. L'homme est cet univers microcosmique dans lequel il a sa juste place et dans l'ordre duquel il s'épanouit. L'efficience de la Vacuité se trouve exprimée à plusieurs reprises dans le *Tao Te King*:

Bien que trente rayons convergent au moyeu

---

① Mandukya Upanishad, Up. 6, *in L'Hindouisme*, p.133.

② Lao-Tseu, *Tao Te King*, *op. cit.*, p.51. "致虚极,守静笃,万物并作,吾以观复。"

③ *Ibid.*, p.21. "道可道,非常道。"

④ Max Kaltenmark, *Lao-Tseu et le Taoïsme*, éd. Le Seuil, 1965, coll. « Maîtres spirituels », p.94.

C'est la vide médian
Qui fait marcher le char
L'argile est employée à façonner des vases
Mais c'est du vide interne
Que dépend leur usage
Il n'est chambre ou ne soient percés porte et fenêtre
Car c'est le vide encore
Qui permet l'habitat
L'être a des habitudes
Que le non-être emploie ①.

Pour atteindre à la « suprême vacuité », et surtout pour se maintenir en toute sérénité au sein de la Réalité du Vide, il est nécessaire de se dépouiller intégralement de soi, de pratiquer l'effacement, le détachement, l'abandon, de ne plus vivre pour soi-même, mais de vivre par soi-même, c'est-à-dire par la Vacuité à travers soi:

Le ciel dure, la terre persiste
Qu'est-ce donc qui les fait persister et durer?
Ils ne vivent point pour eux-mêmes
Voilà ce qui les fait durer et persister
Le Sage met son corps derrière
On le place devant
Il n'a pas souci de son corps
Par là même son corps se maintient
N'est-ce pas qu'il est sans moi propre?
*Par là même son moi s'accomplit*②.

Dans le rapport être-univers, la conscience devient ce « miroir », pour reprendre l'expression que l'on a vue sous la plume de Giono, elle reflète l'univers et l'univers se reflète en elle. Mais à l'image du miroir, il ne saurait y avoir « appropriation »; le reflet ne se possède pas...

---

① Lao-Tseu, *op. cit.*, p.41. "三十辐,共一毂,当其无,有车之用。埏埴以为器,当其无,有器之用。凿户牖以为室,当其无,有室之用。故有之以为利,无之以为用。"

② Lao-Tseu, *Tao Te King*, *op. cit.*, p.33. "天长,地久。天地之所以能长且久者,以其不自生也,故能长生。是以圣人后其身而身先,外其身而身存,非以其无私邪? 故能成其私。"

Votre activité, votre destinée, font partie intégrante du flux des êtres, sous l'action du ciel et de la terre...

*Vous avancez dans la vie sans savoir ce qui vous pousse, vous stationnez sans savoir ce qui vous arrête, vous mangez sans savoir comment vous assimilez, l'action puissante mais inconnaissable du ciel et de la terre vous mouvant en tout; et vous prétendez vous approprier quelque chose*①?

On ne trouve pas véritablement, à notre connaissance, dans la pensée taoïste, le postulat que le monde est illusion. Le monde est tel qu'il est, il est une dimension réalisée, et, loin de la rejeter, le taoïste l'accepte tout en s'y trouvant totalement-et lucidement-intégré, par la pratique de la Vacuité. Par effacement de soi-même, le Sage atteint à une présence totale en ce qu'il participe notamment, à part entière, aux mouvements de l'ensemble de l'univers. « Le gouverneur des temps anciens était subtil perçant merveilleux et profond. Trop profond pour être sondé ②.»

Le Taoïsme développe également les rapports entre la Vacuité et les forces naturelles (flux) qui ne peuvent œuvrer qu'à partir d'elle, comme l'eau ne coule qu'en tant qu'il y a un vide susceptible de la recevoir, et d'être empli par elle. Ainsi, identiquement, s'effacer, se dépouiller de soi-même, «se vider», devenir vacant, permet aux forces et flux de se manifester librement à l'intérieur de l'être en vacuité et de le traverser. Il ne faut pas chercher ni à retenir ni à arrêter ces flux. L'être est alors tout entier mû par eux, il devient lieu de passage, et il se réduit à la seule conscience des mouvements qui, ainsi, le traversent et l'animent, et qui, par lui, peuvent s'objectiver.

L'angoisse et la souffrance sont toujours résultantes d'une inadéquation quelconque de l'être au monde. Etablir la vacuité, c'est donc faire retour aux forces originelles et éternelles. C'est s'abandonner en confiance parfaite à ces forces et à ces flux. C'est, enfin, tout en se laissant porter par eux et animer par eux, atteindre la quiétude parfaite de l'Harmonie Universelle dans la Contemplation sereine.

Retour à la racine a nom Quiétude
A nom Retour à Destinée
Retour à Destinée a nom Constant

---

① Tchouang-Tseu, *in Commentaires du Tao Te King*, éd. Dervy-Livres, note 48.

② Lao-Tseu, *op.cit.*, p.49. "古之善为道者,微妙玄通,深不可识。"

*Connaître le Constant, Illumination*①.

Le Taoïsme est ainsi la Voie qui permet, pour qui en a éprouvé la plénitude dans le Vide et qui a fait l'expérience de la Vacuité, de poursuivre et de prolonger au niveau du quotidien les bienfaits alors ressentis dans l'appréhension même de la réalité du Vide. Car le rayonnement ne cessera plus :

Qui du mêlé au clair sait passer sans bouger?
Qui de l'inertie à l'animé en se mouvant?
Celui qui a la Voie n'essaie point d'être comble
Et comme il n'est pas comble
*Il subit l'usure des ans sans décliner*②.

*N'est-il pas évident, dit Tchouang-Tseu, que vide, paix, contentement, non-agir, silence, vue globale et non-intervention sont la racine de tout bien*③?

Dans l'ordre de la Connaissance, la Vacuité taoïste s'exprime par l'abandon de la recherche des causes. Demeurer dans l'innocence qui est la forme la plus épurée de l'ignorance, c'est abandonner le « pourquoi » des choses et subir sereinement, dans l'instant, leurs effets. S'établir dans l'innocence, c'est-à-dire accéder à la Contemplation et dans celle-ci vient alors la cessation du « comment » des choses et des évènements. L'être est prêt à traverser toutes les situations qui seront les siennes sur le plan du vécu avec une tranquille indifférence à leur égard, allant jusqu'à les trouver-les rendre-égales qualificativement « Les paroles vraies ne sont pas belles. Les belles paroles ne sont pas vraies.④»

Toute la pensée taoïste se déploie au niveau des évidences. L'évidence est un mode de compréhension globale, non analytique, éclairante. De plus, l'évidence pénètre dans la profondeur même de la conscience, gagne directement la dimension de l'être et y demeure à jamais. Il se trouve dans l'évidence une sorte de pouvoir d'imprégnation sans égal, d'imprégnation directe. Ainsi, se déployant tout entière au niveau des évidences, la pensée taoïste reproduit l'Evidence Première qui est celle de la Vacuité, la prolonge, et la retrouve

---

① Lao-Tseu, *op.cit.*, p.51. "归根曰静,静曰复命,复命曰常,知常曰明。"

② Lao-Tseu, *op.cit.*, p.49."孰能浊以静之徐清? 孰能安以静之徐生? 保此道者,不欲盈。夫唯不盈,故能蔽而新成。"

③ Tchoung-Tseu, cité par Lilian Silburn, *op. cit.*, *in Hermès*, p.34.

④ Lao-Tseu, *Tao Te King*, *op. cit.*, p.181. "信言不美,美言不信。"

sans cesse (en échos jamais éteints) et ne s'en écarte donc pas. Dans l'illumination, la Vérité est donnée, offerte, et la lumière de l'Evidence absolue est irrépressible autant qu'inexprimable. C'est la fascination de l'Origine - qui est, toujours, Contemplation-, la fascination qui est transposée sur le plan du vécu deviendra fascination de tous les instants pour les courants de vie les plus subtils, les plus infimes, les plus imperceptibles...

Il ne s'agit plus d' « emprisonner le monde dans un réseau d'abstraction① », mais, bien au contraire, de se défaire de toute prétention intellectuelle à son égard et d'accéder au seul mode de compréhension qui lui corresponde (et auquel chaque acte viendra répondre et faire écho), celui de l'évidence comme un perpétuel et serein étonnement. Ainsi la Vacuité prend l'aspect d'une vertu essentielle dans le Taoïsme. Il convient de cultiver à tous les niveaux de son être, car il n'est d'accomplissement véritable et d'épanouissement de l'être qu'en elle. La Vacuité est tout à la fois: Origine et Terme, Suprême Efficience dans le cours des choses et dans la Réalisation Universelle, et, conséquemment, dans la réalisation individuelle.

Pour en terminer avec ce rapide tour d'horizon de la Vacuité taoïste, soulignons son incidence sur le développement de l'enseignement du Bouddhisme en Chine (lors de la pénétration de ce dernier). La notion de Vacuité va pénétrer le Bouddhisme et y prendre plus d'importance que dans le Bouddhisme hindou et tibétain.

Alan Watts note à ce propos:

> *Remanié dans ce sens, le Bouddhisme extrême-oriental est encore plus attirant et conforme à la nature que ses équivalents hindous ou tibétains dont les idéaux de vie semblent par moments surhumains, plus faits pour des anges que pour des hommes.*
>
> *Cependant toutes les formes de Bouddhisme admettent une Voie Intermédiaire entre les extrêmes, entre l'ange (deva) et le démon (preta), entre l'ascétique et le sensuel, et proclament que l'Eveil suprême ou bouddéité ne peut être atteint qu'à l'état humain*②.

De son coté, Lilian Silburn note cette influence de la pensée taoïste sur le Bouddhisme en Chine par l'accent que l'on y trouve mis sur la Vacuité.

> *Les bouddhistes chinois du Grand Véhicule font de l'absence de pensée ou « esprit de non-demeure » le pivot de l'enseignement ésotérique qu'ils reçurent de l'Inde, non-demeure équivalant pour eux à vacuité ultime*③.

---

① Alan W. Watts, *Le Bouddhisme Zen*, éd. Payot, 1969, p.32.

② Alan W. Watt, *op. cit.*, p.44.

③ Lilian Silburn, « Le Vide, le Rien, l'Abîme », *in Hermès*, p.54.

Mais il est temps de retrouver Jean GIONO et de le situer, lui-même, par rapport à la Vacuité, dans un rapport avec certains des aspects que l'on vient de dégager dans les Voie orientales et extrême-orientales de Connaissance.

I .3 Giono et la Vacuité

Dans le Bouddhisme, la Vacuité se présente, à un premier niveau, comme indissociable de la forme. Elle est l'absolu qui accompagne toutes les manifestations relatives et, à ce titre, elle peut être atteinte au travers de toute forme réalisée par-delà chaque plan de réalité. Elle est, dans une certaine mesure, le « non-être » qui accompagne « l'être ». « La forme est vacuité et la vacuité est forme : que la forme ne diffère pas de la vacuité ni la vacuité de la forme.» Tous les termes ont pu être considérés comme équivalents, le néant, l'impossible, l'abîme, la perte, le vide ou enfin la mort. Ils se laissent toutefois dépasser chez Giono, et en particulier chez le dernier Giono. Ce terme, c'est le zéro ou le Vide, comme Giono envisage un instant d'intituler son ultime roman, *L'Iris de Suse*. La notion ne se laisse pas entièrement réduire à une appréhension du néant, mais se définit comme le néant maintenu, désigné, contemplé, enfin dépassé dans une vaste réhabilitation de toute l'expérience vitale. Dans le Taoïsme, on peut le comprendre comme le Vide. S'il constitue l'aboutissement d'une ascèse dont il essaie de mesurer l'influence des sources extrême-orientales, celle-ci apparaît évidente dans tout le parcours attribué au héros, Tringlot, dans *L'Iris de Suse*. L'itinéraire spirituel semble être à même d'éclairer le caractère spécifique des *Chroniques romanesques*.

A ce titre, si les procédés narratifs mis en œuvre dans ce dernier récit différent sensiblement des *Chroniques* telles que l'on en a défini le corpus, il n'en constitue pas moins un testament artistique et le point d'aboutissement logique et naturel de celles-ci, qui en énoncent les copieux et nécessaires préliminaires. La figure paradoxale et constamment sous-jacente de l'Absente, dont la possession représente en effet le terme d'une quête que Tringlot semble assigner à son réveil un objet. L'attrait extrême représenté par l'Absente, que tous les témoignages proclament « vide » et /ou « verrouillée », prendrait son élan dans la recherche amorcée et illustrée par l'esthétique des *Chroniques*. Cette esthétique comporte ainsi d'autres personnages nettement circonscrits : par exemple, la candide Delphine d'*Un roi sans divertissement*, à laquelle Langlois préfère finalement l'appel du lointain (le suicide), le « muet » des *Ames fortes* au charme duquel le Contre croit un instant voir succomber Thérèse, ou dans *Le Moulin de Pologne*, Julie égarée par l'abîme qui la menace et que M. Joseph lui offre désormais en spectacle, sous l'aspect ordonné et raisonnable d'un domaine restauré dans sa puissance.

Pourtant, la consécration du zéro invente avec *L'Iris de Suse* et intervient dans la conciliation de la quête éperdue avec son propre renoncement. Comme un récit du rien ou de l'improbable, les *Chroniques*, en dépit de leur objet ambigu, formeraient dans cette hypothèse un ensemble à valeur initiatique où la recherche complexe du zéro et de sa valeur particulière se dévoile à la faveur d'une extrême violence; la quête qui ne coïncide pas entièrement avec la tentation de l'anéantissement, puisqu'elle correspond au contraire à la prise en compte de l'entité nulle dans l'évaluation du réel. Ainsi, à la manière des *Chroniques romanesques*, la liberté d'invention repose précisément sur la suspicion qui frappe la réalité dans son ensemble. Elle met par-là même en cause l'expérience vécue attribuée aux personnages comme Tringlot en particulier. Elle vaut par un perpétuel dépouillement et par un sentiment sans mesure quant à la gratuité de l'existence.

Les richesses matérielles que Tringlot semble avoir accumulées forment dans ce dernier récit la part la plus évidente, glorieuse et symbolique, du vaste champ opératoire à l'œuvre, et qui, dans les *Chroniques*, peut se résoudre par l'œuvre créée, dont *L'Iris de Suse* constitue éclaircissement. L'exploration qui s'y fait jour dresse le catalogue de toutes les turpitudes qui témoigne d'une semblable recherche, et constitue le sommet et le point d'aboutissement de tous les motifs de pessimisme existentiel relevés. Elle reste toutefois ouverte par l'acceptation pleine et entière, essentiellement tragique de l'existence et dans sa constitutive incomplétude. Tringlot est volontairement ruiné au terme d'un itinéraire inventé; il restitue de manière inattendue à ses anciens complices l'intégrité de leur butin; Tringlot et son parcours chaotique ont rompu tous les mystères de la poussée vitale et ses incongruités. Cependant, Tringlot peut ainsi revenir et se saisir de l'Absente qui est laissée errante et abandonnée par la mort de Murataure:

> « *Elle était-Je suis comblé. Maintenant j'ai tout, se dit-il. Désormais, elle serait protégée contre vents et marées et il ne savait même pas qu'il était tout pour elle.*» (Ⅵ, 527)

En une expression paradoxale, elle invite Tringlot à se présenter comme « comblé » à l'issue de son dépouillement. Et à la seule faveur de sa rencontre avec l'Absente, son nom même débouche sur l'improbable et sur le vide. C'est donc l'issue d'une quête éperdue qui se fait jour dans ce « tout » maîtrisé. L'Absente se place donc à la source d'un mystère. Après les visions de la Renaissance et du Romantisme et l'épuisement symboliste, ce mystère justifie par contrecoup toute l'entreprise des *Chroniques romanesques* à laquelle il convient de la rattacher.

En effet, on y repère aisément des marques qui les désignent pour en constituer les exemples: dans *Le Moulin de Pologne*, M. Joseph représente ainsi sans conteste l'évolution des *Chroniques* dans le sens de l'imagination contemplative. Cette évolution suppose l'abandon de la volonté et l'assentiment aux forces du destin. C'est en ce sens aussi que le destin n'apparaît jamais que comme une résolution naturelle, un état de fait porté par la détermination du hasard et qui porte sa sentence. Le narrateur soupçonne pour une part M. Joseph d'avoir été un « instrument du destin ». Il peut mesurer aussi combien cette attitude réclame de conscience, de volonté délibérée de la part de celui qui s'y adonne et se voue à la représentation multiple de la marche du monde. C'est un monde étrange qui transparaît au surplus en dépit de la médiocre translation que lui offre le narrateur. A la faveur des miroitements infinis du monde, ses motifs se réfractent, se métamorphosent pour former une image parfaitement artificielle.

Le dernier personnage note « l'azur » qu'il pense déceler dans le vaste empire de M. Joseph et qui forme un royaume dont la valeur suprême n'a pas le consentement à un amour constamment menacé :

> « *A bien y réfléchir, c'était la plus belle nique qu'il puisse faire au destin. On comprend très bien qu'un homme qui aime se paye le luxe dévoué et pour l'objet de son amour ; surtout dans les circonstances ou étaient M. Joseph, Julie et Léonce.* [...] *Il* [*-reste pas possible d'aimer sans violence* (*ou sans biais*) *quand on sait que la plus petite des mouches peut à chaque instant détruire l'être qui contient toute votre joie de vivre.* » (V , 743)

C'est l'usage exemplaire que M. Joseph semble consentir à l'égard de la réalité. Il apparaît « programmatique » de toute la conception développée par le romancier : Giono introduit dans sa propre représentation du monde une part de suspicion telle qu'elle en manifeste l'inutilité. Mais il en dénonce sa parenté avec l'inconnaissable, à la manière du zéro comme une entité nulle. Et il s'avère non seulement capable de « multiplier à toutes les mathématiques », mais de remplacer « dans la numération finie les ordres d'unités absentes » (VI, 1053) : par ce biais, c'est aussi conférer à la réalité « réelle » une dimension métaphysique inaperçue, et inspirer en outre à toute l'expérience du réel sa raison d'être et son fondement. Dans le portrait que Giono consacre à son père à travers *Jean le bleu* comme un grand consolateur et expert dans la science d'éteindre les plaies, il ne saurait s'éteindre avec l'invention des oeuvres et s'enrichit en définitive d'une conception tant tragique que mystique de la vie. A ce moment-là, il semble vouloir consacrer à son environnement contemporain l'attention requise et prétendre s'adresser pleinement à son époque.

Le roman foncièrement improbable s'institue en mythe, une révélation essentielle et légendaire qui est irrécusable à la mesure du subjectivisme qui s'y exprime, de la naissance d'un monde personnel. C'est un monde qui se voit cautionné par l'ordonnance sociale contemporaine à travers la naissance tout aussi mythique de la cité fondatrice. Le romancier se réapproprie Marseille à travers la transfiguration qui l'affecte et dont il se veut lui-même l'ordonnateur. Il poursuivit la réinvention de la ville de Dublin chez Joyce. Giono accompagne cette réinvention de Marseille d'une suspicion qu'elle s'en trouve dépourvue de toute dimension figurative pour triompher dans sa représentation à rebours, selon l'envers métaphysique que le romancier se propose de décrire.

L'amour du zéro apparaît de manière originale dans *Noé* et il réaffirme se départir de toute dépendance au réel, y compris dans sa dimension subjective. Ainsi, les photographies observées et commentées dans la dernière partie du récit soulignent la subjectivité de toute prise de vue, dès lors qu'elle s'exprime en un langage unique dont bien des épisodes de *Noé* dévoilent le caractère. La liberté absolue du romancier démuni de tout bagage tente bien de faire illusion quant à l'objectivité du point de vue développé par le romancier: elle reste néanmoins impartie à la spécificité d'un angle de vue, d'un enchaînement, d'une organisation sérielle unique. Ces spécificités autorisent par-là même toutes les inventions, tous les débordements, comme c'est le cas au début de l'épisode de la Thébaïde et du désinvolte « voyage chez les morts »:

> « *Si l'on s'étonne de me voir sans bagages, brosse à dents, rasoir et serviette éponge, je dois dire que, pour ces voyages courts, je ne peux pas résister au plaisir de les faire les mains dans les poches. C'est si agréable de ne pas dépendre d'une valise (si petite soit-elle) pendue au bout de votre bras pendant que les événements se proposent à vous. Se laver? Eh bien, pour une fois, on se passe de l'eau sur la figure avec les mains et on s'essuie avec son mouchoir. Pour une fois, on n'en meurt pas; et en compensation on éprouve cette extraordinaire propreté d'âme qu'on a quand on se balade les mains dans les poches.* » (Ⅲ, 733-734)

Le « zéro » ici se manifeste à la faveur d'un dépouillement, d'une liberté matérielle. On pense en particulier au Breton du début de *Nadja* – disponibilité aux événements, fussent-ils les plus inattendus, comme cette incursion dans la mort. Elle attend le romancier, au détour d'une de ces errances sans but, dégagée enfin de toute contrainte et de toute finalité.

A la manière de l'assentiment vide et gratuit qui pousse Tringlot vers l'Absente, au terme de son parcours, c'est donc bien d'une rencontre avec la mort, y compris dans la dimension qui porte celle-ci à figurer comme le contraire indispensable de la vie. Elle s'inscrit à l'origine d'un sursaut vital qu'on voit triompher à l'issue de l'épisode de la Thébaïde, à l'occasion de la plongée dans les arcanes de la cité. Le narrateur se veut le plus évidemment réceptif à tous les fruits du hasard, « hasard objectif » d'une certaine manière, en ce qu'il entre à chaque instant en résonance avec la subjectivité du romancier et alimente le désir à l'œuvre.

C'est l'arbitraire des faits, leur logique injustifiable et gratuite, leur suspension au-dessus du hasard qui justifient le travail d'assemblage et d'ordonnance: c'est le cas pour les *Chroniques* les plus ouvertement fictives. Elles se dénoncent comme telles, à la manière de *Noé* ou des *Ames fortes*, puisqu'il s'agit alors de transcrire l'itinéraire de personnages tendus vers l'accomplissement du destin sous quelque forme d'un Absolu. Mais dans *Noé*, le romancier est censé s'inscrire dans une période de non-création alors qu'il rassemble le matériau de textes antérieurs (*Pour saluer Melville*, *Angelo*) ou (*Le Hussard sur le toit*, ou «Noces») qui finissent par former la chronique fictive du romancier au travail. En ce sens, dans l'appréhension du monde en plein surgissement (issu de la décomposition) ou ce qui revient finalement à la non-composition, l'artiste peut vraiment se distinguer en train de façonner l'informel pour conférer de nouveau à la réalité improbable tout son poids. La tension de la création romanesque vers l'infini reposerait donc sur l'observation et la prise en compte du fini. Et à nouveau, c'est la référence au zéro avec ses attributs fonctionnels qui s'impose: le travail du romancier s'accommode aussi bien des événements obscurs et désordonnés que des propos sur les charniers du *Hussard sur le toit*. Ceux-ci distillent une incontestable note funèbre dans les premières allusions au voyage à Marseille (Ⅲ, 673). Le blanc ou le vide n'apparaît pas souvent comme fauteurs de trouble ou de malaise, comme dans *Un roi sans divertissement.* Le monde pulvérisé dans ce roman semble renvoyer les hommes à leur propre néant. Cependant, le désir *d'autre chose* surgit volontiers de cette neutralité, en l'occurrence la recherche d'un contraste comme l'écoulement du sang sur la neige qui est propre à manifester la continuité vitale au cœur de la négativité. La dernière image emblématique traduit sans conteste l'univers de violence, de bruit et de fureur qui motive l'expérience des *Chroniques romanesques.* Elle ne reste pas sans impact sur une esthétique propre à la convertir en motif de sérénité et d'apaisement.

Ce motif de la fleur métamorphose les éclats sanglants complaisamment dépeints au début de *Noé* en fleurs de sang, telles qu'elles apparaissent, dans leur surgissement gratuit et apaisant, tout au long d'*Un roi sans divertissement.* Il convient d'accorder à cette image récurrente sa dimension profonde, notamment par le retentissement funèbre qui ne dévalue en rien l'apaisement. La contemplation des fleurs, chez Giono, dénote en effet invariablement l'adhésion obscure aux forces du devenir et de la nature en mouvement. Cette contemplation inclut nécessairement l'acceptation de la mort. Ainsi, l'*Iris de Suse* comme l'expression florale désigne le motif funèbre d'un crâne d'oiseau, os microscopique, inutile – «[...] Au surplus inventé» souligne malicieusement l'auteur (Ⅵ, 1053). Il assigne pourtant au spécimen décrit par Casagrande son identité spécifique et inaltérable. Et il irradie tous les motifs approchants repérés au fil des *Chroniques*: roses trémières dans la contemplation du descendant des V. au début *d'Un roi sans divertissement* ; fleurs cultivées avec un amour et une sensualité du *Moulin de Pologne* ; ou enfin ces pots de crocus des *Grands Chemins*, qui se veut aussi le double fraternel de son patron, aristocrate dédaigneux auprès duquel il renouvelle la tradition des «panseurs de plaies»:

> «*J'ai acheté de mes sous à D. quatre jattes en terre et j'ai mis en pots pour ce type-*là *une trentaine d'oignons de crocus. Ils pointent bien déjà. Dans quinze jours aura quelques*

fleurs à se mettre sous la dent.» (V , 610)

Dans l'univers de solitude si caractéristique de la dernière partie des *Grands Chemins*, c'est donc le thème floral qui s'impose une fois encore et annonce un degré zéro de l'existence. C'est une invitation apaisante à suivre la vie dans son épanouissement serein et gratuit qui est inscrit au sein du vaste réseau des *Chroniques romanesques*, dont *L'Iris de Suse* dévoile enfin la clé. Dans *Que ma joie demeure*, Bobi enseignait déjà le retour à la joie par l'attention accordée aux fleurs. Jusqu'aux *Chroniques*, on assiste au passage d'une représentation figurative du thème à l'enseignement cruel donné par la nature et qui n'est pas pris en compte par une esthétique romanesque qui y participe pleinement, l'amplifié et le prolongé. En effet, la nature en devenir qui se dévoile à travers le motif floral revêt une importance déterminante. Ce motif prodigue un spectacle du même ordre que celui délivré par le Mal, dans son caractère improductif associé à une poussée constante, à l'image même de l'élan créateur dont se réclament les *Chroniques romanesques*.

Aux fleurs mélancoliques contemplées mystérieusement par le descendant des V. ou celles cultivées par le narrateur du *Moulin de Pologne*, on peut associer le spectacle sanglant de la forêt d'automne au seuil d'*Un roi* sans *divertissement*, « les sacrificateurs de tout remords » (Ⅲ , 473) : la liturgie dispensée par la nature conduit naturellement à instaurer le cérémonial du sacrifice et à justifier la pratique du divertissement cruel. En revanche, le jeu des métaphores imprime comme par magie à ce processus naturel une tonalité de violence et de sang. Le glissement vers la mise en oeuvre de la cruauté est révélé par conséquent la nature profonde du devenir, du rythme des raisons. Il assume une dimension rituelle, qui signifie bien l'adhésion à la perte.

Comme la nature a l'autonomie, la fleur surgit alors. Elle a un don gratuit, une voie d'accès vers la beauté souveraine et la délectation esthétique qui est associée à l'intuition du vide et du néant. C'est donc par-là qu'elle a partie liée avec le zéro qui est considéré comme une entité nulle et vide; parce qu'elle ne représente rien en elle-même et démultiplie à l'infini le fini. C'est l'Absente, comme l'iris de Casagrande, mais aussi, l'insaisissable artiste aux yeux du narrateur des *Grands Chemins* ou l'existence en son entier dans la transcription à l'occasion des *Ames fortes*. Elle représente autant de figures emblématiques de cette appréhension du rien qui sonne comme une promesse d'infini. Le romancier met au jour une oeuvre qui en soit l'exact reflet et qui permette le maintien et la contemplation en une forme achevée, inaltérable.

Si l'itinéraire prêté à Tringlot dans *L'Iris de Suse* se charge d'une valeur singulière et inusitée, enfin, d'une sagesse à laquelle aspire Giono avant sa mort, il arrive à savoir que seules les *Chroniques*, en dénonçant la fiction de l'intérieur ou en la façonnant autour de l'exprimable, parviennent à épouser cette intuition du zéro et de l'infini. Certes, aucun personnage ne peut prétendre au caractère abouti, dans la distance et la sérénité, de Tringlot. Mais les *Chroniques* bougent, foisonnent, flamboient du désir à l'œuvre qui s'exprime en particulier à travers la parole de leur narrateur. Leur univers plein de tumulte se nourrit en effet d'un appel d'air soudain tiré par l'intrusion du zéro au cœur même de la stabilité et de la certitude. Ils affectent la perception du monde positif et scientiste du XXe siècle. Si la vieille institutrice de *Crésus* ouvre le cycle de la maturité, « la misère, c'est le désir » qui exaspère d'être sans objet qui sous-tend l'efflorescence des *Chroniques*. Aussi, le zéro invoqué par Jules pour démultiplier sa fausse monnaie et ces misérables billets de banque finissent par entamer les rapports sociaux et par ruiner la communauté villageoise. Ils ne correspondent en rien au zéro, symbole mystique, auquel Tringlot voue un culte qui le porte aux « vraies richesses » et à l'ascèse, tandis que Murataure et la baronne de Quelte font figure de victimes.

Ainsi Giono tâche de refléter le déterminisme d'un monde matériel qui laisse pourtant se dessiner des tempéraments d'exception, parmi lesquels Langlois succombe héroïquement à la maladie de la contingence. D'autres personnages comme le narrateur des *Grands Chemins* résistent avec la maîtrise et la grâce appropriées. Aux *Chroniques*, il n'appartient de dispenser nulle vision systématique du monde, nulle interprétation, nul salut, puisqu'elles se contentent de dispenser à quelques initiés des récits chaotiques où les hommes butent sur un destin.

Comme les oeuvres religieuses, les *Chroniques* romanesques placent donc Giono romancier au panthéon des « nouveaux mystiques » qui ne manquent pas de détourner au cœur du XXe siècle l'enjeu déterminant et inattendu de récits. Cela nous semble apparaître avec tout son éclat dans la poésie fulgurante et gratuite dont se réclament les *Chroniques*. Il reste vrai que c'est précisément dans le dialogue constant entretenu par l'œuvre avec le zéro qu'elle poursuit et qui la hante dans la matière réelle du récit.

Chapitre III Vide et Poésie

Il n'y a que dans l'acceptation sereine de la Réalité immanente de la Vacuité que peut surgir et « prendre corps » cette forme poétique si particulière, et pour nous, Occidentaux, forme neuve, qui est la « poésie du Vide », celle même que l'on découvre chez Giono vers la fin de sa vie :

*La poésie du Vide a tout autant que d'autres le droit d'exister (sans dénier à ces « autres » le même droit) : toute la question est qu'elle naisse chez le poète d'une certaine « appréhension », sinon d'une complète expérience du Vide*①.

Chez Giono, il a fait l'expérience privilégiée de la Vacuité. Si Giono n'a pas toujours été, à proprement parler, un romancier du Vide, il l'est en tout cas progressivement devient à mesure que son appréhension de cette Réalité est allée en s'approfondissant, l'éloignant peu à peu des visions du néant, pour l'amener à celles, sereines et paisibles, de la Vacuité. Etant ainsi passé du côté de ceux qui « goûtent le Vide mais ne se laissent plus aller à de fausses conceptions de simple néant② », son changement de manière porte la marque évidente de ce passage.

L'exemple le plus remarquable de ce que peut être une véritable poésie du Vide, de la Vacuité, est donné par la poésie extrême-orientale (poésie Taoïste et poésie issue du Zen). Ces poésies sont directement reliées à l'appréhension du la Vacuité (appréhension en plénitude d'être). Elles présentent des constantes de forme et de contenu qui permettent de les prendre en tant que modèles du genre. La poésie de la Vacuité est avant tout une poésie sereine, issue de la sérénité même, composée pour inspirer, transmettre cette sérénité, pour l'imprimer en celui qui la reçoit. Par cet aspect, elle s'érige presque en poésie initiatique et illustre de manière tangible ces deux phases du Bouddha :

Meilleur que mille mots privés de sens, est un seul mot raisonnable, qui peut amener le calme chez celui qui l'écoute.

---

① Gabriel Germain, « Un Poète à l'approche du Vide », *in Hermès*, p.246.

② D.T. Suzuki, *op. cit.*, III, chapitre, XVI, p.118.

*Meilleure que mille versets privés de sens est une seule ligne de verset (pleine de sens) qui peut apporter le calme à celui qui l'écoute*①.

La poésie du Vide est ensuite alternance, balancement régulier des « périodes poétiques », sorte de trame sur laquelle elle se déploie. C'est l'alternance qui laisse pressentir l'équilibre subtil de l'être établi en Vacuité, et dont on trouve le meilleur exemple dans bien des vers du *Tao Te King*.

En troisième lieu, cette poésie est une poésie essentiellement contemplative. Il s'y exprime une intense mais tranquille contemplation de la nature comme de l'être au repos, ainsi que des rapports épanouis de ce dernier avec la réalité extérieure qui l'environne.

Enfin, comme la dernière caractéristique principale, la poésie du Vide est poésie de l'indigence et du silence. Il y a peu de mots qui la servent et qui sont tous liés par le silence serein. C'est le silence plus expressif encore que les mots eux-mêmes.

Une lutte solitaire au sommet du pic dominant mille autres montagnes,
Une moitié est occupée par un vieux moine et l'autre par un nuage:
La nuit derrière la tempête soufflait, et le nuage fut emporté.

Après tout, un nuage ne peut égaler la tranquillité du vieillard②. Ⅰ. Vers une gratuité

Comme cela vient d'être suggéré, la conception des *Chroniques* suppose donc une indéfectible volonté de désengagement. Comme le terme titre signale, elle essaie d'assurer un simple constat sur la nature des temps, en se situant par-delà toute contingence historique. En ce sens, Giono se situe bien dans le prolongement d'une tradition éprouvée. C'est une tradition des moralistes des siècles classiques; mais plus que l'exigence de lucidité morale véhiculée par « l'honnête homme », celui-ci en cultive les effets poétiques, soigne les combinaisons et les harmonies.

Dans les *Chroniques romanesques*, Giono semble s'atteler en priorité à dévoiler les multiples facettes du réel, les perceptions infiniment diverses qu'il engendre. Il essaie de dénoncer l'impossibilité d'une essence de la réalité, si ce n'est par-là contemplation du vide qui y fait face. A l'artiste revient alors un spectacle digne d'intérêt. Il est apte à maintenir le lecteur hors de lui-même en combinant personnages, paysages, situations, couleurs jusqu'à former une sorte de lanterne magique aux vertus esthétiques et métaphysiques: le texte achevé formera donc le reflet enfin fixé de l'ampleur vertigineuse et négatrice de l'ordre du monde. C'est un ordre en soi

---

① *In* Walpola Rahula, *op. cit.*, « Paroles de Vérité », Ⅷ, p.179.

② *In* D.T.Suzuki, *op. cit.*, vol. Ⅱ, p.362.

impossible, qui est soumis au prisme déformant de l'imaginaire. Cet ordre donne une image en kaléidoscope recueillant en elle-même sa propre finalité, et par conséquent son essence réelle. Deux textes s'avèrent à cet égard plus particulièrement révélateurs: *Les Ames fortes*, et surtout *Noé*, restituent définitivement au roman le droit à l'arbitraire et à la gratuité. Ces deux ouvrages s'établissent même comme la seule raison d'être du genre parvenu à maturité.

En ce qui concerne *Les Ames fortes*, on a déjà précisé les intentions de Giono à travers un projet de titre fort éclairant. Il désigne à la fois le néant du motif (l'ascétisme au second degré de Thérèse) et du savoir (les versions contradictoires): « Rien dans les mains ». *Les Ames fortes*, est-il un roman du non-savoir? Rien n'est mieux établi, tenant compte du caractère inconciliable des différents plis qui constituent la trame du récit: la présence du corps du « pauvre Albert » tisse autour de la mort la trame incertaine de leurs récits respectifs. L'intrigue demeure pourtant simple, et n'est pas sans emprunter au roman d'apprentissage du XIXe siècle, parce que c'est une époque où se situe l'essentiel du récit: au cours d'une veillé funèbre contemporaine de l'écriture, Thérèse en vient à raconter son histoire, sa fuite du château de Percy au bras de son fiancé, Firmin, et sa lutte pour s'imposer dans un bourg de la Drôme où ils ont trouvé à s'établir. Cependant, sa version des faits vient à être perturbée par l'intrusion d'un contradicteur, qui fait d'elle un personnage éperdument romanesque, avide de reconnaissance et d'illusions. Firmin? Est prêt à tout pour conquérir le cœur de Mme Numance. Point n'est besoin d'insister sur le caractère inconciliable des différentes versions où se donne à lire l'itinéraire chaotique de Thérèse et de Firmin: la première est le jouet du second, comblant son mal d'amour grâce à la présence maternelle et protectrice de Mme Numance. Au contraire, un monstre d'égoïsme est déterminé à l'anéantissement de son prochain pour mieux affirmer sa volonté de puissance inaltérable. Les Numance balancent entre l'image mièvre d'un couple de retraités paisible et aimant et celle d'un duo cynique affirmant dans la générosité sa soif d'absolu. Autrement dit, « le pire n'est pas toujours sûr » dans ce récit complexe et abondant, où le détail, la substance même des faits et des individus se noient dans la subjectivité des points de vue.

On a certes affaire à des personnages fortement caractérisés, assimilables à des types dont l'outrance s'impose sans conteste dans l'esprit du lecteur, tout en maintenant en balance toute possibilité de trancher: qui sont les « âmes fortes », et en quoi consiste d'ailleurs cette force d'âme désignée dans le titre Thérèse, par sa détermination Firmin, du fait de son machiavélisme bonhomme? Les Numance, dont la générosité féroce se pare à certains moments d'une incontestable cruauté Ou enfin le Contre, qui remet tout en cause et parvient à s'imposer par la seule force de son récit? Rien n'est établi, sinon les ressources humaines dans l'exercice d'une volonté de puissance que rien ne peut entamer.

Seul émerge la possibilité de susciter des mondes à créer, sur le modèle pictural invoqué dans *Noé*, des espaces viendront s'emboîter toutes les combinaisons de personnages et de situations. A cet égard, quel meilleur exemple de la description emblématique de l'auberge, véritable « château de l'âme »① pour Thérèse. Elle y voit plus qu'un monde: son monde, bouillant microcosme ou défilent toutes sortes de figures, où les espaces révèlent tout un univers de faux-semblant.

> « *C'était une très grande auberge. C'était un monde! Il y avait dix écuries à la file. On s'y perdait. [...] Tu aurais eu cent bras, tu les occupais tous. [...] Alors les tables, et les nappes, et les couteaux, et les fourchettes, les verres, les assiettes: tout ça volait et frappait, et sonnait, et tintait et te faisait un bruit à te partager la tête. Et des œufs, et du jambon, et de la soupe, et du lard fris, et des omelettes. C'était une danse!* » (Ⅴ, 262-265)

Le fourmillement de ce relais de poste donne ainsi lieu à un authentique morceau de bravoure où, comme la divinité bouddhique évoquée à propos du hêtre d'*Un roi sans divertissement*, elle déploie une virtuosité surnaturelle, dans le geste certes, mais encore et surtout dans le maniement d'un langage romanesque capable d'imposer son monde. Néanmoins, en puisant dans la substance vive de cette description, le récit suivant se précipite à dissoudre cette vision, obscurément confondue avec ce que le Contre désigne comme «la cabane à lapins». Les frileux bourgeois de Châtillon l'ont réservée au couple nécessiteux. Une nouvelle image parvient ainsi à se surimposer. C'est une image d'autant plus troublante qu'elle emprunte à la première d'étonnants points de ressemblance. Cette « cabane à lapins » semble procurer des voluptés de même nature, une gourmandise maintenant abstraite au regard de ses victimes potentielles:

> «*Enfin je me dis: «Prends-le d'un autre biais. Tu es donc heureuse comme ça?* » *Là, je fus obligée de me répondre oui. C'était déjà une petite lampe.* « *Qu'est-ce la période de gestation des Ames fortes? Coïncidence troublante qui mériterait d'être approfondie qui te rend heureuse?* » *Je fis soigneusement le tour de tout et je me répondis*: «*Je suis heureuse comme un furet devant le clapier.*» *Ca, mes enfants, c'était une découverte!* » (Ⅴ, 428)

Une même ambiguïté frappe d'ailleurs tous les éléments du récit. Ainsi Firmin, d'abord dépeint par Thérèse, devient dans la bouche du Contre un redoutable carnassier:

> «*S'il se met sur quelqu'un, c'est la tique. Il est toujours placé à un endroit vous ne*

① Nous reviendrons sur le parallèle qu'on peut très facilement établir.

pouvez pas vous gratter. Faites du sang: il en boit. Faites du poison: vous en crevez, mais il en sortira [...].

– *Tu ris? Il n'y pas de quoi rire, Thérèse. Il était comme ça, ton Firmin.*

– *Je sais. C'est lui craché.*» (V, 303)

Thérèse ne revient jamais sur sa propre version pour la justifier, la rectifier ou la confirmer. Elle abonde au contraire dans le nouveau sens induit par son contradicteur, qu'elle se plaît à préciser, qu'elle accentue encore au travers de ce phénomène troublant de glissement progressif et de dissolution de la substance romanesque. Et dans l'escalade de la violence et de la noirceur, Thérèse se complaît dans la surenchère qui imprime le sceau de l'anéantissement.

A ce titre, et selon une perspective orientée vers la constitution d'un art poétique, *Noé* fournit un exemple plus frappant. Dès l'ouverture, Giono pose les principes de sa propre création romanesque:

« *Je prononce d'abord la formule d'exorcisme moderne: les héros de ce roman appartiennent à la fiction romanesque.* [...] *Rien n'est vrai. Même pas moi; ni mes amis; ni les miens. Tout est faux.*» (III, 611)

De manière catégorique, le roman moderne se présente comme un rituel sacré, capable d'orchestrer une série d'actes créateurs susceptibles de désamorcer la réalité. En affirmant sa volonté de désengagement par le détournement ironique d'une formule volontiers, Giono revendique donc la souveraineté de la fiction. Le terme d' « exorcisme » paraît d'ailleurs suffisamment évocateur pour rendre compte de l'ensemble du récit: il s'agit en effet d'y reléguer dans l'espace de la fiction achevée des créations romanesques. Elles vont investir jusqu'à saturation tout le contexte de l'écriture, envahissant dans un enchevêtrement extrême les chemins des possibles offerts au seuil de *Noé*. En ce sens, cet exorcisme figure aussi comme un acte de conjuration visant à surmonter la dispersion chaotique d'une réalité naissante dans le cours de *Noé*:

« *Empereur? Pour celui-là, je vois d'abord: Maxime Empereur. Il est fait de tous les titres pensants que j'ai rencontres dans les banques, chez les agents de change et les hommes d'affaire; il est fait d'un grand morceau de la rue Montgrand, quartier des experts près les tribunaux, et de cinq ou six façades sinistres de la rue Armeny derrière lesquelles sont les cervelles de la police, de l'état-major et de quelques avocats.*» (III, 752)

A mesure que se déroule ce récit en tiroir qui est imbriqué dans une série de faits et de circonstances appartenant au premier degré de la narration, un ensemble de thèmes perçus émergent dans le cours du roman. Ce sont les thèmes dont le narrateur essaie par la suite de livrer toutes les clés. La parenté de substance et de vision du monde avec l'ensemble du roman se manifeste comme il a été démontré, par un double mouvement de possession et d'atténuation. Se succèdent ainsi la phase ascendante d'Empereur Jules et l'effondrement pressenti de la dynastie: le parc exotique créé par L. Fourcault montre ainsi le personnage d'Empereur Jules comme un être qui se définit avant tout à travers son penchant à revêtir une série d'identités successives et contradictoires: c'est le cas lors du dénouement où la toute-puissance lentement conquise de la maison Empereur est soudain sacrifiée à la passion de son propriétaire pour les jardins exotiques par Empereur Jules. On ne peut se tromper sur la valeur de parabole d'un tel épisode qui est sensible dans l'écriture même du récit. Cette écriture rassemble les éléments dispersés de l'expérience vécue, dans un formidable mouvement représenté par la récolte des olives, pour mieux les disposer ensuite dans le mouvement signifiant de l'œuvre. C'est un véritable jardin clos autour d'une réalité prétendument exhaustive et multiforme.

Le premier point est ainsi l'absolue contingence du réel. Les « sources » désignées par Giono lui-même se dissipent alors au gré de la construction signifiante du récit, dont *Noé* expose délibérément les amorces, le catalogue des possibles né du cœur même de l'impossible: inconsistance hasardeuse et absurde d'une fausse observation sur le vif (l'épisode du tram 54). Elle rejoint en un sens l'expérience de la mort. Les récits s'emboîtent au cours de *Noé*, et son prétendu fil directeur est un voyage à Marseille effectué par le narrateur sans que jamais la réalité de ce voyage soit attestée par les multiples digressions offrant à la vie sa réalité mythique. Les récits se dénoncent ainsi d'eux-mêmes et soulignent leur contamination réciproque, jusqu'à apparaître suspendus à une série de conditions extérieures et arbitraires:

> « *Je me demande si je vais partir par la droite ou par la gauche. Et si j'étais parti par la droite, l'opéra de Marseille n'aurait pas brille et Empereur Jules aurait gardé ses deux jambes* [...].» (Ⅲ, 769)

Les conditionnels se succèdent au plan grammatical pour dessiner un roman de tous les possibles, dont l'épisode du tram 54 constitue l'illustration exemplaire qui est perceptible à la faveur des itinéraires multiples et imaginaires échafaudés par le narrateur. Le roman est écrit en une vision synthétique et simultanée de l'effervescence urbaine. En tant qu'un des plus révélateurs de la modernité romanesque des *Chroniques*, le passage est déroutant d'un point de vue narratif. Par certains aspects, on peut trouver une parenté après la réflexion conduite dans le Nouveau Roman, Giono y convertit l'insignifiance première en un dévoilement brutal des ressources ontologiques qui sont puisées au creux de toutes les aberrations. Par exemple:

« *La femme à qui l'on fait des rayons souffle son feu de charbon de bois en parlant à son chat, Là-haut derrière moi, dans le quartier de la Plaine y a un moment, j'ai imaginé que par la rue Tillers, ou le Camas, descendait le tigre, l'assassin quittant sa victime, le tigre qui bride clair au sein des forets sans lumière* [...].» (V, 818)

Giono stigmatise la dispersion et l'insignifiance de l'expérience immédiate qu'il convertit en intuition du Mal qui sont la fureur du crime et de la destruction trahissant toujours la détermination d'un « monde » à se faire jour. On touche alors à un des fondements des *Chroniques romanesques* qui font pourtant converger leurs intrigues vers un même dévoilement des forces obscures qui guident la pensée sur la voie de l'anéantissement. Avec l'épisode du tram 54, on repère une véritable suite d'hypothèses et de spéculations ténébreuses qui sont venues revêtir de leur sombre éclat les physionomies, les attitudes, les gestes. On s'arrête à telle considération d'ensemble qui contribue à ébranler, voire à annihiler toute adhésion à l'univers concret ou au spectacle familier de la vie sociale:

« *A cette heure de la matinée, coulent là-dedans les égoïsmes tout frais émoulus de leur sommeil, les jalousies réveillées depuis deux heures a peine, les délectations moroses qui reprennent du poil de la bête pour la fumer avec leur tabac*[...]. *Les cœurs, laissés au sec par l'antiseptique du sommeil, sentent fort comme les pièces anatomiques d'un musée Dupuytren mal soigné, ou comme la glande sexuelle des boucs.*» (Ⅲ, 815-816)

Au passage, il y a une référence au musée Dupuytren. C'est un musée ambulant qui affichait en spectacle toutes sortes d'abjections médicales. Dans les dernières pages de *L'Iris de Suse*, la distinguée baronne de Quelte satisfait son goût du néant par la contemplation éperdue de quelques spécimens physiologiques. Pourtant, bien loin de se situer dans les seules limites du constat clinique ou du simple exercice de style, ces notations trouvent place dans le système esthétique conçu par Giono à des fins toutes métaphysiques.

En effet, elles touchent au plus près à ces notions pascaliennes que Giono dispose dans *Un roi sans divertissement.* La non-participation au réel et la trivialité quotidienne exposée dans *Noé* engendrent l'angoisse existentielle. Et Langlois refuse, en signant ainsi sa perte, et appelle en écho la recherche du divertissement, un divertissement au lieu de faire figure de futile substitut dans les *Chroniques.* Celui-ci s'affirme comme « divertissement essentiel ». Un concept paradoxal qui fait résider la valeur née de la gratuité apparente de la chronique, de sa désinvolture et de son arbitraire constitutif. Tout en affichant leur dette au regard des moralistes du Grand Siècle, Giono consacrera les passions, les caractères qui dénoncent aussi une réalité vacillante, toute soumise aux fluctuations des passions et à leur enracinement biologique ou métaphysique: ce dernier paradoxe mérite d'être signalé comme la combinaison obscure entre la contingence physiologique de l'homme et l'intuition d'un dépassement possible des actes dans leur gratuité.

Ⅰ.2 Vers une saisie de l'instant

Le Moulin de Pologne frappe par sa configuration et son déroulement qui est marqué par le caractère attendu et inexorable de son dénouement. C'est un récit « singulatif »①, où il détermine ou commente les marques du destin. *Le Moulin de Pologne* n'est donc pas la plus représentative des *Chroniques* dans la saisie de l'instant, même si la répétition d'un même schéma (expression d'une menace – recours à une parade qui porte son issue tragique) peut s'avérer significative.

Ce qui nous paraît le plus remarquable dans la représentation du temps dans les *Chroniques*, c'est la convergence de toutes les ramifications narratives vers un moment essentiel, souvent répété sous différentes formes. Ce moment finit par réunir tous les temps en jeu dans la narration. Le phénomène s'avère tout à fait patent dans *Un roi sans divertissement*, mais n'est cependant pas l'apanage de cette seule *Chronique*, comme on va tenter de le montrer à présent. Plusieurs remarques dans un ordre esthétique et stylistique s'imposent toutefois au préalable: Chacun n'occupe pas exactement le même espace textuel et se révèle de densité narrative variable. A cette répétition thématique s'ajoute un jeu récurrent sur les temps du récit. Le présent sert de véritable pivot dans l'expression synthétique de ces instants extraordinaires. Enfin l'affirmation grandissante d'une tension entre la banalité des actions qui alimentent la substance du récit et la valeur se fait jour: la poursuite du criminel, la conduite de la battue au loup, enfin l'abattage d'une innocente volaille signent une gradation descendante, y compris dans le statut de leurs narrateurs respectifs (le narrateur proprement dit, un villageois. Enfin Anselmie, la plus stupide des villageoises) valorise en retour l'impact ontologique ou métaphysique de ces actes détournés de toute fin avouée.

Dans le détail de l'écriture, cette mise sous tension du réel place le lecteur en éveil et l'offre un instant d'exception. Sur ce plan, plusieurs techniques se distinguent. Mais toutes ces techniques procèdent par narrations multiples ou par échange de narrateur, voire par reprises, comme pour signifier une absolue convergence dans la saisie de l'instant. Ces instants forment saillie et s'imposent d'eux-mêmes face au tout indifférencié de la *Chronique* banale. Par exemple, l'exécution de M.V vient au terme de la longue poursuite dans laquelle s'est lancé Frédéric Ⅱ à travers la géographie d'un nouveau monde. Il fait ainsi l'objet d'un rapport

---

① Philippe Arnaud, « La conduite du récit dans *Le Moulin de Pologne* », *Les Styles de Giono*, Roman: 20/50, 1990, pp.93, *et sq.*

distancié au moyen duquel le narrateur peut offrir d'amples commentaires sur les mobiles du personnage qui recourt largement au présent, qui confère aux faits tout leur relief. Mais, l'immersion du personnage et du lecteur avec lui dans l'instant est convertie par 1a saisie d'une parcelle d'éternité. De manière significative à cette occasion, c'est tout le paysage habituel qui disparaît. Et avec lui, l'histoire de la communauté sociale et toutes les catégories morales qui en découlent, alors que Frédéric Ⅱ fait l'objet d'une métamorphose qui le transforme tout entier en animal de traque, en pur instinct voire en pur esprit. Cet esprit est entièrement absorbé par le prestige de la nouveauté et de la découverte.». Cette distinction succède très subtilement au présent du commentaire, qui inclut le personnage dans l'éternité de l'instant et l'unit à celle mise en jeu par la narration. En même temps, des découvertes d'un ordre fondamental et un vertige de la violence et du sacré sur le plan de la narration interne se font jour:

> « *Il allait de taillis en taillis sans laisser de traces* (*Avec son sens primitif du monde, il dira*: « *Sans toucher terre*• »). *Entièrement différent du Frédéric* Ⅱ *de la dynastie de la scierie*; *plus du tout sur terre où il faut scier du bois pour nourrir Frederic* Ⅲ; *dans un nouveau monde, lui aussi*; *ou il faut avoir des qualités aventurières. Heureux d'une nouvelle manière extraordinaire*! *Ca, il ne le dira pas. D'abord il ne le sait que confusément*; *mais le saurait-il très exactement, il ne le dirait pas, il le cacherait pour toujours, même au moment final où il serait lui aussi ce promeneur traqué.*» (Ⅲ, 494)

La disparition de toute expression verbale opposée à l'expression du temps, dans l'ordre du social, suppose l'emploi de la locution « pour toujours ». Cette locution formule bien une saisie de l'instant assumée par le narrateur dans la perception « primitive » qu'il attribue au personnage. Elle se traduit plus concrètement par l'abolition de l'espace et par l'annulation de la manière. En attendant, afin de rendre au témoin ses prérogatives et au récit son pouvoir de suggestion et son crédit, l'incompréhension rationnelle et l'effet de surprise impliquent les interventions du style direct et de l'ellipse pour cerner l'instant de l'exécution:

> « *Et, au moment où, vraiment, on n'allait plus pouvoir supporter d'être là, où l'on allait crier*: « *Alors, qu'est-ce que vous faites*? », *il y eut une grosse détonation et l'homme tomba. Langlois lui avait tiré deux coups de pistolets dans le ventre*; *des deux mains*; *en même temps.*» (Ⅲ, 504)

L'anticipation de l'effet sur la cause, l'ellipse du moment précis du trépas, enfin l'emploi, dans la dernière phrase, d'un plus-que-parfait qui marque à la fois l'achèvement et l'antériorité signalent ce blanc du récit. Et d'une certaine façon, il laisse sous silence l'exprimable et se contente de suggérer cet instant éternel que distingue seulement sa réitération. Cette chose cachée de toute éternité, « depuis la fondation du monde », pour interpréter le sociologue René Girard qui cite l'évangile de Matthieu, est destinée à rester lettre morte aux yeux des villageois (« Zéro et triple zéro » pense-t-on de ce justicier « sentimental comme Job », Ⅲ, 551). Elle trouve ainsi dans l'ellipse la figure adéquate à son attrait irrationnel et inexprimable.

A cet égard, le passage de la mort du loup vient au terme d'une véritable liturgie où Langlois fait figure d'officiant parmi les fidèles assemblés. Langlois diffuse la communion à la faveur de cet instant blanc, instant sacré où le temps se trouve suspendu et suscité. L'approche de l'inexprimable, les effets annonciateurs du sommeil et de l'hypnose se manifestent ainsi:

> « *Le loup regarde le sang du chien sur la neige. Il a l'air aussi endormi que nous. Langlois lui tira deux coups de pistolet dans le ventre; des deux mains; en même temps. Ainsi donc, tout ça, pour en arriver encore une fois à ces deux coups de pistolet tirés à la diable, après un petit conciliabule muet entre l'expéditeur et l'encaisseur de mort subite.* » (Ⅲ, 541).

La reprise des mêmes expressions et des mêmes procédés avec la manière dont la narration use des temps verbaux souligne en retour, dans ce passage précis, l'intensité du sommeil, l'extase qui accompagne ou précède immédiatement la mise à mort. Ce phénomène de l'extase se distingue dans la dissolution de la matérialité par une ironie toute délibérée. Les personnages les plus lourdement et les plus sensuellement terrestres sont des « amateur d'Ames » comme le procureur royal désigne:

> « *Au milieu de cette paix qui nous a brusquement endormis, un fait nous éclaire sur l'importance de ce petit moment pendant lequel Langlois s'avance lentement pas à pas: c'est la légèreté aéronautique avec laquelle le fameux procureur royal fait traverser nos rangs a son ventre.* » (Ⅲ, 541)

Au sommeil, l'étroite parenté unit le phénomène de désincarnation qui est accès vers l'impossible et communion des « Ames ». Les témoins en général et le récitant convoqué ici en particulier, rapportent en effet des « signes », mais qu'on ne peut toutefois confondre entièrement avec l'instant sacré, reste inexprimable, de la mise à mort, dont l'expression après coup ne suscite que perplexité et déception. Le « Tout ça. », qui renvoie à la vaste liturgie qui précède, énonce ainsi l'ampleur phénoménale du décorum aménagé autour d'un moment infiniment terne, des moyens investis à seule fin de « consommation », dans le mouvement où s'esquisse la voie du néant. On peut d'ailleurs noter un semblable effet de mise à distance, qui marque à la fois l'incompréhension et l'insatisfaction dans l'assistance, lors de l'interrogatoire d'Anselmie qui accumule les propos les plus plats et les plus décousus au sujet de Langlois. Celui-ci est abîmé dans la contemplation du sang de l'oie sur la neige : les prolongements dans le domaine du sacré de ce geste banal peuvent ainsi susciter perplexité et interrogation, du fait de l'incompréhension salutaire. Le « C'est tout » auquel se raccroche Anselmie bute sur un « rien », qui est aussi accès au « rien ». Et en ce sens c'est aussi inconcevable qu'inacceptable parce qu'il débouche sur l'obstiné et insurmontable silence de Langlois. Les villageois n'en démordent pas cependant :

«- Mais parle.» Et on la bouscule.

– Vous m'ennuyez à la fin, dit-elle, je vous dis que c'est tout. Si je vous dis que c'est tout, c'est que c'est tout, nom de nom.». (Ⅲ, 605)

L'imagination créatrice se désigne alors d'elle-même pour prendre le relais et dire la beauté longtemps pressentie de l'apogée final. L'emploi retrouvé du passé simple suppose le passé lointain. Cependant, dans l'entourage de la nuit et malgré l'épaisseur du temps, son éclat sans mesure sous la forme de l'élan irrépressible porte Langlois vers l'infini. La tournure de présentation impose alors l'évidence d'une essence à laquelle le héros est enfin parvenu au seuil critique de l'anéantissement.

Un roi sans divertissement fournit donc le trait et la formule qui sont appelés à se répéter, en réponse à la quête spirituelle dont toutes portent la trace. *Les Grands Chemins* porte une même recherche de la fraternité sous la forme quasi allégorique du cheminement et de l'errance. Ce roman est sans aucun doute à même de prolonger cette progression vers la saisie de l'instant. Hors du temps et répondant à la dissolution de l'espace et de la matière, de semblables moments brillent d'un éclat qui distingue le présent itératif du récit et la venue de l'instant sacré. Ici cependant, comme dans *Un roi sans divertissement*, mais de façon plus insistante encore, l'expression de ces instants se caractérise par un double mouvement. Elle concilie le ralentissement extrême de l'action, les marques du silence et de l'immobilité, avec la précipitation des événements qui condensent leur charge signifiante et leur puissance d'accès au sacré. « Tout ce que je raconte [...] n'avait pas duré en tout une minute » (Ⅲ, 490) note ainsi le narrateur d' *Un roi sans divertissement* au moment de la découverte des cadavres. Par contre, chaque moindre impact sur Frédéric Ⅱ est noté avec la minutie la plus extrême. Le contexte est d'ailleurs à prendre en compte : neige, brouillard, silence convient le spectateur à une sorte de « moment blanc ». Ce moment le confine en lui-même ou l'appelle à la transgression dans la contemplation d'un ordre jusqu'alors interdit. Celle-ci fournit enfin une preuve ontologique désespérément attendue. Cependant, c'est bien là le propre du phénomène mystique qui va concilier l'expérience intérieure avec le sentiment d'un poids ontologique des choses. Elles produisent en retour l'impression d'une élévation hors de la matérialité et du temps.

Les Grands Chemins présente des brouillages qui donnent à voir un monde suspendu et annulé. La « poétique de l'instant » à laquelle le récit donne lieu suppose ainsi l'anéantissement d'un monde nié, pulvérisé, déréalisé. Ce monde laisse comme ressource la mise en jeu de soi-même dans la convention et le temps suspendu du jeu. Le paysage qui se présente entre deux parties porte les marques d'une étrange dissolution insolite. Cette dissolution appelle les artifices prodigués par l'artiste. Dans un jeu au ciel ouvert, elle décompose à l'infini les gestes nécessaires à l'exposition de soi-même au risque.

> « *Le temps aurait plutôt tendance à un fil de vent à cette heure. Les nuages se sont relevés et, par instants, un petit coup de lune vient voir ici bas ce qui reste d'intact. Rien : aux arbres qui sont encore là il manque soit un côté, soit le milieu ; ce sont des ruines, des pourtours ou des débris. Du côté du nord, blanc comme neige (c'est le cas de le dire). Parfois du côté sud un branchillon ou deux qui donnent encore signe de vie.* » (V , 546-547)

Alors une pratique du jeu peut se déployer avec toute l'intensité voulue. Celle-ci recueille en elle-même les pouvoirs d'accomplissement qui semblaient jusqu'alors réservés au seul sacrifice. L'accumulation des syntagmes verbaux confère une intensité au passage que relaient des expressions allusives et suggestives, comme ces « coups de derrière l'air » qui trahissent la composante métaphysique d'une telle pratique :

> « *S'il le voulait, qui l'empêcherait de faire ses coups de derrière l'air, comme au bistrot? Il est toujours aussi habile. Je vois qu'il est obligé de se forcer pour ne pas. Quelquefois, il perd le contrôle de soi et il réussit magnifiquement sans y penser un coup invisible. Mais tout de suite il se reprend. Il y a trop de neige, trop de nuit ; nous sommes trop loin de tout. Alors il se découvre, il décompose, il triche au ralenti ; pour un peu il expliquerait.* » (V , 550)

Cependant, dès la rencontre de l'artiste par le narrateur, Giono insiste sur les marques d'une pratique virtuose. Ces marques constituent autant de signes d'une telle dimension éclairée par quelques « accessoires » qui rappellent l'agonie des héros et des saints dans la chanson de geste ou le roman de chevalerie : lieu idyllique, paré d'arbres emblématiques - des pins, symboles d'éternité, mais ces fameux hêtres qui renvoient à une essence du monde par un jeu de mot trop visible - et orné d'une fontaine dont les eaux murmurent, source d'eau vive. Une composante érotique s'ajoute à cet aspect. Elle confère à l'instant du jeu l'intensité et fait résider l'accès à l'absolu dans l'annulation de soi :

« *Alors, il se met à tripoter son paquet de cartes comme s'il tirait sur un accordéon. Il le frappe, il le pince, il le soufflette, il le caresse, il l'étire et il le referme. Il annonce: roi de pique, sept de carreau, trois de cœur, dame de cœur, neuf de pique, deux de carreau; et chaque fois la carte annoncée tombe.*

[...] *Je n'ai jamais été aussi contente que maintenant. Et cette chose-la dure tant que j'en ai presque de la peine et que je lui dis de s'arrêter. Mais il continue comme si je n'existais pas et a la fin j'ai plaisir a lui en voir prendre.*» (V, 489-490)

Comme dans la célèbre *Extase de Sainte Thérèse* du Bernin, les marques de la jouissance la plus vive deviennent le signe d'une élévation mystique. L'instant du sacrifice se répète de manière plus intense. Giono tire le parti de l'ambiguïté des termes et l'usage intensif, chez lui, du double sens, selon des ordres distants. Mais plus significative encore, la mention est sous forme d'une entité insaisissable d'un facteur mal connu et indéterminé jusqu'à la dissolution et à la jouissance dans la perte de soi-même. Cette « chose » préservée par le non-dit hante tous les rapports du narrateur et de l'artiste et sous-tend d'étranges conversations ou de curieux monologues:

« *Au fond, ce que je voudrais doit venir de l'artiste. Et ce que je voudrais, je n'en sais rien. J'en suis toujours au même point. Je voudrais faire amitié, et qu'on ne parle plus de rien, qu'il n'en soit plus question, que ce soit sûr, qu'on ne soit plus tout le temps à se demander si c'est du lard ou du cochon.*» (V, 605-606)

La poétique de l'instant se confond avec une quête de l'indéterminé, d'un *je-ne-sais-quoi* qui détient en lui-même tous les liens du malheur humain: l'ennui, la solitude des consciences que ne parvient pas à surmonter le consentement au sacrifice. Alors, sur fond de ténèbres, se détache une sorte de frénésie, Celle-ci consume dans l'instant toutes les marques de la puissance et oppose la durée de la chronique au consentement vertigineux qui incite à tout perdre. Et jusqu'à ces biens par trop terrestres, le renoncement en détermine en retour l'inépuisable réserve de puissance: les riches propriétaires emportés par le jeu de l'artiste ne se trompent pas:

« *Il ne peut pas être dit qu'ils gigoteront moins bien que quiconque. Ils font la femme avec plaisir. Toutes poches pleines. Et non seulement, mais par delà les vitres d'un blanc pur où plus rien n'est marque du village et du monde, ils voient sans même la peine de regarder, toutes les réserves de valeur que la vie et les compromissions de chaque jour ont entassées autour d'eux. La puissance qu'ils pourraient jeter d'un seul coup sur la table, quitte à tout perdre. Quelle joie!* (*Et on dit que cette terre est déshéritée!*) *Ferme, cercle de famille, bétail, troupeaux, greniers, terres labourables, automobiles, camions, tracteurs, attelages, exploitations forestières, scieries, bois en grume, bas de laine, comptes en banque, coffres, pièces d'or, titres, et autour, serpentant dans les caillots de la terre, toutes les routes qui n'appartiennent à personne; les saignées par lesquelles, sur un coup de chance, tout peut couler comme l'eau.*» (545-546)

L'expression verbale se dérobe à la faveur d'une invasion de substantifs qui signalent une sorte d'immobilité du temps. Le temps est refermé sur la consommation vertigineuse de tout, y compris de la vie même exposée au pillage dans le renoncement moral. Ce renoncement accompagne la triche et suppose le consentement au sacrifice ultime. L'artiste se voit voué à l'issue tragique qui clôt le récit et rassemble tous les caractères d'une saisie passionnelle de l'instant comme accès à l'éternité. Celle-ci coïncide avec la perte de soi et instaure toutefois un prolongement et une continuité qui signale l'appréhension en une sorte d'intuition gnostique qui institue le récit en approche de l'inexprimable.

A propos d'*Un roi sans divertissement* et sous forme de diverses déclarations formulées par Giono, la barrière de l'être constitué représentait à ses yeux la marque d'un emprisonnement et d'une incomplétude. Giono ne voulait pas rentrer dans le détail des sources philosophiques. On peut dire qu'il y a là tous les éléments qui déterminent l'obsession du divertissement cruel. La victime est précisément contemplée dans l'instant, d'une brièveté infinie. La brièveté la conduit de vie à trépas, de sa précédente « condition de prisonnier » (Ⅲ, 455) à l'infini indifférencié qui lui permet d'être tout. L'esprit (« la tête ») porte l'explosion de Langlois à cet élan. Cette explosion épouse ainsi le mouvement de l'univers et cet « ennui en expansion » qu'il rejoint et qui lui confère sa dimension cosmique où la conscience est à défaut. L'apanage de Dieu reste. Le narrateur des *Grands Chemins*, comme d'ailleurs Thérèse dans *Les Ames fortes* le mettent pareillement en oeuvre. Il est abordé sous l'angle d'une communion et d'une fraternité possible. Celles-ci confèrent au récit toute sa portée dramatique dans *Un de Baumugnes.*

La forme est revêtue par le dénouement des *Grands Chemins.* Le récit y dispose les marques d'une unité entre le narrateur et l'artiste, unité désespérément cherchée, mais flouée et démentie. Elle fait naître toutes les conditions d'une amitié impossible. La première rencontre entraîne tout un chapelet de remarques qui soulignent le caractère odieux de l'artiste, sa physionomie répugnante et antipathique qui réduit toute cette histoire d'amitié en faux-semblant. Et elle laisse comme recours le dévouement gratuit et la mise à mort. Toute la méditation court dans le récit à propos des routes, des chemins divergents, des voies croisées. Mais elle ne coïncide jamais durablement; puis la narration subjective et impénétrable enferme le narrateur en lui-même et souligne la séparation d'un artiste. Tout cela participe d'une même préparation de la chronique à son propre terme. Les indicateurs stylistiques sont alors nombreux à fournir une représentation différente du temps: communion par les sens, répétitions, l'accord et la fusion. Tout cela est rassemblé dans le creuset du présent. Il forme un précipité qui conduit la chronique aux confins de l'éternité:

> « *Je reste longtemps immobile. C'est la respiration de quelqu'un qui court. Je ne peux pas croire que c'est la sienne. Cependant, je sens l'odeur de sa veste mouillée et j'entends même le bruit de la pluie sur cette veste. Je reconnais absolument tout. Il n'a pas changé.*» (V , 632)

L'acuité des sens souligne incontestablement la fusion des deux personnages. Elle s'opère à distance, indépendamment des corps, dans un improbable décor d'apocalypse ou l'obscurité des chênes verts, la pluie et l'orage jouent le même rôle de désintégration que la blancheur de l'hiver. L'immobilité et le silence sont au sein d'une nature en furie qui est profondément indifférente au sort des hommes. Ils recouvrent ainsi un sommeil. Ce sommeil signale la proximité de la mort, autorise la répétition commune des mêmes gestes, unit les fiers ennemis dans la réitération des mêmes forfaits comme si tout le poids de l'existence se jouait soudain et entrait en compétition avec les individus. Les verbes répétés convertissent l'immobilité de l'instant en un moment intense. Avec une densité sans commune mesure, le narrateur se montre à même d'épouser l'existence de l'artiste et le renoncement à la vie.

> « *Nous faisons ensemble la balade la plus extraordinaire* [...]. *Et sans me fatiguer, je l'accompagne. S'il en avait le temps, il m'entendrait haleter près de lui, mais it n'est pas plutôt couché ici sous les lauriers qu'il repart, qu'il retourne au bistrot de Catherine, qu'il en sort, ferme la porte, traverse la place, s'engage dans la ruelle, monte chez Sophie, se précipite sur elle. Je l'étrangle avec lui.*» (V , 632)

Tout cet itinéraire coïncide avec le court instant du face-à-face. Il multiplie ainsi les termes marquant la fusion, et souligne à plaisir l'inscription des faits dans l'éternité par la seule vertu de la répétition:

> « *Il refait cent fois le chemin du village à ici. Il étrangle cent fois la vieille andouille. Il la manque cent fois, court dans la rue, se jette dans le ravin, halète dans le chemin qui monte, court sur le plateau, va buter contre les lanternes, va buter contre la maison, va buter contre la vallée, vient se glisser sous les taillis amers.* [...] *Je cours à côté de lui de toutes mes forces. Je ne bouge pas. Lui non plus.*» (V , 632)

Toutes les marques convergent ici vers l'annulation du temps linéaire, puisqu'on voit coexister immobilité et précipitation, multiplication des gestes et des mouvements que le narrateur épouse en parfait synchronisme. Une forme d'éternité semble ainsi se faire jour à l'occasion de cette évocation où se dessine une fraternité dans le seul instant où l'artiste consent à s'abîmer dans la mort. Le passage conserve toute sa valeur allégorique; l'instant sacré consacre la mort symbolique de l'artiste au profit du double. Dans la répétition figurée des mêmes gestes, des mêmes actes, des mêmes expériences enfin assumés, le narrateur donne à lire la rencontre de l'Absolu dans l'ordre du profane. D'où enfin une perception renouvelée du temps par la monotonie de la répétition, celle-ci frappe tous les ordres de la vie (la nature, la famille, l'Histoire). Mais le temps sacré proclame l'éternel retour du même dans une pleine participation à la marche du monde:

> « *Je descends à pied vers la route nationale. J'oublierai comme j'en ai oublié d'autres. Le soleil n'est jamais si beau qu'un jour où l'on se met en route.* » (Ⅴ, 633)

Ⅰ.3 Parole et vide

Ⅰ.3.1 La parole de l'artiste ou les caractéristiques de la parole.

L'artiste n'est pas seulement celui qui a une imagination exceptionnelle lui permettant de voir le monde de façon différente des autres; c'est aussi celui qui possède le verbe, la parole, qui dit le monde d'une manière différente des autres également. Inventer un monde ne suffit pas, il faut le dire, l'exprimer. Mais pas n'importe comment. A vision exceptionnelle, parole exceptionnelle. Ce sont là les deux traits essentiels qui caractérisent le poète. Il y a, chez Giono, des manières diversifiées du « dire », selon les textes et l'époque.

Dans certains textes, il s'agit du pouvoir magique de la parole. Celui qui parle à la vocation démiurgique de créer un autre réel, différent du réel commun. Cette tendance, on la trouve maintes fois exprimée par l'auteur, surtout dans ses textes d'avant-guerre. Par exemple, dans l'un des premiers textes, « Jeux ou la Naumachie » (1922). (du recueil *L'Eau Vive*), le narrateur dit: « Tout le réel a disparu et je suis le dieu qui regarde » (Ⅲ, 121).

A priori, il y a deux genres de parole. Une parole reconnaissable comme celle de l'auteur lui-même. C'est celle qui transcende le texte et qui emploie la première personne « je », laquelle renvoie à l'auteur. Une autre parole, c'est celle des personnages. Mais, en fait, le problème est plus complexe chez Giono, car l'auteur parle, le plus souvent, par personnages interposés. Certains de ses personnages sont des porte-parole (comme ils sont des porte-vision, si l'on peut dire) de l'auteur. La ligne de démarcation n'est pas toujours claire. Quand l'auteur passe quelquefois du niveau extradiégétique au niveau intradiégétique, dans certaines nouvelles ou même dans certains romans (comme dans *Ennemonde*) , il est vraiment difficile de dire s'il s'agit de l'auteur ou d'un narrateur fictif qui parle. D'ailleurs, cette distinction a-t-elle vraiment un sens quand on sait que toujours, à un certain niveau, la parole du personnage rejoint celle de l'auteur lui-même? Surtout lorsque la parole a un caractère poétique ou lorsqu'elle touche au problème de la création.

La nature souvent discursive des récits chez Giono fait que ces textes sont des actes de parole. On a vu que ce qui distingue les romans comme *Naissance de L'Odyssée*, *Pour Saluer Melville*, *Les Grands Chemins* et *Noé*, c'est la parole, du narrateur ou des personnages, qui sous-tend à chaque fois tout le texte et qui permet au récit d'avancer.

On continue à traiter de cette question, mais à travers d'autres textes de Giono, en essayant de voir les caractéristiques de cette parole, son évolution dans son oeuvre, et de voir comment elle comporte une dimension essentielle, celle de l'oralité.

Les caractéristiques peuvent varier selon l'époque et selon les thèmes, peuvent devenir paniques, lyriques, cosmiques, etc. La parole varie, fond et forme, selon l'usage qu'en font les personnages qui en possèdent le don. Car la parole du personnage peut traduire un caractère, mais également toute une thématique sur laquelle repose un roman. La parole panique de Janet dans *Colline* traduit son caractère « maléfique » mais contient en elle l'un des aspects des rapports homme / nature qu'on trouve dans les premiers textes de Giono. La parole chez d'autres personnages peut redonner vie, soigner, guérir, séduire. Comme elle peut être, chez d'autres, un moyen de s'exprimer et d'exprimer leur façon de voir le monde. Elle peut être aussi un remède contre la solitude ou l'ennui. Car elle peut servir de moyen pour extirper un mal qu'on a en soi.

On a vu que la parole d'Ulysse, de Melville, du Narrateur des *Grands chemins* est une parole qui est en rapport avec le problème de la création, dans ce sens qu'elle ne peut être, en gros, qu'écart, différence, retrait, voire « mensonge » et « tricherie » par rapport au « réel ». Le principe même du discours créateur est qu'il s'oppose au réel. Dans *Naissance de L'Odyssée*, outre l'opposition entre la parole et le silence (le rival d'Ulysse, qui n'a pas le don de la parole mensongère meurt) , il y a une autre opposition, celle entre la parole mensongère et la parole vraie. On a vu que Télémaque qui veut restituer des faits « vrais » n'arrive à convaincre personne par son discours. Alors que la parole de son père qui repose sur le mensonge, est acceptée par tout le monde. La parole mensongère trouve une certaine place dans un roman de 1950: *Les Ames fortes*. Mais dans ce roman, le problème se pose de façon un peu différente de la manière dont elle se pose dans *Naissance de L'Odyssée*, même s'il s'agit toujours du récit mensonger. Il s'agit, en effet, non pas d'un récit mensonger qui séduit comme celui d'Ulysse, mais d'un récit qui pose le problème du doute sur son authenticité. Thérèse raconte sa vie passée, mais son récit n'est qu'une version des faits.

La valeur donc de la parole, et surtout son pouvoir sur les autres, ne sont pas liés à son degré de conformité au « réel » qu'elle évoque, mais à la teneur en poésie qu'elle contient et qui est susceptible de provoquer, chez celui qui l'écoute, un rêve, une image ou une sensation.

Dans l'œuvre de Giono, la place des personnages « parleurs » est importante. Il n'y a probablement pas de texte où la parole d'un ou de plusieurs personnages ne soit pas le moteur du récit ou ne contienne en elle toute la thématique de l'œuvre. Il y a des personnages qui séduisent ou charment comme il y en a d'autres qui provoquent la répulsion ou le dégoût. Dans *Colline* ①, on a vu que le vieux Janet, le « menteur rusé » (I , 131) (il est de ce fait comme Ulysse), a un pouvoir sur les hommes et le monde grâce à sa parole magique et qui sort de l'ordinaire, puisqu'il « déparle » (I , 138). Son pouvoir est quasi divin, puisqu'il est l'incarnation de Pan. Sa parole qui coule de source (on a vu qu'elle se substitue à la source) est un pouvoir qui lui permet de créer un monde à lui, ayant sa propre logique et cohérence, mais auquel les autres croient aussi. C'est ainsi que Jaume décrit comment Janet crée un monde par sa parole:

> « *Et c'est là qu'il s'est mis à parler, comme s'il avait été la fontaine du mystère. Ça s'est tout construit: un monde né de ses paroles. Avec ses mots il soulevait des pays, des collines, des fleuves, des arbres et des bêtes; ses mots, en marchant, soulevaient toute la poussière du monde. Ça dansait comme une roue qui tourne; j'en étais tout ébloui. Tout par un coup, j'ai vu, net, l'ensemble des terres et des ciels, de la terre où nous sommes, mais transformé, tout verni, tout huilé, tout glissant de méchanceté et de mal. Là, où avant, je voyais un arbre, une colline, enfin des choses qu'on voit d'habitude, il y avait toujours un arbre, une colline, mais je voyais, au travers, leur âme terrible...* » (I , 209)

Ces propos de Janet peuvent être attribués (à l'exception du « mal » et de la méchanceté » qui transparaissent à travers ses paroles) à Ulysse ou à Melville, car ils caractérisent la parole poétique dans l'œuvre de Giono en général. Celui qui parle doit arriver à faire partager aux autres sa propre vision du monde. C'est le cas ici des habitants des Bastides, c'est le cas aussi des habitants d'Ithaque dans *Naissance de L'Odyssée* et c'est le cas des fermiers du plateau Grémone dans *Que ma joie demeure*. C'est le cas également de Melville, mais à un niveau plus réduit, puisque celui-ci ne s'adresse qu'à Adelina, à qui il fait partager les images qu'il crée. Ce pouvoir de la parole est donc un pouvoir double, puisqu'il consiste à faire changer le monde et à faire accepter la substitution.

Le monde que créent ces artistes de la parole est un monde qui fait pendant au monde

① Jean Molino « Décrire, écrire, conter. A propos de *Colline* », *Giono aujourdh'hui*, *Op. cit.*, pp.61-80.

*existant, qui est en quelque sorte un « contre monde »*①, qui pendant un certain temps (de courts instants en général, mais qui sont vécus de façon exceptionnelle) se substitue au monde réel.

Le personnage qui se situe à l'antipode de Janet est le « fontainier » de *L'Eau vive* » dont on a parlé plus haut. Il assure le jaillissement de la parole et de la fontaine. Il prend donc soin de la source de la vie et sa parole elle-même est source de vie. Sa parole est donc associée à la création du monde.

La parole lyrique trouve son expression dans des romans comme *Le Chant du monde*. Le personnage principal - Antonio dit « bouche d'or » -(Ⅱ, 200) est un personnage qui grâce à sa voix séduit les jeunes filles: « il se cachait dans les roseaux, il se mettait à chanter de sa voix de bête. Les jeunes filles ouvraient leurs portes et parfois elles couraient vers le fleuve...» (Ⅱ, 200). Il est aussi nommé « l'homme du fleuve »: c'est près du fleuve et dans le fleuve qu'il vit. Il a donc la qualité d'un personnage qui sait parler et qui sait traduire en paroles le langage de la nature. C'est aussi un inventeur d'images. Par exemple, il donne des noms poétiques aux étoiles, comme le fera Bobi de *Que ma joie demeure*, comme le montre cette scène avec le bouvier qui lui demande le nom de certaines étoiles:

> – « *Lesquelles?* » *dit Antonio.*
>
> – *Il se sentait redevenir la « bouche d'or » chantant dans les roseaux du fleuve. Celui qui s'amarrait près des lavoirs avec sa bouche hors de l'eau et son corps plongé dans le monde.*
>
> *Ces quatre-là, dit le bouvier.*
>
> – *Celles-là, dit Antonio, moi je vais les appeler « la blessure de la femme ». Je vais les appeler comme ça parce qu'elles font comme un trou dans la nuit. Elles luisent sur la bordure. Dedans c'est la nuit noire et on ne sait pas ce qui va sortir.*
>
> – *Et celles-là, là-bas dans le nord?*
>
> – *Celles-là, moi je vais les appeler « les seins de la femme » parce qu'elles sont entassées comme des collines*②...» (Ⅱ, 222)

Le bouvier est tellement séduit par ce que dit Antonio qu'il lui avoue toute son admiration: « on t'écouterait tout le jour » (Ⅱ, 223). Dans la suite du roman, Toussaint s'amuse aussi à donner un nom à un scarabée: « Regarde [dit-il à Antonio] ce scarabée, je l'appelle « Madame-des-Lunes », regarde il a des lunes sur le dos. J'aime mettre des noms à moi.» (Ⅱ,

---

① Laurent Fourcaut, dans son article « La description dans *Colline* ou l'écriture du symbolique », *Les Styles de Giono*, *op. cit.*, p.53.

② Manosque-des-Plateaux: « Ce beau sein rond est une colline » (Ⅶ, 17).

308). Cette manière de donner des noms un peu particuliers aux choses reflète l'activité même du romancier. Celui-ci n'invente pas seulement un monde à lui, il faut qu'il l'exprime à sa façon. A ce propos, Eugène Dabit écrit justement: « Comme Antonio, Jean Giono, c'est « bouche d'or », c'est la légende, et comme un fleuve dont le courant entraîne tout »①.

Pourtant, Antonio, dont la parole est facile, devient, comme Melville, timide et silencieux devant Clara, la femme dont il tombe amoureux. Il rencontre des difficultés et doit faire « un gros effort pour parler » (Ⅱ, 228). Clara, elle, comme elle est aveugle, a des rapports à la fois étroits et éloignés avec le monde. Grâce à l'acuité des autres sens, elle a l'impression de faire partie du monde naturel. Mais son problème vient du fait qu'elle n'arrive pas à nommer les choses qui touchent ses sens②, parce qu'elle ne saisit pas les rapports et les couleurs. Antonio essaie de trouver un moyen pour lui faire sentir les nuances des formes et des couleurs. Il doit inventer, en quelque sorte, un langage pour elle, susceptible de lui faire comprendre ces détails, en se fondant notamment sur le sens qui est développé chez elle: « Antonio pensait qu'il avait beaucoup de choses à lui apprendre, qu'elle était neuve, qu'elle n'avait encore rien senti, rien touché de vrai...» (Ⅱ, 411). Malgré leurs façons différentes de saisir le monde, Antonio et Clara ont presque le même langage pour en parler. L'un et l'autre voient la réalité à travers leur sensibilité, et ne parlent pas comme les autres. C'est ce que montre cette conversation entre les deux:

> «– *J'entends tes mots longtemps après, dit-il doucement; tu ne parles pas comme nous; explique-moi.*
>
> – *Toi non plus tu ne parles pas comme eux, tu parles presque comme moi. C'est ça qui m'a fait dire que c'était fini d'être trompée et de courir sur des chemins qui descendent.*
>
> – *Tu ne t'en veux pas d'être vivante?*
>
> – *Non depuis que je t'écoute.*» (Ⅱ, 244-245)

C'est donc la rencontre du poète et de l'aveugle③: tous deux parlent du monde en fonction de leur façon, presque commune, de sentir et de voir et qui n'est pas comme celle des autres. Par exemple voici comment Antonio voit Clara endormie:

---

① Eugène Dabit, «*Le Chant du monde*», Europe, 15 août 1934, repris dans *Les critiques de notre temps et Giono*, *op. cit.*, p.46.

② Ce que dit Giono à propos de l'aveugle et de sa façon de saisir le monde, *Les Fêtes de la mort.* Voir, Robert Ricatte, « Note sur un projet de Giono: « Les Fêtes de la mort ».

③ *Légende homérique*: la cécité d'Homère.

> « *Il la regarda sans parler. Maintenant, il la voyait malgré l'ombre et fit sans y penser ce geste de bras qu'il faisait au fond de l'eau pour rester devant un gros poisson endormi. Elle était toute jeune, pâle et sans ride comme un beau galet, avec cette rondeur douce et pleine des porphyres usés par l'eau.* » (Ⅲ, 244)

Comme il est un homme du fleuve, les métaphores et les images qui qualifient sa perception sont empruntées au monde de l'eau.

Dans *Le Chant du monde*, un autre personnage est en même temps guérisseur et grand parleur : c'est Toussaint le bossu, « le clerc de notaire » (Ⅱ, 287). Il arrive par son discours à charmer même Antonio. Dans le passage suivant, le narrateur décrit l'effet de ses paroles chez ses auditeurs Antonio et Matelot :

> « *Il s'arrêta de parler et se lécha les lèvres. La maison se mit à craquer doucement comme une pomme sur la paille.*
>
> *Antonio et Matelot se sentaient hors du monde. Ils étaient touchés par cette voix d'enfant savant, par ce regard plein de sève; les longues mains en lanières bougeaient doucement entre les livres les plantes. De grandes images leur battaient le visage en les étouffant comme de l'eau...* » (Ⅱ, 287)

Cette « voix d'enfant » révèle un côté innocent et pur. Elle le rapproche du monde naturel, plus particulièrement des « oiseux » : « sa voix d'enfant avec de petits gazouillements d'oiseaux qui s'embarrassaient dans les syllabes » (Ⅱ, 309), comme son corps lui donne l'aspect d'un insecte : « on le voyait tout entier comme un insecte » (Ⅱ, 286-287).

Le handicap physique (il est nain et bossu) ne l'empêche pas d'être un beau parleur. C'est peut-être une sorte de compensation à son handicap. Ses dons rappellent en tout cas ceux du père dans *Jean le Bleu*. Tous les deux apportent par leur parole ou par leur soin le réconfort et le remède à ceux qui en ont besoin. Une autre similitude entre les deux hommes : Toussaint entretient une correspondance avec sa sœur Julie (la femme de Matelot) comme le fait le père de Jean avec sa propre sœur dans « Le Poète de la famille ».

A la maison sombre où il habite s'oppose la lumière de ses yeux : « Les yeux de Toussaint étaient sans bord : une immense lumière claire, presque fixe » (Ⅱ, 306). C'est grâce à cette lumière intérieure qu'il peut voir le fond des choses. Ses gestes mêmes sont différents de ceux des autres :

> « *Il avait déjà dans ses gestes pour essuyer les meubles des rondeurs et des mouvements de doigts qui dépassaient le monde ordinaire et s'en allaient toucher au fond de l'air la*

mystérieuse matrice de l'espérance.» (Ⅱ , 342)

C'est grâce à ce don d'être en contact avec un monde invisible, qu'il peut sentir la mort chez certains de ces patients (Ⅱ , 348). (pourquoi la différence de polices de caractères)

Mais son don d'artiste apparaît dans le fait qu'il peut voir tout un monde dans une pierre (Ⅱ , 307-308) ou dans un scarabée (Ⅱ , 308). Il est comme le père dans *Le Grands Théâtre* qui voit tout un monde dans le corps de l'oncle Eugène. Ou comme Casagrande qui, dans *L'Iris de Suse*, découvre un monde dans l'os crânien d'un oiseau. Ou encore comme Giono lui-même qui, dans *La Pierre* (1955) médite justement sur la vie et l'énergie que peut contenir une pierre.

Le père de Clara parle également, mais sa voix, à cause de la méchanceté qu'elle contient, le rapproche davantage de Janet. Il a plutôt une voix double, comme il apparaît dans le souvenir de sa fille:

> «*Mon père était un homme qui avait deux voix. Une voix simple et, dans celle-là, il était ce qu'il était vraiment. Une voix faite de tout, et alors là, on en avait la tête tournée à ne plus rien pouvoir démêler de ce qui était la méchanceté, la peine, toujours plus de méchanceté, toujours plus de peine, des choses profondes, du mal et des envies de mal, et un petit filet au fond de cette voix...*» (Ⅱ , 404-405)

Dans *Que ma joie demeure*, Bobi l'« acrobate » (Ⅱ , 603), essaie par « les mots des poètes» (Ⅱ , 609) de «donner de la joie» (Ⅱ , 603) aux fermiers du plateau Grémone. Car «personne ne peut vivre sans joie. La vie, c'est la joie» (Ⅱ , 605). C'est par la parole qu'il essaie de leur faire voir son rêve. Il s'oppose ainsi au « fermier socialiste » de Josépine qui préconise, lui, un programme basé sur l'action. Dans leur longue conversation (Ⅱ , 602-610), celui-ci dit en effet qu'il «voit? la chose sur le plan social» (Ⅱ , 607). Il donne également son avis sur le rôle des poètes: « J'ai dit qu'il nous faudra des poètes, mais je dis aussi que, de temps en temps, on sera obligés de leur foutre des coups de pied au cul» (Ⅱ , 607).

Les personnages parleurs ne sont pas souvent ceux qui agissent. Parole et action sont deux domaines séparés. Ici Bobi, poète et parleur s'oppose au fermier de Fra-Josépine, homme d'action. Dans *Batailles dans la montagne*, l'homme d'action Saint-Jean n'est pas doué pour la parole; dans *Colline*, seul Janet possède ce don. Les autres s'opposent à lui par l'action. Mais la parole, dans son sens le plus large, peut être une forme d'action comme celle du Giono pacifiste durant les années 35-39. Par ailleurs, la parole qui se fait action est analogue au Verbe divin, comme le laisse entendre ce passage de Virgile:

> «*Alors, le dieu parle, c'est-à-dire qu'il agit (ce qui est la façon de parler des dieux; c'est précisément cette coïncidence exacte entre la parole et l'action qui est la marque du dieu).*» (Ⅲ, 1066)

Au début de *Que ma joie demeure*, lors de sa rencontre avec Jourdan, Bobi, «acrobate» de la parole, trouve une formule quasi magique pour parler des étoiles: «Orion fleur de carotte» (Ⅱ, 424). Il parle d'une si belle façon que Jourdan, paysan du «Plateau Grémone», a aussitôt été séduit. D'ailleurs, l'arrivée de Bobi est un peu attendue par les habitants, et particulièrement par Jourdan, car celui-ci se rend compte qu'il leur manque quelque chose: «Jourdan chercha le regard de ces hommes [...] Et alors il s'aperçut que, dès qu'ils s'arrêtaient de rire, ils avaient le même souci au fond de l'œil. Plus que du souci, de la peur. Plus que de la peur, du rien.» (Ⅱ, 419) Il attend celui qui peut tout faire changer:

> «*La joie peut demeurer*», *se dit Jourdan.*
>
> «*Seulement, se dit-il, il faudrait que celui-là vienne.*»
>
> [...] *Il lui avait suffi de savoir que des hommes existaient qui avaient des mains soignantes et qui n'avaient pas peur des grosses maladies qui se donnent.*
>
> *Un de ceux-là. Voilà ce qu'il fallait. Un homme avec un cœur bien verdoyant.*» (Ⅱ, 420)

Notons que Jourdan donne à celui qu'il attend la faculté de soigner sans avoir peur des maladies. C'est le caractère du père de Giono tel qu'il est décrit dans *Jean le Bleu*, c'est celui de Toussaint du *Chant du monde*, comme on vient de le voir, et ce sera surtout celui d'Angelo dans *Le Hussard sur le toit*.

Bobi est donc attendu comme un messie. Lors de leur première rencontre, Jourdan remarque tout de suite son langage très particulier, inhabituel pour lui. En plus d'Orion «fleur de carotte», Bobi s'exprime par d'autres images ou pose des questions un peu étranges pour son interlocuteur. Il lui dit par exemple que les montagnes ressemblent à «des bateaux» (Ⅱ, 434). Il veut savoir également si Jourdan plantait des «chênes» ou semait des «pâquerettes» (435). Un propos auquel ce dernier n'était pas habitué. Au point que, tout au long de leur conversation, il ne cesse de lui dire «pardon». Ce n'est qu'un peu plus tard que Jourdan dit «J'ai compris» (Ⅱ, 436). Bobi vient de donner sa première leçon: «– Voilà, dit l'homme, qu'on est déjà très loin dans la leçon et qu'on n'a pas suivi l'ordre.» (Ⅱ, 436). Comme si la leçon ne pouvait pas être comprise grâce uniquement à la parole, Bobi se met à faire des tours d'acrobatie (Ⅱ, 437-438). Bobi se met donc à faire changer chez les fermiers leur façon de voir le monde, leur manière d'être en essayant de les guérir de leur tristesse et de cette lèpre qui les dévore. C'est ce qu'il dit à Jourdan :

> «– *Tu m'as demandé si j'avais soigné les lépreux. Je t'ai dit non. C'est la vérité. Mais je sais les soigner. Et peut-être que j'en ai envie.*» (Ⅱ , 435)

Bobi a tellement d'influence sur ceux qu'il fréquente que certains d'entre eux commencent à voir le monde et à s'exprimer comme lui. C'est ainsi que Jacquou parle :

> «[*Il*] *continuait à parler de ses rêves, de ses animaux merveilleux, de ses taureaux presque trop beaux pour être sur terre, de ses vaches avec des mamelles de crème, avec même parfois des mots, et on se demandait où Jacquou allait les chercher.* [...] *Il en parlait comme si c'était vrai, comme si ces animaux étaient déjà là. Et ils étaient encore dans le rêve.*» (Ⅱ , 723)

Dans cette période des années trente, dans certains textes, ceux notamment qui portent un titre qui suggère une vision cosmique du monde, comme *Le Serpent d'étoiles*, *Le Chant du monde* ou *Le Poids du ciel*, la parole (du narrateur ou celle des personnages) tend à exprimer la dimension qu'évoque le sujet. En effet, il y a, dans ces textes, comme une ivresse verbale qui essaie de rendre compte de l'étendue et de la démesure du monde. Cette parole y est lyrique, et quelquefois de caractère épique. Elle cherche à mettre en valeur les rapports de l'homme au monde qui l'entoure. Dans *Le chant du monde*, même s'il n'est pas question du cosmos (il y a évocation des étoiles), Antonio est celui qui puise sa force, sa beauté, mais surtout sa poésie et ses images dans le fleuve qui est son compagnon et ami. Dans *Le Serpent d'étoiles*, les bergers, eux, puisent le pouvoir de leur langage et leurs images dans les vastes étendues du plateau et dans le ciel qu'ils ont l'habitude de regarder chaque soir. On a vu, par ailleurs que, dans *Le Poids du ciel*, le narrateur choisit, dans les deux premières parties, d'occuper une place dans la montagne pour voir d'en haut et méditer sur ce qui se passe dans le monde et dans l'univers. Dans *Batailles dans la montagne*, et bien que l'auteur, lors de sa préparation de l'œuvre, se donne des consignes de rigueur①, le style (et par conséquent le discours du narrateur et des personnages) suit l'élan épique de l'action. Le discours est comme adapté à la situation. Il est à la mesure des « batailles » que mène Saint-Jean contre l'éboulement, l'inondation, le taureau déchaîné, la dynamite et le froid. Mais le héros ne possède pas le don de parole, puisque dans sa dernière «lutte» contre Boromé, il n'arrive pas à l'emporter et emmener Sarah avec lui. Celui-ci est plus fort que lui en matière de parole. A côté

---

① Luce Ricatte dans sa « Notice » sur *Batailles de la montagne*, Ⅱ , 1392.

de ce héros, qui sait seulement manier la dynamite, sauver la communauté et aimer en silence Sarah, il y a un autre personnage qui est fort en parole. C'est le personnage de Bourrache. Par son discours « évangéliste », il explique le monde à sa façon. Au moment de l'invention de ce personnage, Giono était très enthousiasmé. Il est pour lui « Peut-être le plus extraordinaire de tous mes personnages, le plus vivant, et pour la première fois le support lyrique le plus logique et le plus juste. Plus logique que Bobi, plus grand que Bobi... »①. Mais en 1970, Giono, en prenant du recul, le voit différemment. Luce Ricatte rapporte cette réaction: « Giono sourit encore à cette création, plus burlesque que tragique, dans l'impossibilité où il était de créer un véritable coquin »②.

C'est un personnage un peu burlesque, puisqu'à côté de ce discours « moralisant » qu'il tient, il joue le rôle de « maquignon » pour le vieux Boromé. Sarah est l'une de ses recrues. D'ailleurs sa façon de parler lui donne l'air de tenir un discours vide et sans rapport concret avec la situation. Cependant, il incarne, par son discours, un des aspects de ce mythe biblique qui est présent dans toute l'œuvre de Giono.

Ⅰ.3.2 Parole et silence

L'une des valeurs essentielles du silence est de préserver l'être d'un appauvrissement de lui-même. Si l'être, en effet, se renforce dans le silence, il lui suffit de rompre ce dernier, d'en quitter le lieu, la sphère (protectrice et nourricière) pour s'amoindrir et dégénérer. Cet appauvrissement correspond, d'un certain point de vue, à l'appauvrissement de la Vérité dans laquelle il avait élu résidence, son lieu de sérénité et de complétude, dont seul le silence était en mesure de témoigner. La rupture du silence constitue alors un véritable écart. Cet écart reproduit la scission entre l'être et sa vérité. De réalisé, d'épanoui, de dilaté, l'être revient à un état ordinaire, étroit, état d'incomplétude et de discontinuité, de division. Il n'y a que dans le silence que l'être peut évoluer librement et se déployer pour atteindre les sommes de sa réalisation. Un tel accomplissement de soi, total et absolu, est au-delà de toute expression, de toute formulation.

Car il est des thèmes constants qui sont liés à la parole et qui traversent toute l'œuvre. L'un des plus importants est le thème du silence. On a vu que les personnages de Giono sont surtout des parleurs. Mais il y en a d'autres qui se caractérisent par leur silence③. Dans *Colline*, il y a celui qui parle (Janet) et celui qui est muet (Gagou). Dans *Naissance de L'Odyssée*, Ulysse, dont la parole est comme un jaillissement, triomphe de son rival Antinoüs qui n'arrive pas à

① Luce Ricatte, *op. cit.*, Ⅱ, 1416.

② *op. cit.*, Ⅱ, 1417, note n°1.

③ Alan J. Clayton, *Pour une poétique de la parole chez Giono*, coll. « Situation », Lettres Modernes Minard, 1978.

faire sortir en parole ce qui est en lui :

« *Antinoüs grommelait des paroles trop dures, celles-là, pour les jeter à Pénélope ; il les broyait en lui-même avec un bruit de porc à l'auge.* » (Ⅰ , 73)

Pour certains personnages, la musique remplace la parole et leur évite d'être silencieux. C'est le cas des ancêtres d'Albin dans *Un de Baumugnes*. Ceux-ci sont muets mais parviennent à échapper au silence :

« *Baumugnes !*

« *La montagnes des muets ; le pays où on ne parle pas comme les hommes.* » (Ⅰ , 228)

Le silence est le signe de la mort. Ceux qui ne parlent pas meurent. La parole est salvatrice. C'est ainsi que dans ce roman, en parlant à son ami Amédée, Albin se libère du poids d'une histoire qu'il s'est tue depuis longtemps :

«[…] *C'est pas exactement de la parole, maintenant, c'est comme si je saignais. C'est comme d'un mauvais apostume que j'ai crevé du couteau et qui saigne du sang et du pus ; voilà ma parole de ce soir, voilà. C'est du mal qui s'en va. De ces trois ans, dans ces pays, j'ai pas dit vingt mots de plus que le nécessaire pour se faire manger et boire.* » (Ⅰ , 228)

« *Le thème de la blessure ou de la plaie qui s'ouvre et qui laisse sortir ce qui est en dedans est un thème récurrent chez Giono. C'est le symbole d'une libération et d'un soulagement qui se fait grâce à la parole. Elle devient enivrante pour Albin. Il le dit à son ami : « Je ne suis pas saoul ; de vin, du moins ; d'autres choses, de celles que je raconte, peut-être, c'est possible* » (Ⅰ , 226)

Au début de *Regain*, dans le village d'Aubignanne abandonné, comme il n'y a « plus que trois habitants », la parole n'est plus de mise. Gaubert le forgeron se sert de son enclume non pas pour travailler mais pour faire du bruit. Une manière de remédier à l'ennui et de remplacer la parole absente :

« *Tout le jour, quand il s'ennuie, Gaubert vient, met les deux mains au marteau, le lève et tape sur l'enclume. Comme ça, pour rien, pour le bruit, pour entendre le bruit, parce que, dans chaque coup, il y a sa vie, à lui.*

Ce bruit d'enclume, ça va dans la campagne et parfois ça rencontre Panturle qui chasse. C'est encore une chose à quoi on peut parler, ça. » (Ⅰ , 332)

Les coups donnés par le forgeron sur l'enclume sont sa façon de briser le silence et de prouver qu'il est en vie. C'est également une manière de communiquer entre les deux hommes. L'autre manière, c'est le sifflement (Ⅰ, 332-333). Ce qui fait penser un peu aux personnages de *Un de Baumugnes* qui communiquent par leurs harmonicas. La parole est donc presque absente dans ce début du roman, mais ce n'est pas tout à fait le silence qui règne entre les personnages, parce que ceux-ci utilisent des moyens de substitution à la parole. Panturle est présenté comme un homme qui « a un défaut, [...] il parle seul. Ça lui est venu après la mort de sa mère » (Ⅰ, 330). Il a donc un peu la caractère du Janet de *Colline*. C'est par la suite qu'il saura « parler avec des paroles d'homme » (Ⅰ, 371). Mais il gardera en lui ce « geste des bêtes » (Ⅰ, 371) qui lui vient de son instinct de chasseur et qui consiste à « savoir lire cette chose écrite dans l'air et dans la terre » (Ⅰ, 371). Sa rencontre avec Arsule lui permet enfin de « parler »: «[...] c'est de là qu'il est parti à parler. Il a pris la main de la femme dans sa main. Il parlait fort...» (Ⅰ, 379). C'est la parole qui lui permet de devenir quelqu'un d'autre. A la fin du roman, Panturle est décrit comme un homme qui porte en lui des chansons qui sont sur le point d'éclore:

> « *Il a des chansons qui sont là, entassées dans sa gorge à presser ses dents. Et il serre les lèvres. C'est une joie dont il veut mâcher toute l'odeur et saliver longtemps le jus comme un mouton qui mange la saladelle du soir sur les collines.*» (Ⅰ, 428)

Panturle devient donc comme un poète qui porte en lui sa création. Celle-ci est sur le point de naître en chansons.

Dans *Le Chant du monde*, le « tatoué », l'un des hommes de Maudru, ne peut pas ne pas parler. S'il se tait, il devient malade. Il le dit à Antonio:

> « *Voilà l'affaire, dit-il. Moi, quand j'ai vu quelque chose je suis obligé de le dire. Qu'est-ce que tu veux, c'est plus fort que moi. Si je vois bouger un rat il faut que je crie tout de suite*: « *le rat bouge* » *ou bien* «*je suis malade.*» (Ⅱ, 298)

Dans ce même roman, la mère de Clara est décrite par celle-ci comme une femme qui ne parle pas. Sa seule parole est une plainte. En effet, « elle n'avait pas de voix à elle. Elle disait: ah! Dieu! » (Ⅱ, 405). Elle meurt, un peu à cause de ce silence « Ma mère ne gémissait plus, elle était morte un jour » (attention à la police de caractères: tantôt vous mettez en italique, tantôt non. Il faut harmoniser) (Ⅱ, 406) et à cause de son mari, qui est presque aussi tyrannique que le père d'Odripano dans *Jean le Bleu*. La « double voix » (Ⅱ, 406) du père de Clara est une sorte d'usurpation de la voix de cette mère sans voix.

Une tête pleine d'images doit se libérer par la parole, sinon elle risque d'éclater. Dans *Un Roi sans divertissement*, moins Langlois parle, plus il échappe à ses amis. Son mutisme est le signe avant-coureur de sa mort. En revanche, dans *Les Récits de la demi-brigade*, Martial, qui est en quelque sorte la réincarnation de ce même Langlois①, échappe à cette situation dramatique parce qu'il ne cesse de parler, étant lui-même le narrateur de ses propres aventures.

Par ailleurs, tout comme la musique, le coup de feu ou l'explosion peut remplacer la parole. C'est ainsi que Djouan, le cousin poète dans « Le poète de la famille » s'exprime, comme on l'a vu, par l'explosion de la dynamite avant de partir.

La foudre qui frappe Bobi à la fin de *Que Ma joie demeure* (Ⅱ, 777) est une sorte d'explosion qui annonce la fin de la parole chez ce personnage. Il se tait définitivement. Dans ce roman, c'est surtout Aurore qui garde le silence. Elle est cette « voix d'ombre » (Ⅱ, 731) qui n'arrive pas à déclarer son amour à Bobi. Elle veut le faire : « Mlle Aurore voulait voir Bobi. Lui parler. Le voir. L'entendre. Le toucher. Lui dire...» (Ⅱ, 699-700). Mais quand elle est avec lui, elle ne peut lui parler de ses sentiments. Et faute de pouvoir parler, elle se suicide d'un coup de fusil :

> « *Aurore était tombée à la renverse. Elle s'était tiré un coup de fusil dans la bouche. Elle n'était plus une femme. Avec ses éclaboussures de cervelle et de sang rayonnantes autour d'elle, elle éclairait l'herbe et le monde comme un terrible soleil.*» (Ⅱ, 752)

Cette scène a beaucoup de similitudes avec celle du suicide de Langlois à la fin d'*Un Roi sans divertissement*. Dans ce roman, l'explosion finale remplacerait également la parole impossible.

Les deux coups de feu tirés par le Narrateur des *Grands Chemins* sur son ami l'Artiste remplacent la parole impossible avec lui et annoncent également la fin de la parole du Narrateur lui-même qui est sur le point de partir et donc se taire.

Ⅰ.3.3 Jeu et écriture

Le jeu comme allégorie de l'écriture et de la création se fait à la fois à travers le jeu avec les cartes et le jeu avec les mots. D'ailleurs, les deux aspects se rejoignent car, en définitive, l'Artiste et le Narrateur ne font qu'un. Ce sont les deux facettes du même « portrait de l'artiste », autrement dit du créateur. On a parlé de la virtuosité de l'Artiste dans le jeu des cartes ; parlons maintenant de celle du Narrateur. C'est dans le domaine du langage que celui-ci exprime sa

① C'est un policier qui lui pose la question sur son nom : « Etes-vous le capitaine Langlois? Me demande-t-il à voix basse, en faisant mine de me tirer à l'écart. – Je le suis en effet, répondis-je en restant ferme sur place.» (Ⅴ, 84).

virtuosité. Avec le curé qu'il rencontre la nuit sur la route, et chez qui il passe la nuit, s'établit une conversation d'hommes intelligents qui savent jouer sur les mots. Par exemple, le Narrateur parle de lui comme d'un autre mais tout en sachant que son hôte le comprend bien. Une sorte de jeu qui se joue entre eux.

> « *Il me demande ce que je fais. Je le lui dis. Il me pose des questions très précises. Je lui en pose, moi aussi, parce qu'il a l'air de ne pas être tombé de la dernière pluie.* » (V , 481)

Et tous les deux continuent à jouer le jeu :

> « *Il me confesse, en douce, mais pas pour son boulot. Je prête volontiers le flanc. Je crois qu'il a une idée derrière la tête. Ce qui l'intéresse, c'est qu'il a trouvé un homme de son bord. Il veut savoir pourquoi j'ai quitté ma dernière place. Ce n'est pas un mystère : c'est que, de temps en temps, j'aime partir, c'est très simple.* » (*Ibid.*)

Le prêtre se sert donc de sa profession (la confession) mais il la détourne un peu. Elle devient une sorte d'interrogatoire à peine voilé ou plutôt de jeu de devinettes auquel le Narrateur se « prête volontiers » en relevant le défi que semble lui lancer son interlocuteur. Le prêtre change de tactique, et le Narrateur de faire autant ; et la conversation a tout l'air de devenir une sorte de duel :

> « *Je sens qu'il est en train de faire un détour. Je l'attends. Il arrive d'un côté imprévu. Il me parle des hommes de tout repos. Est-ce qu'il y en a? Je ne lui pose pas la question. Je raconte très naturellement une histoire ancienne, en gazant toujours, bien entendu.*
>
> *Si je savais exactement de quel repos il s'agit, je ferais mieux, mais je me tiens prudemment à carreau. Je ne m'avance d'aucun côté, et le bonhomme que je lui dépeins, qui est moi, est vraiment de tout repos. Je vais même plus loin et je me montre aux prises avec diverses difficultés dans des faits qui se sont passés à des endroits précis. Je donne les noms.* » (V , 481-482)

Comme l'Artiste, le Narrateur triche en parlant de lui, et le prêtre doute de sa sincérité, « il n'est pas convaincu. Il se demande si c'est du lard ou du cochon » (V , 482). Mais tous les deux semblent trouver de la satisfaction dans ce jeu qui consiste à tourner autour du pot : « Si on s'expliquait clairement ça irait très vite, mais on a, lui et moi, notre intérêt personnel » (*Ibid.*). Le jeu est continuel chez lui. Pour cela, il adopte même un vocabulaire approprié. C'est ainsi qu'en parlant des sœurs qui prodiguent des soins à son ami blessé, il dit (on souligne) :

« *Je constate aussi qu'elles ont fait un grand jeu extraordinaire à l'artiste. Dès qu'il a ouvert les yeux dans ce jour nouveau de souffrance, elles ont fait voltiger au ras de son nez une multitude de cartes royales qu'il n'avait jamais vues.*» (Ⅴ , 575)

A chaque situation, le Narrateur trouve les propos qu'il faut. Il ne dit jamais les choses comme elles sont, mais il fait des détours et des allusions. Bref, il « gaze » comme il aime à le répéter. Il dit aussi: « j'aime toujours procéder par allusions voilées » (Ⅴ , 570). En outre, il ne cesse d'inventer des « histoires » en fonction de ses interlocuteurs. C'est ainsi qu'il invente une histoire crédible pour la Mère supérieure afin qu'elle accepte d'être discrète au sujet de son ami blessé. Il le fait aussi avec le docteur, mais en racontant une autre histoire susceptible d'intéresser celui-ci.

Le discours du Narrateur développe ainsi, à un autre niveau, la métaphore même de l'écriture chez Giono dans les « Chroniques ». Il y a d'abord l'invention des histoires, le jeu sur les mots, qui consiste souvent à ne pas dire les choses telles qu'elle sont, mais à « procéder par allusions voilées ». L'essentiel n'apparaît que par ricochet, dans le vide ou laissé en suspens. Le rôle de l'écrivain dans ces romans est de « détourner les choses de leur sens » (Ⅴ , 540). *Les Grands Chemins* est un roman où le sens est en perpétuelle fuite. C'est d'ailleurs ce qui caractérise la plupart des « Chroniques ». Car, dans ce roman, il n'y a pas que cet écart de conduite chez le personnage. Il y a également souvent un autre écart entre la chose qu'il faut désigner et le langage employé pour la désigner. Le discours est parfois elliptique; ce qui contribue à maintenir cette image floue des personnages. Il épouse également la forme du récit: si celui-ci figure un voyage avec un itinéraire sinueux, et qui parfois bifurque, avance, s'arrête, etc., le discours du Narrateur, lui, est composite (monologue intérieur, narration, dialogue...). Il change assez souvent d'aspect et de registre: « j'ai plusieurs façons de parler, et notamment de me parler » (Ⅴ , 577), dit le Narrateur, traduisant la pensée même de l'auteur.

La parole est ce qui distingue la plupart des personnages-artistes de Giono, mais elle varie de nature et de fonction selon les personnage et les textes (comme on le verra plus loin). Dans *Les Grands Chemins*, le narrateur, qui est l'un des doubles de l'auteur, mérite le titre d'acrobate dans le domaine de la parole. Un jongleur des mots, comme son ami est jongleur des cartes. De ce fait, le Narrateur est un artiste aussi. C'est un faiseur de tours et un illusionniste à sa manière. La scène où l'Artiste fait la démonstration de sa virtuosité à son ami (Ⅴ , 489-490)①

① Edgard Pich, « Aux frontières de l'écrit et de l'oral. Pour une diglossie généralisée », *Bulletin de liaison*, n° 26, A.L.D.R.U.I., Lyon, printemps 1996, pp.5-7. Voir enfin Christine Rannaud, « Jeux d'Abymes dans *Les Grands Chemins* », Bull., n° 99, 1991: 100-101.

a, entre autres significations, la manipulation des mots et des images par l'écrivain.

Par ailleurs, la vacuité d'esprit que montre le Narrateur qui prend le chemin au début du roman (« je n'ai pas d'idées » (V, 471), dit-il) fait un peu penser à la situation de l'auteur devant sa page blanche qui se remplit ensuite, petit à petit. Mais une fois qu'il prend la route, tout devient facile①. L'avancée du Narrateur sur la route correspond ainsi, métaphoriquement, à celle de l'écriture:

> « *Le matin s'avance. Il y a déjà quelques abeilles. Je fais les quinze cents mètres à la papa. La route est mieux à mon goût. C'est un chemin vicinal de trois à quatre mètres de large à peine, très souple au pied et qui respecte toutes les propriétés. On planterait un piquet devant lui, il en ferait le tour à bonne distance. C'est ce qu'il a fait quand on l'a tracé.* » (V, 471)

Puis peu à peu, le récit est enrichi (la page est de plus en plus remplie) au fil des paysages que traverse le Narrateur, au fil des rencontres qu'il fait, jusqu'à la rencontre de l'Artiste qui permet de faire démarrer le récit pour de bon.

A la vacuité initiale correspond celle de la fin. Dès qu'il a accompli son « oeuvre » en tuant l'Artiste (en « l'achevant » tout comme l'auteur qui « achève » son roman), l'artiste s'en va sur les chemins pour d'autres aventures et d'autres rencontres. La boucle est bouclée. Dans *Un de Baumugnes* on trouve déjà un dénouement analogue. Le narrateur Amédée met fin à son amitié avec Albin juste à temps:

> « *J'étais au bout de la ficelle d'amitié amarrée dans nos deux cœurs; encore un pas, elle cassait. Et j'ai fait ce pas en arrière, et je suis parti.* » (I, 319)

L'auteur, lui, se détache de ses personnages et pense éventuellement à un autre roman; autrement dit à se [re] mettre « en route » (V, 633). Cette circularité, ce perpétuel recommencement, renvoie à la fois à la vie humaine en général et au travail même de l'écrivain.

---

① J.Chabot et A. Valente, « *Interview de Jean Giono*, 4 *avril* 1968 », *op. cit.*, p.23.

Conclusion

Nous voici donc parvenus au terme de cette exploration du vide à travers les oeuvres de Giono. Il nous reste, au-delà de l'œuvre même de Giono, et en marge de la thèse, à ouvrir plus largement le champ des perspectives qui s'inscrivent dans la « confrontation » entre l'Occident et l'Orient.

Au travers de la quête de Giono, on a été amenés (au-delà même de la réalisation individuelle de l'être) à nous échapper et à suivre ce qui apparaît comme l'évolution de la pensée occidentale dans son ensemble, relativement à l'appréhension de la Vacuité.

Il apparaît, en effet, que ce qui - au niveau du vécu - représente la tentative de l'être individuel pour échapper à une appréhension négative et stérile de la Réalité Originelle et Ultime reproduit en fin de compte les tendances actuelles de la pensée occidentale pour se dégager de l'ornière de concepts (Néant, Absolu, par exemple) aux déterminations aliénantes, autour desquels elle s'était consolidée et cristallisée.

> *Le silence n'était pas vide...*
> *La mort n'était pas le néant*①...

Si, en Occident, pensée et être paraissent encore éloignés de la Réalité que retrouve le concept Vide, cela n'est pas indifférent à l'accent qui a été mis sur celui du Néant. Dans la volonté de se dégager de toute pensée mystique et de faire de la Raison la seule clef susceptible d'ouvrir les portes de la connaissance de soi, la quête occidentale ne pouvait aboutir qu'à l'impasse du Néant.

Giono est peut-être l'un des premiers à avoir « passé la ligne », et, dans son refus de s'en tenir au Néant pour Réalité Ultime, à avoir ouvert une brèche et tracé une Voie vers ce « Néant transfiguré » qu'est la Vacuité. Alors que le Néant semble être à considérer être seul, il me paraît qu'entre Vide et Vacuité existe un rapport de continuité qui fait passer l'être de l'un à l'autre. L'appréhension du Vide est une appréhension « verticale » qui place l'être au sein de la Réalité Ultime et débouche sur une appréhension « linéaire » de la Vacuité.

---

① Le Clézion, *L'Extase matérielle*, Paris: éd. Gallimard, p.281.

Jusqu'ici la pensée occidentale s'est trouvée en lutte perpétuelle contre ces réalités du Temps et du Vide, celles mêmes qui sont au fondement de toute création et de l'univers réalisé. Par ce combat, l'Occidental n'a cessé de s'éloigner de l'Origine. Il se déracine toujours. C'est un mouvement irrémédiable qui le condamne à côtoyer en permanence les abîmes contre lesquels précisément il mène sa lutte acharnée.

Au niveau individuel, l'Occidental reproduit cette démarche, dos tourné à son éventuel anéantissement, qui consiste dans son angoisse devenue viscérale du Néant, à exposer son être intérieur sans vouloir en rechercher les racines profondes. Dès lors, le concept même de concept de Néant que l'on cherche à fuir ne cesse de gagner en ampleur et en négativité, devant ainsi une quotidienne et obsédante réalité.

> *L'homme éprouve le vide à travers les circonstances qui le nient dans ses exigences imaginées impératives à sa survie. Il craint toujours que quelque chose ne survienne pour le dépouiller des conditions de son existence. La vie entière est hantée consciemment ou inconsciemment par « le souci du néant »*①...

Dans cette perspective, l'Occidental paraît avoir tout à gagner d'un radical renversement de sa démarche initiale. Celle-ci le mène à une douloureuse et tragique impasse. Dans la mesure où il s'est ainsi de plus en plus éloigné des racines de son être, l'Occidental a creusé une distance qui peut lui permettre de porter un regard neuf sur les espaces intérieurs. C'est l'expérience décisive que ce revirement et ce face-à-face avec le Néant sont amenés à vivre sa propre négation en toute lucidité et en pleine acceptation. Une telle confrontation permettra le dépassement infiniment enrichissant et salutaire de cette négation même. René Daumal exprime cette expérience fondamentale.

Dans le face-à-face jaillit la miraculeuse évidence: le Néant n'est pas le Néant, il est cette Illusion qui correspond et répond à l'Illusion même de la réalité objectale. L'expérience du Néant porte donc au Vide qui n'est « ni du coté de l'être, ni du coté du non-être② » et qui pourrait se définir comme « le Néant démuni de ses qualifications négatives, le néant transfiguré③ ».

> *Nous avons besoin de quelque secousse salvatrice... Le vide- bond hors de cette fatalité – est, comme tout produit du quiétisme, d'essence anti-tragique. Grâce à lui nous devrions*

---

① Karlfried Von Durckheim « Horror Vacui – Benedictio Vacui » *in Hermès*, pp.66-67.

② Frédéric Nef, « Expérience du Vide et Ontologie chez les Mystiques rhénans », *in Hermès*, *op.cit.*, p.117.

③ E.M. Cioran, « L'indélivré », *in Hermès*, *op. cit.*, p.264.

apprendre à nous retrouver en remontant vers nos origines, vers notre éternelle virtualité①.

Le vide est restauré dans son Essence, laquelle est la Vacuité, c'est-à-dire la Matrice Universelle, le « Sens », la Voie (du Tao). L'ouverture Originelle est retrouvée au tréfonds de l'être. Par cette ouverture, ce dernier est en relation intérieure et « de l'intérieur » avec la totalité de l'univers. Dès lors agit la Vertu essentielle...

> *Brusquement, le Vide, expression de forces destructrices, se mue en forces créatrices. Transformation de l'expression d'absence de toutes forces naturelles en présence de forces supranaturelles; transformation de la faiblesse existentielle totale en force transcendantale invincible*②.

La transmutation au sein de l'être d'une réalité en une autre réalité, dans cette expérience, l'Occidental assisterait à une vaste redistribution des données intérieures.

L'œuvre de Giono se situe à la charnière entre deux mondes, deux univers de pensées, lesquels sont présentés comme séparés par un abîme infranchissable. Dès l'instant, on cesse de développer la perspective de la confrontation. Par contre, une autre perspective s'ouvre. Elle tend vers la fusion et l'union, alors qu'elle débouche sur la complémentarité.

Giono voudrait chercher une autre réalité, un autre monde au-delà de la quotidienneté. Et donc, il essaie de dégager de tous ses attributs la véritable individualité. Selon le regard du Taoïsme, c'est le Vide. C'est une vision du monde: le Tao comme réalité ultime, essentielle, primordiale, est autant naturel et spontané que concret et confidentiel. Plus qu'une expérience intime, il ne prend jamais une forme constante ou celle d'un système; il est non seulement une entité métaphysique mais aussi une présence mystique. Celle produit une disposition intérieure qui visent à l'expérience de cette présence mystique, le Tao.

La quête ontologique de Giono a une affinité avec des différentes Voies orientales de Connaissance de l'être profond. En passant par des Voies de Connaissance, cette Voie Orientale se présente comme l'un des nouveaux chemins qui guide et conduit les occidentaux à sortir des difficultés contemporaines, à retrouver notre être profond, reconquérir la dimension intérieure méconnue, la réinvestir, et par-là, à renouer enfin avec la transcendance. Le but véritable de l'existence humaine et sa finalité profonde sont de saisir l'Être Transcendant à l'intérieur de soi-même. La plupart des Voies de Connaissance orientales se démontrent sous la forme générale d'une emprise progressive de l'être individuel sur l'universelle Réalité du Vide. Donc,

---

① E.M. Cioran, « L'indélivré », *in Hermès*, *op. cit.*, pp.263-264.

② E.M. Cioran, « L'indélivré », *in Hermès*, *op. cit.*, p.263.

l'appréhension du Vide semble comme centrale dans l'œuvre de Giono. Au sein de cette saisie d'une seule et même Réalité Ultime dont l'être essaie de saisir pleinement le bonheur qui manifeste une harmonie tranquille, le Vide. Cette harmonie, ce sens de l'unité avec le monde naturel, la société ainsi que le soi-même, apparaissent aussi nettement aux heures sombres. Ce que Giono a cherché toute sa vie, c'est la paix comme un silence spirituel dans l'agitation.

Les « œuvres de braise »: ainsi Giono définit-il, on s'en souvient, parmi les projets de textes à venir, les *Chroniques romanesques* en gestation. Il n'est pas indifférent qu'au tournant de son inspiration, il fasse appel à une image aussi expressive, si caractéristique de ce qui s'attache pour lui de rapidité, de violence, cet aspect irrépressible propre à l'écriture des Chroniques. En effet, non seulement celles-ci consacrent le renouveau d'une conception romanesque que les années d'Occupation ont laissées partiellement inabouties, et pour ainsi dire en suspens, mais elles en marquent aussi le couronnement, faisant apparaître, dans la littérature française du XXe siècle, un ton nouveau et spécifique. Contre l'engagement sous toutes ses formes qui accompagnent, dans leur sillage, le Surréalisme aussi bien que l'Existentialisme, à la fois s d'un certain hermétisme contre lequel le Nouveau Roman ne saurait se défendre et de la gravité fulgurante des contempteurs du Surréalisme, de Char à Bataille, Giono apparaît proprement inclassable, irréductible à des formules, à des catégories, fut-ce à ces nébuleuses littéraires aux contours vagues qui caractérisent la complexité des mouvements contemporains et de leurs avatars. Il apparaît conforme aussi à cette image de solitude, de subjectivité sans faille et de distance souveraine que *Noé*, en particulier, tend à imposer avec détachement et humour concernant le statut de l'artiste.

Dans ce texte si caractéristique des *Chroniques romanesques*, Giono offre une vision dédoublée, qui allie une familiarité triviale avec l'immersion de l'artiste dans le domaine sacré. Au lieu de laisser se dessiner le profil de l'artiste sur le fond de mort et de course au néant, Giono insuffle pourtant à son oeuvre une tonalité unique à son image. C'est bien un « sud imaginaire » réinventé et revendiqué comme tel. Il fait preuve d'une existence de l'ambiguïté et du mystère qui semblent indispensables à toute entreprise romanesque. Toute la substance participe alors de cette entité indéfinissable, suspendue et menacée, annihilée par l'intuition d'une essence en perpétuel devenir. On la ressent un frémissement de l'écriture, dans *Noé* et *Les Grands Chemins* par exemple, pour diffuser une éternelle présence. D'où une appréhension de râle qui représente la réalité intérieure en plein mouvement constitue le propre de la création romanesque à son origine. De fait, dans *Noé*, une sorte d'essence de l'artiste surgit de l'effacement même de l'abolition du connaissable au profit d'un acheminement paradoxal vers l'impossible.

De ce fait, c'est aussi le sujet romanesque et son support premier, le personnage, qui se voient plongés dans un halo d'indétermination. Cette parole menacée de toutes parts réussit à s'imposer et à triompher, telle une flamme qui vacille. Thérèse nous semble alors former le point d'aboutissement sans retour, la quintessence du personnage romanesque déployé par la machine complexe et sans précédent des *Chroniques romanesques*. C'est un être de vent et de ruine, un monstre improbable qui suggère la persistance d'un chemin jusque dans la régression qu'il revendique.

A la manière des hiéroglyphes sanglantes sur la peau du cochon qui apparaissent soudain dans les premières pages d'*Un roi sans divertissement*, l'écriture se détache sur fond de réalité triviale et matérielle. Elle devient bientôt un sacrifice, sur l'autel de l'Utile.

D'où aussi la nécessaire omniprésence du Mal (Mal essentiel et Mal sacré) qui soustrait à l'ordre du profane, de la réalité sociale et matérielle les éléments concourant à la manifestation du vide. Ainsi, la littérature même fait silence autour de ce vide. Il s'agit par exemple des sacrifices rituels d'*Un roi sans divertissement*, de l'incertitude qui frappe les différents plans du récit dans *Les Ames fortes* ou de l'ambiguïté du destin dans *Le Moulin de Pologne*. Ce sont autant de traits, d'indices qui soulignent à cet égard l'effacement de toute catégorie morale au profit d'une postulation suprême.

Il en reste que l'aspect le plus inspiré réside dans l'invention du roman. Rien de plus significatif, à cet égard, que l'éclat intermittent de Thérèse dans *les Ames fortes*, ses contours mal définis et sa nature indécidable que le récit préserve en son entier, sur quelque perspective morale qu'ils se fondent.

C'est d'ailleurs là, au cœur de ce troisième récit parmi les Chroniques, qu'apparaît le plus sûrement, le plus spécifiquement, la capacité de Giono romancier à se mouvoir dans le sillage d'une nouvelle mystique...

De même, c'est la formation intellectuelle de Giono, son horizon artistique et culturel. On espère un jour pouvoir en tirer profit et ainsi aller plus loin encore dans l'entreprise de réhabilitation ou, plus exactement, de reconnaissance des aspects les plus profonds et multiformes d'une oeuvre vivante.

Ces quelques ouvertures une fois lancées, il va mettre un terme à notre réflexion, laissant place pour l'heure à la voix qui s'exprime et se répète au fil des *Chroniques* pour restaurer la dimension sacrée du Verbe. Cet aspect, qui alimente son incandescence et son flamboiement, diffuse alors avec un éclat sans pareil une grâce dont sont nimbées ces oeuvres vives, dans leur incomparable approche de l'Etre qui se dérobe obstinément, mais qui se laisse deviner pourtant dans la fonction de médiation. Toute conclusion fermée irait à l'encontre de l'inexprimable paradoxe que l'on s'est efforcés d'illustrer.

Comme un penseur au secours de l'imagination, Giono essaie de s'approcher par un contact indirect d'autres modes de penser et d'autres visons de la réalité. Il recherche de toute sa vie à trouver une forme d'écoute et de compréhension, cette vacuité fertile par laquelle tous les courants peuvent s'harmoniser. Comme *Yi King* dit : « Ainsi le sage accueille les hommes par la vertu du vide①.» Cette ouverture aux influences peut amener progressivement à l'établissement d'une fusion qui sera la synthèse, par-delà les divergences apparentes. La synthèse épanouissante, harmonieuse, ouvre des horizons nouveaux à une conscience humaine élargie. Au regard des Voies purement occidentales ou purement orientales, encore que cette formulation soit tout à fait insatisfaisante, la voie de Giono apparaît comme une voie intermédiaire une suite de « voie de milieu ». Sa quête ontologique est originale et menée solitairement avec une constance et une persévérance exemplaire. Telle est la quête dont témoigner son œuvre abondante du romancier.

---

① P.-L.-F. Philastre, *Yi-King ou livre des changements de la dynastie des Tcheou*, *op. cit.*, Chapitre XXXI.

Bibliographie

I . Editions des œuvres de Jean Giono

1) *DOeuvres Romanesque complètes.*

Toutes les *Chroniques romanesques* de notre corpus de référence ont été publiées dans l'édition établie par Robert Ricatte: *Oeuvres romanesques complètes*, 6 vol., Paris, Gallimard, « Bibliothèque de la Pléiade », 1971, 1983. Nos références à cette édition indiquent le tome (en chiffres romains) suivi de la page (en chiffres arabes).

On mentionne ici, pour chaque texte de Giono, le nom du critique qui l'a établi, présenté et annoté.

I (1971) Préface par Robert Ricatte.

- *Naissance de l'Odyssée* – Notice de Pierre Citron
- *Colline* – Notice de Luce Ricatte
- *Un de Baumugnes* – Notice de Robert Ricatte
- *Regain* – Notice de Luce Ricatte
- *Solitude de la pitié* – Notice de Pierre Citron
- *Le Grand Troupeau* – Notice de Lucien et Janine Miallet
- Appendices: *Angiolina* – *Présentation de Pan* – *L'Esclave* – Notices de Robert Ricatte

II (1972)

Jean le Bleu – Notice de Robert Ricatte

Le Chant du monde – Notice de Pierre Citron

Que ma joie demeure – Notice de Luce Ricatte

Batailles dans la montagne – Notice de Luce Ricatte

III (1974)

- *Pour saluer Melville* – Notice de Henri Godard
- *L'eau vive* – Notice de J.et L. Miallet
- *Un roi sans divertissement* – Notice de Luce Ricatte
- *Noé* – Notice de Luce Ricatte

– *Fragments d'un paradis* – Notice de Henri Godard

Appendices : Préface aux « *Chroniques romanesques* » (1962) , présentée par Robert Ricatte (« La préface de 1962 aux Chroniques romanesques » et « le genre de la Chronique »)

Un roi sans divertissement, scénario original du film de François Leterrier (découpage dramatique et dialogues)

– *Virgile* – *Le Grand Théâtre* – Notices de J. et L. Miallet

Ⅳ (1977)

– *Angelo* – Notice de Henri Godard

– *Mort d'un personnage* – Notice de Pierre Citron

– *Le Hussard sur le toit* – Notice de Pierre Citron

– *Le Bonheur fou* – Notice de Robert Ricatte

Appendices : « Le Cycle du Hussard », Notice générale de Pierre Citron – Postface à Angelo

Ⅴ (1980)

– *Les récits de la demi-brigade* – Notice de J. et L. Miallet

– *Faust au village* – Notice de Robert Ricatte

– *Les Ames fortes* – Notice de Robert Ricatte

– *Les Grands Chemins* – Notice de Luce Ricatte

– *Le Moulin de Pologne* – Notice de J. et L. Miallet

– *L'Homme qui plantait des arbres* – Notice de Pierre Citron

– *Une aventure ou la Foudre et le Sommet* – Notice de Robert Ricatte

– *Hortense* – Notice de Henri Godard

Ⅵ (1983)

– *Deux cavaliers de l'orage* – Notice de Robert Ricatte

– *Ennemonde et autres caractères* – Notice de Pierre Citron

– *L'Iris de Suse* – Notice de Luce Ricatte

– *Récits inachevés : Cœurs, passions, caractères* – Dragoon

– *Olympe* – Notices de Henri Godard

Appendice : Bibliographie des études concernant Jean Giono, par Anne et Didier Machu

2) *Autres textes de Jean Giono publiés dans la Pléiade.*

Récits et Essais. (1989)

– *Le Serpent d'étoiles* – Notice de Henri Godard

– *Les Vraies Richesses* – Notice de Mireille Sacotte

– *Refus d'obéissance*, *Le Poids du ciel*, *Lettre aux paysans sur la pauvreté et sur la paix*, *Précisions*, – Notices de Pierre Citron
– *Triomphe de la Vie* – Notice de Violaine de Montmollin
– Appendices: *Sur un galet de la mer* – Notice de Pierre Citron
– *Les images d'un jour de* – Notice d'Henri Godard
– *Pluie – Elémir Bourges a* – Notice d'Henri Godard

Journal, poèmes, essais (1995)

– *Journal* 1935-1939 – Notice de Pierre Citron
– *Journal de l'occupation* – Notice de Pierre Citron
– *Poèmes* – Notice de Pierre Citron
– *Village* – Notice Laurent Fourcaut
– *Voyage en Italie* – Notice de Violaine de Montmollin
– *Notes sur l'affaire Dominici* – Notice Mireille Sacotte
– *La pierce* – Notice Henri Godard
– *Bestiaire* – Notice Laurent Fourcaut
– *Voyage en Espagne* – Notice Pierre Citron
– *Le Badaud* – Notice Laurent Fourcaut
– *Le désastre de Pavie* – Notice André-Alain Morello
– *De certains parfums* – Notice Laurent Fourcaut

3) *Textes de Jean Giono cités ou consultés (publications diverses).*

– *Angélique*, Avant-propos par Henri Godard, Paris, Gallimard, 1980, *Correspondance Jean Giono – Lucien Jacques* 1930 - 1961, édition établie et annotée par Pierre Citron, *Cahiers Giono*, *n*°3, Paris, Gallimard, 1983

– *De Homère à Machiavel*, ensemble de textes, préfaces et articles comprenant notamment « La lecture », chronique du Dauphine libéré (26 janvier 1969), les deux préfaces à *L'Llliade* (1949 et 1963), a préface à *Tristan et Yseut* (1964), les textes sur Machiavel [« Monsieur Machiavel ou le cœur humain dévoile » (1951-1955), Introduction aux Œuvres complètes (1952), « Notes sur un Machiavel » (1955), « Autres notes sur Machiavel »]. Avant-propos de Henri Godard, *Cahiers Giono* n°4, Paris Gallimard, 1986

– *Entretiens avec Jean Amrouche et Taos Amrouche*, présentés et annotés par Henri Godard, Paris, Gallimard, 1990.

– *Les Terrasses de file d'Elbe*, Paris, Gallimard, 1976, Théâtre (*Le Bout de la route – Lanceurs de graine - La Femme du Boulanger*), Paris, Gallimard, 1943. – *Les Trois Arbres de Palzem*, Paris, Gallimard, 1984.

– *Le Voyage en calèche*, Monaco, Editions du Rocher, 1946. – *Les Héraclides*, Gap, Quatuor, 1995

– *Giono: sur la musique*, Marseille, Benucci Editeur, 1990.

– *La chasse au bonheur*, Paris, Gallimard, 1988.

II. Etudes et témoignages sur l'œuvre de Jean Giono

1) *Ouvrages consacrés à Giono.*

a) Manuels de bibliographie:

Outre le répertoire annuel public par la *Revue d'Histoire Littéraire de la France* ainsi que la bibliographie mise à jour figurant au tome VI des *œuvres romanesques complètes*, on consultera les ouvrages suivants:

1. Montesinos (Katia): *Bibliographie des écrits sur Jean Giono et son œuvre*, Tome 1, Manosque: Publication du Centre Jean Giono, 1995.

2. Morel (Jean): *Bibliographie et médiagraphie des œuvres de Jean Giono par ordre chronologique de rédaction*, Numéro hors série du *Bulletin de l'* « *Association des Amis de Jean Giono*, Manosque: 2000.»

b) *Ouvrages collectifs* (dans l'ordre chronologique de publication):

1. Bonhomme (Béatrice), *Le mot grotesque chez Jean Giono*, Paris Nizet, 1995

2. Carriere (Jean), *Jean Giono*, Lyon: La Manufacture, « Qui suis-je? » n°3, 1985.

3. Chabot (Jacques), *Noé ou le bateau livre*, Paris, le texte rêve, PUF, 1990.

4. *L'Imaginaire*, Arles, Actes Sud, 1990.

5. *La Provence de Giono*, Aix-en-Provence, Edisud, 1991.

6. Chevaly (Maurice), *Giono vivant – Notre ami Jean le Bleu*, Marseille: éd. Autres Temps, « Temps vifs », 1995.

7. Citron (Pierre), *Giono*, Paris, seuil, 1990.

8. Chonez (Claudine), *Giono par lui-même*, Paris: éd. du Seuil, « Ecrivains de toujours » n°32, 1956.

9. Durand (Jean-François), *Les Métamorphoses de l'artiste – L'esthétique de Jean Giono*, Aix-en-Provence, Publications de l'Université de Provence, 2000.

10. Labouret (Denis), *Les Grands Chemins de Giono on les Détours du temps*, Paris, Belin, 2000.

11. Magnan (Pierre), *Pour saluer Giono*, Paris, folio, 1993.

12. Mény (Jacques), *Jean Giono et le cinéma*, éditions Jean Claude Simoën, 1978

13. Sacotte (Mireille), *Un roi sans divertissement de Giono*, Paris, Gallimard,

« Foliothèque » n°42, 1995.

2) *Volumes collectifs et publications périodiques.*

On trouvera, comme référence relative aux articles extraits du *Bulletin de l'* « *Association des Amis de Jean Giono* », l'abréviation Bull.

Arc(L)', n° 100, « Jean Giono », textes rassemblés et présentés par Pierre Citron, Editions Le Jas, Le Revest-Saint-Martin, 1986.

1. Arnaud (Philippe), « La conduite du récit dans *Le Moulin de Pologne* », *Les Styles de Giono*, *op. cit.*, pp.93-105.

2. Arrouye (Jean), « Les divertissements d'Auld Reeckie ou l'infra-texte gionien », *Giono, imaginaire et écriture*, *op. cit.*, pp.141-154.

3. Chabot (Jacques), « L'avarice, un divertissement de roi », *L 'Humeur belle*, *op. cit.*, pp.183-224.

4. « Camaval et banquet dans *Les Ames fortes* », *ID.*, *ibid.*, pp.309-336.

5. « Espace-temps gigogne dans *Noé* », *ID.*, *ibid*, pp.225-234.

6. « La fin des héros et la finalité de l'écriture », *ID.*, *ibid.*, pp.289-306.

7. « Humour et poésie dans *Noé* », *ID.*, *ibid.*, pp.391-413.

8. « Un roman a coulisse [*Les Ames fortes*] », *ID.*, *ibid.*, pp.243-258.

9. Citron (Pierre), « Aspects des *Ames fortes* », Giono, Numéro spécial de la revue *Obliques*, *op. cit.*, pp.33-38.

10. « Sur *Un roi sans divertissement* », *Giono aujourd'hui*, *op. cit.*, pp.172-181.

11. Dabezies (André), « Les figures du Mal dans *Faust au village* et *Le Moulin de Pologne* », *Les Styles de Giono*, *op. cit.*, pp.213-218.

12. Decottignies (Jean), « L'écriture et la connaissance: Giono philosophe », *Giono, imaginaire et écriture*, *op. cit.*, pp.109-123.

13. « Scènes de la vie de province », *Revue des lettres modernes*, série « Jean Giono », 4: Approches des Chroniques romanesques, *op. cit.*, pp.71-103.

14. Durand (Jean-François), « *Noé* ou l'espace de l'œuvre », Giono, Numéro spécial de la revue *Obliques*, *op. cit.*, pp.67-78.

15. Fourcaut (Laurent), « Empereur Jules ou la dialectique perte-avarice », *Revue des lettres modernes*, série « Jean Giono », 4: Approches des Chroniques romanesques », *op. cit.*, pp.49-69.

16. Gardes-Tamine (Joëlle), « La parole rapportée dans *Les Grands Chemins* », *Les Styles de Giono*, *op. cit.*, pp.11-22.

17. « Des temps du texte aux temps du monde », *Giono romancier*, *op. cit.*, pp.189-198.

18. Griswald (Joël), « Comme ces trois goûts de sang furent, qui sur le blanc noir

parurent... Note sur un motif littéraire », *Mélanges de langue et de littérature française du Moyen Age Weds à Felix Lecoy*, Paris, Honore Champion, 1973, pp.157-164.

19. Kegle (Christiane), « Présents d'énonciation et instances énonciatives dans *Les Grands Chemins* », *Giono aujourd'hui*, *op. cit.*, pp.50-60.

20. Labouret (Denis), « Le visage et le visible dans Noé », Bull, n°48, pp.70-102.

21. LAndes (Agnès), « *Cœurs, passions, caractères*: l'homme problématique », *Giono romancier*, *op. cit.*, pp.265-276.

22. Laurichesse (Jean-Yves), « Un matin éclaboussement d'or: tentative de restitution d'un retable baroque », *Giono l'enchanteur*, *op. cit.*, pp.211-225.

23. « Variations narratives sur une histoire d'amour », *Giono*: *Les Ames fortes*, *op. cit.*, pp. 43-54.

24. Machu (Anne et Didier), « *Un roi sans divertissement* ou les méfaits du tabac », *Revue des lettres modernes*, série « Jean Giono », 3: Approches des Chroniques romanesques, *op. cit.*, pp.37-65.

25. Mauberret (Noël), « Le potlach de Madame Numance », *Bull*, n°22, pp.6783.

26. Meny (Jacques), « *Un roi sans divertissement*: de l'écrit à l'écran », *Bull*, n°37-38, pp.44-75 et, pp.41-88.

27. Morzewski (Christian), « Dans quelles ténèbres sourd la générosité? », *Giono*, *Les Ames fortes*, *op. cit.*, pp.5-17.

28. Moutote (Daniel), « Le roman du discours romanesque dans *Noé* », *Giono aujourd'hui*, *op. cit.*, pp.81-91.

29. Neveux (Marcel), « Thérèse et les destines », *Giono*: *Les Ames fortes*, *op. cit.*, pp. 55-64.

30. Not (André), « Le style de la liturgie dans *Un roi sans divertissement* », *Les Styles de Giono*, *op. cit.*, pp.105-115.

31. Pery (Jean-Pierre), « De la régression regrettable a la transgression immobile: *Un roi sans divertissement* et *Le Déserteur* », *Revue des Lettres modernes*, série « Jean Giono », 3: Approches des Chroniques romanesques, *op. cit.*, pp.11-35.

32. Pierrot (Jean), « La cruauté dans l'œuvre de Jean Giono », Giono aujourd'hui, *op. cit.*, pp.203-216.

33. Poiana (Peter), « L'éthique de la lecture: *Un roi sans divertissement* », *Giono*, Numéro spécial de la revue *Obliques*, *op. cit.*, pp.89-99.

34. « Temps et figuration dans *Le Moulin de Pologne* », *Les Styles de Giono*, *op. cit.*, pp.257-265.

35. Rannaud (Christine), « Jeux d'Abymes dans *Les Grands Chemins* », *Bull.* n° 36, pp.99-108.

36. Ricatte (Robert), « Giono et la tentation de la perte », Giono *aujourd'hui*, *op. cit.*, pp.217-225.

37. « Giono et les vides du récit », *Bull*, n°18, pp.105-109.

38. Sacotte (Mireille), « Frédéric ou l'esquisse *d'Un roi* », *Bull*, n°42, p.97, p.109.

39. « La référence dans « Titus et Camille » (*Ennemonde*) et dans « la Thébaïde » (*Noé*) », *Les Styles de Giono*, *op. cit.*, pp.67-83.

40. Stephane (Nelly), « Entre femme et loup: *Les Ames fortes* », *Bull*, n°5, pp.39-56.

41. Viard (Bruno), « Un long de règlement des termes de l'échange », *Giono romancier*, *op. cit.*, pp.467-478.

42. Viard (Jacques), « Giono, Langlois et le communionisme », *Bull*, n°9, p.77, p.101.

43. « Révolution et tragédie dans les *Chroniques romanesques* », *Revue des lettres modernes*, série « Jean Giono », 1: *De Naissance de l'Odyssée au Contadour*, *op. cit.*, pp.107-144.

44. Victor (Lucien), « L'art du dialogue dans *Les Grands Chemins* », *Les Styles de Giono*, *op. cit.*, pp.23-34.

45. *Giono aujourd'hui*. Actes du Colloque international Jean Giono d'Aix-en-Provence (10-13 juin 1981) (Université de Provence), Aix-en-Provence, Edisud, 1982.

46. *Jean Giono de Talloires* (4. 6 juin 1984) (Tufts university), Aix-en-Provence, Edisud, 1985. *Revue des lettres modernes* (*La*), *série Jean Giono*, Paris, Lettres modernes, Minard, numéros parus (sous la direction d'Alan J.Clayton puis de Laurent Fourcault).

1 « De *Naissance de l'Odyssée* au Contadour » (1974)

2 « L'imagination de la mort »(1976)

3 « Approches des Chroniques romanesques »(1) (1981)

4 « Approches des Chroniques romanesques » (2) (1985)

5 « Les œuvres de transition, 1938-1944 »(1991)

47. *Giono l'enchanteur*, Actes du colloque international de Paris (2, 3 et 4 octobre 1995) (Bibliothèque Nationale de France), Grasset, 1996.

48. *Giono autrement*, Actes du Colloque d'Aix-en-Provence (31 mars 1995), PUP, 1996.

49. *Giono dans sa culture*, Actes du Colloque international de Perpignan et Montpellier 27, 28, 29 et 30 mars 2001, sous la direction de Jean-François DURAND et Jean-Yves Laurichesse, PUP, 2003.

50. *Jean Giono* (*Bulletin de l'Associaton des Amis de Jean Giono*) 33 *numéros parus*

n°1, printemps-été 1990

n°2, automne-hiver 1991

n°3, printemps-été 1992

n°4, automne-hiver 1993

n°5, printemps-été 1994

n°6, printemps-été 1995
n°7, printemps-été 1996
n°8, janviers 1997
n°9, printemps-été 1997
n°10, décembre 1997
n°11, printemps-été 1998
n°12, novembre 1998
n°13, février 1999
n°14, printemps-été 1999
n°15, juin 1999
n°16, juillet 1999
n°17, printemps-été 2000
n°18, automne-hiver 2000
n°19, printemps-été 2001
n°20, automne-hiver 2001
n°21, printemps-été 2002
n°22, printemps-été 2003
n°23, automne-hiver 2003
n°24, printemps-été 2004
n°25, automne-hiver 2004
n°26, automne-hiver 2005
n°27, printemps-été 2006
n°28, printemps-été 2007
n°29, automne-hiver 2007
n°30, printemps-été 2008
n°31, automne-hiver 2008
n°32, printemps-été 2009
n°33, automne-hiver 2009

III. Réflexion critique - Ouvrages sur le Taoïsme-ouvrages divers

1. *L'Hindouisme*, éd. Fayard, 1972, coll.« Trésor spirituel de l'humanité ».
2. *L'Enseignement de Ramakrishra*, éd. Albin Michel, 1949, coll. « Spiritualité Vivaces ».
3. Viverkananda (Swami).
4. *Les Yogas pratiques*, éd. Albin Michel, 1939, coll. « Spiritualités Vivaces ».
5. *Le Védanta*, éd. Adrien Maisonneuve, coll. « Grands Maîtres spirituels ».

6. *Le Bardo-Thodol* (*Livres des Morts tibétain*) éd. Adrien Maisonneuve, 1974.

7. *Le Yoga tibétain et les Doctrines secrètes*, éd. Adrien Maisoneuve, 1974.

8. *Vie et mort de Milarépa*, éd. Fayard, 1976, coll. « Documents spirituels ».

9. Lao-Tseu, *Tao Te King*, éd. Seuil, 1979, nouvelle édition remaniée.

10. Lao-Tseu, *Tao Te King*, commenté par Marcel CONCHE PUF, 2003.

11. *Œuvres complètes de TCHOUANG-TSEU*, éd. Gallimard, 1973, coll. « Connaissance de l'Orient ».

12. *Le Yi-King* (*deux versions*), éd. Andrien Maisonneuve, 1976/ éd. Médicis, 1972.

13. Eliade (Mircea), *Patanjali et le Yoga*, éd. Le Seuil, 1947, coll. « Maîtres spirituels ».

14. De La Marquette (Jacques), *Mystique comparée*, éd. Panharmonie, 1967.

15. Rahula (Walpola), L'Enseignement du Bouddha, éd. Le Seuil, 1961, coll. « Les Univers ».

16. Lemaitre (Solange), *Ramakrishna et la Vérité de l'Hindouisme, éd. Le Seuil.* 1975, *coll. « Maîtres spirituels ».*

17. Rawson (Philip), *Tantra, éd. Le Seuil*, 1973.

18. K.M.Seen, *L'Hindouisme, éd. Payot*, 1962.

19. Zimmer (Heinreich), *Mythes et Symboles de l'Inde*, éd. Payot, 1951.

20. Govinda (Lama Anagarika), *Le Chemin des nuages blancs*, éd. Albin Michel, coll. « Spiritualités vivaces ».

21. Trungpa (Chagyam), *Pratique de la Voie tibétaine*, éd. Fayard, coll. « Points ».

12. Kaltenmark (Max), *Lao-TSEU et le Taoïsme*, éd. Le Seuil, 1965, coll. « Maîtres spirituels ».

23. Maspero (Henri), *Le Taoïsme et les religions chinoises.* éd. Gallimard. Coll. « Connaissance de l'Orient ».

24. Granet (Marcel), *La Pensée chinoise*, éd. Albin Michel, coll. « Evolution de l'Humanité ».

25. D.T.Suzuki, *Essais sur le Bouddhisme Zen* (*trois volumes*), éd. Albin Michel, coll. « Spiritualités Vivaces ».

26. W.Watts (Allan), *Le Bouddhisme Zen*, éd. Payot 1997.

27. Robinet (Isabelle), *Comprendre le Tao*, éd. Albin Michel, 2002.

28. 罗国祥. 二十世纪西方小说美学. 武汉大学出版社, 1991.

29. 王力. 老子研究. 天津古籍书店影印本, 1989.

30. 陈鼓应. 老子注释及评介. 中华书局, 1984.

31. 老子今注今译. 商务印书馆, 2009.

32. 庄子今注今译. 三卷. 中华书局, 2009.

***Ouvrages et oeuvres complémentaires*: (*Pensée mystique/ Le Vide/Les substances spiritualisantes*).**

1. Camus (Michel), *Fondations* Ⅰ *et* Ⅱ, éd. Lettres Vives, 1988, 1989, coll. « Terre de Poésie ».

2. Mambrino (Jean), *La poésie mystique française*, éd. Seghers, 1973 Antonin Artaud.

a) *Les Nouvelles Révélation de l'être*, éd. Gallimard, 1972, Œuvres complètes (Vol. Ⅶ).

b) *Les Tarahumaras*, éd. Gallimard, 1972, Œuvres complètes (Vol. Ⅸ).

3. Bataille (Georges), *Sacrifices*, éd. Gallimard, Œuvres complètes (Vol. Ⅰ).

a) *Précis de décomposition*, éd. Gallimard, coll. « Idées/Poche ».

b) *L'Indélivré*, éd. Gallimard, coll. « Le Chemin ».

c) *Exercices d'admiration*, éd. Gallimard, coll. « Arcades » René Daumal.

a) *Chaque fois que l'aube paraît*, éd. Gallimard, 1953.

b) *Bbarata*, éd. Gallimard, 1970.

c) *Le Contre-Ciel*, éd. Gallimard, 1970, coll. « Poésie/Gallimard ».

4. Lanza Del Vasto, *Le Pèlerinage aux sources*, éd. Denoël, 1959.

5. J.-M.G. Le Clezio.

a) *L'Extase matérielle*, éd. Gallimard, coll. « Idéé/Poche ».

b) *Le Livre des fuites*, éd. Gallimard, coll. « Le Chemin ».

6. Castaneda (Carlos).

a) *L'Herbe du diable et la petite fumée*, éd. Soleil Noir, 1972.

b) *Le Voyage à Ixtlan*, éd. Gallimard, 1973.

c) Voir, éd. Gallimard, 1974.

d) *Histoires de pouvoirs*, éd. Gallimard, 1975.

7. Hesse (Hermann).

a) *Siddharta*, éd. Grasset, Le Livre de Poche.

b) *Le Jeu des perles de verre*, éd. Calmann-Lévy, 1975, coll. « Traduit de ».

8. Huxley (Aldous), *Les Portes de la perception*, éd. Pygmalion, 1974.

9. Leary (Timothy), *La Politique de l'extase*, éd. Fayard.

10. Revue Hermès, sur « le Vide, expérience spirituelle en Occident et en Orient », 1969.

***Ouvrages outils*:**

1. *Dictionnaire historique, thématique et technique de la littérature*, sous la direction de Jacques Demougin, Paris: Larousse, 1985.

2. *Dictionnaire des littératures de langue. française*, sous la direction de Jean-Pierre de Beaumarchais, Daniel Couty et Alain Rey, Paris: Bordas, 1986.

3. Dupriez (Bernard), *Gradus – Les procédés littéraires*, Paris: U.G.E., « 10/18 » n° 1370, 1984.

4. *Encyclopaedia universalis*, nouvelle édition remaniée, Paris: 1993.

5. Fouilloux (Danielle), Langlois (Anne), Le Moigne (Alice), *Dictionnaire culturel de la Bible*, Paris: Cerf / Nathan, 1990.

6. Morfaux (L.-M.), *Vocabulaire de la philosophie et des sciences humaines*, Paris: Armand Colin, 1980.

7. *Le Nouveau Petit Robert – Dictionnaire alphabétique et analogique de la langue française*, sous la direction de Josette Rey-Debove et Alain Rey, Paris: Dictionnaires Le Robert, 1993, nouvelle édition remaniée, 1996.

8. Schmidt (Joël), *Dictionnaire de la mythologie grecque et romaine*, Paris: Larousse, « Références », 1986.

9. Chevalier (Jean), Alain Gheerbrant, *Dictionnaire des symboles: Mythes, rêves, coutumes, gestes, formes, figures, couleurs, nombres*, Paris: éd. Robert Laffont; Édition: éd. rev. et augm. [i.e. Réimpr.] (19 décembre 1997)

***Bibliographie générale*:**

1. *La Bible*, Traduction de Lemaître de Sacy, Paris: Robert Laffont, « Bouquins », 1990.

2. Aries (Philippe), *Essais sur l'histoire de la mort en Occident*, Paris: éd. du Seuil, « Points Histoire », n° 31, 1975.

3. Artaud (Antonin), *Le Théâtre et son double*, Paris: Gallimard, « Folio essais », n° 14, 1964.

4. Bataille (Georges), *L'Erotisme*, Paris: éd. de Minuit, « Arguments », 1957.

L'Expérience intérieure, Paris: Gallimard, « Tel », n°23, 1943 (édition revue et contée en 1954).

La Littérature et le réel, Paris: Gallimard, « Folio essais », n°148, 1957.

La Part maudite précédé de La Notion de dépense, Paris: éd. de Minuit, « Critique », 1967.

Théorie de la religion, Paris: Gallimard, « Tel », n°102, 1973.

5. Bachelard (Gaston), Paris: Librairie José Corti

La psychanalyse du feu 1938

L'eau et les rêves 1953

L'air et les songes 1943

La terre et les rêveries du repos 1948

La terre et les rêveries de la volonté 1948

La poétique de l'espace 1957

La poétique de la rêverie 1950

6. Blanchot (Maurice), *L'Ecriture du désastre*, Paris: Gallimard, 1980.

L'Espace littéraire, Paris: Gallimard, « Folio essais », n°89, 1955.

Le Livre à venir, Paris: Gallimard, « Folio essais », n° 48, 1959.

7. Bonnefoy (Yves), *L'Arrière-pays*, Genève, Skira, 1972, rééd. Gallimard, coll. « Poésie », 1992

8. Caillois (Roger), *L'Homme et le sacré*, Paris: Gallimard, « Folio essais », n°84, 1950 (1'édition: 1938).

9. *Les Jeux et les hommes*, Paris: Gallimard, « Folio essais », n°184, 1958.

10. Cassirer (Ernst), *Philosophie des formes symboliques* – 2. *La Pensée mythique*, Paris: éd. de Minuit, « Le sens commun », 1972.

11. De Clerk (Paul), *L'Intelligence de la liturgie*, Paris: Cerf, 1995.

12. Detienne (Marcel), *Dionysos et ciel ouvert*, Paris: Hachette, « Textes du XXe siècle », 1986.

13. *Dionysos mis à mort*, Paris: Gallimard, « Tel », n°293, 1977, renouvelée en 1998.

14. Richard (Jean-Pierre), *Poésie et profondeur*, Paris: éd. Seuil, 1976.